DANIEL TWARDOWSKI

Tod auf der Northumberland

Buch

New York, 1865. Privatdetektiv John Gowers hat Caroline, die verschwundene Tochter seines Auftraggebers Senator Gordon F. Blandon, ausfindig gemacht: allerdings als Prostituierte. Als Gowers sein Honorar bei Senator Blandon einfordert, weigert sich dieser, dem Detektiv zu glauben – und ihn zu bezahlen. Daraufhin verkauft Gowers sein Beweisfoto einer großen Zeitung und hat in Blandon nun einen mächtigen Feind. Gowers ist klar, dass er die Stadt besser verlassen sollte.

Da kommt ihm der Auftrag der jungen Britin Emmeline Thompson gerade recht. Ihr Vater Samuel hat sich angeblich während einer Passage auf dem britischen Segelschiff *Northumberland* erhängt: Er befand sich auf dem Weg zu seinem neuen Posten als Gouverneur von St. Helena, als er eines Morgens am Mast des Schiffes baumelte. Emmeline glaubt jedoch nicht an einen Selbstmord. Gowers nutzt die gute Gelegenheit, New York zu verlassen, und nimmt den Auftrag gerne an. Als Emmelines Bruder Daniel getarnt, schifft er sich auf der *Northumberland* mit nach St. Helena ein. Gowers hat kaum mit seinen Nachforschungen begonnen, da geschehen zwei weitere brutale Morde …

Autor

Daniel Twardowski, geboren 1962, studierte Literatur- und Medienwissenschaft und lebt als freier Schriftsteller in Marburg. 2003 erhielt er den Förderpreis zum Literaturpreis Ruhrgebiet, 2005 das DaimlerChrysler-Stipendium der Casa di Goethe in Rom, 2006 den Oberhausener Literaturpreis und 2007 den Deutschen Kurzkrimipreis für »Nachtzug«. Daniel Twardowski wird durch die *agentur literatur gudrun hebel* vertreten.

Daniel Twardowski

Tod auf der Northumberland

Ein Fall für John Gowers

GOLDMANN

FSC

Mix

Produktgruppe aus vorbildlich
bewirtschafteten Wäldern und
anderen kontrollierten Herkünften

Zert.-Nr. SGS-COC-1940
www.fsc.org
© 1996 Forest Stewardship Council

Verlagsgruppe Random House FSC-DEU-0100
Das für dieses Buch verwendete FSC-zertifizierte Papier
München Super liefert Mochenwangen.

1. Auflage
Originalausgabe Januar 2009

Umschlaggestaltung: Design Team München
Umschlagfoto: plainpicture/Johner
BH · Herstellung: Str.
Redaktion: Gerhard Seidl
Satz: deutsch-türkischer fotosatz, Berlin
Druck und Bindung: GGP Media GmbH, Pößneck
Printed in Germany
ISBN: 978-3-442-46776-1

www.goldmann-verlag.de

Fer in Northumberlond the wawe hire caste

Geoffrey Chaucer, *Canterbury Tales*

1.

Die Stadt der Toten lag auf einem langgestreckten Hügel über der Stadt der Lebenden. Jetzt, Ende Februar 1865, waren die Bäume und Büsche kahl, und nur der Nebel entzog Gräber, Grüfte und Mausoleen dem Blick aus dem Tal der Seine. Grau war der Sandstein geworden und mehr als ein halbes Jahrhundert vergangen, seit hier der erste Sarg in die Erde gelassen wurde. Siebzigtausend waren ihm seither gefolgt und die Cimetière du Père Lachaise zu einer moosüberwucherten Nekropolis der steinernen Engel, weinenden Statuen, Marmorportale gewachsen, für die es keinen Stadtplan und keine Karte gab.

Es wurde früh dunkel. Ein schlurfender Kirchendiener lief schon seit einer Stunde mit einer Handglocke die breiten Wege ab, um den Besuchern zu verkünden, dass der Friedhof geschlossen würde. Als Letzter, die Friedhofswärter wussten es schon, kam wieder der Engländer. Ein Ahnenforscher, hieß es, und sie lachten über ihn, der selbst im tiefsten Winter, die Hände in fingerlosen Handschuhen, die verstecktesten Pfade abging und auf einem schmutzigen Bogen Papier einzeichnete. Er suchte die ersten, ältesten Gräber, hieß es, und musste deshalb oft dicht an die verwitterten Grabsteine heran, um die von Regen und Zeit ausgewaschenen Buchstaben und Zahlen entziffern zu können. Einmal war eine Grabplatte unter ihm eingebrochen, und er konnte von Glück sagen, dass man seine Schreie gehört und ihn zwischen den Knochen herausgesammelt hatte, ehe die Nacht und die Kälte kamen.

Der Engländer war ein kleines, verhutzeltes Männchen, schlecht rasiert und ernährt, der in den Kleidern, die er den ganzen Winter hindurch und offenbar auch schon lange vorher getragen hatte, beinahe selbst aussah wie eine der alten Leichen, die er so eifrig aufsuchte. Die schmiedeeisernen Tore schlugen hinter ihm zu, ein riesiger Schlüssel drehte sich jaulend im Schloss. Wieder ein Tag.

Er ging langsam den Hügel hinunter, überlegte, ob er sich heute eine Droschke leisten sollte, und entschied sich dann dagegen. Nach anderthalbstündigem Fußmarsch quer durch die riesige Stadt erreichte er, am Ende doch jämmerlich durchgefroren, sein Quartier. Die Concierge, eine dumme junge Person mit großen Brüsten und kleinem Kopf, begrüßte ihn, ehe er im zugigen Treppenhaus an ihrem Fenster vorbeihuschen konnte.

»Ah, Monsieur! Sie hatten Besuch.« Sie sagte es so strahlend wie jemand, der froh ist, eine erfreuliche Mitteilung weiterzugeben, und tatsächlich hatte die Concierge sich gefreut, als Monsieur Jacqueson heute Besuch bekam. Er hatte noch nie Besuch bekommen in den zwölf Monaten, die er jetzt oben im spärlich beheizten Dachgeschoss wohnte. Zeitweise war er ihr schon ein wenig unheimlich vorgekommen in seiner Absonderlichkeit, denn sie las mit Hingabe die Mord- und Schauergeschichten in den fliegenden Blättern.

»Besuch?«, fragte er jetzt, als hätte er sie nicht richtig verstanden. Sein Französisch war manchmal komisch, aber immer sehr schlecht. »Besuch für mich?« Seine Augen flackerten unruhig. »Wo? Wann? Wer?«

»Oh, ein Mann, ein Freund«, sagte sie nicht mehr ganz so strahlend. »Heute Nachmittag. Er kennt Sie, er weiß Ihren Namen!« Sie dachte jetzt selber an einen Polizisten.

»Wo? Wo ist er?«, fragte Jackson zitternd vor Kälte und drehte sich suchend um, bevor sie noch antworten konnte.

»Er ist wieder fortgegangen, ich soll Sie grüßen. Morgen früh um acht wird er Sie aufsuchen.«

»Morgen!«, sagte Jackson, und sein Mund öffnete sich mehrmals. Sein Atem strich kalt über ihr Gesicht, als er jetzt ganz nahe herankam. »Sicher? Ist er sicher fort? Er ist nicht mehr da?!« Als er sah, dass er der jungen Frau Angst machte, verzog er den Mund zu einem hässlichen Grinsen. »O ja, morgen. Ein guter Freund, ja. Vielen Dank.«

2.

Eine Entführung war es jedenfalls nicht.

John Gowers war in den letzten drei Tagen und Nächten viel gelaufen, um das herauszufinden. Jetzt, als er es wusste, zog er zuerst seine Stiefel aus, noch ehe er die Tür hinter sich abschloss. Der Himmel über New York war dunkel wie blaue Tinte und würde bald schwarz sein.

Gowers ließ die Beute des Tages auf den Schreibtisch fallen und öffnete das einzige Fenster seines Büros, machte aber kein Licht. Er zog den Vorhang zurück, der den Raum teilte; den größeren Teil zum Arbeits- und Empfangsraum für Klienten, den kleineren zu Schlafzimmer und Küche machte – wenn man es denn so nennen wollte. Ohne hinzusehen, nahm er ein Glas aus dem Regal, das sein gesamtes Küchenmobiliar darstellte, goss Wasser aus einer von mehreren Feldflaschen hinein und verzog den Mund schon beim ersten Schluck. Er überlegte kurz, wann er das Wasser abgefüllt hatte, kam aber nicht darauf. Die Flasche jedenfalls stammte aus einem anderen Jahrzehnt und hatte noch die alten Bleinähte. Es schmeckte entsprechend.

Gowers ging zu seinem Schreibtisch, nahm eine halb volle

Flasche Rum heraus und schüttete, den Daumen auf der Öffnung, ein paar Tropfen in die bleierne Flüssigkeit. Anschließend leckte er genussvoll den Daumen ab und stand eine Weile am offenen Fenster.

Hoch über den Dächern kreisten schnarrend ein paar hundert schwarze Vögel, losgerissene kleine Fetzen der Nacht, die langsam über die Stadt kroch. Ihr heiseres Schreien mochte ein Streit über die Schlafbäume sein, die sie aufsuchen würden. Nach Brooklyn hinüber – nein, über die Bucht – Staten Island, der Nacht entgegen – desto schneller ist sie vorbei – in den Park, Central Park, wozu ist der sonst gut?

Gowers achtete nicht auf den Ausgang der Sache. Die Vögel verschwanden oder wurden von der Dunkelheit ausgelöscht. Obwohl man im Zimmer jetzt nichts mehr sehen konnte, setzte er sich an seinen Schreibtisch, ohne Licht anzuzünden. Er legte beide Füße auf den Tisch und spürte den Nachtwind durch die Löcher in seinen Socken. Die Kälte sagte ihm, dass auch der Spätsommer vorbei war. Zielsicher angelte er nach einer Zigarrenkiste in der untersten Schublade und seufzte schon in der Vorfreude. Wie hatte Lincoln es formuliert? Eine Zigarre ist ein länglicher Gegenstand mit einem Feuer am einen und einem Narren am anderen Ende. Es ist gut, in Amerika zu sein, dachte Gowers. Die Verfassung garantierte jedem Mann das Recht, sich aus freiem Willen zum Narren zu machen.

Er drehte die echte Havanna, den einzigen Luxus, den er sich gönnte, erst lange unter der Nase, schnüffelte ausgiebig daran. Aber als er das Zündholz am Stuhlbein anriss, arbeitete er schon wieder. Im Licht der kleinen Flamme sah Gowers sich noch einmal die reichlich pornografische Aufnahme an, die das Ergebnis seiner Ermittlungen war. Das Gesicht der jungen Frau, die über ihre Schulter hinweg in die Kamera lächelte und dabei ihr nacktes Hinterteil einem schlaksigen jungen Mann entgegenreckte. Unter seinem Nachthemd ragte eine Erektion hervor, die dem Betrachter unwillkürlich ein beeindrucktes Stirnrunzeln entlockte.

3.

Das Zündholz erlosch zwischen seinen Fingern, verbrannte sie, und Gowers fühlte den Schmerz beißender, als ihm lieb war. Früher hatte er mehr ausgehalten. Über sich selbst enttäuscht, leckte er an seinen Fingerspitzen und blies kurz, aber scharf darüber. Dann widmete er sich wieder seiner Zigarre und seinem Fall.

Es war eine hundsmiserable Calotypie, grobkörnig und grau verwaschen. Aber trotzdem und auch ohne Lupe konnte man es ohne Zweifel erkennen: Das Mädchen war Caroline Blandon. Wer der junge Mann war, wusste Gowers dagegen nicht, noch nicht; er hätte es herausfinden können. Aber es war auch eigentlich ziemlich egal. An jeder Straßenecke gab es abgedankte Soldaten, und vermutlich hatte Tingle dem Jungen nicht einmal Geld geben müssen. Man musste einem gesunden jungen Mann nicht extra Geld anbieten, um ein so schönes Mädchen wie Caroline Blandon zu vögeln. Und sei es auch vor dem gläsernen Auge einer alten Mousetrap.

Tingle hatte versichert, dass dieser Abzug der einzige sei; aber Gowers war sicher, dass es noch eine ganze Menge anderer Bilder mit der kleinen Blandon im Mittelpunkt geben würde. Das war aber überhaupt nicht sein Problem.

Sein Problem war, dass er diese Aufnahme Senator Gordon Fitzgerald Blandon zeigen musste, der den Hintern seiner Tochter vermutlich zuletzt vor fünfzehn Jahren auf dem obligatorischen Bärenfell gesehen hatte. Im Büro war jetzt nur noch das regelmäßige Aufglühen der Zigarrenspitze zu erkennen, und insbesondere die Sorglosigkeit, mit der Gowers die Asche in den längst nicht mehr sichtbaren Eimer am Boden schnippte, hätte jede Hausfrau mit äußerstem Argwohn erfüllt. Tatsächlich ging aber kein Stäubchen daneben, auch wenn das beim Zustand des Büros ziemlich egal gewesen wäre.

John Gowers war nicht reich, er hatte keine einflussreichen Freunde, keine Familie, hatte keinen besonderen Ruf, er genoss keine politische Protektion. Wenn ein US-Senator, Tammany-Mann, ein enger Freund von Mr. Fünfzehn Prozent, William Macy »Boss« Tweed, einen kleinen Investigator, einen Straßenköter wie ihn damit beauftragte, seine verschwundene Tochter aufzutreiben, konnte das nur eins bedeuten: Der Mann wollte die Sache nicht an die große Glocke hängen. Oder noch genauer: Der Mann fürchtete das öffentliche Interesse wie der Teufel das Weihwasser. Dass er weder die Stadtpolizei noch das Heer der Spitzel und Zuträger benutzt hatte, über die Tammany Hall verfügte, sagte dem Investigator noch mehr. Vermutlich wusste nicht einmal ein halbes Dutzend Leute, dass Caroline überhaupt verschwunden war.

Weiß Gott, alles wäre einfacher, wenn es eine Entführung gewesen wäre! Gowers hätte das Mädchen gefunden, Papa Blandon wäre begeistert gewesen, die Bezahlung nur eine Formsache. Jetzt stimmte leider nur der erste Teil: Gowers hatte das Mädchen aufgetrieben. Aber wie begeistert würde der Senator von den näheren Umständen sein? Von schmutzigen Fotos, die irgendwann, irgendwie auch seinen feinen Freunden vom Americus-Club vor die stets gierigen Augen kommen würden? Wie es ihm beibringen?

»Ja, Mr. Blandon, Ihre Tochter ist am Leben. Ja, sie hat sogar ziemlich viel Spaß daran … Sehen Sie selbst!«

Gowers musste unwillkürlich lachen, als er sich die Szene

vorstellte. Dann dachte er an das Schicksal, das die Überbringer schlechter Botschaften von jeher zu treffen pflegte, und konzentrierte sich wieder auf den Rest seiner Zigarre. Er spürte schon die Hitze an seinen Lippen, als er die Glut vorsichtig mit zwei Fingern abknipste. Den schäbigen Stummel verstaute er in einer Blechkiste, die bereits halb gefüllt mit schwarz angekokelten, trockenen Tabakresten auf der Fensterbank zum Himmel stank. Daneben lag eine Pfeife.

4.

Jackson stieg hastig die vier steilen Treppen hoch und geriet dabei außer Atem. Sein Herz klopfte merkwürdig kalt in der plötzlich zu engen Brust. Sie hatten ihn gefunden, einer von ihnen! Er wusste nicht, wie, er wusste nicht, wer, aber einer von ihnen hatte herausgefunden, wo er war und was er tat. War es Turner? Mit Turner hatte er manchmal darüber gesprochen, aber mit wem mochte seinerseits Turner geredet haben? Sollte er auf den geheimnisvollen Besucher warten? Vernünftig mit ihm reden? Aber womöglich verlangte der andere dann Auskunft darüber, wie weit er gekommen war bei seiner Suche.

Die Uhr zeigte gerade neun. Elf Stunden. Nein, er würde Paris verlassen, mit dem ersten Zug. Er würde nach Marseille gehen, in die Richtung, die niemand erwarten konnte.

Mit fahrigen Händen entzündete er das Gaslicht und goss dann einen Schluck Branntwein in das Glas, das er neben der Flasche auf dem Tisch stehen gelassen hatte. Eine kleine Pfütze war noch vom Morgen darin. Anschließend begann er, seine wenigen Sachen zu packen, trat an den Kleiderschrank und holte eine Hutschachtel heraus, seinen Schatz. Kaum hatte er ihn in den Händen, wurde er ruhiger.

Er stellte Flasche und Glas auf den Boden und entfaltete auf dem Tisch den großen, sehr sauber gearbeiteten Plan, den er aus der Hutschachtel genommen hatte; einen Plan des Friedhofs Père Lachaise, die geduldige Arbeit der letzten zwölf Monate. Er war sehr stolz auf sein Werk. Auch die kleinsten Wege waren eingezeichnet und Tausende von Gräbern, oft ganze Gräberfelder nur durch ein rechteckiges Kästchen markiert, in das dann ein kleines V, wie ein Haken, eingezeichnet war.

Es war keine leichte Arbeit gewesen. Wichtig waren die Grabstätten, die mit Namen und Jahreszahlen verzeichnet waren, denn das waren die, die er suchte: die ältesten, sämtlich vor dem 8. Juli 1815 angelegt. Andere interessierten ihn nicht. Durch Dickicht und Dornen hatte er sich hindurchgewunden, um die Daten zu sammeln.

Elf Stunden! Das war viel Zeit. Eigentlich konnte er die Gräber und Grüfte, die er heute erkundet hatte, noch in seinen Plan eintragen. Er ging zu seinem Mantel, holte den vom Nebel und seiner Körperwärme noch klammen Bogen Papier heraus und begann mit der Ruhe, die nur eine oft und mit Geschick ausgeübte Tätigkeit vermittelt, seinen Plan vom Père Lachaise weiter zu vervollständigen.

Kein Geräusch schreckte ihn auf, keine Angst trieb ihn um, er war ganz bei sich. Und als er nach drei Stunden fertig war, aufstand und die vom Schreiben verkrampften Finger lockerte, lief er in den Bereich der seidenen Schlinge, wie eine Fliege im Netz einer Spinne landet. Ahnungslos, weich, ohne Todesangst, nur zutiefst verwundert. Dabei stand die Spinne schon lange hinter ihm, reglos, ein wenig belustigt.

Als die Schlinge sich zuzog, zuerst wie ein Lufthauch, ein weiches Gefühl am Hals, ächzte der kleine Mann überrascht. Dann zappelte er heftig, wehrte sich. Aber der Mörder war riesig, oder er stand auf einem Stuhl. Mühelos hob er sein Opfer hoch, das noch um sich schlug und mit den Beinen strampelte, als es den Boden unter den Füßen verlor. Ein letzter schwacher Hieb traf nur den Hut des Mörders, der auf dem Boden einmal um sich selbst kreiselte und das Letzte war, was die hervorquellenden Augen des Opfers wahrnahmen.

Der Mörder, der das rechte Bein schlurfend nachzog, ging zum rückwärtigen Fenster, öffnete es und blickte hinaus in die Nacht und die enge, unbeleuchtete Gasse weit unten. Er entfernte das Seidentuch, das tief in den Hals des Toten eingeschnitten hatte, und warf den kleinen Ahnenforscher dann vier Stockwerke hinab, mit dem Kopf voran, sodass mit ein wenig Glück Schädel und Hals brechen würden. Anschließend prüfte er fachmännisch den Plan der Cimetière du Père Lachaise und hob anerkennend die Augenbrauen, ehe er ihn zusammenfaltete und einsteckte.

»Gute Arbeit!«, lobte eine belustigte Stimme den kleinen Mann, der es tief unten auf dem Pflaster nicht mehr hören konnte.

5.

»Eine gute und eine schlechte Nachricht«, sagte Gowers. »Die gute: Ihre Tochter lebt und ist gesund. Die schlechte: Sie ist in unangenehme Gesellschaft geraten. Schmutzige Geschäfte …«

Er händigte dem Senator die bewusste Aufnahme aus und sah taktvoll aus dem Fenster, während sein Klient sie aufmerksam betrachtete. Gowers hörte das langsame Ausatmen des beleibten Mannes, dann zu seiner Bestürzung, wie etwas bedächtig zerrissen wurde. Der Investigator drehte sich wieder zu Blandon um, sammelte die Teile der Calotypie im Ascheimer ein und hielt wortlos ein Zündholz darunter. Langsam löste sich die Schande der Blandons in Rauch auf.

»Wollen Sie die Adresse Ihrer Tochter auf einem gesonderten Blatt?« Noch mehr Entgegenkommen war nicht möglich.

»Das ist nicht meine Tochter, Mr. Gowers. Eine gewisse Ähnlichkeit, ja, aber … Ein Mann in meiner Position kennt solche Menschen nicht.«

Gowers spürte die Bedrohung, die von dieser Antwort ausging. Aber er brauchte auch Geld.

Mit einem verkniffenen Lächeln erhob sich der Senator und sagte: »Da werden Sie wohl weiter nach Caroline suchen müssen.«

Der Investigator warf einen ironischen Seitenblick auf das Häufchen Asche, das von Caroline Blandon übrig geblieben war, und stellte langsam die entscheidende Frage: »Und darf ich mir erlauben, Ihnen meine bisherigen Bemühungen in Rechnung zu stellen, Sir?«

Gordon F. Blandon zog die Augenbrauen hoch, und jeder Wähler im Staat New York hätte seine Miene für die Überraschung eines Ehrenmannes angesichts einer unzumutbaren, einer fast kriminellen Forderung gehalten. Voller Enttäuschung über die Schlechtigkeit der Welt stellte er fest: »Sie werden für Ihren Erfolg bezahlt, Mr. Gowers. Ich kann es mir nicht leisten, für Misserfolge auch noch gutes Geld hinzulegen.«

Blandon ließ offen, ob er damit das Ergebnis von Gowers' Ermittlungen oder aber seine missratene Tochter meinte. Während der Senator dann seinen Hut aufsetzte und mit festen Schritten zur Tür ging, überlegte der Investigator, ob er wirklich seine Existenz aufs Spiel setzen würde, wenn er die Frage stellte, mit der er sein Geld vielleicht doch noch eintreiben könnte.

»Was werden Sie Ihrer Frau sagen, Sir?«

Gowers lächelte, als Blandon in der Tür stehen blieb. Das Lächeln sollte gleichzeitig unschuldig und entschuldigend aussehen, schließlich war dies keine Erpressung, nur eine Mahnung. Der fette alte Mann wirkte jetzt auch nicht mehr enttäuscht oder überrascht. Nur noch ein wenig amüsiert.

»Sie sind mir als diskret und integer empfohlen worden, Mr. Gowers. Und ich werde Sie als diskret und integer weiterempfehlen. Mehr kann ich nicht für Sie tun.«

Aber jede Menge gegen mich, du fetter Hurensohn, dachte Gowers und wusste nun doch, dass von seiner nächsten Frage mehr abhing, als ihm lieb sein konnte.

»Darf ich Sie trotzdem um einen Vorschuss für meine weiteren Bemühungen bitten, Sir?«

Blandon sah ihm zum ersten Mal seit ihrer kurzen geschäftlichen Bekanntschaft direkt in die Augen, vielleicht eine Sekunde länger, als er selbst wollte.

»Ich habe verstanden, junger Mann. Sie werden natürlich bekommen, was Ihnen zusteht.«

»Danke verbindlichst, Sir.« Gowers verbeugte sich knapp und hätte um ein Haar hinzugefügt: Auch ich habe verstanden.

Dumm von ihm, dass er sein einziges Beweisstück verbrannt hatte.

6.

Sie waren wieder nach Brighton gefahren, wo er das Hotel kannte, in dem noch nie jemand Fragen gestellt hatte – wenn man diesen Service auch extra bezahlen musste. Es war kein besonders gutes Hotel, aber die Betten waren sauber. Sie hatten in einem Restaurant an der Promenade zu Abend gegessen, waren dann noch ein wenig in der frischen Seeluft spazieren gegangen und hatten schließlich getan, wozu sie hergekommen waren.

Madeleines Körper, die Weichheit, der Duft ihrer Haut elektrisierten ihn, obwohl sie fast zehn Jahre älter war. Unaussprechlich, was sie mit ihm tat, wenn seine Hände gefesselt waren. Unwiederholbar, welche Wörter dabei über ihre Lippen kamen, deren Schönheit und Ebenmaß ihm zuerst aufgefallen waren, als sie während einer Teegesellschaft der Offiziersfrauen Verse von Keats und Byron rezitiert hatte. Sie schürzte diese ebenmäßigen Lippen und grub ihre Zähne in sein Fleisch, bis das Blut kam, und wenn sie ihn losmachte, zitternd vor Angst und Lust, schlug er sie dafür, wie er keinen der Traingäule geschlagen hätte, die er so hasste. Sie beide liebten es.

Satt- und wundgeliebt schliefen sie danach ein paar Stunden, dann stahl sich Madeleine im Morgengrauen aus dem Bett. Er sah gern zu, wie sie sich anzog, und es erregte ihn, dass sie sich niemals wusch nach einer solchen Nacht, nur das Gesicht ein wenig. Sie mochte es nicht, wenn er ihr zusah. Sie glaubte, dass ihr Alter ihr am frühen Morgen anzusehen war, und sie hatte recht. Aber er genoss das Gefühl seiner primitiven Macht, wenn sie so nach Hause fuhr: Lady Generalmajor Burtlock, auf deren Schenkeln noch seine Schläge brannten.

Er genoss es auch, wenn ihm das jüngste, unschuldigste Zimmermädchen das Frühstück brachte, während er nur in Hemd und Hose auf dem noch warmen Bett lag. Leider gab es in diesem Hotel keine jungen, unschuldigen Zimmermädchen, und so musste er sich in Brighton stets das Vergnügen versagen, das er sich auf ihrer Reise nach Schottland so gern gemacht hatte: einer vor Scham glühenden Sechzehnjährigen dabei zuzuschauen, wie sie mit nervösen Fingern die Laken richtete, die von dem Unaussprechlichen zerwühlt waren.

Vielleicht maß er solchen sekundären Reizen einen zu großen Wert bei, vielleicht war überhaupt diese ganze wundervoll schmutzige Affäre mit der Frau seines Vorgesetzten nur ein Kitzel, der ihm die Schwere der Welt erträglich machte; er wusste es nicht. Aber er wusste, dass die Sommersprossen in seinem Gesicht allmählich aufhörten, jungenhaft zu wirken, und nur noch albern aussahen, dass seine kurzen Locken grau wurden, seine Hinterbacken durchhingen, dass er nun beinahe fünfunddreißig war und noch immer nicht mehr als Leutnant.

»Unseren sauer gewordenen Pennäler« hatte ihn Burtlock im Offizierskasino genannt, und er hatte nicht den Mut – und nicht das Recht, redete er sich ein –, den Mann zu fordern.

Er saß noch beim Frühstück, barfuß, in Hemd und Hose am offenen Fenster, so müde und satt von Madeleines elaborierter Leidenschaft, dass er nicht hörte, wie die Zimmertür sich öffnete. Er sah den Mann erst, als der ihn schon eine Weile beobachtet hatte, und fuhr zusammen, für einen Soldaten ein wenig zu heftig.

»Guten Morgen, Turner«, sagte der ungebetene Gast und legte einen erschreckend hohen Zylinder auf der Garderobe ab. »Oder heißt es nun doch Captain Turner?« In seinen Augen glitzerte es belustigt.

»Sie!«, sagte Turner mit einer Mischung aus Abscheu und Erstaunen.

»Höchstselbst«, bestätigte der Mann, durchquerte mit seltsam federnden Schritten das Zimmer, zog einen zweiten Stuhl an den Tisch und setzte sich unaufgefordert dem erschöpften Liebhaber gegenüber.

»Was wollen Sie? Es gibt nichts mehr zu besprechen, wir sind fertig miteinander!«

»Jackson ist tot.«

»Er war ein Narr.«

»Er war in Paris.«

»Mein Gott, haben Sie diese dumme Geschichte noch immer nicht aufgegeben?« Der barfüßige Leutnant schnaubte kurz, es sollte ironisch wirken.

»Nein«, sagte sein Gegenüber unbeeindruckt, »aber Sie haben es auch nicht aufgegeben, Charlie, obwohl wir ausführlich darüber geredet haben, und ich muss sagen, das enttäuscht mich doch etwas!«

Charles Turner wurde ein bisschen rot und lachte zuerst wie ertappt, aber dann mit aller Sicherheit des Stärkeren. Er hatte es wirklich nicht aufgegeben, und warum sollte er auch? Es ging um einen Reichtum, der ihn Burtlock, dieses widerliche Hotel, die Armee und das ganze Britische Empire vergessen lassen würde.

»Und wenn schon«, sagte er. »Dann möge einfach der bessere Mann gewinnen!«

Der Besucher beugte sich vor, als wolle er Turner ein Geheimnis verraten oder ihn durch die schiere körperliche Nähe einschüchtern, und der ältliche Leutnant lehnte sich ebenfalls nach vorn, damit es nicht aussähe, als hätte er Angst. Aber bevor einer von beiden etwas sagen konnte, fühlte Charles Turner, wie unter dem Tisch etwas unglaublich Spitzes, Scharfes oberhalb des Schambeins in seinen Leib eindrang. Es war ein seltsames neues Gefühl, nach all seinen verwirrenden Erfahrungen mit Madeleine, jedenfalls ehe der Schock einsetzte.

7.

Schon auf der steilen, durch ein nahezu blindes Fenster nur schwach beleuchteten Treppe sah man, dass die Tür zu Tingles »Atelier« offen stand, und das war ein schlechtes Zeichen. Gowers streifte den Totschläger über, nur sicherheitshalber, falls es Ärger geben sollte. Aber als er die Tür aus der Nähe sah, wusste er, dass es den Ärger schon gegeben hatte. Sie war eingetreten worden.

Wer hätte gedacht, dass der alte Hurensohn sich so schnell das Firmenzeichen einprägen würde, dachte Gowers mit widerwilliger Bewunderung und betrat vorsichtig den Korridor. Der erste Blick ins Atelier sagte ihm, dass Fred Tingle ruiniert war.

Da war wieder dieses malerische Durcheinander von Polstern, Kleiderständern, Essensresten und Damenwäsche. Nur in der Luft hing diesmal mehr als der Geruch von Tabak, billigem Parfüm und fotografischen Chemikalien. Es roch nach Blut. Zwei Stühlen hatte man die Beine gebrochen, der Tisch lag auf dem Rücken wie ein totes Pferd, und die großflächigen Hintergrundpinseleien stapelten sich zerschnitten und zerrissen vor der Zimmerwand, die sie bis vor zwei, vielleicht drei Stunden in eine Steilküste, eine Waldlichtung mit See, einen Kerker und in das unvermeidliche Serail verwandelt hatten.

Nebenan hörte man jetzt ein kratzendes Geräusch. Gowers ging weiter durch den schmalen Korridor. Vorsichtig wich er den Scherben einer zerbrochenen Flasche aus, im bizarr gezackten Fuß noch ein Rest Rotwein. Daneben die Mousetrap, das Glasauge eingeschlagen. Gründliche Arbeit.

Als er näher an das Hinterzimmer herankam, wurde das kratzende Geräusch zu einem Fegen, ein langsames Zusammenscharren der Trümmer einer verlorenen Existenz. Dann sah Gowers die weinende Farbige. Sie erschrak kaum, als sie ihn bemerkte, und gerade daran erkannte er, dass sie heute schon Schlimmeres als ihn gesehen hatte.

»Oh, wir haben geschlossen, geschlossen, Sir. Kein Geschäft heute.«

Und auch sonst kaum wieder, dachte Gowers. Dann fragte er: »Wo ist Mr. Tingle?«

»Mr. Fred? Mr. Fred ist im Hospital, Sir. Sie haben ihn geschlagen, oh, wie haben sie ihn geschlagen!«

Er sah jetzt, dass sie unter anderem die Reste des mannshohen Spiegels zusammenkratzte, der der Verwüstung natürlich nicht entgangen war. Gowers wusste in diesem Moment, dass es bezahlte Straßenschläger gewesen waren. Diese Burschen zerschlugen immer alle Spiegel, egal, ob das nötig war oder nicht. Vermutlich konnten sie ihren eigenen Anblick nicht ertragen. Trotzdem fragte er weiter: »Wer war das?«

»Vier Männer«, sagte sie, »einer sehr groß, sehr groß. Rote Haare. Alle gut angezogen, sehr gut. Ich dachte, sie kämen kaufen, Bilder kaufen. Aber sie rannten die Treppe rauf. Ich konnte die Tür nicht mehr richtig zumachen.«

Sie sah auf den Totschläger an seiner Hand.

»Und alle, alle vier hatten sie das!«

Er streifte den Totschläger ab und steckte ihn in die Manteltasche. Die Aussicht, dass dieses offenbar irische Rollkommando über kurz oder lang auch in seinem Büro auftauchen würde, damit er »bekäme, was ihm zustand«, war wenig erhebend.

»Wo ist Miss Blandon? Caroline?«

Gowers registrierte an der Reaktion ihrer Augen, dass sie erst jetzt wirklich Angst bekam, und er verstand sofort, dass das nicht am Totschläger, sondern an seiner letzten Frage lag.

»Die Carrie ist weg! Carrie kommt nicht wieder!«

»Haben sie sie mitgenommen?«

Sie schüttelte den Kopf. Er sah die Schwellung über ihrem linken Auge und lächelte ihr beruhigend zu.

»Du darfst das nicht sagen.«

Sie schüttelte wieder den Kopf, dann überlegte sie es sich anders und nickte heftig. Gowers starrte auf den undefinierbaren Haufen Müll, den sie zusammengekehrt hatte.

»O Sir!« Sie verstand den Blick falsch, fiel auf die Knie und kramte eine Handvoll zerknickte, halb zerrissene Aufnahmen aus dem Abfall. »Sie wollen Bilder kaufen? Schöne Bilder? Ein paar sind noch … Ein paar …«

8.

Diesmal nur Mädchen. Oder Frauen, die versuchten, wie Mädchen auszusehen. Auch die Farbige selbst, in deutlich jüngeren Jahren. Und alle lächelten angestrengt und falsch, ein Lächeln wie aufgemalt, während weiße Knicke, Falten über ihre Gesichter liefen und die traurigen nackten Leiber zerrissen.

Gowers sah sich noch einmal im Zimmer um, scharrte hier und da mit den Füßen in der Verwüstung und wusste endlich, was er *nicht* sah: Überreste, Fetzen der gewachsten Papiernegative, deren Herstellung sich William Henry Fox Talbot vor einem Vierteljahrhundert hatte patentieren lassen.

»Wo …«, begann er, aber instinktiv wusste sie, wonach er jetzt suchte, und stellte sich ihm in den Weg. Sie schien mit einem Mal überhaupt nicht mehr naiv, vielmehr entschlossen, ihre letzte Hoffnung auf eine Zukunft mit Fred Tingle bis aufs Leben zu verteidigen. Gowers hob beschwichtigend die Hände.

»Nur eins! Ich will nur ein einziges. Und ich bezahle.«

Zehn Minuten später trug er Caroline Blandon, verewigt in Sodiumchlorid und Silbernitrat, auf seinem Herzen respektive in der Brusttasche. Aber er war noch keinen Block weit gegangen, als er sie sah. Den unvermeidlichen Besuch in seinem Büro hatten sie offenbar noch einmal aufgeschoben, Dringenderes war zu erledigen.

Vier gut, sehr gut gekleidete Iren waren im New York von 1865 eine einigermaßen auffällige Erscheinung. Einer von ihnen war tatsächlich über zwei Meter groß, und alle hatten sie die grimmigen Gesichter von Männern, denen gerade jemand den wesentlichen Unterschied zwischen Calo- und Daguerreotypie klargemacht hatte. Die nun mit Glasplattennegativen, Bleiabzügen und dem übrigen Groß und Klein der Fotochemie auf Du und Du standen und entschlossen waren, ihren Fehler wiedergutzumachen.

Gowers wollte zuerst auf die gegenüberliegende Straßenseite ausweichen. Dann fielen ihm die Farbige und ihr verzweifelter Mut ein, er dachte auch daran, dass die Iren jetzt und hier noch nicht mit ihm rechneten. Er kniete nieder und nestelte an seinem Stiefel herum. Zuerst der Riese!, dachte er noch, und als die Schläger auf seiner Höhe waren, schnellte er aus seiner geduckten Position hoch und trat dem völlig überraschten Mann die Hoden bis weit in die Leisten hinauf. Den zweiten traf er mit dem Totschläger genau zwischen die Augen. Die Wucht seines eigenen Schlags riss Gowers herum, und ein furchtbarer Ellenbogenstoß in die Herzgrube beendete die überraschten Abwehrbewegungen eines dritten Schlägers.

Erst der vierte kam überhaupt dazu, sich zu wehren. Ein ganz junger Bursche, Gowers bewunderte ihn fast ein wenig für seinen Mut. Seine älteren, weit stärkeren Genossen waren innerhalb von zwei Sekunden zu Boden gegangen, aber der Junge dachte gar nicht daran wegzulaufen. Sein Schlag streifte Gowers am Ohr, aber der Investigator packte den Arm und drehte ihn mit einem kraftvollen Ruck aus dem Schultergelenk. Der Junge schrie wie am Spieß, blieb aber auf den Beinen, bis ein Tritt in die Kniekehle auch ihn zu Fall brachte. Alles ging so schnell, dass einige wagemutige Passanten erst stehen blieben, als es schon vorbei war. Gowers wusste, dass diese Männer gekauft waren und sich immer wieder kaufen lassen würden. Dass sie kein Mitleid kannten und keins erwarteten und sich rächen würden, sobald sie wieder dazu in der Lage wären. Ohne weitere Bedenken machte er sich an die hässliche Arbeit des Knochenbrechens.

9.

Der Leutnant versuchte, sich auf dem Tisch abzustützen, aufzuspringen, aber da waren plötzlich keine Muskeln mehr, nur ein nasses, warmes Gefühl auf seinen Schenkeln und Geschlechtsteilen. Er krümmte sich unwillkürlich und fiel mit dem Gesicht auf die Tischplatte. Das Ding ging weiter, immer weiter, schräg aufwärts durch ihn hindurch. Es schien endlos zu sein. Erst der Widerstand, den sein Rückgrat bot, schob seinen Körper mitsamt dem Stuhl ein wenig zurück, und der entsetzliche Druck ließ nach. Der Besucher hatte den Griff des Degens losgelassen und stand auf.

Charles Turner stieß sich nun doch vom Tisch ab und fiel auf die Knie. Er öffnete den Mund, um zu schreien, aber er brachte nur eine Art Seufzen hervor, ein langgezogenes »Aaaach!«. Ratlos griff er nach der Klinge, die ihn durchbohrt hatte, und zerschnitt sich die Finger an der scharfen Schneide. Der Griff schien aus Gold zu sein und ragte gut anderthalb Fuß weit aus seinem Körper hervor.

»Ich sehe, Sie interessieren sich für die Waffe, Charlie«, sagte der Mörder trocken. »Keine gewöhnliche Klinge, wissen Sie. Ein Ehrendegen, verliehen an Major Burtlock, für hervorragende Verdienste während der indischen Rebellion.«

Turner hatte begonnen, auf allen vieren zur Tür zu kriechen, wobei der Degengriff schwankte wie ein Grashalm. »Hilfe!«, flüsterte er und hinterließ eine breite Blutspur im Zimmer, ehe der Mörder ihn durch einen Tritt in den Hintern zu Fall brachte. Seit er das Zimmer betreten hatte, waren noch keine fünf Minuten vergangen.

Der tödlich Verwundete zog sich jetzt langsam zum Bett hoch, wogegen der Mörder nichts zu haben schien. Turner wollte immer noch schreien, aber da die weitaus meisten seiner Bauchmuskeln durchschnitten waren und nur noch zu ziemlich sinnlosen Kontraktionen in der Lage, kam nicht mehr als ein Wimmern über seine Lippen, dem verzweifelten Weinen eines Kindes vergleichbar. Er krümmte sich auf dem Bett zusammen, in der kleinen Mulde, die Madeleines schmaler Körper hinterlassen hatte, und versuchte noch einmal vergeblich, die Klinge aus seinem Leib zu ziehen.

Der morgendliche Eindringling hatte seinen Hut wieder aufgesetzt und betrachtete sich im Spiegel. Hinter sich erkannte er das Bett, und er fragte sich, wie er es in Hotelzimmern schon häufig getan hatte, was ein solcher Spiegel wohl schon alles gesehen hatte. Dann wandte er sich wieder seinem Opfer zu, dem inzwischen Blut aus Mund und Nase lief, das aber noch bei vollem Bewusstsein war.

»Immer noch nicht tot?« Er zog den Degen ein Stückchen heraus und drehte ihn in der Wunde, sodass die Schneide Richtung Kopf zeigte. Turner schrie nun doch, aber es klang wie ein helles Gurgeln, und das Blut vor seinem Mund wurde schaumig. Keuchend trieb der Mörder die Klinge durch Eingeweide und Muskeln zum Brustbein hoch, eine schwere, langsame Arbeit, bei der seine Worte seltsam abgehackt wirkten.

»Nun müsste – aber langsam – Ihr Herz kommen – alter Junge!«

Der Körper hörte endlich auf zu zucken, Charles Turner war offensichtlich tot. Aber wenn es stimmt, dass die Seelen der Verstorbenen noch eine Weile am Ort ihres Todes herumschweben, ohne Hass, im vollkommensten Frieden von der Zimmerdecke zurückschauen, dann konnte die Seele des Leutnants über seinen jetzt regelrecht geschlachteten Körper hinweg beobachten, wie der Mörder langsam, als müsse er jeden Schritt bedenken, ans offene Fenster trat und in der hereindringenden Brise tief durchatmete.

Falls man auch noch etwas hört, außer der Stille vor dem Einsatz der himmlischen Chöre, vernahm Turner die wie sinnlos dahingemurmelten Worte: »Die See, Charlie, die See!«

Weit hinten am Strand war schon früh am Morgen ein junges Mädchen im Sommerkleid mit ihrem Hund unterwegs. Sie warf ein Stöckchen, und das alberne Tier sprang ihm nach in die kurzen, kalten Wellen.

Danach soll man angeblich ein helles Licht sehen.

10.

HARPER'S WEEKLY, Journal of Civilization, stand dem Tammany-Ring und seinen korrupten Mitgliedern unversöhnlicher gegenüber als jede andere Publikation. Diese Feindschaft und Caroline Blandon – (gut gewachst und schimmernd von Silbernitrat, wie er obszön dachte) – brachten Gowers doch noch eine beachtliche Summe ein, obwohl sie das Bild natürlich nie veröffentlichen würden. Wahrscheinlicher war, dass die Zeitung mit diesem Druckmittel einen hochrangigen neuen Informanten aus dem direkten Umfeld des verhassten Rathauschefs gewann.

Sicher war hingegen, dass der Senator Mittel und Wege finden würde, sich zu revanchieren. Nicht heute, nicht morgen, aber irgendwann in einer der dunklen Straßen, die zu betreten Gowers in seinem Beruf kaum vermeiden konnte. Jeder neue Klient konnte ein Strohmann sein, jede neue Ermittlung in eine Falle führen. Er schwor sich, nie wieder für einen Politiker zu arbeiten, und begann, seine Sachen zu packen. Wie immer fiel ihm dabei seine Mutter ein. Durch so endlos viele Zimmer, Pensionen waren sie gemeinsam gezogen und hatten bisweilen zweimal im Monat die Bleibe gewechselt, halb auf der Flucht, halb auf der Suche nach einem besseren Leben. Was ihm davon geblieben war, waren die Leichtigkeit, mit der er sich von Dingen trennen konnte, die er nicht mehr brauchte, und ein sicheres Gespür dafür, welche Dinge das waren. Außerdem, wenn auch eher mechanisch, eine gewisse Systematik beim Einräumen seiner wenigen wirklichen »Habe«.

John Gowers hatte nie mehr besessen, als sich in einem Reisesack verstauen ließ. Einen zweiten Anzug, einige Hemden, Unterwäsche, eine ausgeblichene Offiziersmütze der Nordstaaten, seinen Army-Revolver, ein paar Kisten Zigarren, das holzgeschnitzte Etui mit der blauen Brille und eine abgegriffene Ausgabe der *Canterbury Tales*. Sein Messer steckte wie immer in einer Lederscheide in seinem rechten Stiefel, sein eiserner Freund, der Totschläger, in der Manteltasche. Er dachte über die Richtung nach, dachte an New Orleans und fragte sich, ob Maggie noch lebte.

Als er leise Schritte vor der Tür seines Büros hörte, glaubte

Gowers zuerst, dass Senator Blandon ungeduldiger war, als er erwartet hatte. Dann erkannte er an der Art des Klopfens, dass ein neuer Fall vor der Tür stand, und legte den Revolver weg, den er instinktiv noch einmal aus seinem Gepäck geholt hatte.

»Ja?«

»Sind Sie der Detektiv?«

Eine Engländerin, wusste Gowers, als sie noch in der Tür stand. Etwas über zwanzig, obere Mittelschicht, merkwürdig blass. Eine Krankheit oder eine Seereise, dachte er. Oder beides.

»Investigator«, erwiderte Gowers. »In Amerika sagen wir: Investigator.«

Die Unsicherheit ihres Gangs, die Art, wie sie den Stuhl zurechtrückte, verriet ihm endgültig, dass sie noch keine drei Stunden an Land war und mit der Blandon-Geschichte nichts zu tun haben konnte. Ein durchgegangener Ehemann, Bruder oder Vater, dachte Gowers. Schulden. Oder eine Erbschaft. Er musterte seine Klientin noch einmal. Sie war nicht hässlich, aber auch keine Schönheit, die man auf den Promenaden Londons oder Brightons vermissen würde. Manchmal stahl sich ein unschöner Zug um ihre Lippen, zeigten die Mundwinkel nach unten, als hätte sie in ihrer Jugend auf etwas Saures gebissen und die Erfahrung nie ganz verwunden. Im Augenblick interessierte ihn aber mehr die schmale Taille, der flache Bauch. Keine Schwangerschaft in den letzten Jahren. Aber egal, er würde den Kerl schon auftreiben …

»Mein Name ist Emmeline Thompson, Mr. Gowers. Mein Vater …«

Erbschaft!, dachte Gowers.

»… ist ermordet worden.« Sie schluckte hörbar. »Jedenfalls glaube ich das.«

Gowers nickte ihr ernst zu. Ohne sie aus den Augen zu lassen, holte er eine Flasche Portwein aus den Tiefen seines Schreibtischs und goss der jungen Dame trotz ihrer heftig abwehrenden Handbewegungen das Glas voll, das für seine Kundschaft reserviert war.

»Erzählen Sie mehr«, sagte er und schloss konzentriert die Augen.

II.

Der Investigator wusste, dass die Gegenwart der kleinste Teil der Welt ist; Oberfläche einer sich brechenden Welle, ahnungslos, aber unlöslich verbunden mit der Tiefe, aus der sie steigt, und den Kräften und Widerständen, die sie formen. Seine Mutter hatte ihm von der Welle erzählt, er selbst hatte sie gespürt, in seiner Kindheit schon, und danach in so vielen anderen Zeiten und Situationen, dass man sie verschiedene Leben nennen konnte. Natürlich gab es auch Zufälle, sie waren das Treibgut der Gegenwart und wurden, wenn sie nicht so schnell und spurlos vorübergingen wie ein Fremder in der Menge, ihrerseits Ursache für Wirbel und Strömungen. Die Gegenwart beurteilen, erklären zu wollen, ohne die Vergangenheit zu kennen, hieße, sich von den flüchtigen, oft genug sinnlosen, eben zufälligen Eindrücken des Augenblicks blenden zu lassen, sich nicht an der Sonne, den Sternen zu orientieren, sondern an den Lichtreflexen auf dem Wasser.

Sicher, man musste die Gegenwart im Auge behalten, vor allem, wenn sie etwa in Form von vier irischen Schlägern daherkam. Dann war ziemlich unerheblich, wer diese Männer waren, woher sie kamen oder wie sie wurden, was sie waren. Dann zählten nur ihre unmittelbaren Absichten und was sich dagegen tun ließ. Aber um irgendein fremdes Leben oder Sterben auch nur in seinen Umrissen zu erkennen, Linien und Brüche zu sehen, Verbindungen herzustellen, Schlüsse zu ziehen, Beziehungen, Verhaltensweisen, Handlungen und Nichthandlungen zu begreifen, war es besser, die Augen zu schließen und sich der Tiefe anzuvertrauen.

Nicht so sehr, zu erraten, was man nicht weiß, sondern zu klären und zu ordnen, was man weiß und wissen kann, ist Ermittlungsarbeit. Also fragte John Gowers sich, wer Samuel und Emmeline Thompson *waren*, der eine, bevor er starb, die andere, ehe sie zu ihm kam. Und Emmeline Thompson, weniger reflektiert, unbewusst, fragte sich: Wer ist John Gowers?

12.

Als sie alles erzählt hatte – von ihrem Vater Samuel Thompson, der unterwegs gewesen war, um Gouverneur von St. Helena zu werden, der sich auf diese Aufgabe gefreut hatte wie seit Jahren auf nichts, seit seine Frau, ihre Mutter, gestorben war – als sie alles erzählt hatte, waren die Augen des Mannes noch immer geschlossen. Und obwohl er keine Miene verzog, hatte Emmeline Thompson das unangenehme Gefühl, dass er mehr wusste, als sie gesagt hatte.

Dieses Gefühl empörte sie. Sie hatte es zum ersten Mal als junges Mädchen empfunden, als im Verlauf einer hartnäckigen bronchialen Erkrankung ein Arzt ihre Brust abgeklopft und angesehen hatte. Zwar war sie diesmal nicht nackt. Aber dieser Detektiv oder Investigator oder wie immer er sich nannte, hatte auch nicht das vertrauenswürdige Alter oder den vertrauenerweckenden Bart wie der Arzt damals, der immerhin auch ihre Mutter behandelt hatte. Was wusste sie von John Gowers?

Nur, dass sein Name als erster gefallen war, als man ihr auf dem Polizeirevier gesagt hatte, dass man für einen Mord auf hoher See nicht zuständig sei, schon gar nicht an Bord eines englischen Schiffes und noch weniger bei dem dringenden Verdacht auf Selbstmord. Da würde sie sich einen privaten Ermittler suchen müssen. War Gowers Name als erster gefallen, weil er so gut war? Oder einfach, weil sein Büro in der Nähe des Hafens lag?

Er sah nicht sehr eindrucksvoll aus, eher harmlos, bis auf irgendetwas in seinen Augen, das sie beunruhigte. Er war allenfalls zehn Jahre älter als sie, kaum über dreißig, nicht besonders groß, nicht besonders kräftig. Nach seiner Kleidung und seinem Büro zu urteilen, nicht einmal besonders erfolgreich. Was würde so jemand schon tun können?

Gowers wusste, dass sie unglücklich war. Schon unglücklich gewesen war, als sie England verlassen hatte. Und auch schon zwei Jahre vorher, genau genommen seit dem Tod ihrer Mutter. Das war der Moment, in dem ihr Leben abknickte wie eine Blume. Bis dahin mochte es Verehrer gegeben haben, Konzerte, Tanzabende. Seither gab es nur noch einen trübsinnigen Vater, die Pflichten einer Haushälterin und die Aussicht auf zehn Jahre Verbannung auf einem Felsen im Atlantik. Nicht gerade das, was man mit zwanzig, zweiundzwanzig vom Leben erwartet.

»Also während der Überfahrt …« Gowers öffnete die Augen wieder.

»Vor einer Woche«, sagte Emmeline Thompson gereizt. Dann legte sie sekundenlang eine Hand auf ihren Mund, als würden ihr erst in diesem Augenblick die Kürze der Zeitspanne und die Tragweite der Tatsachen bewusst. »Mein Gott, erst vor einer Woche.«

»Wie genau … wodurch ist der Tod eingetreten?«

»Aufgehängt«, sagte sie sehr leise, entsetzt darüber, selbst auszusprechen, was sie nicht glauben wollte. Ihre Lippen begannen zu zittern, und wieder versteckte sie es in der hohlen Hand. »Sie sagten, er hat sich aufgehängt, aber das stimmt nicht. Er war nicht … so verzweifelt.« Die Worte kamen zunehmend schwerer, das Gewicht auf ihrer Brust wuchs, ihre Brauen zogen sich ein wenig zusammen.

Gowers, der schon einige treulose Ehemänner überführt und logischerweise mit ebenso vielen betrogenen Ehefrauen zu tun gehabt hatte, deutete diese Anzeichen richtig und bot ihr ein blütenweißes Taschentuch aus der obersten Schreibtischschublade an. Der Anblick kostete sie endgültig ihre Fassung. Ein sieben Tage lang zurückgehaltenes Schluchzen brach aus Emmeline Thompson heraus.

Gowers zog sich taktvoll zum Fenster zurück und sah hinaus. Erst als er den Geräuschen entnehmen konnte, dass sich seine Klientin wieder im Griff hatte, fragte er weiter.

»Wo? Ich meine, wo hat man ihn gefunden?«

Sie schien beinahe froh, dass es nun wieder um eine rein technische Angelegenheit ging, zu der ihr allerdings das Vokabular fehlte.

»An der … An diesem Ding …«

»An der Rah?«

»Ich weiß nicht, wie man das nennt, das Querding am Mast.«

Gowers war froh, dass er immer noch aus dem Fenster schaute, denn er musste unwillkürlich lächeln, als plötzlich alles vor ihm auftauchte: Royalrah, Bramrah, Marsrah, Großrah, Begienrah … Das Querding am Mast!!

England ist auch nicht mehr das, was es mal war, dachte er, als er sich wieder zu Emmeline Thompson umdrehte.

13.

Wenn es keine so gute Gelegenheit gewesen wäre, New York zu verlassen, hätte er ihr geraten, die Sache zu vergessen, nach England zurückzukehren und ihr Leben von vorn zu beginnen. Nichts war schwieriger, als irgendetwas ergründen oder gar beweisen zu wollen, was auf hoher See geschehen war. Aber Gowers sah sich bereits an Bord dieses Schiffes und ließ sich davon nicht abschrecken.

Samuel Thompsons Passage nach St. Helena war bezahlt, er würde also auf Kosten des Toten reisen – genau genommen sogar noch sieben Tage länger. Wieder hätte er ihr fast ins Gesicht gelächelt, denn so deutlich wie seit Jahren nicht mehr fiel ihm ein, dass sein Vater ein Schotte gewesen war. Wie konnte er der jungen Dame seinen Plan klarmachen?

Emmeline Thompson hatte schon viel von der Rücksichtslosigkeit und Geldgier der Amerikaner gehört. Der Dollar war ihre Moral, ihre Tradition, der Gott, dem ihre Gebete galten. Dass überhaupt jemand auf die Idee kam, am Unglück anderer Menschen Geld zu verdienen, hatte ihr im Verlauf der letzten peinlichen Minuten den Berufsstand der privaten Ermittler vollends suspekt gemacht, ihre anfängliche Empörung bestätigt. Dennoch leuchtete ihr seine Feststellung, dass eine sinnvolle Ermittlung nur an Bord des Schiffes selbst möglich sei, unmittelbar ein. Auch dass diese kaum in den anderthalb Tagen der New Yorker Liegezeit stattfinden konnte, begriff sie sofort. Warum hatte sie nicht selbst daran gedacht? Nun würde sie für diesen simplen Rat viel Geld bezahlen müssen.

Sein Angebot, die Reise aus diesem Grund mitzumachen, überraschte sie nicht nur so sehr, dass ihr Unterkiefer herunterklappte, es erschreckte sie auch. Wie viel um Himmels willen sollte denn das kosten? Als er eine lächerlich geringe Summe nannte, trank sie doch einen Schluck Portwein. Und als er das Fenster schloss, einen fertig gepackten Reisesack hinter dem Vorhang hervorholte und ihr auffordernde Blicke zuwarf, lachte sie trotz all ihrer Verzweiflung.

»Sie … Sie wollen sofort mitkommen!? Einfach so? Nach St. Helena?«

»Ja«, sagte Gowers schlicht, wenn er auch hoffte, den Fall schon früher aufzuklären.

Emmeline Thompson hatte schon viel von der zupackenden, spontanen Art der Amerikaner gehört. Dennoch lief ihr ein Schauer den Rücken hinunter, bekam sie Angst, dass sich die Haare in ihrem Nacken sträuben könnten – als ein Mann ihren Arm ergriff, der in weniger als fünf Minuten bereit war, seine ganze Existenz hinter sich zu lassen. Woher hätte sie wissen sollen, die lange so wohlbehütete Tochter, das Bürgerkind, dass er genau das seit frühester Kindheit gewohnt war?

14.

Das Stottern, Stocken seiner Klientin auf dem Weg zum East River Seaport und die Offensichtlichkeit, mit der sie sich fragte, wer von ihnen beiden den Tag nur träumte, brachten Gowers noch einmal zum Nachdenken. In erster Linie über seinen Plan, aber auch ein wenig über den bevorstehenden Fall.

Die Untersuchung hatte sich auf den Augenschein beschränkt. Auf einem Schiff fragte niemand lange nach möglichen Todesursachen, wenn ein Mann aufgeknüpft an der Großrah baumelte. Da die Kleidung des toten Samuel Thompson keinerlei Spuren eines Kampfes oder sonstiger Gewalteinwirkung aufwies, der Körper keine Kratzspuren, Platzwunden oder Ähnliches, schloss man auf allgemeinen Lebensüberdruss und ein zwar gewaltsames, aber durchaus freiwilliges Hinscheiden. Einen Reim darauf machte sich jeder, der schon mal auf St. Helena gewesen war oder davon gehört hatte.

Nur Emmeline, die Tochter des Toten, war zuerst kaum zu beruhigen und danach nicht zu überzeugen gewesen. Hatte so lange und laut von Mord geredet, bis der Kapitän höchstpersönlich, oberste Polizeigewalt auf allen seegehenden Schiffen Ihrer Majestät Königin Viktoria, ein Machtwort gesprochen hatte. Wer von beiden recht behielt, würde Gowers auf der Reise in den südlichen Atlantik schon herausfinden.

Vielleicht wäre seine Aufgabe aber auch schon auf den Bahamas beendet, vielleicht war es wirklich nur ein Selbstmord gewesen. Vielleicht könnte er von Nassau aus mit irgendeinem Schmuggler nach New Orleans segeln, vielleicht lebte Maggie noch, vielleicht ...

Gleichzeitig fragte er sich, wie wohl das Schiff aussehen würde. Rechnete mit einer Brigg, allenfalls einer Dreimastbark, Auswanderer- oder Paketschiff mit vielleicht zwei Decks – und stand dann mit offenem Mund, ehrfürchtig wie in einer Kirche, unter den dreißig Meter hohen Masten des uralten englischen Linienschiffes: Vierdecker, als Vollrigg getakelt, an die zweitausend Tonnen, bei Trafalgar, Navarino oder bei ähnlichen Gelegenheiten sicher nicht unter achthundert Mann gefahren. Die Geschützpforten der vierten Batterie, knapp über der Wasserlinie, waren vernagelt. Auch auf dem zweiten und dritten Deck war kein Geschütz mehr zu sehen, die Luken standen zur Lüftung offen.

Sie war über sechzig Jahre alt, hatte vieles gesehen, alle Meere befahren. Verkauft an die Ostindische Kompanie und mehrfach umgebaut, war sie jetzt ein Indienfahrer für Last-

und vor allem Truppentransporte. Ein erheblicher Abstieg, aber dennoch schritt Gowers mit der Begeisterung des geborenen Engländers ihre Länge schon am Kai ab, sah dann ihren Namen am Bug und sein erstes Leben hinter dem Namen:

Northumberland.

15.

Northumberland, benannt nach dem angelsächsischen Königreich Northumbria, war von jeher das Grenzland des wie und durch wen auch immer zivilisierten südlichen Teils der britischen Insel gegen die wilden Stämme des Nordens, zuerst die Pikten, dann die Schotten.

Agricola, der Schwiegervater des großen Tacitus, besiegte im Jahre achtzig die hier lebenden freien keltischen Stämme und legte eine Kette befestigter Punkte zwischen Eden und Tyne. Ein halbes Jahrhundert später verbanden römische Ingenieure diese Befestigungen mit einem siebzig Meilen langen und fünfzehn Fuß hohen Wall, den sie zu Ehren ihres Kaisers *Vallum Hadriani* nannten.

Zweihundertfünfzig Jahre lang wurde diese Grenze bewacht und nicht überschritten, ehe Pikten, Sachsen und Waliser in nie zuvor und seither nie wieder erreichter Einigkeit den Wall durchbrachen und die Anarchie der Völkerwanderungen die Herrschaft der Römer in England für immer verschlang.

Die angelsächsischen Könige kamen und gingen. Oswin von Northumbria wurde Overlord über alle britannischen Reiche, bis Offa von Mercia im achten Jahrhundert die Führung übernahm.

Siebenhundertvierundneunzig, ein Jahr nach Lindisfarne, landeten die Wikinger in Jarrow-upon-Tyne und zerstörten das Kloster des heiligen Beda. Die große Armee der Dänen besetzte das Land und wurde von den Angelsachsen aufgesogen. Erst Wilhelm der Eroberer setzte der Herrschaft und dem blutigen Streit vieler kleiner Stammesfürsten und Clanchefs ein Ende – und seinen Ritter Percy als ersten Earl of Northumberland über die nördlichste Grafschaft des normannischen England.

Schon die Römer hatten am Tyne nach Kohle gegraben, sie über eine wohlangelegte Heerstraße, den Fosse Way, nach Süden verschickt. Aber ihre Gruben verfielen mit dem Hadrianswall, und nur die Straße wurde von vielen fremden Heeren genutzt, um das Chaos anzurichten, in dem Christentum und Kultur versanken.

Erst im späten Mittelalter nahm man die Arbeit in den nie vergessenen Kohleminen zaghaft wieder auf; primitiven Minen, selten mehr als zehn, vielleicht zwanzig Meter unter der Erde, unbewettert, ständig vom Wasser bedroht. So blieb es ein halbes Jahrtausend.

Der schwarze Prinz starb, die Jungfrau von Orleans wurde geboren und verbrannt, York und Lancaster stritten sich erbittert um die blutige Krone. Heinrich VIII. küsste und köpfte seine Frauen, die Armada versank, und Lilibeth hatte keine Kinder. Der Sohn der Maria Stuart vereinigte die beiden Königreiche, und ihr Enkel verlor Kopf und Krone an Parlament und Volk.

Und die Kohle vom Tyne rollte in den Süden auf der uralten Straße und heizte die Schmelzöfen dieser Geschichte, des Märchens von *Merry old England*. Oliver Cromwell besuchte angeblich die Gruben von Newcastle, die noch genauso primitiv waren wie zur Römerzeit oder wenig besser.

Und es auch blieben, bis ein Schotte, James Watt, eine Maschine erfand, mit der man das Wasser beherrschen, es heben konnte, tausend Liter in einer Minute. Gleichzeitig verzehrte diese Maschine, überall nachgebaut und zu den unterschiedlichsten Zwecken eingesetzt, zum ersten Mal in der Geschichte nicht mehr die menschliche Arbeitskraft, sondern nurmehr die Energie eines Brennstoffs, und das hieß: neue Minen, größere Gruben!

Nun erst stiegen sie in die Erde, tiefer hinab als je ein Römer, Sachse oder Normanne vor ihnen. Fünfzig Meter, hundert Meter, ja, sie trieben Schächte bis über dreihundert Meter in lichtloses Gestein, Mergel. Sie durchbrachen das Deckgebirge und standen auf dem geronnenen schwarzen Blut der Zeit. In wenigen Jahren schlugen sie mehr davon aus den Adern der Erde als sämtliche Generationen vorher zusammengenommen.

Und das erste Wort, das die Kinder am Tyne nach »Mama« und »Papa« zu sagen lernten, war: »Kohle!«

16.

Joseph Gowers, der Pfarrer von Old Benwell, zwischen *Vallum Hadriani* und Tyne, saß zitternd vor Ärger und Unruhe in der Sakristei seiner kleinen Kirche und erwartete den Zorn des Herrn über seinem Haupt.

Es war Sonntag, der Tag des Herrn, und schon seit zwei Stunden war er hier, angetan mit dem schlichten schwarzen Talar eines Dieners der anglikanischen Kirche. Er hatte das Heulen und Zähneklappern zu Hause nicht mehr ertragen und war hierher geflüchtet, wo er nun selbst heulte und klapperte. Jedenfalls zitterte.

Aber er würde sich seiner Schande stellen, jawohl, er würde diesen bitteren Kelch bis zur Neige leeren, der Herr hat's gegeben, der Herr hat's genommen, gelobt sei der Name des Herrn!

Aber warum Jenny? O Herr?

Warum die jüngste seiner sechs Töchter, sein Augenstern, das Licht seiner Tage?

Sie war kein sonderlich hübsches Mädchen. Er hatte viel mehr Angst gehabt um Charlotte Alexandra, seinerzeit, ihrerzeit. Die war groß, war schlank und auf eine herausfordernde Weise blond. *Ihre Augen sind wie die Teiche von Heschbon am Tor Bat-Rabbim, von ihren Lippen träufelt Honigseim, ihre Brüste sind wie junge Zwillinge von Gazellen, die unter Lilien weiden.* Aber *unsere Schwester ist klein und hat keine Brüste* … Warum Jenny?

Sie war zu dünn, zu knochig. Allerhöchstens ihre Nase war *wie der Turm auf dem Libanon, der gen Damaskus schaut.* – Ein Vers, den Ehrwürden Gowers ohnehin nie ganz verstanden hatte.

Jenny, Jane Gowers. Ihr Mund war zu schmal und ihr Haar so schwarz, dass er oft den Herrn angerufen hatte, in der Dunkelheit seiner bösen Gedanken, den Zweifeln an seinem Weib. Aber auch ein lachendes Mädchen, ein kluges Mädchen. Wahrhaftig gescheiter als all die zahllosen Diakone, die er in dreißig Jahren hatte kommen und gehen sehen. Und es war seine Schuld, seine Schuld, seine große Schuld, dass sie all das wusste und mehr wusste, als für das Seelenheil eines siebzehnjährigen Mädchens nötig war.

Er spähte durch den Türspalt in die Kirche, wo das Gescharre vieler Füße und ein Räuspern aus vielen Kehlen ihm verkündeten, dass sich seine Herde versammelt hatte, vollständiger noch als am Osterfest, diese Heuchler, Pharisäer, diese üblen Sünder. Waren gekommen, um sich an seiner Schande zu weiden, dem Schmerz ihres Hirten!

Ehrwürden Gowers atmete heftig aus, ehe er vor die gottesfürchtige Schar trat, und lernte dabei seine Frau immerhin etwas besser verstehen, die heute den ersten Sonntag ihres Lebens nicht in der Kirche verbrachte. Tag des Herrn, Tag des Zorns!

Seine Predigt war sehr verwirrend für alle Beteiligten. Da war erfreulich viel von den zuchtlosen Schwestern die Rede: Juda und Israel, Jerusalem und Samaria, die die auserlesensten Söhne Babels, Assurs und Ägyptens nach ihren Brüsten greifen und ihren jungen Busen betasten ließen. Von Jeremiä Klagerufen über die Tochter Zions, die hoch gebaute Stadt, das alte Möbel: *Sie ist wie eine liebliche Aue; aber es werden Hirten über sie kommen mit ihren Herden; die werden Zelte aufschlagen rings um sie her und ein jeder seinen Platz abweiden.*

Bis dahin stimmte noch alles.

Ganz unvermittelt kam er dann aber auch auf Lots Weib, Lots Töchter und von da wieder auf die Blöße Noahs zu sprechen und dass der Herr strafet die Sündigen bis ins siebente Glied, König David könne auch ein Lied davon singen …

Mit einem Wort: Er gab es den Sündern ganz ordentlich, wenn auch reichlich ungeordnet. Und die ganze Zeit über fischte sein Auge Gesichter aus der Menge der zahlreich erschienenen jungen Männer. Welcher, o Herr? Welcher von all diesen Söhnen Babels, Assurs, Ägyptens, Old Benwells …

17.

Nach dem Abendmahl wusste er es.

Zuerst dachte er, es wäre der junge Philip Greening gewesen, denn der war so breit grinsend vor ihm aufgetaucht, dass Gowers in seiner Erregung dem Jungen das Brot bis zum

Kehlkopf in den Hals geschoben hatte: Ersticken sollst du an deinem Grinsen! Nun war er klüger.

Ein Mann war sitzen geblieben, und während der Pfarrer zum Abschluss der Messfeier nun hastig seine Litaneien herunterbetete, fixierte er nur noch diesen jungen Menschen, der blass, blass, aber herausfordernd sicher, in einer der hinteren Reihen saß. Auch die Gemeinschaft der Gläubigen hatte ihn nun bemerkt. Ältere Damen in der Farbe und Form von geschlossenen Regenschirmen tuschelten sich seinen Namen und sonstige »nähere Umstände« zu und blickten dann wieder halb mitleidig, halb neugierig auf ihren Hirten, der mit zitternden Händen das Kirchenbuch aufgeschlagen hatte: der Moment, auf den sie alle seit fast einer Woche gewartet hatten!

»Einträge!«, sagte Ehrwürden Gowers. Und erzählte von Margret Winchell, die zwei Tage zuvor im Alter von vierundsechzig Jahren in der Gnade verstorben war und am Montag beerdigt würde. Von Charles Benfield und Hariet Stone und dem heiligen Versprechen, das sie sich in zwei Wochen in dieser Kirche geben würden.

Und er forderte jeden auf, zu sprechen, der einen Grund anzugeben wüsste, aus dem diese beiden nicht zusammengegeben werden sollten – hätte sich aber sehr gewundert, wenn sich daraufhin irgendjemand gemeldet hätte, und war am Ende der bislang bekannten Ein- und Austräge angekommen.

Gespannte Stille. Noch einmal atmete der bedauernswerte Mann hörbar durch, dann fragte er mit kräftiger Stimme: »Anzeigen?«

Eine der hinteren Bänke knarrte, als der blasse junge Mann sich erhob. Achtzig Augen wandten sich ihm zu, vierzig Blicke bissen sich an ihm fest. Er war ein gut aussehender Mann Mitte zwanzig, schlank, aber stark, mehr als sechs Fuß groß, schwarzhaarig, die Augen einer Taube im Gesicht eines Falken. Und die kräftigen Hände des Kohlehauers. Unter anderen Umständen hätte Gowers ihn eine beeindruckende Erscheinung genannt. Jetzt war er tatsächlich beeindruckt. Und wütend darüber.

»Ja?«, bellte der Pfarrer.

»Die Geburt eines Kindes!«

Die Antwort kam leise, aber nicht weniger bestimmt. Die Blicke der Gläubigen wanderten jetzt zwischen den Kontrahenten hin und her, um hinterher jede Schwäche, jedes Schwanken gnadenlos durchhecheln zu können.

»Name?«, schnarrte Gowers, der befriedigt registriert hatte, dass der Mensch immerhin seinen Hut in der Hand hielt, um seine schwarzen Fingernägel zu verbergen. Aber die Antworten blieben ruhig und sicher.

»John Augustus Williams.«

»Aus?«

»Skye.«

Ein Schotte!, dachte Ehrwürden Gowers, ich wusste es: ein gottverdammter Hochländer, am Ende noch Presbyterianer! Ohne es zu wollen, wurde der Pfarrer leiser.

»Name des Kindes?«

»Joseph Benjamin.«

Die Gemeinde erstarrte, Taschentücher und Fäuste legten sich auf offene Münder, nur jetzt keine Regung zeigen! Gowers aber wurde noch schwärzer vor Augen. Es war sein eigener Name.

Bleich geworden sammelte er sich für den letzten Schlag, seine Strafe. Seine Schuld, seine Sünde, bis ins siebente Glied!

»Name der Mutter?«

Der gemeinschaftlich eingezogene Atem seiner Herde sog ihm die Frage fast von den Lippen.

Der junge Mann sagte, jetzt trotzig laut: »Jane Elizabeth Williams. Geborene Gowers.«

Der Pfarrer schluckte in die Stille hinein, krächzend kam die Eintragung, die er gemacht hatte, von seinen trockenen Lippen: »Am 19. April 1836 steht auf vor dem Antlitz Gottes und den Augen dieser Gemeinde John Augustus Williams aus Skye und zeigt an: die Geburt seines in Sünde empfangenen Sohnes Joseph Benjamin.«

Er räusperte sich, schaute dann mutig auf, ließ den Blick über die Häupter seiner Herde wandern, ob sich wohl einer trauen würde, ihn in diesem Moment anzuschauen, und sagte dann laut und vernehmlich: »Name der Mutter: Jane Elizabeth Williams, geborene Gowers!«

Gowers schlug das Kirchenbuch heftig zu, und es knallte, als hätte er auf den Schotten geschossen. Der wich tatsächlich vor Überraschung zum ersten Mal ein wenig zurück. Der Pfarrer donnerte mit blitzenden Augen: »Das macht vier Shilling, Mr. Williams!«

Der Bergmann, verärgert über sein wenn auch nur flüchtiges Zurückweichen, kam aus der Kirchenbank, versetzte ihr dabei absichtlich einen Tritt, der wie ein plötzlicher Donner über den Köpfen der angsterfüllt schweigenden Gemeinde rollte, und ging dann mit festen Schritten durch den Mittelgang zum Tisch des Kirchendieners an der Tür zur Sakristei. Vierzig Augenpaare bohrten kleine Löcher in seinen Rücken, als er die Strafe für seine Sünde auf den Tisch zählte.

Er wartete dann unwillkürlich noch eine Sekunde auf das *Vade in pacio et non amplio peccare* der Ältesten, aber dann fiel ihm wieder ein, dass er ja hier in der Kirche von England stand. Also nickte er dem Pfarrer, der mit weißen Knöcheln sein Kirchenbuch umklammert hielt, noch einmal kurz und ernst zu und ging langsam hinaus.

Erst als er wieder draußen unter einem taubengrauen Himmel stand, in dem schon eine Spur Frühling spürbar war, tat er, was er sich offenbar für diesen Moment lange vorgenommen hatte. Spitzte die Lippen und begann zu pfeifen, zuerst leise, dann so laut, dass die drinnen es sicher hören mussten: *The Flower of Scotland.*

Der Hadrianswall hatte wieder nicht gehalten!

18.

»Ist Ihr Vater zur See gefahren? War er bei der Marine?«

»Nein, Vater ist in der Armee gewesen, bevor er Beamter wurde.«

»Welche Waffengattung?«

»Was?«

»Infanterie? Artillerie? Kavallerie?«

»Artillerie. Vater war Kanonier.«

»In welchem Rang?«

»Corporal, glaube ich.«

»Wie kommt ein Corporal der Artillerie in die höhere Beamtenlaufbahn?«

»Wegen seiner Auszeichnungen, seiner Verdienste. Im Krieg.«

»Auf der Krim, nehme ich an?«

»Ja. Ein Jahr vor Sewastopol, er hat manchmal davon erzählt. Es muss schrecklich gewesen sein.«

»War Ihr Vater körperlich geschickt? War er sportlich?«

»Nein. Nein, Vater war ein Schreibtischmensch. Also, er war nicht dick …«

»Wie viel wog Ihr Vater?«

»Hm. Hundertsiebzig, hundertachtzig Pfund.«

»Hm.«

Wie ist er auf die Rah gekommen, fragte sich Gowers, und warum ist er hinaufgeklettert, immerhin zwölf Meter hoch in die Takelage?

Niemand nahm Anstoß daran, dass Miss Thompson, die auf so unglückliche Weise ihren Vater verloren hatte, nun in Begleitung ihres Bruders Daniel Thompson weiterreiste. Wer darüber nachgedacht hätte, wäre vielleicht über das plötzliche Auftauchen des jungen Mannes erstaunt gewesen oder über die Tatsache, dass Emmeline diesen seit Jahren verschollenen Verwandten in nur etwas über vier Stunden in New York wiedergefunden hatte. Auch dass der verstorbene Samuel Thompson seinen in Amerika verlorenen Sohn nie auch nur mit einer Silbe erwähnt hatte, kam niemandem merkwürdig vor, denn John Gowers verstand es meisterhaft, ein lange zurückliegendes Zerwürfnis zwischen Vater und Sohn so dunkel anzudeuten, dass bald jeder davon wusste, ohne zu wissen, was er eigentlich wusste. Auch das hatte er früh von seiner Mutter gelernt: nicht nur, sich den Namen zu geben, den man braucht, sondern auch der zu sein, den die Welt erwartet.

Man merkte dem jungen Daniel Thompson deutlich das schlechte Gewissen an, damals einfach so auf und davon gegangen zu sein, ohne ein Wort – das nun niemals mehr ausgesprochen werden konnte. Im Gegensatz zu seiner Schwester schien er auch nicht am Selbstmord seines Erzeugers zu zweifeln, ja, offensichtlich fühlte er sich selbst nicht ganz unschuldig an den düsteren Stimmungen des alten Herrn, die die menschliche Katastrophe schließlich ausgelöst hatten.

Deswegen wunderte sich auch niemand über die endlosen Fragen, die er allen und jedem über das tragische Ableben seines Vaters stellte. Hier wollte, so viel war offensichtlich, ein

Mann Wiedergutmachung leisten, mit sich und dem Toten ins Reine kommen. Die Bestattung auf See, die bewusste Nacht, die Tage vorher – das alles musste Daniel Thompson bald so deutlich vor Augen stehen, als wäre er selbst dabei gewesen.

In den Papieren und der Lektüre des Verstorbenen fand sich dagegen wenig Brauchbares oder Ungewöhnliches. Samuel Thompson hatte zuletzt in einem Buch über St. Helena gelesen und offenbar immer wieder eine Karte der Insel studiert, aber das war mehr als verständlich, denn er sollte sie ja im Namen Ihrer Majestät Königin Viktorias regieren. Ansonsten waren seine intellektuellen Habseligkeiten, vor allem seine Bibliothek, bemerkenswert dürftig, was Emmeline einleuchtend damit begründete, dass der Großteil des thompsonschen Haushalts aus Kostengründen in England geblieben war. Unter diesem Aspekt gehörte ein Stadtplan von Paris, der Gowers eigenartigerweise bei der Durchsicht der Kleider des Toten in die Hände gefallen war, zu den Rätseln, in die auch seine Auftraggeberin kein Licht bringen konnte.

Eines allerdings wurde dem Investigator schnell klar: Samuel Thompson war ein überaus korrekter Beamter gewesen. Dennoch fand sich kein Abschiedsbrief, keine noch so flüchtige Notiz und, was besonders schwer wog, auch kein Testament. Deshalb modifizierte Gowers versuchsweise seine Überlegungen und fragte sich: Wann ist er auf die Rah gekommen?

19.

»Ihr Vater trug eine Brille?«

»Ja, er war kurzsichtig.«

»Hatte er die Brille auf, als man ihn fand?«

»Nein, sie war … Sie sagten, die wäre … die hätte er …«

»Sie lag auf Deck.«

»Ja, ich glaube. Ja.«

»Wo ist sie jetzt?«

»Ich habe sie Vater … mitgegeben.«

»Waren die Gläser gesprungen?«

»Nein. Doch. Auf der einen Seite war ein Sprung, quer durch. Aber das Glas war nicht herausgesprungen.«

»Keine Splitter? Waren die Bügel gebrochen?«

»Nein, sie war sonst ganz heil.«

»Hm.«

Kapitän Radcliffe war eine imposante Erscheinung, mehr als sechs Fuß groß, mit einem durch die Uniform gut kaschierten Ansatz zur Beleibtheit. Zwei Verwundungen in zwei Kriegen hatten diese englische Eiche nicht beugen können. Er stand so aufrecht wie die Masten seines Schiffes und verschränkte zwei Hände hinter seinem Rücken, denen Ruder und Riemen offensichtlich genauso vertraut waren wie Fernglas und Besteck. Das Einzige, was an seinem Gesicht gemütlicher wirkte, als der Mann war und sein wollte, war der prächtige Backenbart, auf dem hier und da schon ein weißer Schimmer lag. Er musterte Gowers mit dem konzentrierten Ernst eines Herrn über tausend Leben, die Ratten nicht mitgerechnet.

»Ja?«

»Ich bitte um Entschuldigung, Sir, mein Name ist Daniel Thompson.«

»Und?«

»Mein Vater war Samuel Thompson, der …«

»O ja, mein Beileid, junger Mann.«

»Ich danke Ihnen. Auch für Ihre Worte bei der Bestattung. Meine Schwester hat mir davon erzählt.«

»Ja, traurige Sache. Hat Ihre Schwester sich wieder davon erholt?«

»Ja. O ja, Sir, ich denke.«

»Und nun? Ich habe ein Schiff zu führen, Mr. Thompson.«

»Ja, natürlich, Sir. Nur eine Frage: Wäre es möglich, dass ich kurz mit den Männern sprechen könnte, die meinen Vater … Sie wissen schon: heruntergeholt haben?«

»Warum?«

»Ich möchte ihnen danken.«

»Das war ein Befehl. Man bedankt sich nicht bei britischen Matrosen, wenn sie Befehle befolgen. Macht einen schlechten Eindruck. Versaut … Entschuldigung, verschlechtert die Moral, Mr. Thompson.« Nur ein leichtes Funkeln in den Augen des etwa fünfzigjährigen Seemanns verriet seine Belustigung. Es konnte ohne Weiteres auch eine Warnung sein: Keine Anbiederung an die Mannschaft!

»Nun, Sir, aber ich hätte den Männern doch gerne die Hand gedrückt. Was kann das schaden?«

»Hm.« Radcliffe wandte sich an den diensthabenden Offizier. »Bell?«

»Sir?«

»Den Toten neulich, wer hat den abgeschnitten?«

»Das waren … Pullman und Gore. Der junge Barclay hat auch geholfen.«

»Gut. Mr. Thompson hier möchte sich bei Pullman und Gore bedanken.«

»Sir?«

»Will ihnen die Hand drücken und all das.«

Der Deckoffizier warf Gowers einen zweifelnden Blick zu. Vermutlich kam es ihm vor, als wollte jemand dem Regen dafür danken, dass er nach unten fällt. Und nur um zu zeigen, dass sich auch die Handelsmarine Ihrer Majestät nicht lumpen ließ, sagte er: »Pullman und Gore haben bereits eine Sonderration Rum bekommen, Sir.«

»Was? Keinen Orden?«, brummelte Radcliffe und sagte laut: »Bringen Sie die beiden in der Freiwache zu Mr. Thompson!«

»Jawohl, Sir.«

»Danke, Sir«, sagte Gowers. »Vielen Dank.« Er wollte schon den Niedergang zum Passagierdeck heruntersteigen, da fiel dem bärbeißigen Seemann noch eine ironische Bemerkung ein: »Mr. Thompson? Es war ein Befehl von Mr. Bell hier. Drücken Sie *ihm* die Hand!«

Einen Moment lang blickte Gowers tatsächlich zu dem Deckoffizier, der sich ärgerlich zu fragen schien, ob das ein dienstlicher Befehl war. Aber da drehte der Kapitän sich schon um und grinste aufs Meer hinaus.

20.

Die Seeleute waren nicht gerade begeistert davon, ihre Freiwache mit dieser merkwürdigen Abkommandierung zu beginnen, aber mit der instinktiven Vorsicht, die das Leben vor dem Mast diesen immer beschimpften, mitunter geprügelten, nie zufriedenen Menschen eingeimpft hatte, hüteten sie sich, das zu zeigen, solange ihr Offizier in der Nähe war. Es waren nur zwei, Pullman und Gore. Wer immer der junge Barclay war, er schien unabkömmlich, seine Arbeit zu wichtig für die Fahrt des Schiffes.

»Gentlemen«, sagte Gowers, als Bell sich mit skeptischer Miene entfernt hatte. »Darf ich Ihnen eine Zigarre anbieten?«

Pullman und Gore runzelten überrascht und überraschend synchron die Stirn, aber dann schienen sie das Dasein in einem freundlicheren Licht zu betrachten. Die Sonne ihres Wohlwollens ging zwar nicht direkt auf, aber sie warf, noch etwas misstrauisch, doch schon mal einen kurzen Blick über den Horizont.

Der scheuere Gore sah allerdings so aus, als wüsste er nicht, ob er die Zigarre rauchen oder essen sollte. Gowers beendete seine Unsicherheit, indem er ihm Feuer gab. Einige Sekunden lang pafften sie schweigend vor sich hin, bis die Glut richtig gefasst hatte.

»Gentlemen, ich danke Ihnen dafür, dass Sie meinen Vater aus dieser ... dieser unwürdigen Lage befreit haben!« Er gab beiden die Hand, die sie mit noch größerer Überraschung nahmen als die Zigarren. Und zumindest Pullman rang jetzt um Worte.

»War ... War doch ...« Er dachte ganz augenscheinlich darüber nach, ob es wohl angebracht wäre, »War mir ein Vergnügen« zu sagen, und entschied sich dann dagegen: »War doch selbstverständlich, Sir.«

Gore nickte ernst und eifrig.

»Ich habe nur noch ein paar Fragen, will mir ein Bild machen, wissen Sie. Wie hat er das gemacht?«

»Was gemacht, Sir?« Pullman wurde allmählich warm in seiner Rolle als Sprecher der Mannschaft.

»Nun, wie hat er sich aufgehängt?«

»Aufgehängt«, sagte Gore und nickte immer noch. »Hat sich aufgehängt, verdammt aufgehängt, jawohl, Sir!«

»Am Hals«, sagte Pullman.

»Aufgehängt!«, bestätigte Gore.

Beide nickten und hielten das für die entscheidende Mitteilung.

»Wie war die Schlinge? War die Schlinge geknüpft?«

»Nein, die war zugezogen, Sir. Am Hals geknotet, halber Schlag, so!« Pullman gab eine so beeindruckende Vorstellung als Gehängter, dass Gowers ihn wahrscheinlich verprügelt hätte, wenn der Tote wirklich sein Vater gewesen wäre.

»Und wo war der Strick festgemacht?«

Pullman wurde unsicher. Hatte er sich denn so undeutlich ausgedrückt?

»Am Hals, Sir.«

»Aufgehängt«, kam Gore ihm zu Hilfe. »Hat sich aufgehängt, nichts mehr zu machen, verdammte Sache!«

»Hat er den Strick an die Rah geknotet? An der Rah festgemacht?«

»An der Rah, jawohl, Sir, Großrah. Beste Stelle für so was.« Pullman schien das Gespräch allmählich für eine Art Fachsimpelei unter Lebensmüden zu halten.

»Wie war der Strick festgemacht?«

»Rundtörn und zwei Halbe«, mischte Gore sich ein, als sei ihm endlich aufgegangen, was der Mann von ihnen wollte. Wie sehr er dabei in seinem Element war, verrieten seine Hände, die instinktiv den Knoten in die Luft schlugen.

»Noch einmal: wie?«

»Rundtörn, zwei Halbe.« Beide Männer bewegten jetzt ihre Hände schneller, als dass man wirklich hätte sehen können, was sie taten. Aber Gowers kannte den Knoten.

»Ich danke Ihnen, meine Herren!« Er wusste, was er wissen wollte.

»War ein Vergnügen, Sir. Danke, Sir. Gute Zigarre!«

»Gottverdammt!«, bestätigte Gore.

Die beiden Seeleute blickten sich noch einmal in die so ungewohnt verzierten Gesichter und gingen dann gravitätisch paffend in ihre Quartiere. Gowers sah ihnen nach und grinste.

Sie sahen aus wie Cornelius Vanderbilt und John Pierpoint Morgan auf dem Weg in die Wall Street.

21.

»Haben Sie die Leiche Ihres Vaters gesehen?«

»Hm.«

»War er … Wie sah er aus?«

»Warum wollen Sie das wissen?«

»Ich möchte herausfinden, ob sein Genick gebrochen war oder ob er erstickt ist.«

»Und woraus wollen Sie das schließen?«

»Bei einem langsamen Ersticken wäre sein Gesicht blau angelaufen gewesen, die Züge verzerrt, die Zunge wäre aus dem Mund gequollen …«

»Mr. Gowers, bitte!«

»Sie bezahlen mich dafür, dass ich diese Dinge herausfinde.«

»Dann finden Sie sie heraus, aber quälen Sie mich nicht dabei. Vater sah ganz friedlich aus.«

»Friedlich?! Haben Sie die Leiche gewaschen?«

»Ihnen macht das Spaß, ja?«

»Hm.«

Sie waren sich näher gekommen, viel näher, als Gowers es bei seinen Klienten gewohnt war. Denn natürlich hatten sich Vater und Tochter Thompson eine Kabine geteilt, und so schlief auch der Investigator nun schon die dritte Nacht in der schmalen Koje unmittelbar über Emmeline. Wäre sie als Frau für ihn interessanter gewesen, hätte er diesen Zustand genossen und natürlich auszunutzen versucht. So aber war er durch ihre nächtliche Gegenwart nur verwirrt und unsicherer, als er sich selbst eingestand.

Auch Emmeline empfand dieses Leben, immer nur zwei oder drei Armlängen von einem wildfremden Mann entfernt, als mindestens unbequem. Zwar war ihr die permanente Anwesenheit eines anderen Menschen durch das enge Zusammenleben mit ihrem Vater nicht ganz so unvertraut wie Gowers, aber dieser Mann war eben nicht ihr Vater. Sein Schweiß roch ganz anders, und er rauchte – zwar nicht in der Kabine, aber der Geruch hing in seinen Kleidern und Haaren.

So wurden sie sich immer fremder, je näher sie einander kamen, und konnten schließlich selbst über den Fall kaum noch reden, ohne in eine gereizte Stimmung zu geraten. Gowers erinnerte es immer stärker an die Ehebruchsfälle: Je mehr er herausfand, desto weniger schien sie wissen zu wollen. Am Ende ließ sie ihn mit seinen Fragen einfach stehen und verwies ihn an den Schiffsarzt, der den Tod ihres Vaters festgestellt hatte.

Geoffrey Braddock, ein noch sehr junger Arzt, der erst auf dieser Reise damit begann, auf den Ostindienfahrern Ihrer Majestät das königliche Stipendium abzudienen, das ihm sein Medizinstudium ermöglicht hatte, wusste zunächst nicht, was Daniel Thompson von ihm wollte.

»Nun, Doktor, ich könnte auch fragen: Hat mein Vater lange gelitten? Aber erfahrungsgemäß antwortet darauf jeder normale Arzt mit Nein. Also frage ich: War es ein Genickbruch oder eine Strangulation?«

Braddock, der diesen Sachverhalt ganz einfach nicht untersucht hatte, das aber begreiflicherweise nicht zugeben wollte, sagte: »Letztendlich ist Ihr Vater tot. Macht es da einen Unterschied?«

»Für ihn schon«, erwiderte Gowers und dachte an die verschiedenen Hinrichtungen, die er mit angesehen hatte.

Er hatte Männer gesehen, die in den Tod hineinsprangen, würdelos aus dem Stand einen Meter hoch hüpften, um die Fallhöhe zu vergrößern, immer in der wahnsinnigen Hoffnung, sich auf diese Weise das Genick zu brechen. Den Tanz am Seil erlebt, ein fast fünfminütiges wildes Ausschlagen der Beine, Zappeln und Lufttreten eines siebzehnjährigen Offiziersmörders. Den selbstgefälligen, feisten Großmut eines Richters gesehen, als er Frau und Kindern eines verurteilten Sklaven die gnädige Erlaubnis erteilte, sich mit ganzem Gewicht an die Beine ihres Mannes und Vaters zu hängen, als letzten Liebesdienst. Schließlich das kreischende, schrille Gelächter der Frauen im Lynchmob der Draft-Riots, wenn den noch zuckenden schwarzen Männern die rosigen Zungen herausquollen.

Nur einen so friedlichen Tod durch Erhängen, wie ihn der selige Samuel Thompson angeblich gestorben war, konnte er sich einfach nicht vorstellen.

22.

Louis hatte sich mehrmals beschreiben lassen, wie der Tote dahing, denn mit Rücksicht auf die Passagiere war die Leiche, kaum entdeckt, schon im Morgengrauen entfernt worden. Er hatte Samuel Thompson nicht mehr gesehen. Aber die Tatsache, dass er hing und wo er hing, hatte ihm alles gesagt, was er wissen musste, und die einfältigen französischen Liedchen, die seine Kombüse zu einem Stück Heimat gemacht hatten, verstummten.

Der Schiffskoch hatte verstanden. Und umgab sich seither mit Menschen, achtete peinlich darauf, dass er nie allein war, und schlief nur noch wenig. Sogar seine Notdurft verrichtete er nicht mehr auf den dafür vorgesehenen Abtritten, sondern nachts, in Sichtweite der Rudergänger und Wachen.

Es war der Abend nach der Bestattung und mochte Mitternacht sein, als er deswegen noch einmal hinaufmusste. Schlafmangel und die schlechte Luft im Mannschaftsquartier ließen ihn taumeln, aber die frische Brise an Deck brachte ihn zu sich, und er erledigte es rasch, während seine deutlich jüngeren Kameraden die derben alten Scherze von »Fallen-Anker« bis »Land-in-Sicht« machten. Er musste selbst lachen, und das vertrieb ein wenig die Furcht, die ihn gepackt hielt, seit er, fast gleichzeitig mit Thompson, an Bord gekommen war. Die zu Entsetzen geworden war, als Thompsons Leiche an diesem Morgen von der eingeseiften Planke in den Atlantik rutschte.

Er ging noch eine Weile an Deck umher, denn er fühlte, wie die Nachtluft seinen Kopf wunderbar klar machte. Was, wenn er in New York von Bord ginge? Wenn er es endlich aufgäbe, hinter sich ließe, noch einmal ein neues Leben begänne? Aber dann war ihm wieder, als sähe er auf den Decksplanken eine kleine Gestalt umherstapfen, das Gespenst eines toten Mannes, das ihm in der alten, vertrauten Sprache noch einmal sein Geheimnis ins Ohr raunte.

Gefährlich? Tödlich? Es war immer gefährlich gewesen, auch tödlich, schon als es nur eine Geschichte war und sogar ehe er selbst sie kannte. Gott allein wusste, wie viele Menschen dafür gestorben waren, es konnten Hunderttausende sein. Der Schiffskoch hatte wieder das Gefühl, auf der Spitze eines Berges zu stehen – eines Berges von Toten, deren Erbe er war. Er ließ sich neben dem Schanzkleid nieder, um nachzudenken, und erwachte, weil ein breiter Schatten auf ihn fiel, der dunkler war als die mondlose Nacht. Er fuhr hoch und hoffte, es sei nur ein scheußlicher Traum, aber dann hörte er wieder die

Stimme, die ihn zu Beginn der Reise an Bord der *Northumberland* begrüßt hatte.

»Nun, alter Freund!«

Da wusste der Schiffskoch, dass er nicht mehr schlief.

»Böse Sache mit Thompson«, fuhr die Stimme fort. »Jackson und Turner sind auch hin.«

Der Koch zitterte, die Wachen waren weit achtern. Er hatte von Jackson gehört, nur ein Gerücht, und es hatte ihn nicht abgehalten. Dass auch der fröhliche, etwas feige, sommersprossige Leutnant tot war, erfuhr er erst jetzt.

»Wir sind die Letzten«, sagte die Stimme. »Übrig geblieben, nur noch wir beide!«

Der Franzose nickte zitternd, schluckte, wollte etwas sagen, als das Seltsame geschah. Der Schatten wich von ihm, drehte sich um, und ein hochgewachsener Mann, aber eben nur noch ein Mann, trat an die Reling und schaute aufs Meer hinaus.

»Nur noch wir beide, Louis. Und die See!«, murmelte er gedankenverloren und reichte dem Koch eine halb volle Flasche mit Rum, die er aus einer seiner weiten Manteltaschen nahm. Louis trank einen Schluck und wollte die Flasche zurückgeben, aber der Mann hatte ihm schon wieder den Rücken zugedreht.

»Erzähl mir noch einmal die ganze Geschichte«, sagte er und vertiefte sich in einen Horizont, den man nicht sah.

23.

Für jemanden, der auf einer Insel geboren wurde, hatte er sich zeitlebens nur wenig für Schiffe interessiert. Sie waren bestenfalls geräumige, selten bequeme Beförderungsmittel für Menschen und Material, und der Wind, der sie antrieb, war kostenlos. Aber damit waren auch schon all ihre Vorteile genannt.

Da lag man bei Sonnenschein in Sichtweite einer grünen Küste, konnte beinahe hinüberspucken, und ein fassbäuchiger Kapitän erklärte, dass man leider noch etwa zwei Tage gegen den ablandigen Wind kreuzen oder einen halben Tag auf die Flut warten müsse, um an Land zu kommen! Vor allem diese Abhängigkeit von den blinden Naturkräften hatte ihn an Schiffen von jeher gestört. Erst jetzt, 1815, im letzten europäischen Hafen, den er je sehen würde, fiel ihm auf, dass sie schön waren.

Er hatte – wo war das gewesen, in Madrid? Dresden? am Wiener Hof? – ein paar Gemälde der alten flämischen Meister gesehen. Seestücke, Schiffe mit geblähten Segeln unter dräuendem schwarzem Gewölk, triumphale Ausfahrten mit wehenden Flaggen oder stille Hafenszenen, ganze Wälder von Masten in Abendlicht getaucht. Sie hatten ihm nichts gesagt. Gemälde, auf denen keine Personen zu sehen waren, langweilten ihn, wie ihn eine Welt ohne Menschen gelangweilt hätte.

Aber der Anblick dieses Hafens mit den riesigen britischen Linienschiffen, den Prisen – erbeuteten französischen Fregatten, Brigantinen, Korvetten –, den kleineren Handelsschonern, vorüberziehenden Kuttern, den hin und her jagenden Gigs, faszinierte ihn. Die verschiedenen Arten der Takelung, die unterschiedlichen Nationalitäten, die Flaggensignale von Schiff zu Schiff waren wohl ein Gemälde wert. Und auf diesem Gemälde wäre sogar ein Mensch zu sehen, dachte er befriedigt. Nicht in Person, sondern als Anlass für all dieses Gewimmel; so wie ein Feldherr in den Bewegungen, Manövern einer nach Tausenden zählenden Armee deutlich zu erkennen war. Denn all diese Schiffe, sagte er sich, waren seinetwegen hier.

Er hatte alles geduldig ertragen, die Durchsuchung seines

Gepäcks, ja sogar seiner Wäsche. Es hatte ihn ein bisschen amüsiert, denn dort war ohnehin nichts zu holen. Dreitausend Louisdor hatte man die Engländer finden lassen, damit sie zufrieden waren. Aber er hatte zweihundertfünfzigtausend Francs in Gold unter seine Leute verteilt, soweit er wusste, war es in den Gürteln versteckt. Außerdem Wechselbriefe und Wertpapiere. Die Diamanten trugen die Frauen am Körper verborgen.

Der englische Admiral behandelte ihn wie einen Gleichgestellten, achtete aber doch peinlich genau darauf, den Dreispitz in seiner Gegenwart nicht länger als unbedingt nötig zu lüften. Es war eine grimmige Freude, ihn dabei zu beobachten. Wie er errötete, wenn er eine Sekunde zu lange barhäuptig dastand, vor all seinen Männern. Vierhundert Seeleuten, zwei Kompanien des 53. Infanterieregiments, den Offizieren, englischen und französischen. Dazu drei Ärzte, zwei Dolmetscher, ein Pfarrer.

Es waren tausendundachtzig Menschen an Bord, einschließlich der Passagiere. Und alle, alle, vom Schiffsjungen bis zum Admiral, hielten ihn für eine Art Menschenfresser, für einen Teufel in Menschengestalt. Zu seiner Einschiffung waren sogar etliche Parlamentsmitglieder angereist und hatten ihn angestarrt wie ein Raubtier im Käfig. *Vae Victis!**

Die Unterbringung war natürlich empörend, eine Kabine von zwölf Quadratmetern, den Salon musste er mit den Offizieren teilen, mit dem Admiral und dem Kommandanten zu Abend essen. Unter Deck sah es angeblich noch schlimmer aus; Madame Bertrand musste neben einer Kanone schlafen und vertrug die Seereise überhaupt schlechter als alle anderen.

* Wehe den Besiegten!

Bertrand sprang hinauf und hinunter; die Kinder, zwei Jungen, ein Mädchen, liefen auf Deck den Matrosen durch die Beine und waren bald mit allen gut Freund, was vielleicht daran lag, dass die englischen *Midshipmen* selbst fast noch Kinder waren, die wenigsten über zwanzig Jahre.

Zuletzt ein bemerkenswertes und grausiges Schauspiel, als er den Hafen verließ, um nie mehr zurückzukehren: Eines der Begleitschiffe, die *Havannah, Ceylon, Bukephalus, Zenobie, Zephyr, Redpole, Ikarus, Ferret* oder *Peruvian*, hatte eine Barke gerammt, die sich zu dicht an die *Northumberland* herangewagt hatte. An Bord eine Frau, ein Kind, ein Diener. Sie war fast augenblicklich gesunken, untergegangen wie ein Stein. Die Boote retteten Mutter und Kind, der Diener blieb verschwunden.

Kommandant Roß, Admiral Cockburn tobten: Warum sie so nahe herangekommen sei? Lebensmüde, wie? Verrückt, was? Und die Frau, nurmehr ein Medusenhaupt in durchnässten Kleidern, das Kind mit weit aufgerissenen Augen starrten ihn an, und die Schiffbrüchige sagte schließlich in all ihrer Jämmerlichkeit: Sie habe einmal im Leben den Kaiser sehen wollen!

Cockburn, der zufällig seinen Hut abgesetzt hatte, um sich die Stirn zu wischen, setzte ihn augenblicklich wieder auf, straffte sich und schnarrte: »Es gibt an Bord dieses Schiffes keinen Kaiser. Es gibt nur den Kriegsgefangenen General Bonaparte!«

*Quod erat demonstrandum**, dachte Napoleon und zeigte mit keiner Miene, was angesichts solchen Elends in ihm vorging.

* Was zu beweisen war.

24.

Das Kind wurde am Tyne gezeugt. Nicht etwa metaphorisch »am Tyne«, also in einer bestimmten Landschaft Englands. Nicht »in einem kleinen Dorf am Tyne«, nicht in einem Haus, einer Kate. Noch nicht einmal in einem Gebüsch, sondern tatsächlich am Fluss selbst. Auf einer etwas verschlammten Sandbank auf der inneren Seite einer Flussbiegung, die trockenen Fußes gar nicht zu erreichen war. Und wahrscheinlich sofort bei ihrer ersten Begegnung.

Genau genommen war Jane dem Schotten schon zwei- oder dreimal im Dorf begegnet, beim dritten Mal auch schon nicht mehr zufällig, aber er hatte sie nicht beachtet. Für sie allerdings waren seine Größe, sein widerspenstiges schwarzes Haar, seine kräftigen großen Hände und vor allem seine Art zu gehen, die so bedächtig, beständig und sicher war, wie ein Fluss fließt, Grund genug, ein bisschen die Ohren zu spitzen.

Und so sammelte Jane in erstaunlich kurzer Zeit erstaunlich viele Informationen. Aus Quellen, die nur siebzehnjährige Mädchen kennen. Aus einem flüchtigen Wort, einer Anekdote, Andeutung, den Antworten auf Fragen nach ganz anderen Dingen.

John Williams aus Skye. Ein Assistent des verrückten Ingenieurs aus Dunbar. Dort Kohlehauer gewesen, hier auch, aber jetzt einer der Spezialisten für Tiefen, die man in Old Benwell noch gar nicht laut auszusprechen wagte. Angeblich weiter in der Erde gewesen als je ein Mann vor ihm.

Das war Jane zu riskant, zu abenteuerlich. Sie hatte zu viele Witwen gesehen, die noch kein Jahr über die zwanzig waren. Mädchen, die noch mit ihr gespielt hatten, dann Kinder bekamen und jetzt Schwarz trugen und leer geweinte Augen hatten. Und wandte sich lieber wieder ihren Büchern zu und den Briefen, die sie auf ausdrücklichen Wunsch ihres Vaters mit einigen Theologiestudenten in Edinburgh austauschte. Und denen an Barbara Branning in Liverpool, ihre beste Freundin aus fernen Kindertagen.

Dann kamen der Sommer und der Staub. Der schwarze Staub, der über den Kohlengruben aufstieg und den nicht nur die Bergleute, sondern auch die Frauen und Kinder des Landes am Tyne in ihren Haaren trugen. Den die keuschesten, ältesten Jungfrauen noch manchmal an ihrem Leib fanden. Der die Luft schwängerte, den die Säuglinge von den Brüsten der Mütter tranken.

Es war an so einem staubschwangeren Tag, Nachmittag, an dem Jane den Schotten am Fluss sah. An einer Stelle, die sie in ihrer Mädchenfantasie bisher »ihre Stelle« genannt hatte, weil sie in früheren Sommern dort häufig gelesen hatte, bis ihr die Augen zufielen. Und sie erst unter ihrem Buch erwachte, wenn die Sonne unterging oder der Wind an ihrer Haut leckte.

An diesem Tag ging kein Wind.

John Williams aus Skye war aus der Erde gestiegen, heraufgezogen worden an einem Drahtseil, das auf einer Winde lief. Die anderen Bergleute wurden noch immer an Hanfseilen oder Ketten hinab- und heraufgezogen in die Tiefe und aus der Tiefe. Aber der Schotte war viel tiefer gewesen, hatte weit unter dem Deckgebirge gestanden. Hier stockte die Bohrung. Man würde sprengen müssen.

Er war schmutzig, aber nicht schwarz vom Staub wie die Hauer. Deshalb war er auch nicht nach Hause gegangen, in das halbe Zimmer, das er als Kostgänger im Haus eines Steigers bewohnte. Er war grübelnd weit über den Rand des Dorfs hinausgegangen, bis an den Fluss, der hier eine Biegung nach Süden machte.

Ohne sich großartig umzusehen, eben wie ein Hauer unter der Erde, legte er seine Kleider ab und sprang nackt in das Wasser des Tyne, das sauberer aussah, als es war. Er schwamm eine kurze Strecke, tauchte, schaufelte sich Wasser über Kopf und Glieder, wusch den Schweiß ab und lag dann lang ausgestreckt auf einer Sandbank, nackt in der Sonne – während Jane Gowers im Schutz niedriger Bäume rot wurde, nicht weglief noch wegschaute, aber nachher ihr Buch vergaß.

Sie träumte von dem, was sie gesehen hatte. Sehr wild. Den sehnigen Armen, den langen Beinen, den schmalen, festen, sehr weißen Hinterbacken, dem muskulösen Rücken, der Brust, dem Bauch, den kleinen runden Hoden und dem kräftigen Glied.

All das war durchaus nicht neu für sie. Jane war so aufgeklärt, wie es ein siebzehnjähriges Mädchen mit fünf älteren Schwestern nur sein kann. Sie wusste, was Männer und Frauen taten, sie hatte nackte Männer auf Bildern gesehen, auf Stichen nach Caravaggio, Raffael, Michelangelo. Sie hatte sogar heimlich Ovid gelesen, mühsam alles aus dem Lateinischen übersetzt. Aber einige Vokabeln fand sie in keinem Wörterbuch, und ihren Vater konnte sie ja schlecht fragen.

Sie hatte allerdings nie einen jungen Mann nackt im Fluss gesehen, die glänzende weiße Haut in der Sonne, das Spiel der Muskeln, die funkelnden Tropfen, wenn er den Kopf schüttelte, die wilde Behaarung der Brust, der Geschlechtsteile, die dunklere Haut dort.

Mein Freund ist weiß und rot, auserkoren unter vielen Tausenden. Seine Augen sind wie Tauben an den Wasserbächen, sie baden in Milch und sitzen an reichen Wassern. Sein Leib ist wie reines Elfenbein, mit Saphiren geschmückt. Seine Beine sind Marmorsäulen, gegründet auf goldenen Füßen. Seine Gestalt ist wie der Libanon, auserwählt wie Zedern.

Jane wollte von da an jedes Risiko eingehen.

25.

Sie hatte noch einmal Rousseau gelesen und einige Stellen bei Thomas Morus. Und für sich längst eine Entscheidung getroffen. Sie wusste, was sie tun würde. Es fehlte nur noch der Tag. Aber der Sommer wurde älter, seine Farben verblassten, seine Früchte wurden schwer. Und Jane ging zum Fluss.

Fände ich dich draußen, so wollte ich dich küssen, und niemand dürfte mich schelten.

Ihre Nächte waren sehr lang und wärmer als ihre Tage. Ihre Träume so heftig und schön, dass sie manchmal das Bett kaum verlassen wollte. Nur alle Nachmittage verbrachte sie am Fluss, an ihrer, an seiner Stelle.

Hätte sie auf ihre Mutter gehört an diesem Tag, es wäre überhaupt nichts geschehen. Die schaute nach Norden, in einen nur noch blassblauen Himmel, und sagte: »In Schottland regnet es schon.«

Aber Jane ging trotzdem zum Fluss, und diesmal sah sie den Schotten schon von Weitem. Er ging vor ihr, fünfzig, hundert Meter, und er drehte sich nicht um. Überall, wo das möglich war, wo John Williams es unmöglich merken konnte, an Wegbiegungen oder Gebüschen, rannte Jane, so schnell sie konnte, und holte tatsächlich auf. Und am Fluss, ihrer Stelle, seiner Stelle, starrte der Mann aus Skye diesmal eine Weile ins Wasser, grübelte über Gesteinsschichten, Sprengladungen, ehe er seine Jacke auszog.

Da war Jane schon nahe genug, um unauffällig ein bisschen Lärm zu machen, streifte hier einen Ast, trat dort ein Grasbüschel nieder, bis John Williams sie bemerkte. Sie lächelte ihm zu, er nickte nur wortlos, fast blicklos.

Wahrhaftig keine Sprengladung, nur ein Mädchen aus dem

Dorf, zu jung, zu klein, zu dünn. Nur eine Nase, die wirklich ins Auge stach. Und er wollte schon weggehen, als sie anfing, sich äußerst merkwürdig zu verhalten. Sie zog zuerst ihre Schuhe aus.

Verglichen mit einem Gaul, den niemand kauft, ehe nicht der Sattel losgeschnallt ist und alle Decken weggenommen sind, gehen die Briten bei der Wahl einer Ehefrau so leichtfertig zu Werke, dass sie sich über die ganze Frau ein Urteil bilden, von der sie nur eine Handbreit gesehen haben.

Das hatte er gestohlen, der Lordkanzler. Alle Welt, vor allem die Nachwelt, hatte Thomas Morus für diesen obszönen Gedanken gescholten, dabei war er gar nicht von ihm. Chaucer schrieb es, in den *Canterbury Tales*, hundertfünfzig Jahre früher, und Jane wusste es, wusste es schon mit siebzehn.

Sie wird ihre Füße baden wollen, dachte John Williams, aber warum starrt sie mich dabei so komisch an?

Es sollte entschlossen wirken. Er sollte wissen, dass nun er eine Entscheidung zu treffen hatte. Jane zog ihren Rock aus, dann ihre Bluse.

In Utopia lässt eine ehrbare Hausfrau den Bewerber die Jungfrau nackt sehen, und ein rechtschaffener Mann stellt auch dem Mädchen den Freier nackt vor, sodass nachher niemand sagen kann, er sei betrogen worden.

Das Mädchen muss verrückt sein, dachte John Williams. Sie lächelte ein bisschen verlegen, sah ihm aber immer noch mitten ins Gesicht, sodass man nicht direkt sagen konnte, sie wüsste nicht, was sie tat. Zog jetzt ihre Strümpfe aus, ihren Unterrock. Atmete noch einmal tief durch, hob dann mit nervösen Fingern ihr Hemd hoch und streifte es schnell über den Kopf.

Jane Gowers stand siebzehnjährig und splitternackt vor dem verblüfften Schotten. Warum guckte er nur so dumm? Gut, es war keine ehrbare Hausfrau da, die ihn, John, sie, Jane, nackt sehen ließ. Aber es war ja auch weit und breit kein rechtschaffener Mann in Sicht gewesen, als sie, Jane, ihn, John, im Fluss gesehen hatte. Man war eben nicht in Utopia.

Aber äußern könnte er sich doch eigentlich trotzdem!

Jane zögerte plötzlich. Gefiel ihm am Ende nicht, was er sah? Gefiel sie ihm nicht so gut, wie er ihr gefallen hatte? Sie schloss vor Scham und Angst die Augen. Würde er sie abweisen? Davon stand nichts bei Morus. Überhaupt nichts davon, wie es weiterging. Langsam hob sie die Arme über den Kopf, streckte sich. Ihre kleinen Brüste traten hervor, ihr Rücken bog sich wie eine Weidenrute. Zögernd, unsicher, drehte sie sich um. Vielleicht wollte er sie ja erst mal von allen Seiten sehen?

Nie war sie sich ihres Körpers, ihrer Arme, Schultern, Brüste, Hüften und Schenkel bewusster gewesen als bei dieser langsamen Drehung, Bewegung, nackt, am Ufer des Tyne. Sie spürte, dass es zu regnen begann, spürte kleine kitzlige Regentropfen an Stellen, wo sie noch kein Regen berührt hatte. Und Jane bekam überall eine Gänsehaut.

John spürte nichts vom Regen. Hätte auch nichts gespürt, wenn er in einem Orkan gestanden hätte. Starrte nur auf das nackte Mädchen, das ihm plötzlich viel schöner erschien als vor fünf Minuten. Ja, sie war klein und wahnsinnig, ihre Beine waren dünn, die Arme zu lang. Man konnte ihre Rippen zählen, unter den winzigen Brüsten mit den dunklen, harten Spitzen. Aber ihr Bauch wölbte sich verheißungsvoll ein wenig vor, beschattete ihren Schoß, einen kleinen Busch schwarzer Haare, in den schamlos der Wind griff. Ihr Hintern war klein und rund. Saß hoch auf den Schenkeln, zuckte ein wenig, zog sich zusammen, als sie sich drehte.

John Williams aus Skye hatte schon einige Erfahrungen

gemacht. Mit Huren aus Edinburgh und aus Dunbar, mit der Frau eines Bergmanns, bei dem er als Kostgänger gelebt hatte, und mit einem Bauernmädchen aus Skye, das seine Brüder ihm aufgedrängt hatten. Er hatte vollere Brüste gesehen, hübschere Gesichter, strammere Schenkel, verheißungsvollere Münder. Aber er war auch erst vierundzwanzig Jahre alt.

Siehe, meine Freundin, du bist schön und lieblich. Unser Lager ist grün.

26.

Im strömenden Regen stiegen sie in den Fluss.

Sie sagte: »Ich kann nicht schwimmen.«

Er sagte: »Es ist nicht tief.«

Ihre ersten Worte.

Sein erstes Versprechen.

Und es war nicht tief, nicht für John Williams. Jane Gowers wäre allein ertrunken. Sie klammerte sich an seinen Nacken, seine Schultern, sie spürte die Muskeln, von denen sie einen halben Sommer lang geträumt hatte. Ihre Lippen zitterten, als sie seine Hand unter ihren Hinterbacken fühlte und hochgehoben wurde, bis ihre Köpfe auf einer Höhe waren.

Er hielt sie mit einem Arm, als sei sie ein Kind. Teilte mit dem anderen das Wasser, trotzte der Strömung, dem Fluss, der ihn zerrte und stieß. Seine Füße wühlten im Kies des Flussbetts nach Halt, mit seinem ganzen Körper zerteilte er die stetige, ewige Kraft des Tyne. Fühlte die Hitze ihres Schoßes an seiner Hüfte und plötzlich die Kälte des Wassers nicht mehr.

Als Jane seine Erektion spürte, erschrak sie, aber er lächelte und küsste den Schrecken aus ihren Augen. Wie warm dieser fremde Körper war! Sie streichelte seine Brust, seinen Bauch, tastete abwärts und dachte: Es wird nicht gehen, er wird mich zerreißen. Aber unwillkürlich rieb sie sich ein wenig an seiner Seite.

Mit jedem Schritt, den er höher hinauf auf die Sandbank kam, wurde das Mädchen auf seinem Arm, seiner Hand schwerer. Zuerst griff er fester zu, so fest, dass sie kurz aufschrie. Da nahm er sie lieber in beide Arme und hob sie so hoch, dass er die kleinen, kalten Brüste küssen konnte.

Jane wehrte sich nicht, als er sie auf die Sandbank trug. Sie wusste aus ihren Büchern, was er dort tun würde. Spreizte willig die Beine und fühlte seine große, vorsichtig tastende Hand zwischen ihren Schenkeln. Schloss die Augen und hoffte, was alle siebzehnjährigen Mädchen hoffen, gehofft haben und hoffen werden: dass auch er wusste, was er tat. Und was es hieß.

27.

Im bequemsten Sessel der Passagiermesse auf dem zweiten Quarterdeck saß John Gowers mit einer der bis zu vier Wochen alten Ausgaben der Londoner *Times*, und nur die dichten Rauchwolken, die mit schöner Regelmäßigkeit hinter der Zeitung aufstiegen, verrieten, dass der Mann noch am Leben war. Und es offensichtlich genoss.

Es war weit nach Mitternacht, und die wenigen Messebesucher rückten im Schein der Petroleumlampen zu einer Partie Whist zusammen. Nur der Investigator hatte eine Wandlampe für sich allein. Zuerst hatte er den Ansagen und Kommentaren dieses typischsten aller englischen Kartenspiele mit fast melancholischem Behagen zugehört, sich dann aber tief in seine eigenen Überlegungen fallen lassen.

Der junge Lord Eden, der zusammen mit einem behäbig

wirkenden Kaufmann aus Bristol und dem Ersten Offizier Edward Bell einige Leutnants und Hauptleute des 16. Füsilierregiments zu Fuß ausnahm, beobachtete Gowers schon eine ganze Weile und beugte sich in einer Spielpause flüsternd über den Kartentisch: »Ein Pfund, Gentlemen, auf die Zeit, die vergeht, bis Mr. Thompson das erste Mal umblättert! Wer ist dabei? Merriwell?«

Aus flinken, schlauen Äuglein, die überhaupt nicht zu dem Gesicht passen wollten, das von zwei fleischigen Wangen beherrscht wurde, warf der Kaufmann einen Blick auf den rauchenden Zeitungsleser in seiner Ecke.

»Ich sage: drei Minuten.«

»Ich sage: vier.« Der Erste Offizier legte eine Pfundnote auf den Tisch, und zwei der tapferen Füsiliere gingen mit.

»Wo bleibt Ihr Sportsgeist, meine Herren?«, sagte Lord Eden. »Sagen Sie dreieinhalb, viereinhalb, fünf, damit wir einen Sieger haben!«

Die Soldaten taten ihm den Gefallen, nur ein jüngerer Offizier mit auffallend roten Ohren sagte: »Lasst doch den Mann in Ruhe, der hat es schwer genug!«

»Und du hättest gern seine Schwierigkeiten, was, Carver? Zumindest einen Teil davon!«, höhnte ein anderer.

»Ruhig, Gentlemen«, sagte Eden. »Wir tun dem Mann ja nichts.«

»Wann gilt es?«, fragte Merriwell ungeduldig. »Ich verkürze auf zwei, schließlich reden wir hier schon eine Minute.«

»Ab jetzt«, sagte Eden und legte seine Taschenuhr auf den Tisch.

»Was sagen Sie eigentlich, Mylord Eden?« Der Kaufmann ließ Gowers auch während dieser Frage nicht aus den Augen, als sei er eine überaus wichtige geschäftliche Investition.

Eden war Mitte zwanzig, hatte die tiefliegenden Augen des

Morphinisten, ein vorspringendes, energisches Kinn und eine im Gegensatz dazu flache, leicht aufwärtsgebogene Nase. Das gab seinem ganzen Gesicht etwas Eingedrücktes, was vor allem deshalb hässlich wirkte, weil er gleichzeitig die Locken und Lippen eines barocken Amors hatte. Dritter Sohn seines Vaters, Eton und Cambridge; man munkelte von einem Skandal, dessen gesellschaftlichen Folgen er durch eine vorgetäuschte Geschäftsreise nach Kapstadt entzogen werden sollte.

»Ich sage: zehn. Und ich verdopple, was auf dem Tisch liegt, wenn er auch nur die Überschrift *eines* Artikels kennt. Offenes Spiel, Gentlemen, weitere Einsätze werden jederzeit angenommen.«

Nach zwei Minuten legte Merriwell eine weitere Pfundnote auf den Tisch und sagte: »Ich erhöhe um drei Minuten!« Gedämpftes Gelächter, aber der Kaufmann wusste genau, was er tat. Erhöhte noch einmal um zwei, dann um drei Minuten, während der schweigsame Bell und die Infanterieoffiziere einer nach dem anderen ausstiegen.

John Gowers las tatsächlich nicht, er benutzte Kolumnen, Zeilen und Überschriften als grafische Elemente. Es war eine einfache Gedächtnisübung: Jeder Artikel war eine Frage, jeder Satz eine Antwort, jedes Wort eine Information. Er beherrschte dieses System im Schlaf und hatte auf diese Weise alle ihm bekannten Fakten eines Falls ausgebreitet vor Augen, ohne sich auch nur eine einzige Notiz zu machen.

Um sich Gesichter, Namen, Räume, Wege, Zahlen einzuprägen, benutzte er andere Schemata, meistens den großen Fluss, den er als Lotse befahren hatte und dessen Points*, Snags**, Sandbänke, Uferlinien, Stromschnellen und Inseln

* Markante Orientierungspunkte

** Ein im Fluss liegender Baumstamm

ihm bei Tag und bei Nacht, flussaufwärts, flussabwärts, bei Hoch- und Niedrigwasser auf den Meter genau sagten, wo er sich befand. Oft aber auch die lullschen Gedächtnisscheiben, weil sie beliebige Kombinationen der Dinge ermöglichten, ohne den Überblick zu verlieren. Je nach Sachlage aber auch Ableitungsbäume: Wer kennt wen, wer weiß was – und welche Folgen hat das?

Nach exakt zehn Minuten und dreißig Sekunden legte er die Zeitung beiseite, drückte seine Zigarre aus und erhob sich. Eden und Merriwell konnten sich acht Pfund teilen.

»Ach, Mr. Thompson«, rief der nicht erbberechtigte Lord, »was gibt's denn so Neues?«

»Napoleon serviert Bismarck in Biarritz die Österreicher auf einem goldenen Teller, die Juaristen sind im Vormarsch, Francis Train kandidiert als Präsident, und ein Generalmajor Burtlock ist wegen Mordes hingerichtet worden. Aber das ist natürlich alles schon wieder Geschichte! Gute Nacht, Gentlemen.«

Eden versank in missmutige Grübelei. Auch Edward Bell sah dem seltsamen Mr. Thompson nachdenklich hinterher, aber der hatte die Tür noch nicht geschlossen, da stürzte sich der feiste Kaufmann auch schon mit einer ganz erstaunlichen Geschwindigkeit auf die Zeitung, ließ sie nach wenigen Sekunden wieder sinken und sagte: »Sie schulden mir sechzehn, Mylord!«

28.

Ein Gedächtnis wie ein Elefant zu haben, hatte schon seine Mutter dem kleinen Jungen bescheinigt, und stets war das mehr Vorwurf als nüchterne Feststellung oder gar Kompliment gewesen. Etwas von Dickkopf, Sturheit, Unversöhnlichkeit schwang darin mit, und tatsächlich fiel es dem Investigator noch heute schwer, insbesondere Beleidigungen oder Streitigkeiten zu vergessen. Verzeihen vielleicht. Vergessen nie.

Als er, damals im Eis, verwundet und mehr aus Verzweiflung, angefangen hatte, sich mit der *Ars Memorativa*, dem künstlichen Gedächtnis, zu beschäftigen, die ersten Gedächtnistraktate las, hatte er das Ganze zuerst für eine Art mechanisches Spielzeug fantasieloser Geister gehalten. Trocken und langweilig wie der Herrnhuter Missionar, der ihm die Traktate zu lesen gab und der dabei doch ein bemerkenswert guter Jäger war, der beste an Bord.

Aufeinanderfolgende Räume sollte man sich denken oder anders zusammenhängende Orte, an denen man seine Gedanken in logischer Folge ablegt, sodass der Erinnerungsvorgang nachher so kontrolliert abläuft wie der Weg durch ein gut bekanntes Gebäude. Cicero hatte angeblich in den Gerichtssälen, in denen er sprach, Gegenstände – Speer, Schild, Schwert und was die alten Römer so hatten – an die Wände gehängt, die ihn an seine Argumente und ihre Abfolge erinnern sollten.

Gedächtnisräume! Gedächtnisorte! Ein so verstandenes Gedächtnis war ihm vorgekommen wie ein Setzkasten für Ordnungsfanatiker. Ein gutes Erinnerungsvermögen funktionierte auch ohne diese Schubladensysteme, und ein schlechtes wurde dadurch so wenig verbessert, wie eine geschmacklose Wohnung durch pedantisches Aufräumen schöner wird.

Erst nach und nach erkannte er das Spielzeug als Werkzeug, kam ihm die Erkenntnis, dass Erinnerung nichts ist, was man hat, sondern etwas, das man erzeugt, hervorbringt. Das Gedächtnis war weder eine gemütliche Rumpelkammer noch ein wohlsortiertes Archiv, es war eine Leinwand, auf der der Geist seine Bilder entwarf. Und wo der gewesene Affe nur mit beiden Pfoten in die Farbtöpfe seiner Wahrnehmungen, Eindrücke und Empfindungen langen konnte, da bot die Gedächtniskunst der Fantasie Farbskala, Raster und einen sicheren Halt. Das erkennend fing John Gowers an, Welten zu erschaffen. Parallelwelten, gewesene, zukünftige, mögliche.

Irgendwann reichte sein Gedächtnis nicht nur nach rückwärts, umfasste nicht nur die relativ witzlose Betrachtung des immer bereits Vergangenen, sondern berücksichtigte alle oder doch möglichst viele der in den Dingen liegenden Möglichkeiten. Und paradoxerweise schien ihm das der Wirklichkeit angemessener zu sein. Die Welt war nicht, sie wurde, pausenlos. Deshalb war eine Orientierung über den wahren Zustand der Dinge in Wirklichkeit eine Orientierung über ihren Vorgang. So bekam er schließlich einen Begriff von der Welle, über die seine Mutter gesprochen hatte, an ihren schlechteren Tagen, den dunkleren Stunden: die Welle, die alles ist und alles davonträgt, sogar sich selbst. Mit seiner Gedächtniskunst glaubte John Gowers, sie fassen zu können.

29.

Als der Investigator in die Kabine kam, schlief Emmeline schon seit Stunden. Es gehörte zu ihrer stillen Übereinkunft, dass er ihr beim Zubettgehen den Vortritt ließ, dennoch würde man diesen Bruder-und-Schwester-Zustand nicht mehr lange aufrechterhalten können.

Er merkte, dass sie unter seiner nächtlichen Anwesenheit litt, und obwohl sie sich tagsüber nach Möglichkeit aus dem Weg gingen, zerrten ihre zweifelnden Blicke allmählich an seinen Nerven. Er wusste, wann ein Mensch sich fragt, ob er einen Fehler gemacht hat. Und dass es dann nur noch eine Frage der Zeit war, bis böse Worte fielen.

Gowers überlegte, wie sinnvoll es wohl wäre, ihr seine bisherigen Ergebnisse mitzuteilen. Wenn sie aber damit gleich in Charleston wieder zur Polizei liefe, um die Geschichte von diesem unmöglichen Selbstmord zu erzählen, wäre nicht nur seine Seereise vorbei, sondern auch die ganze Ermittlung für die Katz; keine Chance mehr, den wirklichen Sachverhalt aufzuklären. Denn bisher wusste er nur, was *nicht* geschehen war.

Im trüben Licht der Kerze, die er entzündet hatte, zog er Rock und Stiefel aus. Als er sich zu den Kojen umdrehte, sah er, dass Emmeline sich aufgedeckt hatte, sah ihr nacktes Bein, das Nachthemd, das bis zum Schenkel hochgerutscht war. Und obwohl sie noch immer eine nur durchschnittliche Schönheit war, spielte er doch mit mehr als dem Gedanken, sie fürsorglich wieder zuzudecken. Dann schüttelte er aber kurzentschlossen den Kopf, blies die Kerze aus und weckte sie dadurch, dass er ihren Fuß berührte, als er in die obere Koje stieg.

»Können Sie nicht ein bisschen vorsichtiger sein!«, murmelte Emmeline und drehte sich zur Wand, die Decke wieder fest um den Leib gezogen.

»Entschuldigung«, sagte Gowers, zog im Liegen seine Hose aus und legte sie zusammengerollt unter seinen Kopf.

»Sie haben geraucht!«, kam es missbilligend-müde von unten.

»Gute Nacht!«, sagte Gowers und ging mit geschlossenen Augen noch einmal durch, was nicht geschehen war.

Er war auf Deck auf und ab gegangen und hatte sich vorgestellt, Samuel Thompson zu sein. Lebensmüde bis dorthinaus und entschlossen, heute Nacht ein Ende zu machen.

Als ehemaliger Corporal der Artillerie konnte er eigentlich kaum dumm sein, Kanoniere müssen zumindest rechnen können. Einem Kavalleristen in gleicher Lage hätte man jedenfalls eher zutrauen können, zwecks Selbsttötung erst mal zwölf Meter in die Takelage zu klettern. Unterwegs seine Brille zu verlieren, halb blind auf der Großrah zu hocken und sich in aller Ruhe und Albernheit den Strick um den Hals zu legen.

Anschließend hätte der Mann sich noch bäuchlings über die Rah legen und sein Seil mit einem fachmännischen Seemannsknoten festknüpfen müssen, um dann so sanft wie möglich hinabzugleiten und sich hübsch langsam zu strangulieren, ohne dabei seinen friedvollen Gesichtsausdruck zu verlieren.

Andererseits waren drei Männer nötig gewesen, um den hundertachtzig Pfund schweren Leichnam von der Rah zu holen. Wer mochte kräftig genug sein, ihn allein und insgeheim dort oben aufzuknüpfen? Oder waren Samuel Thompson und sein Mörder gemeinsam aufgeentert und hatten sich erst in der Takelage mörderisch zerstritten?

Die regelmäßigen Atemzüge Emmeline Thompsons verrieten ihm, dass sie über ihrer Entrüstung eingeschlafen war, und so setzte Gowers nun hinter den geschlossenen Lidern sein Ermittlungssystem in Gang. Er wählte die *Ars Combinatoria*, die lullschen Drehscheiben, weil sie ihm die beliebige Kombination seiner Fakten und Vermutungen ermöglichten.

Als der mittelalterliche Mystiker Raymundus Lullus dieses geniale System erdachte – ehe ihn die widerspenstigen Heiden Nordafrikas zu Tode steinigten –, wäre er bei aller kombinatorischen Fantasie wohl nicht darauf gekommen, dass sechshundert Jahre später ein New Yorker Ermittler solche Drehscheiben und Rotoren einsetzen würde, um einen Mörder zu fangen. Das Prinzip war ganz einfach: Auf vier größer werdenden, konzentrisch angeordneten und gegeneinander zu verschiebenden Scheiben, die in einzelne Segmente unterteilt waren, ordnete der Investigator seine Informationen.

Auf der ersten, der mittleren, befand sich sozusagen der tote Samuel Thompson. Um diesen Mittelpunkt angeordnet die Segmente der zweiten Scheibe: die unmittelbaren Umstände, das Verhalten des Toten laut Zeugenaussagen, aber auch einzelne Indizien wie die Brille, der Strick, der Knoten …

Auf der dritten Scheibe die notwendigen Eigenschaften des oder der Täter; auf der vierten und äußersten die möglichen Motive. Diese äußeren Segmente – und das war sein größtes Problem – waren noch leer, bis auf ein Faktum: Man wollte die Leiche offenbar nicht verschwinden lassen, im Gegenteil. Jeder sollte sie sehen. War das eine Warnung? Eine Demonstration? Gab es Mitwisser?

Er ließ die Scheiben rotieren: wie, wer, warum? Das dynamische Gedächtnissystem der *Ars Combinatoria* bot die Möglichkeit, noch die unwahrscheinlichsten, entferntesten, gegensätzlichsten Informationen in eine logische Folge zu bringen und daraus schließlich, nach den ockhamschen Gesetzen der *Summa Logicae*, Urteile, Schlussfolgerungen zu destillieren, mit denen er die eine Möglichkeit verwarf, die andere weiterverfolgte, aber niemals eine vergaß. Leider gab es zum gegenwärtigen Zeitpunkt noch zu viele Leerstellen auf seinen rotierenden Gedächtnisscheiben, um statt des Toten einen Verdächtigen in den Mittelpunkt zu stellen. Hier konnte er nur ausschließen. Die wenigen bessergestellten Auswanderer etwa, die in New York von Bord gegangen waren. Wer von denen hätte den Seemannsknoten knüpfen können?

Und beim Gedanken an die Auswanderer vergaß er plötzlich den Mord und bekam die Erleuchtung; ja, er hätte sich an die Stirn schlagen mögen. Mussten da nicht einige Kojen frei geworden sein?

30.

Zu den fernsten Erinnerungen des Jungen gehörte der schrille Schrei der Dampfpfeife. Er konnte später nicht einmal den Pfiff einer Lokomotive oder auch nur eines Wasserkessels hören, ohne darauf zu warten, wie dieser Ton von den Glocken im Tal aufgenommen wurde, wie Dutzende, manchmal Hunderte Frauen aus den Häusern stürzten und in stiller, unheimlicher Eile den Schächten zu.

Schlag. Bruch. Wasser. Ein überhörtes Sprengsignal. Ein durchgegangener Hund, der durch eine Gefällstrecke raste. Die Möglichkeiten, im Berg zu Tode zu kommen, waren zahlreich, und keine war friedlich. Die Dampfpfeife zeigte allerdings stets eine Katastrophe an. Unter acht, neun Toten setzte man sie selten in Gang, schließlich kostete jeder Alarm Geld.

Die Förderung wurde gestoppt. Wer noch konnte, fuhr aus, ganz egal, wie sinnvoll das war. Die Leute wollten dann nur aus dem Berg, auch wenn das Unglück vielleicht zweihundert Meter unter ihnen stattgefunden hatte. Andere liefen zu Hilfe und Rettung herbei; dafür wurde zwar niemand bezahlt, aber viel sinnvolle Arbeit im Stich gelassen. Manchmal, wenn noch Hoffnung für Verschüttete bestand oder man sogar gehört hatte, wie sie im Berg schrien, klopften, rumorten, wurde auch Bohrgerät aus anderen Schächten herbeigeschafft – und das kostete dann wirklich das Geld der Grubenherren.

John war schon öfter bei solchen Rettungsversuchen dabei gewesen. Aber weil es am Tyne meist schlagende Wetter waren, förderte er dabei selten etwas anderes als ineinander verklammerte Leichen zutage. Zerrissene, vom Gestein Erschlagene aus den betroffenen Flözen. Erstickte aus der Umgebung. Er hatte es Jane erklärt: Manchmal zog der Schlag die Luft auch aus Stollen, die ansonsten gar keinen Schaden nahmen, und die Leute vor Ort erstickten, ohne überhaupt zu wissen, was mit ihnen geschah.

John erzählte ihr überhaupt viel von seiner Arbeit. Lachte aber auch, als sie mit stolz leuchtenden Augen fragte, ob es wahr sei, was alle sagten: dass er tiefer in der Erde gewesen wäre als je ein Mann vor ihm? Und er erzählte ihr, was er von Ingenieur Nelson wusste: dass es irgendwo in Tirol eine Erzgrube mit *siebzehn* Sohlen gab. Schon lange nicht mehr befahren, zum Teil eingefallen, nannte das Volk sie den Geisterschacht, weil sie einst, als Heinrich VIII. noch am Leben und die Welt eine ganz andere gewesen war, dem Heiligen Geist geweiht wurde.

Franzosen, Ingenieure Napoleons, waren vor dreißig Jahren hinabgestiegen. Ihre Lotleinen zeigten achthundertsechsundachtzig Meter an, und ganz unten, an den grauen Knochen der Erde, habe ein toter Bergmann gelegen. Ganz unversehrt, wie im Schlaf, jahrhundertelang. Jane gruselte sich, aber John lachte wie über einen guten Witz: Das sei wahrscheinlich der Mann, von dem alle redeten. Aber keine Angst, den würde er auch noch schlagen.

31.

Er hatte überhaupt keine Chance. Es hatte tagelang geregnet, aber diesmal und an dieser Stelle war nicht nur die Erde weich und schwer geworden, so tief sie eben hinunterreichte, sondern auch die Wasseradern im Berg waren angeschwollen. Ihr Druck sprengte die Holzverschalung im Schacht, wie ein Kind eine Eierschale zerdrückt; so lächerlich gering waren die Kräfte, die sie der Erde entgegensetzten. Balken brachen wie Zündhölzer, der Berg rutschte nach und verschloss den Schacht, als ob nasser Sand ein Stundenglas verstopft. Und die Zeit blieb stehen.

John, sechshundert Meter tief in der Erde, hörte es nicht einmal. Merkte nur, dass das Gestänge plötzlich bebte, stillstand und dass von oben mehr Wasser kam als jemals zuvor. Als würde es unter der Erde regnen. Er stieg drei Leitern zum Blindschacht hoch, hörte nun doch leise Schreie von weit oben und sah in die Gesichter der beiden jungen Burschen, die den Schacht aushauten, um Platz für Männer und Material zu schaffen, wie immer nach fünfzig Metern Tiefe. Alle hundert Meter gab es sogar kurze Stollen zur Exploration. Aber kein zweiter Schacht reichte so tief hinunter.

John, der Erfahrenste und Stärkste unter ihnen, stieg wieder ab, um die Leitern aus dem steigenden Wasser zu ziehen. Im schwachen Schein seiner Davy sah er, dass die unterste schon halb versunken war. Zog am Drahtseil, fühlte keine Spannung mehr und sagte: »Bruch!«, als die Jungen ihn ohne Entsetzen, nur in dumpfer Ratlosigkeit ansahen. Jetzt konnten sie schon hören, wie das Wasser stieg und von den Wänden der Schlamm rieselte.

Sie würden die Leitern quer stellen im Schacht, sich Meter um Meter hochhangeln wie die Kletteraffen und hoffen, dass das Wasser nicht schneller war. Sie würden auf das immer dichtere Geflecht des schlaffen Drahtseils treffen, Hunderte Meter Seil, die sich im Schacht zusammenknäulten. Sie würden sich vorsichtig durcharbeiten müssen, um nicht hinabgerissen zu werden in die Grube, die in Wasser und Schlamm versank.

Sie würden mit Männern kämpfen müssen, die in den höheren Stollen lagen und nicht hinauskonnten. Kämpfen müssen um ihre drei Leitern, in der immer dichteren Luft. Denn die Luft im Schacht würde zusammengepresst werden vom Druck des dort unten gurgelnden Wassers. Ihre Brustkörbe würden sich immer schneller heben und senken, die Lungen immer verzweifelter pumpen, aber ihre Bewegungen würden langsamer, mühsamer werden. Ihre Lampen würden verlöschen, und sie würden keine Chance haben.

Oben schrie der Dampf es ins Tal hinaus, die Glocken verbreiteten die Nachricht von Dorf zu Dorf, von Grube zu Grube. Frauen stürzten herbei, einige stumm, andere heulend wie Klageweiber, sammelten sich am Schacht. Tapfere Männer stiegen hinab, bis auf dreihundert Meter, und kamen schmutzig, nass, hoffnungslos wieder herauf, fanden den Grund nicht mehr. Nur Wasser und Schlamm, den ganzen Berg in Bewegung.

»Sie säuft ab!«, sagten sie, blass vor Entsetzen. Einige weinten, andere schwiegen, alle wussten, was unter ihren Füßen, tief in der Erde geschah. Nur Jane Williams schrie auch dann noch nach Rettung und Hilfe, als die anderen Frauen nur noch für einen schnellen Tod beteten.

32.

Die Quartierfrage war komplizierter als erwartet, da das Offizierskorps der 16. Füsiliere die herrenlosen Kabinen der ersten Klasse auf den achteren Decks von der Flanke her angegriffen hatte und das eroberte Gebiet nun besetzt hielt. Leutnant Carver hatte sich zwar auffallend freundlich um Gowers' Unterbringung bemüht, war aber an der Dickfelligkeit seiner Kameraden gescheitert.

Einer machte den merkwürdigen Vorschlag, er, Carver,

könne ja mit Mr. Thompson tauschen, aber erst als der Leutnant tatsächlich Anstalten machte, »Miss Thompsons Bruder« seinen eigenen Platz anzubieten und mit einer Hängematte in die Mannschaftsquartiere auf den vorderen und mittleren Decks umzuziehen, hatte der Quartiermeister ein Einsehen. In der letzten freien Kabine achtern, reserviert für einen Arzt von Charleston nach Kapstadt, wäre womöglich eine Koje frei – vorausgesetzt, Thompson würde sich mit diesem Herrn einigen können.

Da man Charleston noch nicht erreicht hatte, war das zumindest eine Übergangslösung, die Emmeline und Gowers unabhängig voneinander erleichtert begrüßten. Außerdem hatte der Investigator diese Gelegenheit genutzt, die Passagierliste der *Northumberland* in eines seiner Gedächtnissysteme zu prägen.

Doktor Francis Marcellus Van Helmont erwies sich als ein etwa fünfzigjähriger Mann mittlerer Größe mit ungeheuer klaren, fast himmelblauen Augen, die nur wenig zu seinen grauen, hier und da sogar schon weißen Haaren passten. Die steilen Falten, die neben beiden Nasenflügeln begannen und sich irgendwo im Dickicht eines hingebungsvoll gepflegten Barts verliefen, wirkten allerdings wie frisch gezogen und deuteten entweder auf ein akutes Magenleiden oder diverse, noch nicht allzu lange zurückliegende Erlebnisse, die mit nervlicher Anspannung verbunden gewesen sein mussten. Dazu kam ein leichtes Humpeln, vermutlich von einer Kriegsverletzung. Und da war noch etwas.

Es gibt Menschen, die man belügen kann, die meisten eigentlich und in allem. Es gibt aber auch Menschen, die jede Lüge erkennen, als könnten sie sie riechen. Manche machen etwas aus dieser Gabe, andere wissen nicht einmal, dass sie sie haben. Und die einen wie die anderen wurden von John

Gowers heiß beneidet, der diese Fähigkeit, diesen Instinkt, schon aus beruflichen Gründen verzweifelt gern besessen hätte. Ihm war allerdings nur gegeben, solche Menschen auf den ersten Blick zu erkennen, und deshalb wusste er, dass er Francis Van Helmont nicht belügen konnte.

Der Arzt war zunächst nicht begeistert von Gowers, denn im Gegensatz zu diesem etwas abgerissenen Yankee reiste er mit seiner gesamten Habe, diversen Koffern und Kisten sowie einer aberwitzig großen Truhe voller Bücher, schon beinahe ein Sarg. Zur Verärgerung des Quartiermeisters wollte er dieses Gepäck nicht im Frachtraum unterbringen, sondern in seiner eigenen Welt weiterleben, auch wenn sie verdammt eng würde.

Tatsächlich sah die Kabine aus wie ein überquellendes Magazin, standen Kisten und Kästen bis an die Decke gestapelt, und der Arzt meinte wenig diplomatisch: »Sieht so aus, als würden Sie wieder zu Ihrer Schwester ziehen!«

Gowers wartete mit seiner Antwort, bis alles verstaut war und sie allein waren.

»Miss Thompson ist nicht meine Schwester, Doktor Van Helmont.«

»Ah«, sagte der Arzt und zog rasch ein paar falsche Schlüsse. »Dann sollte es Ihnen ein Leichtes sein, sich wieder mit der jungen Dame zu versöhnen und die Reise in angenehmerer Gesellschaft zu verbringen als ausgerechnet in meiner.«

»Sie ist nicht meine Verlobte, und ich habe sie auch nicht entführt.«

»Hm.« Van Helmonts Augen funkelten zum ersten Mal ein wenig belustigt. »Hat sie Sie entführt?«

Gowers lachte. »Streng genommen ja. Mein Name ist John Gowers, Investigator.«

»Was?«

»Privatdetektiv. Miss Thompson hat mich engagiert, um den Mord an ihrem Vater aufzuklären. Inkognito, Sie verstehen.«

»Nein, noch nicht ganz.«

Er verstand es allerdings nach einer Viertelstunde und einer ersten gemeinsamen Zigarre. Jedenfalls sagte er: »Nun, ich nehme nicht an, dass ich das alles hier an Bord überprüfen kann.«

»Ich würde Sie jedenfalls bitten, das nicht zu tun. Es gehört zum Wesen einer Inkognito-Untersuchung, dass niemand weiß, dass er untersucht wird. Allenfalls könnten Sie mit Miss Thompson sprechen.«

Van Helmont winkte ab, wobei er gleichzeitig den gläsernen Aschenbecher benutzte, den Gowers in der Messe hatte mitgehen lassen.

»Schon gut, Mr. Wie-immer-Sie-heißen. Immerhin ist es möglich, dass eine gute Geschichte daraus wird.«

33.

In diesem Moment klopfte es an der Tür. Van Helmont erhob sich von seiner Büchertruhe, die gleich nach dem Einräumen der Kabine zum Sitzmöbel umfunktioniert worden war, und öffnete.

»Besuch für Sie, Mr. Thompson!«

Es war Leutnant Carver, der schüchtern zur Tür hereinlächelte, dabei aber so nervös von einem Bein aufs andere stieg, als hätte er einen Mord zu gestehen. »Darf ich Sie kurz sprechen, Mr. Thompson?«

»Nur herein«, sagte Gowers.

»Unter vier Augen, wenn möglich!« Der Leutnant sah kurz

zu Van Helmont, der wieder auf seiner Kiste Platz genommen hatte und auch keine Anstalten machte aufzustehen.

»Oh, tun Sie sich keinen Zwang an«, sagte Gowers und stellte die Herren vor: »Leutnant Carver – Doktor Van Helmont.«

»Es ist aber persönlich«, beharrte der rotohrige Leutnant. »Nur für Sie bestimmt, Sir!«

Einen Moment lang dachte Gowers, es hätte vielleicht mit dem Fall zu tun. Das jungenhaft offene Gesicht des ungefähr zwanzigjährigen Offiziers sprach allerdings gegen diese Annahme. Ein Blick auf Van Helmont sagte ihm außerdem, dass er immer noch aus der Kabine hinausfliegen könnte.

»Na kommen Sie, alter Junge«, sagte er deshalb, »Doktor Van Helmont ist mein Arzt. Ich habe keine Geheimnisse vor ihm, und ich möchte ihm auch nicht das Gefühl geben, ich hätte welche. Was haben Sie auf dem Herzen?«

Van Helmont grinste und schien genau zu wissen, dass er eingewickelt werden sollte. Irritiert wegen dieses Grinsens und noch immer sehr verlegen, kam Leutnant Carver endlich in die Kabine und allmählich sogar zur Sache.

»Nun ja. Ich sehe, dass Sie sich schon ... äh!« Er wollte sagen: ... eingerichtet haben, vergaß es aber angesichts der drohenden Kistengebirge und Kofferschluchten schnell und vollständig. Er nahm die Mütze ab.

»Was ich Sie fragen wollte, Thompson ... Also, es geht um Ihre Schwester, Miss Emmeline. Ich weiß natürlich, dass sie einen schweren Verlust erlitten hat. Und Sie natürlich auch. Ich weiß auch, dass es vielleicht noch zu früh ist. Sie sollten aber wissen, dass ich schon kurz davor stand, Ihren Vater, Ihren seligen Vater, äh ... dasselbe zu fragen.«

Dann wissen wir ja jetzt alle allerhand, hätte Gowers beinahe gesagt, während der Doktor wegsah, um den verstümmelten Rest seiner Zigarre zu beseitigen und es dem jungen Mann ein wenig leichter zu machen. Abgesehen von all seinen Problemen mit dem Fall, seiner Unterbringung und nun auch noch dem Gespräch mit Carver, dachte Gowers sofort darüber nach, ob und wie er den Zigarrenstummel in einem unbeobachteten Moment in seine Blechkiste bekommen könnte.

»Kurz und gut«, fuhr der verlegene Leutnant fort. »Ich bitte Sie um … um die Erlaubnis, Ihrer Schwester den Hof machen zu dürfen!«

Der Investigator, der nun wirklich nicht damit gerechnet hatte, jemals über Emmeline Thompsons Glück zu entscheiden, überlegte nach der ersten Verblüffung, welche Ermittlungsvorteile ihm dieser unerwartete persönliche Machtgewinn verschaffen könnte, und bedauerte, für diese Überlegung so wenig Zeit zu haben. Van Helmont schien auch das zu bemerken.

»Nun, Leutnant Carver«, mischte sich der Arzt jedenfalls ein und warf einen kurzen, aber vielsagenden Blick auf Gowers, »Mr. Thompson hier ist vielleicht noch nicht erfahren genug in solchen Dingen. Darf ich mir deshalb, als langjähriger Freund der Familie, die Frage erlauben, ob Sie über ein gesichertes Einkommen verfügen? Feste Bezüge? Wie hoch ist Ihr Sold, Sir? Können Sie Emme… Miss Thompson überhaupt eine Zukunft bieten?«

Gowers nickte zuerst dem Arzt und dann dem Besucher zu. Carver kannte natürlich seine gesamte Truppe, konnte eventuell auch Kontakte zu den Schiffsoffizieren herstellen – und das wäre ein bisschen Hofmachen schon wert. Auf die Höhe der Soldzahlungen in der britischen Indienarmee, Carvers Protektion durch einen Onkel im Generalsrang und andere Kleinigkeiten hörte Gowers dagegen nur mit halbem Ohr.

Erst als der Leutnant schon wieder eine Weile den Mund

hielt und nach einem auffordernden Blick Van Helmonts fiel dem Investigator noch die allseits erwartete Frage ein: »Nun, Carver, alter Junge, Sie wissen natürlich, dass ich Ihnen durchaus wohlwollend gegenüberstehe. Aber sagen Sie noch eins: Ihre Familie. Ich nehme nicht an, dass Ihre Leute von diesem … diesem Vorhaben wissen. Wie werden sie sich dazu stellen?«

Leutnant Carver konnte den Bruder seiner potenziell Angebeteten auch in dieser Hinsicht vollkommen beruhigen, brachte Gowers' Selbstsicherheit dann aber mit einer abschließenden Frage gefährlich ins Wanken.

»Wenn ich Sie dann vielleicht noch nach der Höhe der Mitgift fragen darf, lieber Thompson?«

Van Helmont konnte ein hervorquellendes Gelächter gerade noch als kleinen Hustenanfall tarnen und krächzte: »Eine mehr als berechtigte Frage!«

Aber Gowers hatte sich schon wieder gefangen. »Nun, dazu kann ich natürlich nicht allzu viel sagen, Carver. Ich bin schon zu lange aus England weg. Es dürfte Sie aber interessieren, dass Emmeline die Alleinerbin unseres Vaters ist. Vater und ich, wir sind … wir waren … einander sehr fremd, sehr fremd geworden. Man könnte fast sagen: Wir kannten uns eigentlich nicht.«

»Das betrübt mich zu hören, Thompson, betrübt mich außerordentlich«, sagte Carver hocherfreut. »Dann darf ich mich wohl empfehlen?!«

»Auf Wiedersehen, junger Mann«, sagte Van Helmont. »Und: hipp, hipp, wenn ich so sagen darf!«

»Danke, Sir!«, sagte ein sichtlich beglückter und plötzlich sehr viel selbstbewussterer Leutnant und zog in die Schlacht seines Lebens. Nicht, ohne sich an der Tür ordentlich den Kopf zu stoßen.

Van Helmont grinste ihm hinterher. »Wie schon gesagt, ich mag gute Geschichten!«

34.

Auf der Höhe von Guinea schlief der Wind ein, und an die Stelle der Seekrankheit, an der zuletzt auch der Kaiser gelitten hatte, trat die Langeweile, für die sehr bald das Gleiche galt. Cockburn sandte ein Schiff des Geschwaders an die afrikanische Küste, die man von den Mastspitzen der *Northumberland* aus eben noch ausmachen konnte, um Obst und frisches Wasser aufzunehmen.

Die Mannschaft vertrieb sich die Zeit des tagelangen Treibens, Kreisens und Wartens mit der Jagd auf Haie. Napoleon höchstpersönlich schaute zu, wie sie einen dieser Räuber aus der Tiefe zogen und an Deck hievten.

Das riesige Tier, fast fünf Meter lang, kämpfte, seines ureigensten Elements beraubt, doch noch unglaublich zäh um sein Leben; wand sich, schlug mit der Schwanzflosse mehrere Matrosen zu Boden und hätte auch beinahe den Kaiser verletzt, der näher herantrat, während ein Rudel siebzehn-, achtzehnjähriger Knaben mit Messern und Enterhaken auf das Tier einstach. Fast wäre er mit den zierlichen Escarpins im Blut dieses Königs der Meere ausgerutscht, und es spritzte so sehr, dass er die Strümpfe wechseln musste.

Währenddessen schnitt man dem toten Hai den Bauch auf und fand in seinem Magen die noch erkennbaren Überreste eines schwarzen Männerarms mit der dazugehörigen Hand, an der auch mit wenig Fantasie Kettenspuren auszumachen waren. Madame Bertrand, nach langer Seekrankheit zum ersten Mal wieder an Deck, übergab sich vor all den Männern und wurde anschließend für zwei Wochen von niemandem mehr gesehen.

Innerhalb weniger Minuten wusste das ganze Schiff, was man da Schauriges im Meer gefunden und ihm inzwischen wiedergegeben hatte. Selbst Napoleon sprach beim Abendessen darüber.

»Die Sklavenschiffe werfen manchmal hier ihre Toten über Bord«, erklärte Kapitän Roß.

»Manchmal auch Lebende, habe ich mir sagen lassen«, entgegnete Montholon, »wenn sie überladen sind oder aus anderen Gründen leichtern müssen.«

»Nun, aber die sind dann wohl gefesselt, jedenfalls solange man noch so dicht unter der Küste ist. Haie sind außerdem Aasfresser. Ich denke, dieser Neger war tot«, beharrte der Kapitän.

Napoleon war fasziniert, mehr von seiner eigenen Fantasie als vom Sachverhalt. »Haie sind vor allem Raubfische«, sagte er. »Ich präferiere deshalb, auch im Namen des Hais, die Vorstellung von einem Mann, der versucht hat, seine Freiheit zurückzugewinnen, und kämpfend starb. Wie weit ist es bis zur afrikanischen Küste?«

Roß tauschte einen säuerlichen Blick mit dem Admiral, obwohl es wohl kaum als Geheimnisverrat gelten konnte, eine Frage zu beantworten, die auch jeder halbwegs erfahrene Seemann unter den Franzosen hätte beantworten können.

»Etwa fünfzehn Meilen, Sir. Schwer zu glauben, dass das zu schaffen ist oder dass jemand auch nur den Versuch macht.«

»Nun«, sagte der Kaiser, »was zu schaffen ist, weiß man meistens erst, wenn man es versucht hat. Und glauben werden es die Leute sowieso immer erst hinterher.«

Später, als er an Deck beinahe ausgestreckt auf einer Kanone der Steuerbordbatterie lag, die die Matrosen bereits heimlich

Napoleons Kanone nannten, sah er in die immer fremder werdenden Sterne des Südens und dachte an Afrika, sein Afrika, an Ägypten. So hatte er als junger General Bonaparte an Bord der *Orient* gelegen, Nelsons gesamte Flotte hinter sich und die Welt vor sich.

Währenddessen machte Admiral Cockburn lächerliche Versuche, bei den französischen Bediensteten unauffällig herauszubekommen, ob Napoleon schwimmen konnte.

35.

An der gleichen Stelle an Deck der *Northumberland* stand wenig über fünfzig Jahre später der amerikanische Arzt Francis Marcellus Van Helmont, einen anderen, größeren verlorenen Krieg hinter sich, eine ungewisse Zukunft in den Burenkolonien am Kap Afrikas vor sich.

Das Schiff fuhr auf den Spuren seiner Väter, nur in umgekehrter Richtung. Sein Urgroßvater war einst aus Breda auf die niederländischen Antillen ausgewandert, sein Großvater hatte dort als Pflanzer ein Vermögen gemacht, sein Vater hatte es durchgebracht und ihn, den Letzten seines Namens, mit der Tochter eines amerikanischen Plantagenbesitzers im Süden Alabamas gezeugt, für den er als Verwalter arbeitete. Er erinnerte sich an seine Mutter wie an eine ferne Königin, auf einem Besitz, der nicht ganz, aber immerhin halb so groß war wie Holland.

Gowers kannte die Herrenhäuser des Südens, die Marmorpaläste, die weißen Säulen, sie waren ein Grund dafür gewesen, dass er für den Norden kämpfte. Denn er kannte auch ihre Fundamente, die Hütten, die Ketten, die Peitschen und die Hunde. Er kannte die fünfzehn-, sechzehnjährigen schwarzen Mädchen, geschwängert von ihren Herren oder dem weißen Abfall, den Aufsehern, von den Herren dazu angestachelt, ihren Besitz an Sklaven auf diese billige, natürliche Weise zu mehren.

Deborah hatte ihm davon erzählt, und die Narben auf ihrem Rücken hatten jede ihrer Geschichten bestätigt. Gowers durfte noch immer nicht daran denken, weil er dann an nichts anderes mehr denken konnte und das Bedürfnis verspürte, den nächsten greifbaren Weißen zusammenzuschlagen.

Als uneheliches Kind hatte Van Helmont natürlich nicht mehr von diesem märchenhaften Reichtum gehabt als eine gründliche Ausbildung und einen Sinn für Ästhetik, der weit über dem der kulturlosen Yankees im Norden stand – millionenschwerer Industrieller, die die Arbeiter ausbluteten, aber vor ihren französischen Schneidern kuschten und für jedes Wort ihrer englischen Butler dankbar waren. Männer, die sich bombastisch-geschmacklose Häuser bauten und mit den Fingern von goldenen Tellern aßen.

Er hatte bei Shilo gekämpft, nicht gegen die Sklavenbefreiung, nicht gegen die Union, aber gegen diese Männer und gegen das geschmacklose System, das sie hervorbrachte. Ein System, das sich noch damit brüstete, weder Geschichte noch Kultur zu besitzen, sondern einfach nur viel Geld. Wirklich gekämpft hatte Van Helmont nur dies eine Mal und bei dieser Gelegenheit gleich eine Kugel gefangen; allerdings nicht weniger als eine Kanonenkugel, die seinen linken Unterschenkel mit sich ins Dunkel der Geschichte riss. Hatte es überlebt und von da an der Sache der Konföderierten in zahlreichen Lazaretten gedient.

Die Herren genossen es, ihren Sklaven biblische Namen zu geben oder solche aus der römischen Geschichte. Hannibal bediente bei Tisch, Cato mistete die Ställe aus, Abraham, Isaac und Jacob schwitzten auf ihren Feldern. Man konnte Samson auspeitschen und Delilah die französische Sauciere an den Kopf werfen, wenn das Fleisch nicht zart genug war.

Deborah hasste ihren Namen, und als Gowers ihr erzählt hatte, dass die Sklaven im alten Rom keine Namen trugen, sondern nur Nummern: Primus, Secundus, Tertius und so weiter, nannte sie sich selbst Seven, weil sie das siebte Kind ihrer Mutter war. Ihren Vater kannte sie nicht, aber sie war erleichtert, als ihre Mutter ihr versichert hatte, dass es ein schwarzer Mann gewesen war.

Van Helmonts Schlachten fanden stets nach dem Kampf statt und waren weit blutiger, gnadenloser als die, für die man die Generäle in Gazetten und Geschichtsbüchern feierte. Seine Niederlagen waren schwerer, endgültiger, und irgendwann hatte er aufgehört, die Toten zu zählen. Aber dafür waren auch seine Siege größer, beständiger als all die billigen, vorübergehenden Triumphe der Militärs oder Politiker. Da gab es eben immer wieder die Siebzehnjährigen, die – und das hatte er sich tatsächlich ausgerechnet – vielleicht noch im Jahr 1930 von »diesem verdammten Doc damals« reden würden, der ihnen, ihren Kindern und Enkeln das Leben gegeben und wiedergegeben hatte.

Das Einzige, was an ihrer Verbindung romantisch gewesen war, dachte Gowers oft bitter, war Deborahs Verzweiflung. So schwer war es für sie, ihn zu lieben. War er nicht weiß? Und war nicht Weiß schlecht? Er wusste, er hatte es immer gespürt, dass sie ihm nie, auch in ihren intimsten Momenten nicht, wirklich vertraute. Und es war diese traurige Gewissheit, für die er den Süden immer noch hasste. Dumpfer jetzt, nicht mehr wie ein Messer in der Brust, nur noch wie ein schlechter Geschmack im Mund, begleitete ihn der Hass.

36.

Vielleicht war noch nicht genug Zeit vergangen, vielleicht hatte der Krieg zu lange gedauert, aber bis die *Northumberland* vor den Bahamas ankerte, sprachen die beiden Männer nicht viel miteinander. Van Helmont nahm höflich die immer wieder angebotenen Zigarren, spielte *Shenandoah* auf seiner kleinen Mundharmonika und dachte an die Kriegsgewinnler, die Landdiebe, an den Selbstmord seiner alten Mutter, den Verfall der Plantagen.

Gowers begegnete dem Südstaatler zwar nicht mit Hass, aber doch mit Misstrauen, bis ihm auffiel, was ihn an der Situation so irritierte: Er hatte auch Deborah nicht belügen können. Nicht durch Reden und nicht durch Schweigen. Seltsam, dass nun ausgerechnet ein Sklavenhalter, ein Feind, das gleiche Gefühl in ihm auslöste.

Van Helmonts Mundharmonika erzählte ein bisschen zu elegisch, ein bisschen schief von den *Streets of Laredo* und erinnerte Gowers an eine alte schottische Melodie, die seine Mutter gesungen hatte: *The Unfortunate Lad*. Er war nahe daran mitzusummen, aber da klopfte der Arzt das Instrument in der linken Hand aus, schnallte sein Bein wie immer unter der Bettdecke ab und lehnte es an den Bettpfosten. Ein prachtvolles Bein, nicht einfach ein Holzpflock, sondern ein wirklich geschnitztes und kunstvoll zusammengesetztes künstliches Bein, das sogar eine Federmechanik besaß, die es ihm nach einiger Übung ermöglichte, fast ohne Humpeln oder Nachziehen zu gehen.

Gowers, der die Prothese anfangs mit dem instinktiven Misstrauen des Zweibeiners betrachtet hatte, nahm Van Helmonts herrenloses Bein an diesem Abend in die Hand, wog es, bewunderte den ausgeklügelten Mechanismus im Gelenk und sagte: »Eigentlich eine feine Sache. Wo ist das Original geblieben?«

»Shilo«, knurrte Van Helmont und machte nicht den Eindruck, als ob er darüber reden wollte.

»Shilo«, wiederholte Gowers und wartete, obwohl er nicht sicher war, ob er es wissen wollte.

Schließlich setzte der Arzt sich in seiner Koje auf. »Ich fühle es immer noch manchmal jucken. Hab es verdammt noch mal selbst abgeschnitten, weil gerade kein anderer da war.« Er zog die Decke vom Stumpf. »Ein ziemlicher Pfusch. Hatte leider noch nicht die Erfahrung von später. Fühlen Sie mal!«

Gowers betastete vorsichtig den Stumpf und fühlte kleine Beulen und Dellen, die jedem Fachmann wahrscheinlich ein missbilligendes Grunzen entlockt hätten. Er überlegte nur kurz. Dann richtete er sich auf, drehte sich um und ließ Hose und Unterhose herunter.

Van Helmont betrachtete erst verblüfft, dann interessiert das Hinterteil seines Genossen und ließ einen Pfiff der Bewunderung hören. Über die ganze Länge der rechten Hinterbacke, von der Hüfte bis zum Oberschenkel, zogen sich Bahnen weißer Narben, Spuren einer Verletzung, die einmal tief durch den Muskel gegangen sein musste.

»Auch ganz nett«, befand er. »Und eine bildschöne Stelle. Schrapnell?«

»Nein«, sagte Gowers und zog die Hosen wieder hoch. »Eisbär.«

Der Arzt lachte, verschränkte die Hände hinter dem Kopf und sagte: »Erzählen Sie!«

37.

Ihr Zuhause war ein einziges Zimmer gewesen, etwa zwölf Quadratmeter, im Haus eines Steigers. Ein Herd, ein Tisch, zwei Stühle und ein Schrank aus Johns Junggesellenzeit, in dem nicht nur Kleidung und Wäsche, sondern auch das wenige Geschirr und sonstige Habseligkeiten Platz finden mussten. Das Bett hatte er selbst gebaut.

In diesem Zimmer verbrachte Jane die drei glücklichsten Jahre ihres Lebens. Es zu verlassen brach ihr das Herz. Das Fenster, durch das sie ihn morgens weggehen und abends zurückkommen sah. Die Tür, die so dünn war, dass sie sämtliche Lebensäußerungen der Familie Peters mit anhören konnten. Deren Ritzen sie verstopften, wenn sie sich liebten. Die sich jetzt zum letzten Mal für sie öffnete.

»Sind Sie so weit?« Der Ingenieur Nelson persönlich. Bob Liddell, ein Schotte, Freund und Kollege von John. Der jüngere Peters, ein fünfzehnjähriger Junge, der sie einmal beim Baden beobachtet hatte und dafür zuerst von John, dann von seinem Vater und schließlich noch von seiner Mutter verprügelt worden war. Einmal fürs Gucken, einmal fürs Erwischtwerden und einmal fürs Onanieren.

»Was ist es?«

Es war der Schrank, Johns Schrank und sein Inhalt. Es war eine Kiste mit seinen alten Kleidern und der Bettwäsche. Und es war das Bett selbst.

»Das Bett nicht. Das Bett passt da nicht mehr rein!«

»Ohne das Bett gehe ich nicht weg.«

»Wo soll denn das noch hin? Das ist nicht Buckingham Palace!« Mutter Irvine hatte ein hartes, hageres Gesicht und schneeweiße Haare. Noch nicht fünfzig, war sie doch bereits eine alte Frau. Ihre Tochter Beth war sechsundzwanzig Jahre alt, rothaarig, sommersprossig und verwitwet wie Jane. Ihre Tochter Mary-Ann war neun und ihr kleineres Ebenbild, nur etwas hübscher.

»Das passt hier nicht rein!«

»Ohne das Bett ziehe ich gar nicht erst ein, und wenn ich auf der Straße schlafen muss!«

Beth, die gleich zur Schicht musste, sah in Janes Augen; stumpfgeweinte Augen, in die selbst ihr Zorn keinen Glanz mehr bringen konnte.

»Wie lange ist er schon tot, Schätzchen?«

Janes Kehle war plötzlich genauso trocken wie ihre Augen. Was geht dich das an?, wollte sie sagen, fauchen. Aber sie krächzte nur: »Zwei Wochen.«

Beth legte ihrer Mutter, die noch immer die Tür versperrte, eine Hand auf die Schulter und zog sie aus dem Weg. »Lass es ihr, Mum, um Gottes willen. Sie kann es tagsüber hoch an die Wand stellen.«

Das Bett war ihre Zuflucht. Das Bett und ihr Junge. Sie klammerte sich nachts so sehr an ihn, dass sie am Tag manchmal Angst hatte, ihn dabei zu ersticken. Das Zimmer war ein bisschen größer als ihr Zuhause mit John. Aber dafür wohnten sie hier auch zu fünft.

Sie beide erwachten, mitten in ihrer ersten Nacht, weil Mutter Irvine einen großen Kessel mit Wasser auf den Herd setzte. Und erst als sie den Waschzuber vom Flur ins Zimmer holte, wusste Jane, dass die Alte nicht verrückt geworden war. Eine Viertelstunde später kamen Beth und Mary-Ann von der Arbeit, dreckiger und schwärzer vom Staub, als es John je gewesen war. Aber John schleppte auch keine Kohlen.

Während Mutter Irvine sich wieder in das Bett legte, das die drei sich teilten, und sofort wieder einschlief, zog Beth ungeniert vor den fremden Augen ihre Tochter und dann sich selbst aus. Mutter und Tochter wuschen sich gegenseitig den Rücken und spülten den Staub aus den Haaren. Beth hatte rotes Schamhaar und Sommersprossen sogar auf Bauch und Brüsten. Und Jane dachte zum ersten Mal seit zwei Wochen an etwas anderes als an John. »Wie kriegt man denn da Sommersprossen?«, fragte sie.

Beth lachte. »Von der Sonne, Schätzchen, logisch. Wenn ich Frühschicht habe, bade ich hier im Hof. Im Sommer braucht man da nicht mal ein Handtuch, trocknet einen die Sonne. Daher.« Sie lachte wieder. »Und wie kriegt man so eine lange Nase?«

Jane lächelte jetzt ein bisschen. John hatte sie das auch oft gefragt. Und hatte dann selbst die Antwort gegeben, die Jane jetzt ihrer neuen Freundin gab: »Man steckt sie in Bücher!«

»Kannst du lesen?«, fragte Beth.

Jane nickte.

»Das ist fein. Da kannst du es Mary-Ann beibringen und vielleicht sogar mir.«

»Ich weiß nicht, ich habe ja keine Bücher. Ich habe nur …« Jane hatte nur ihre Bibel, aus der sie John manchmal vorgelesen hatte. Die Bücher Samuel, das Hohe Lied und den Prediger. Und plötzlich stand ihr die Bibliothek ihres Vaters vor Augen.

»Aber ich weiß, wo ich welche herbekomme!«, sagte sie.

38.

»Ja?«

Es war ihre Schwester Alexandra, die die Tür öffnete und mit ihrem wohlproportionierten Körper sofort die Schwelle blockierte, über die Jane so oft gegangen war.

»Ich möchte Vater sprechen.«

»Vater ist für dich nicht zu sprechen.«

»Dann möchte ich Reverend Gowers sprechen.«

Alexandra warf ihr einen so durchdringend bösen Blick zu, wie es nur eine zwei Jahre ältere und weitaus hübschere Schwester tun konnte, die nie verstanden hatte, warum ihr Vater die jüngere, kleine, dürre Jenny mit der großen Nase vorgezogen hatte.

»Hast du Vater nicht schon genug gequält? Was willst du?«

»Ein paar Bücher stehlen, die silbernen Löffel und deine Tugend!« Jane konnte so böse sein wie ein Dachs, und sie wusste natürlich genau, wie sehr die hübsche blonde Alexandra darunter litt, noch keinen wirklich ernst zu nehmenden Bewerber ihr Eigen zu nennen.

»Willst du eine Szene machen?«

»Nein. Es sei denn, du zwingst mich dazu.«

Ben spürte, wie die Hand seiner Mutter seine eigene immer fester umklammerte, so fest, dass es wehtat. Er schrie nicht, jammerte nicht, sah nur fragend und fast ein bisschen verblüfft zu ihr hoch. Aber da öffnete die fremde Frau die Tür und ließ sie ins Haus, und der Griff lockerte sich ein wenig.

»Vielen Dank«, sagte Jane.

Ihre Schwester hüllte sich in ein eher beleidigtes als bedrohliches Schweigen und wies ihr mit dem Finger den Weg in die Bibliothek, als wenn sie den Weg nicht tausendmal gegangen wäre. Das etwas verspätete Einschnappen mehrerer bisher angelehnter Türen verriet ihr, dass die ganze Familie von ihrem empörenden Auftauchen wusste und nun aufgeregt tuschelnd beratschlagte, wie man die ungebetenen Gäste schnell wieder loswerden könnte.

»Warte hier!«, befahl Alexandra in der Bibliothek, dem Arbeitszimmer des Pfarrers, und ging hinaus, um dem Hausherrn und *Pater Familias* beim Anlegen seiner Rüstung oder Entrüstung behilflich zu sein, auf dass er gewappnet wäre mit dem Schwert der Tugend und dem Schild der Rechtschaffenheit, ehe er es mit der Tochter Babylons, Tochter Sodoms ausföchte.

Kaum allein gelassen, ließ Jane die Hand ihres Sohnes los und ging entschlossen zu einem Bücherschrank neben dem Schreibtisch ihres Vaters. Hinter *Shakespeares Gesammelten Werken* fand sie auf Anhieb, was sie suchte. Sie hatte es schon mit dreizehn oder vierzehn Jahren an dieser Stelle entdeckt und immer wieder genauso heimlich darin gelesen wie Ehrwürden Gowers selbst: Chaucers *Canterbury Tales.*

Wie hatte er darunter gelitten, dass die englische Sprache ihren ersten literarischen Höhepunkt, ihre Ausprägung ausgerechnet mit Chaucer gefunden hatte! Die Italiener hatten Dantes *Comoedia*, selbst die Deutschen hatten Luthers Bibel – und die Engländer nur diese mühsam moralisch verbrämte Schwanksammlung, in der immer irgendwer in irgendein fremdes Bett stieg und die Frauen sich splitterfasernackt am Fenster zeigten, alles nur, um ihren Männern Hörner aufzusetzen. Die Ausgabe war so alt wie er, stammte tatsächlich aus seinem Geburtsjahr, und wohl deshalb – und wegen seines Namens natürlich – hatte es einst ein Kommilitone für geistreich gehalten, ihm das empörende Buch zu schenken: *Für J. Gower(s), zum 25. Geburtstag und ewigen Vergnügen!*

Als ob es ein Vergnügen sein könnte, das obszöne Werk fast vierzig Jahre lang vor den Augen von Frauen und Töchtern zu verstecken!

Jane hob ihren Rock hoch und ließ das Buch in dem Beutel verschwinden, den sie dort befestigt hatte. Gerade wollte sie auch noch den sinnreich hinter Bunyan und einer Prachtausgabe der *Legenda Aurea* verborgenen *Tom Jones* an sich bringen, als sie die Schritte ihres Vaters auf dem Flur hörte, viel eher als erwartet. Schnell trat sie ans Fenster und sah in den Garten ihrer Kindheit.

Joseph Benjamin Gowers sah als Erstes den Jungen, seinen Enkelsohn Joseph Benjamin Williams, der allein gelassen, aber nicht ängstlich mitten im Zimmer stand und ihn zwar nicht frech, aber herausfordernd ruhig ansah. Er hat die Augen seines Vaters, dachte Ehrwürden Gowers, meinte aber eher die Art seines Vaters, denn gesehen hatte er John Williams aus Skye ja nur ein einziges Mal und von Weitem. Dass der Junge die Nase seiner Tochter hatte, war dem Pfarrer dagegen so selbstverständlich, dass ihm erst viel später einfiel, darüber nachzudenken, dass niemand sonst in seiner Familie diese Nase und dieses schwarze Haar hatte. Er selbst war über seiner Schande weiß geworden; jedenfalls behauptete er das gern vor sich selbst und dem Spiegel.

39·

»Ja?«

»Guten Tag, Vater.«

»Was willst du?«

»Mein Mann ist gestorben«, begann Jane. »Er ist im Berg verschüttet worden.«

Zur Hölle gefahren oder doch in ihre unmittelbare Nähe, dachte Joseph Gowers in einem Teil seiner Seele, den er selbst auf der Folter verleugnet hätte. Er hatte sich die näheren Umstände mehrmals ausführlich erzählen lassen.

»Ich habe davon gehört.«

»Ich möchte Unterricht geben, um Geld zu verdienen für den kleinen Joseph und mich.«

Sie wollte ihm zeigen, dass sie keinesfalls vorhatte, ihn um Geld zu bitten oder sich unter sein Dach zu flüchten, aber vielleicht war gerade das falsch. Vielleicht wäre er zugänglicher gewesen, wenn sie reumütig um Gnade und Vergebung ihrer Schuld gebeten hätte. Stolz hingegen konnte er an keiner seiner Töchter leiden, an den anderen allerdings auch nur sehr selten entdecken.

In aller christlichen Demut hätte er akzeptiert, wenn sie seine Knie umfasst, sein Füße gewaschen und Maria Magdalena irgendwie erwähnt hätte. Davor hatte er sogar insgeheim Angst gehabt, denn dann wäre es ja an ihm gewesen, eine christliche Regung zu zeigen. So aber konnte er ihren Vorschlag, ihr hin und wieder einige Bücher aus seiner Bibliothek leihweise zur Verfügung zu stellen, damit sie den wertlosen Bälgern der Bergarbeiter Lesen und Schreiben beibringen könnte, brüsk zurück- und sie selbst mit ihrem schottischen Bastard aus dem Haus weisen.

Und erst lange nachher, als er sich wieder einmal über die Unarten der frühen englischen Literatur aufzuregen beschloss, fand er hinter *Shakespeares Werken* das entsprechende Buch nicht mehr. Zuerst schoss ihm das Blut heiß ins Gesicht, denn er befürchtete, es nach der letzten Lektüre gedankenlos irgendwo liegen gelassen zu haben, sodass die Abgründe seiner Seele für jedermann oder irgendwen offen zutage traten.

Erst nach einer ausführlichen, aber erfolglosen Suchaktion,

bei der er schließlich das ganze Zimmer auf den Kopf stellte, keimte in ihm der Verdacht auf, eine von Lots Töchtern oder gar sein gottloses Weib könnte das Buch entwendet haben und sich heimlich an seinen Schweinereien ergötzen. Jedenfalls nahm er die sporadischen Äußerungen seiner Lieben, dass er sich nicht so in die Bücher hineingraben solle, die er früher stets mit patriarchalischem Wohlwollen wie Huldigungen entgegengenommen hatte, plötzlich sehr ungnädig auf.

Tatsächlich ließ ihn die Vorstellung nicht mehr los, irgendjemand in der Familie wisse mehr über seine literarischen Vorlieben, als dem Ansehen eines Hirten seiner Herde zuträglich war, und mache sich vielleicht sogar über ihn lustig. Natürlich konnte er mit keiner Menschenseele über seinen Verlust reden, denn was man nicht besitzen darf, kann einem auch nicht gestohlen werden. Das Quälendste aber war, dass man nun sogar nach seinem Tod Dinge über ihn wissen würde, die er im Leben niemandem gestanden hatte.

Je älter er wurde, desto größer war in der Tat Bens Vergnügen, wenn er sich die kopfschüttelnde Erregung des ehrwürdigen Joseph B. Gowers bei der Lektüre des *Miller's Tale* oder vergleichbarer Erzählungen ausmalte. Mitleid konnte er allerdings nicht für seinen derart gequälten Vorfahren empfinden, denn von dieser ersten Bibliothek seines Lebens erinnerte er zwar die respektheischend knarrenden Dielen, die Furcht einflößende Höhe der Regale, an denen Generationen geschnitzt zu haben schienen, und die versammelte Würde einer dickleibigen, ledergebundenen Bildung, aber vor allem eben den Zeigefinger des selbstgerechten alten Mannes, der ihm die Tür dieser Welt wies.

Und Ben Williams war froh, dass er keine andere Erinnerung an seinen Großvater hatte.

40.

Ermittlungsarbeit war das Sammeln, Ordnen und Interpretieren von Informationen und insofern wissenschaftlicher Forschung durchaus vergleichbar. Der wesentliche Unterschied bestand darin, dass Wissenschaftler nur in Ausnahmefällen befürchten mussten, ihr Forschungsgegenstand werde aufspringen, eine Hieb-, Stich- oder Schusswaffe auf sie richten oder ihnen sonst wie kräftig eins über den Schädel geben. Diese einigermaßen erheiternde Vorstellung – jedenfalls wenn man dabei nicht an Afrikareisende, sondern Insekten- oder Bibelforscher dachte – nutzte der Investigator immer noch hin und wieder, um innerlich den manchmal spöttischen, meist aber nur blasierten Blicken zu begegnen, die ihn bei seinen Recherchen in Bibliotheken und Archiven irgendwann zu treffen pflegten.

Zwar hatte ihn seine Mutter Respekt vor dem geschriebenen Wort gelehrt, zwar hatte er sich selbst in Jahren und Jahren eines fast wütenden Bücherverschlingens eine erstaunlich profunde Bildung angeeignet, aber noch immer überfiel ihn jenseits der Pforten von Universitäten, Lehr- und Lesesälen das alte Gefühl, die Welt seiner Feinde zu betreten. Gelehrsamkeit in Goldschnitt und Folio starrte feindselig auf ihn herab, und blasse Menschen mit engen Kragen und fingerdicken Brillengläsern schienen mit jeder Regung zu fragen, was er hier suchte – der Kajütjunge mit den roten, vom Scheuersand rissigen Händen, der braun gebrannte, bezopfte Seemann, Arktisfahrer, Flusslotse, der nach einem Übermaß von Sonne und Tabak roch, der verwundete Captain der Nordarmee in seiner fadenscheinigen Uniform, der zwielichtige Ermittler mit dem Messer im Stiefel.

Früher waren es zuverlässig die Vorstellung von Gewalt und der Gedanke gewesen, dort jederzeit alles und jedermann zu Brei schlagen zu können, die ihm bei Bibliotheksrecherchen seine Gemütsruhe erhalten hatten. Inzwischen war es vor allem die Erfahrung, dass bisweilen ein einziges hingemurmeltes Wort noch des schäbigsten Informanten wertvoller für ihn war als zehn Regalmeter enzyklopädischen Weltwissens. Auch das war die Welle. Sie machte das Große klein, unwichtig und hob das Niedrige, Zufällige für einen einzigen funkelnden Augenblick ins Licht der Unverzichtbarkeit.

41.

»Tag, Mr. Thompson, Sir. Mein Name ist Barclay, George Barclay, ich komm wegen der Zigarre!«

»Bist du nicht noch ein bisschen zu jung dafür?«, fragte Gowers, obwohl er wusste, dass der Junge diese Frage hassen würde. Er selbst hatte es jedenfalls immer gehasst, zu jung für dieses oder jenes genannt zu werden. Tatsächlich war George Barclay auch kein wirklicher Junge mehr, sicher schon vierzehn, vielleicht fünfzehn. Und groß für sein Alter.

»Kann sein, Sir«, sagte er auch prompt etwas frech, »aber ich hatte sowieso vor, sie zu verkaufen.«

Gowers lächelte. »Wie wär's, wenn du mir ein bisschen was erzählst und hinterher zwei verkaufst?«

»Das wär prima, Sir«, sagte George, ergänzte dann aber wie verlegen: »Ich weiß aber gar nicht so viel. Die anderen haben ihn losgemacht, ich hab ihn nur runter an Deck gehoben, nur geholfen dabei.«

»War das schwer?«

»Na ja, leicht war er nicht. Aber Pullman und Gore haben ihn abgeseilt, Hand über Hand runtergelassen, ich musste ihn eigentlich nur abnehmen. Und manchmal, wenn er irgendwo hakte … festhing … Ich meine nicht am Hals, wenn er festhing mit Armen und Beinen, so in der Takelage, dann hab ich ihn losgemacht.«

Bei den schüchternen Bemühungen des Schiffsjungen, den unwürdigen Vorgang möglichst taktvoll zusammenzufassen, hatte Gowers Schwierigkeiten, die betroffene Miene des trauernden Sohns beizubehalten.

»Gut«, sagte er deshalb. »Das ist für eine Zigarre gut.«

»Danke, Sir«, sagte George und nahm die Zigarre mit viel größerer Selbstverständlichkeit entgegen als seine wesentlich älteren Kameraden. Entweder konnte er sich gar nichts darunter vorstellen, oder er hatte schon mehr von derlei Luxus gesehen, als man ihm anmerkte. Lächelnd wartete er auf die angebotene zweite.

Er war ein hübscher Junge, schlank, aber nicht dünn, groß, aber nicht schlaksig. Bei nahezu jeder Bewegung fiel ihm eine schwarze Haarsträhne ins Gesicht, die er dann fortwährend mit der Hand nach hinten kämmte. Seine Augen lagen etwas zu tief, und er schielte ein wenig, dafür hatte er einen schönen Mund, und sein Lächeln hätte man bei einem Mädchen im gleichen Alter reizend genannt. Gowers war lange genug zur See gefahren, um zu wissen, welche Schwierigkeiten der Junge deswegen hatte.

»Was anderes, George. Hast du vorher mal mit meinem Vater gesprochen? Oder hast du ihn gesehen?«

»Ja, Sir, er war ja ein paarmal bei Louis in der Kombüse. Und einmal hat er mir 'n Penny geschenkt.«

»Langsam. Wer ist Louis? Was wollte Thom… mein Vater in der Kombüse? Und warum hat er dir was geschenkt?«

»Louis ist der Koch, Sir. Das heißt: war der Koch, jetzt ist er krank, liegt schon über zwei Wochen flach.«

»Was wollte mein Vater von Louis?«

»Hm.« George kämpfte mit seiner Haarsträhne und überlegte seltsam lange. »Ich weiß nicht, Sir, ich war ja nicht dabei. Hab ihn immer nur reingehen sehen. Und der Penny, dafür sollte ich ihm was über das Schiff erzählen. Aber ich weiß ja gar nichts darüber.«

»Bist du schon lange an Bord?«

»Nein, Sir. War ja das Komische, nicht viel länger als er, als Ihr Vater, mein ich. Ich bin doch mit Louis gekommen, paar Tage vorm Auslaufen erst. Von der *Mermaid*.«

»Gut«, sagte Gowers und gab dem Jungen seine zweite Zigarre. Wieder ein Mädchenlächeln. »Und noch was anderes, George. Du weißt ja, ich bin Journalist ...«

»Nein, Sir, keine Ahnung.«

»Ich will über das Schiff schreiben, über die Reise.«

»Richtig für die Zeitung?«

»Für die Zeitung, genau.« Gowers hielt eine dritte Zigarre in der Hand. »Du kommst doch hier an Bord überall hin, du kennst alle, alle kennen dich. Und darum möchte ich hin und wieder mit dir reden.«

»Worüber, Sir? Ich weiß doch nichts.«

»Na, zum Beispiel über die Passagiere, wer sie sind, woher sie kommen, wohin sie wollen ...«

»Warum fragen Sie die nicht selbst?«

»Oh, die Leute reagieren immer etwas komisch, wenn sie wissen, dass sie in die Zeitung kommen. Die meisten fangen zu lügen an.«

»Hm.« George grinste und wischte sich jetzt unablässig das Haar aus der Stirn.

»Also, abgemacht?«

George lächelte wieder, und diesmal sah man, dass er nicht halb so verlegen war, wie er tat, sondern die Wirkung seines Lächelns genau kannte und nicht zum ersten Mal bewusst einzusetzen versuchte.

»Abgemacht, Sir!«

»Er hat einmal zu oft gesagt, dass er nichts weiß«, sagte Van Helmont, setzte sich in der Koje auf und steckte sich schon wieder eine von Gowers Zigarren an. »Und für jemanden, der wirklich nichts weiß, hat er sich viel zu leicht bestechen lassen.«

»Ich denke, er ist es gewohnt, bestochen zu werden«, antwortete Gowers, während er dem aufsteigenden Rauch ein wenig betroffen hinterherblickte. »Fragt sich nur, von wem und wofür.«

»Das mit der Zeitung war falsch, glaube ich.« Der Arzt erhob sich. »Er wird Ihnen natürlich ein tolles Zeug vorlügen.«

»Dann werde ich immerhin wissen, was ich seiner Meinung nach denken soll.«

Van Helmont nickte. »Auch ein Gesichtspunkt«, sagte er.

42.

»Ah, Sie!« Emmeline Thompsons Augen blitzten. »Haben Sie mir diesen Leutnant Carver auf den Hals gehetzt?«

»Nein«, sagte Gowers. »Den haben Sie sich mehr oder weniger selbst zugezogen.«

»Ich wüsste nicht, wodurch«, antwortete sie schnippisch.

Ich auch nicht, hätte Gowers um ein Haar erwidert. Dann bemerkte er allerdings, dass der wütende Glanz in Emmelines Blick durch die Spur eines Lächelns abgemildert wurde. Vielleicht war es ja Carver persönlich, der ihr Missfallen weckte, aber das plötzliche Gefühl, von jemandem begehrt zu werden, schmeichelte doch offenbar einer Eitelkeit, von der sie schon gar nicht mehr wusste, dass sie sie hatte.

»Der Leutnant hat mich lediglich gefragt, ob ich etwas dagegen habe, wenn er Ihnen den Hof macht.«

»Und mit welchem Recht haben Sie ihm das erlaubt?«

»Mit welchem Recht hätte ich es ihm verbieten sollen?«

»Jedenfalls ist er widerlich!« Emmeline verschränkte die Arme vor der Brust und sah einen Moment lang wild entschlossen aus. Als sie merkte, dass ihr dieser Ausdruck entglitt, drehte sie sich zur Wand.

»Ich bin nicht gekommen, um über Ihr Liebesleben zu reden«, sagte Gowers, ohne zu überlegen.

Sie drehte sich wieder um, Mund und Augen vor Entrüstung weit offen. Er hätte sich ohrfeigen können. Privatleben! Privatleben hätte es heißen müssen. Ich brauche mal wieder eine Frau, dachte er. Meine Umgangsformen leiden!

Während er in gebührender Beschämung die Augen niederschlug, hatte Emmeline endlich Worte gefunden: »Das möchte ich mir auch jetzt und in Zukunft verbitten, Mr. Gowers! Was fällt Ihnen überhaupt ein …«

»Entschuldigen Sie vielmals«, seufzte Gowers und lenkte das Gespräch in tiefere Gewässer. »Es tut mir leid. Aber ich bin wirklich nur da, um mit Ihnen über den Fall zu sprechen. Sagt Ihnen der Name Louis Vivés irgendwas?«

»Nein«, schnaubte Emmeline. »Und wenn Sie dem auch erlaubt haben, sich an mich heranzumachen, soll er sich das sofort wieder aus dem Kopf schlagen!«

»Vivés ist der Koch an Bord der *Northumberland*, einer der Köche.«

»Oh!«, sagte Emmeline und wärmte sich an ihrem eigenen

Sarkasmus. »Da haben Sie aber mal so richtig was ermittelt, wie?«

Gowers ging nicht auf die Beleidigung ein, obwohl er sich jetzt fragte, was eigentlich mit ihr los war. War sie böse, weil er in der Sache nicht vorankam, weil er von Carvers Werbung wusste, weil er ihr Liebesleben angesprochen hatte oder weil er eben darüber nicht reden wollte? Oder war es eine dieser wirren Gefühlsmischungen, die er bei Frauen noch nie verstanden hatte und die er manchmal auf seinen Gedächtnisscheiben als schwarzen Fleck, als unberechenbare Größe einsetzen musste?

»Ihr Vater hat mehrfach mit diesem Vivés geredet, ich meine, er hat ihn in der Kombüse aufgesucht und längere Gespräche mit ihm geführt. Haben Sie eine Idee, warum?«

»Nein. Vielleicht wollte er sich über das Essen beschweren.«

Zwecklos, dachte Gowers und fragte, nur um sicherzugehen: »Er hat nicht mit Ihnen darüber geredet?«

»Nein.«

»Das war schon alles. Entschuldigen Sie nochmals.«

»Entschuldigen Sie sich nicht dauernd!« Offenbar gefiel es ihr nicht, dass er ihr Liebesleben dadurch zu einem so wenig erwähnenswerten Thema machte. »Passen Sie lieber auf, was Sie sagen.«

»Das werde ich«, sagte Gowers und dachte beim Hinausgehen: Und zu wem!

»Ach, Mr. Gowers?« Nun war es an Emmeline, beschämt zu sein.

»Ja?«

»Was wissen Sie über ihn?«

Gowers grinste in sich hinein, und ein dunkler Fleck auf seinen Gedächtnisscheiben lichtete sich. »Nun, er ist etwa fünfzig Jahre alt, in La Rochelle geboren, nach dem Krimkrieg zur britischen Handelsmarine …«

»Nein!« Sie errötete heftig. »Ich meine über … Charles.«

Er war froh, sein Lächeln jetzt offen zeigen zu dürfen.

»Zweiundzwanzig. Gute Schulen, gute Familie, wenn auch nicht unbedingt reich zu nennen. Hat in Indien gute Aussichten hochzukommen, jedenfalls eine sichere Zukunft. Integer. Kein Dummkopf …« Langsam gingen ihm die bekannten Fakten aus, und er befürchtete schon, einen Hymnus auf Leutnant Charles Carver von den 16. Füsilieren singen zu müssen, aber da merkte sie, dass sie auch mit den aufforderndsten Blicken nichts Wesentliches mehr aus ihm herausholen könnte. Bis auf eines.

»Und … meint er es ernst?«

»Ich denke ja.«

»Hm«, sagte Emmeline Thompson.

43.

Sie lagen nackt auf den beiden Matratzen, die mitten in der ehemaligen Admiralskabine zusammengeschoben waren. Dazu die weichen Kissen und französischen Plumeaus, die ihn jedes Mal an ein besseres Leben denken ließen.

George drehte sich erschöpft auf den Bauch und genoss das Gefühl, seinen Schweiß an den sauberen Laken abzustreifen. Dann fühlte er wieder die weiche Hand, die von seiner Kniekehle über den Oberschenkel wanderte, seine Hinterbacken streichelte.

»Was wollte dieser Thompson von dir?«

»Nichts Besonderes.« George war zu müde, um eine wirkliche Antwort zu geben oder um zu spüren, dass eine von ihm erwartet wurde. Genoss auch das ungewohnte Streicheln zu sehr, das aber urplötzlich zu einem schmerzhaften Druck wurde.

»Warum schiebt er dir dann die Zigarren vorn und hinten rein?«

»Lass das!« George zuckte weg. »Ich bin schon ganz wund.«

»Oh, haben die bösen Matrosen dir wehgetan?«

»Nein, du hast mir wehgetan!«

»Das wollte ich nicht, mein Schatz.« Die Stimme sang beinahe, blieb aber so ruhig und sicher, dass auch ein erfahrenerer Mann als George Barclay den mitschwingenden Sadismus kaum bemerkt hätte. Die Hand nahm ihre sanfte Bewegung wieder auf, erreichte die Innenseite der Oberschenkel, ihr Druck war zärtlich.

George spürte weiche Küsse an seinem Hals, seinem Rücken. Er drehte sich um, die Küsse streiften über seine Rippen, seinen Bauch. Freche, zärtliche Finger reizten ihn. Er zitterte vor Erschöpfung und wieder erwachender Lust.

»Was wollte er?«, sang die Stimme. »War er lieb zu dir? So lieb wie ich?«

»Nein«, sagte George. Die Wärme des Mundes durchströmte seinen Unterleib, seine Hände wühlten sich in blonde Locken. Langsam begann er, sich zu bewegen. Da zog sich der Mund zurück.

»Also?«

»Nichts, wirklich. Nach seinem Vater hat er gefragt, ein bisschen.«

»Und was noch?« Die Hand schloss sich um seine Hoden.

»Tu mir nicht weh«, sagte George.

»Was noch?«

»Ein Zeitungsschreiber ist er. Reden will er mit mir, über die Passagiere. Weil ich doch überall hinkomme.«

»So, weiß er, wo du überall hinkommst, mein kleiner Kajütjunge, mein Seemännchen?«

Der Druck wurde stärker, aber nicht unangenehm. George stöhnte vor Angst und Erregung. »Er weiß nichts, gar nichts. Er will über die Reise schreiben, hat er gesagt. Tu mir nicht weh!«

Die Hand verwandelte sich in eine warme, weiche Höhle, die George umschloss. Dunkle Augen betrachteten, wie er sich in der Bewegung wand, drehte, keuchte. Ein hübscher, voller Mund lächelte böse, als der Junge sich den Bewegungen der Hand vollkommen ergab.

»Du wirst ihm natürlich nur sagen, was ich dir sage!« Die Stimme sang nicht mehr, als George sich angezogen hatte und hinausgehen wollte. Er nickte gehorsam.

»Und George, mein Schatz?! Stell den Spiegel auf, wenn du gehst!«

George Barclay gehorchte wieder. Der Spiegel gehörte zu diesem seltsamen Spiel, das er nicht wirklich verstand. Er war groß wie ein Folioband, mit einem schmalen, silbernen Rahmen.

Der Junge befestigte den Spiegel an den Verschlüssen des Schrankkoffers, aus dem er ihn herausgenommen hatte. Warf noch einen Blick auf das Matratzenlager und sah, was der Spiegel sah: den bleichen, nackten Leib des dritten Lord Eden, der jetzt nur noch mit sich selbst beschäftigt war, die tiefliegenden Augen ganz in sein Spiegelbild versenkt.

Eden liebte es, sich so zu sehen. Alles zu sehen, was er George und so vielen anderen vorher geschenkt und genommen hatte. Und er wartete nicht einmal, bis der Junge gegangen war, bevor er sich ganz den Gedanken hingab an alles, was er getan hatte und was er noch tun würde.

44.

Immer, wenn sie einfuhr, hatte sie das Gefühl, John nahe zu sein. Nicht unten in der Dunkelheit, der Enge, der schlechten Luft. Nicht bei der qualvoll schweren Arbeit des Kohleschleppens. Aber in der halben, der Dreiviertelstunde im Förderkorb, wenn sie den dumpfen Geräuschen der Tiefe entgegensank und der Strom der Wetterluft in ihren Ohren brauste.

Wenn sie den Beginn der Fahrt in den Knien, im Magen, der Kehle spürte, dann schloss Jane die Augen und glaubte, in seine Arme zu fallen. Und sie dachte an nichts mehr, nicht an das jämmerliche Zimmer, nicht an die grauenhaften Zustände, die sie unten erwarteten, nicht an Vergangenheit, Zukunft, nicht einmal an ihren Jungen; nur daran, dass sie John näher kam.

Tim freute sich, dass sie sein Pony gekauft hatten, sein erstes eigenes Pony. Das er selbst mit Stroh abgerieben hatte, als es aus seiner Mutter herausgekommen war. Das er aufgezogen, täglich gefüttert hatte. Er hatte ihm sogar einen Namen gegeben, obwohl sein Vater ihn gewarnt hatte: Wenn du ihm einen Namen gibst, tut es weh, wenn du es verkaufst!

Es tat nicht weh. Oder nur ein bisschen.

Je weiter sie hinabsank, desto wärmer wurde es, und Jane öffnete ihre Augen. Selbst die Erde schwitzte in dieser Tiefe. Von den Wänden tropfte das Wasser; Wasser, wie es John getötet hatte. Aber von unten, sehr nahe jetzt, hörte sie das gleichmäßige Gurgeln der Pumpe im Schachtsumpf, und der Förderkorb stand still.

Weil sie klein war, wurde Jane in der untersten Sohle eingesetzt, mehr als dreihundert Meter tief in der Erde. Hier gab es selbst in der Hauptstrecke keine Pferde, Ponys oder Galloways mehr. Die Strecke war so niedrig, dass sogar Jane den Kopf einziehen musste und nur die jüngeren Kinder aufrecht gehen konnten. Von den Männern dagegen sah man bei der Einfahrt selten mehr als gekrümmte Rücken.

Tim war neun Jahre alt, das Pony anderthalb. Es war nicht scheu, aber etwas wild, eigensinnig. Stieg bei der kleinsten Gelegenheit, vor Freude und Übermut. Stampfte mit den Hufen, sprang umher und schüttelte sich, dass die lange blonde Mähne um seinen Kopf flog. Aber es mochte Tim und leckte seine Hand, wenn er zu ihm kam.

Das Beste an der niedrigen Strecke war noch, dass sie bei Weitem nicht so lang war wie in den oberen Sohlen, nur an die hundertfünfzig Meter. Zu beiden Seiten gingen die noch niedrigeren Förderstollen ab, oft nicht mal einen halben Meter hoch.

Hier zogen die Hauer sich aus, manche völlig, die verschämteren bis auf die Unterhosen, und verschwanden auf allen vieren kriechend in diesen Kaninchenlöchern, ihre Schlepper, Frauen und Kinder beiderlei Geschlechts, ihnen nach.

Jane hatte es, als die Pastorentochter, die sie immer noch war, zu Anfang kaum glauben können, obwohl ihr John bereits hin und wieder davon erzählt hatte. Es war aber so heiß und die Arbeit in den niedrigen Flözen so schwer, dass die Hauer innerhalb kürzester Zeit ihr Zeug durchgeschwitzt haben würden – was nicht nur den Wäscheberg daheim größer, sondern auch ihre Bewegungen schwerfälliger, langsamer gemacht hätte, sie spürte es ja am eigenen Leib. Und bald war ihr nichts selbstverständlicher als der Anblick nackter, schweißüberströmter

Männer, die sich wie Maulwürfe ins schwarze Fleisch der Erde wühlten und nur noch am schwach blinkenden Weiß ihrer Augen und Zähne als Menschen zu erkennen waren.

Er hatte es noch mal »schön gemacht«, extra herausgeputzt; sogar einen Strohkranz gewunden und dem Pony aufgesetzt. Er hätte ihm auch Zöpfe geflochten, wenn ihm sein Vater keine Ohrfeige gegeben hätte: Dummkopf, das macht es nur schwerer!

Es war doch gar nicht so schwer. Auch das Pony freute sich, als wüsste es, dass heute ein besonderer Tag war, sein großer Tag. Ungeduldig stampfte es mit den Füßen auf und versuchte, den Strohkranz abzuschütteln.

45.

»Abfahren! Los! Gottverdammte Fotzen!«

Gerade am Anfang der Schicht schlugen die Hauer die Kohle schneller, als die Schlepper sie die Strecke hinaufschaffen konnten, und wurden manchmal unglaublich wütend, weil sie natürlich nicht nach Arbeitszeit, sondern nach Fördermenge bezahlt wurden. Aus dem gleichen Grund vernachlässigten sie allerdings auch oft den Ausbau, und so lagen gerade die vermeintlich Tüchtigsten und Stärksten sehr bald als schreiende, halb zerquetschte Fleischbündel unter dem Berg.

Niemand hatte Jane je solche Namen gegeben oder sie so beschimpft, und am Anfang wusste sie nicht, wie sie sich dagegen wehren sollte, und hatte nur noch geweint. Inzwischen fluchte und brüllte sie so unflätig zurück, wie sie es selbst nie für möglich gehalten hätte: dass die Steine rot wurden und die ältesten Hauer nach zwei, drei unwillkürlichen Ausbrüchen pro Schicht lieber den Mund hielten.

Er streichelte sein Pony noch einmal, ehe die Männer es mitnahmen, wegführten, und das Pony leckte seine Hand, ohne zu wissen, dass es das letzte Mal war. Es sah aus, als würde es grinsen, unter dem Strohkranz.

Tim fand den Kranz am nächsten Tag im Graben an der Wegbiegung, keine hundert Meter vom Stall entfernt. Es war doch schwer. Und es tat weh. Er würde dem nächsten Pony keinen Namen mehr geben.

Das Schleppen war entsetzlich schwer, schlimmer als alles, was ertragen zu können sich Jane jemals ausgemalt hatte. Das Geschirr schnitt ihr ins Fleisch, die Schlüsselbeine drohten zu brechen, die Augen traten aus den Höhlen vor Anstrengung. John Williams hätte seine Frau, Joseph Gowers seine Tochter nicht wiedererkannt.

Auf allen vieren in den schräg aufwärtsführenden niedrigen Stollen kriechend wurde sie zu einer einzigen Zusammenballung von Kraft und verzweifeltem Willen, während bis zu fünf Zentner Kohle, aufgeladen auf den hölzernen Hund und angebunden an Schultern und Rücken, ihren Körper wieder in die Tiefe zu reißen versuchten bei jedem Schritt, dreißig Meter lang. Und nur am Keuchen, Scharren und Stolpern hinter ihr erkannte sie, dass noch zwei Stoßer, Mary-Ann und der elfjährige Jacob Hull, die enorme Last mit ihr in die Hauptstrecke hievten.

Es war ein herrlicher Tag, die Hügel glänzten fett und grün in der Nachmittagssonne, und das Pony wäre gerne gestiegen, gerannt, fühlte die Kraft in den jungen Muskeln. Aber die Männer hielten es kurz, und so trottete es langsam die immer breiteren Wege entlang. Hob nur manchmal den Kopf und spitzte die Ohren, wenn sie an einer Viehweide vorbeikamen.

Am Horizont wuchs eine hohe, schwarzgraue Landschaft heran. Einer der Männer rauchte.

46.

Endlich hörte sie das Klappern der Wettertür am oberen Ende.

»Tor!«, schrie Jane, und im schwankenden Licht der Davy, die oben auf dem Hund lag und die Strecke vor ihr beleuchtete, wurde die Wettertür aufgerissen, festgehalten von einer kleinen, dreckigen Hand, bis die Schlepper mit ihrer Last durch waren. Ein Kind saß hier, ein sechsjähriges Mädchen in einer Nische des Stollens, zwölf Stunden in fast völliger Dunkelheit, und tat nichts anderes, als die Wettertür auf- und zuzustoßen, damit denen unten die Luft nicht ausging.

Oben angekommen, sagte Jane laut: »Eins!« Schirrte sich ab und sank erschöpft für ein, zwei Minuten auf den Boden der Förderstrecke, lehnte sich an die feuchte Wand. Sie würde auf dieser Schicht noch bis fünfundzwanzig, vielleicht auch bis dreißig zählen müssen.

Sie erreichten die Grube am späten Nachmittag. Kein Grün mehr, die aufgerissene Erde dampfte hier und da einen stinkenden Nebel aus, und der Boden war voller Pfützen, obwohl es nicht geregnet hatte. Der Einkäufer band das Pony an einem rostigen Geländer auf der Rückseite eines hohen Gebäudes an, aus dem unablässig der Lärm von Metall auf Metall drang.

Die Hufe stampften im Schlamm, bald waren alle vier Beine

verdreckt, und das Pony fühlte zum ersten Mal Angst. Wenn es menschliche Stimmen hörte, stellte es die Ohren auf und hoffte, dass Tim seinen Namen rufen würde.

Sie füllten die Kohle in die eisernen Loren, die auf der Hauptstrecke Loch für Loch abfuhren, gezogen von Männern, die schon zu alt, noch zu jung oder auch zu verkrüppelt waren, um vor Ort zu arbeiten.

Am Anfang hatte Jane versucht, die Kinder zum Lachen zu bringen, wenigstens manchmal. Aber die Kinder lachten nie unter Tage. Sprachen auch kaum oder gaben einfach keine Antwort mehr, wenn sie mit ihnen zu reden versuchte. Fragen stellte nach ihren Freunden, nach den Spielen, die sie spielten. Fragen, die sie an das Leben oben, an Luft und Sonne erinnern sollten. Aber die Kinder blieben stumpf und stumm.

Jane hatte die Erinnerungen an ihr früheres Leben, an ihre Bücher, an die Zeit mit John. Daran dachte sie, versuchte sie zu denken. Sie wusste nicht und konnte sich nicht vorstellen, an was die Kinder dachten im Berg.

Der Hund war abgeräumt, und wortlos krochen die drei Kohleschlepper wieder hinunter, wo Beth eine zweite Ladung schon aufgefüllt hatte. Noch elf Stunden.

Sie zogen dem Tier einen Futtersack über Maul und Augen, und trotz seiner Unruhe begann es, ein wenig zu fressen. Sie fesselten seine Beine, damit es nicht zu wild ausschlagen konnte, und legten ein Hebegeschirr unter seinen Bauch, seine Rippen, befestigten den Flaschenzug auf seinem Rücken.

Die Ketten strafften sich mit einem leisen Klirren, und das Pony wurde hoch in die Luft gehoben. Es pisste vor Angst, als es keinen Boden mehr unter den Füßen spürte. Einige Männer lachten.

Bei der Ausfahrt roch man es. Blut, frisches Fleisch, Gekröse. Jane hatte schon davon gehört, dass in den oberen Sohlen eines der Ponys gestürzt war und sich ein Bein gebrochen hatte. Die Tiere hielten nie länger als zwei, drei Jahre durch, schon nach sechs Monaten waren die meisten blind.

Man hatte gewartet, bis der Ersatz da war, und dann, Sekunden nach Schichtende, hatten sich die Frauen mit Messern und Beilen auf das sterbende Tier gestürzt und es binnen Minuten bis aufs Gerippe zerlegt.

Bei einigen Familien würde es heute ein Fest geben im Dorf. Bei anderen musste es länger reichen, die Letzten kochten die Knochen aus. Schwarz, mit blutigen Händen, aber leuchtend gebleckten weißen Gebissen tauchten sie aus der Tiefe auf, hier einen Teil Eingeweide, da ein Stück Fleisch in den Armen, wie eine Rasse besonders grausamer Raubtiere.

Ihre neue Beute in zwei, drei Jahren hing hoch über ihren Köpfen und schlug nur noch wenig mit den Beinen aus, dann wurde es hinuntergelassen. Jane Williams streckte sich müde in den Strahlen der Sonne, die Tims Pony heute zum letzten Mal gesehen hatte.

47.

Edward Bell hasste es, die kleineren Besitzungen des Britischen Empire in der Karibik abzuklappern. Aber da die Marine Ihrer Majestät im Augenblick keine größeren Kriege führte, musste man froh sein, überhaupt ein Schiff unter den Füßen zu haben. Zehn Jahre auf Halbsold seit dem Feldzug gegen Russland hatten den Mann zermürbt.

Natürlich wusste er, dass all diese Inseln eine wichtige strategische Bedeutung besaßen, aber – mein Gott! Hier fünfzehn

Soldaten anlanden, um Englands koloniale Ansprüche militärisch zu unterstreichen; dort einen bedauernswerten Ministerialbeamten absetzen, der ein Jahr lang die Kopfzahlen der westindischen Hühner, Schweine, Ziegen Ihrer Majestät überprüfen würde; ein paar Kaufleute, Missionare, sogar eingeborene Händler von Insel zu Insel schaffen, wie ein irischer Fährschiffer! Und das alles in überaus tückischen Gewässern, bei manchmal stündlich wechselnden Winden und einem Himmel, der einen im einen Moment an- und im nächsten auslachen konnte.

Der Erste Offizier war dieses Leben gründlich leid: Antigua noch und Barbados und Trinidad, das Fieberland Britisch-Guayana und dann endlich die offene See!

Auch John Gowers war schlechter Stimmung. Die Ermittlung ging nicht voran, die Passagierliste war bald abgearbeitet: Die einen kamen nicht in Frage, die anderen gingen von Bord. Interessant war eigentlich nur noch eine indische Reisegruppe, die die drei Kabinen belegt hatte, zu der irgendein barbarischer Schiffszimmermann der Ostindischen Kompanie die ehemalige Heckgalerie des großen Linienschiffs umgebaut hatte. Hier, wo drei Generationen Admirale in die untergehende Sonne siegreicher Tage geblickt haben mochten, waren jetzt zwei der niedrigen Türen ständig verschlossen, und die drei Räume waren durch schmale Verbindungstüren zu einer Kabinenflucht geworden.

Gegenüber, im ehemaligen Wohn- und Empfangsraum der Flottenchefs, residierte der dritte Lord Eden, links und rechts den Gang hinunter der dicke Merriwell, der verstorbene Gouverneur von St. Helena beziehungsweise seine Tochter und einige britische Offiziere. Es war, verglichen jedenfalls mit den Kabinen im zweiten Achterdeck, der in jeder Hinsicht beste Teil des Schiffs.

Von den merkwürdigen Indern hatte sich bislang allerdings nicht mehr als ein einzelner Diener regelmäßig gezeigt. Der war zwar ein höchst eindrucksvoller Mann, fast zwei Meter groß und dabei dünn wie ein Stock, sprach allerdings kein Wort Englisch oder tat jedenfalls sehr gekonnt so. Immer in düsterer, schweigender Würde, auch wenn er das Kochgeschirr ausspülte, die Nachttöpfe leerte oder Wasser holte, hatte Gowers über diesen Mann noch nicht mehr herausgefunden als das, was er instinktiv spürte: dass er viel gefährlicher war, als er aussah, eigentlich mehr ein Leibwächter als ein Diener. Die mysteriöse Eintragung im Quartierbuch: *Mrs. M. W. und Begleitung, von Portsmouth nach Bombay*, trug vielleicht zu diesem Eindruck bei, vielleicht aber auch nur seine nach zwei Wochen fruchtloser Investigation überreizte Fantasie.

Seine einzige wirkliche Spur blieb Louis Vivés, und der lag mittlerweile in einem Delirium, aus dem er höchstwahrscheinlich nicht wieder auftauchen würde. Das war zumindest Van Helmonts Meinung, der sich bereitwillig von Gowers auf den Kranken hatte ansetzen lassen. Ansonsten war die *Northumberland* leider nicht New York, und abgesehen von den unregelmäßigen und mit Vorsicht zu genießenden Nachrichten, die George Barclay ihm verschaffte, konnte der Investigator auf keinerlei Unterstützung durch Informanten, Journalisten und befreundete oder gekaufte Polizisten zurückgreifen.

Und da war noch etwas, das John Gowers immer stärker bedrückte.

Er war in Nassau in einem Bordell gewesen, aber es hatte ihm statt der erhofften Erleichterung nur neue Schwierigkeiten eingebracht. Dabei war es ein durchaus stilvolles Etablissement gewesen, keine Hinterzimmer in einer Hafenkneipe.

Hatte auch nicht wenig gekostet, obwohl die Preise im Vergleich zu New York erträglich waren. Auch das Mädchen war überraschend hübsch, eine Mulattin, neunzehn, zwanzig Jahre vielleicht. Ein bezauberndes Lächeln, eine wundervolle Haut und eine Figur, wie man sie sich für dieses Geschäft nur wünschen konnte.

Aber sie sträubte sich lange, sich völlig auszuziehen und ansehen zu lassen, was sich Gowers als erfahrener Bordellbesucher zum Prinzip gemacht hatte. Nicht nur aus Gründen der Vorfreude oder des Genusses – obwohl er gerade die schönen Huren genoss wie Weine; kostete, nippte, schaute, sich nie sinnlos betrank. Auch, weil bestimmte Ansteckungserkrankungen sehr weit verbreitet, aber ebenso leicht zu erkennen waren.

Die Mulattin etwa würde in zwei oder drei Jahren keine Nase mehr haben, und dieses Schicksal konnte sich Gowers durch seine ausführliche Visitation ersparen. Nicht ersparen konnte er sich die Frustration, eine so schöne Landschaft gewissermaßen ausgebreitet vor sich zu sehen und sie nicht betreten zu dürfen. Dabei konnte er seine eigene Lust inzwischen schon riechen – oder bildete sich das zumindest ein.

Er schickte sie weg, um ein anderes Mädchen zu holen, aber es kam nur der Rausschmeißer, ein sechs Fuß großer und über zweihundert Pfund schwerer Neger, dem er ohne seinen Totschläger sicher nicht beigekommen wäre. Wie dem auch sei, seinen Hut hatte er bei dem mehr als übereilten Aufbruch verloren, sein Rock war zerrissen und sein Hemd blutig, wenn es auch nicht sein eigenes Blut war.

Unangenehm war außerdem, dass er, in diesem abenteuerlichen Aufzug aus dem Fenster des verrufenen Hauses springend, mitten in der sechsköpfigen Familie eines englischen Predigers gelandet war, die dann, weiß der Teufel, ausgerechnet auf der *Northumberland* von den Bahamas nach Kapstadt reiste, um die Kraft ihres Glaubens zur Abwechslung mal an afrikanischen Heiden zu erproben.

So wusste natürlich schon bald das ganze Schiff von seinem Entreakt, was ihm zwar im Hinblick auf Daniel Thompsons Ruf ziemlich egal sein konnte, aber seine weiteren Ermittlungen unnötig erschwerte.

48.

Er hörte Van Helmonts Mundharmonika schon auf dem schmalen Niedergang auf das zweite Achterdeck: Die letzten Takte von *Dixie*, dann *Old & golden Slippers* – der Arzt war offenbar bester Laune und empfing ihn mit der freudigen Anspannung eines Mannes, der sensationelle Neuigkeiten zu verkünden hat.

»Eine gute und eine schlechte Nachricht!«

»Zuerst die schlechte, bitte«, seufzte Gowers niedergeschlagen. »Und vorher, wenn's geht, eine Zigarre!«

Der Arzt wartete, bis der Investigator seinen gequälten Hirnkasten in den wohltuend-dämpfenden Tabaknebel gehüllt hatte.

»Louis Vivés ist heute gestorben.«

»Schnell, die gute«, sagte Gowers.

»Na ja, ›gut‹ ist eigentlich relativ …«

»Hat er noch irgendwas gesagt?«

»Nein.« Auch Van Helmont zündete sich jetzt eine Zigarre an und blies genüsslich den Rauch an die Decke. Gowers' Narbe begann zu jucken, und nach einer Weile sprang er nervös auf und fing ungeniert an, sich zu kratzen.

»Das wollte ich sehen!«, triumphierte der Arzt. »Die gute

oder weniger gute Nachricht, ganz, wie Sie wollen: Vivés ist vergiftet worden!«

Das Jucken hörte schlagartig auf. »Ist das sicher?«

»Ich bin ziemlich sicher. Arsen. Über einen längeren Zeitraum, wahrscheinlich schon seit er an Bord ist.«

»Weiß Braddock davon?«

»Der Idiot? Nein. Der würde auch ein Messer im Rücken für eine natürliche Todesursache halten.«

»Wie kommen Sie auf Arsen?«

»Hab erst kürzlich eine Arsenvergiftung gesehen. Meine Mutter …«

»Oh! Mord?«

»Könnte man sagen, ja.«

»Wer war es?«

»Ein gewisser Abraham Lincoln. Sherman. Grant. Eine organisierte Bande sozusagen.«

»Ich verstehe. Wie können wir sichergehen?«

»Ich habe ihm ein paar Haare abgeschnitten. Verstehen Sie was von Chemie?«

»Nein.«

»Dann schauen Sie halt nur zu.« Van Helmont suchte aus einem seiner unzähligen Gepäckstücke einen Tiegel, eine Lupe und ein bestimmtes Chemikalienfläschchen heraus. »Eine Schwefelwasserstoffverbindung. Ich fürchte, es wird nicht besonders gut riechen.«

Der Arzt legte die dunkelblonden Haare, die er Louis Vivés über dem Ohr abgeschnitten hatte, in den Tiegel, goss ein wenig der Flüssigkeit darüber, die tatsächlich sehr unangenehm roch – vor allem in Verbindung mit dem Zigarrenrauch –, und erhitzte alles mithilfe einer Zuckerzange über der Kerze.

»Ist eigentlich nicht nötig«, sagte er, »geht aber schneller!«

Die Flüssigkeit verdampfte nicht in einzelnen Wolken, sondern als ein dünner, stinkender und sehr hartnäckiger Nebel. Nach fünf Minuten unablässigen Schwenkens und Rührens, bei dem Gowers allmählich schlecht wurde, hielt der Arzt mit einer rasch aus seiner Medizintasche hervorgesuchten Pinzette eines der Haare ins Licht der Petroleumlampe und sah es sich durch die Lupe eingehend an.

»Hm. Vier, fünf Wochen. Wie ich vermutet habe.«

Auch Gowers sah schon mit unbewaffnetem Auge, dass das Haar von der Spitze aufwärts fast weiß geworden und nur an der Haarwurzel für die Länge von vielleicht einem Zentimeter dunkel geblieben war.

Van Helmont dozierte: »Arsen lagert sich in den Haaren ab, verbindet sich mit den Pigmenten, der Wasserstoff kann sie nicht mehr lösen. Das menschliche Haar wächst pro Tag etwa 0,1 bis 0,2 Millimeter. Die Dosis ist kontinuierlich gesteigert worden, aber wie dem auch sei: Ihr Mörder ist jedenfalls noch an Bord!«

»Falls es nur einer ist«, sagte Gowers.

In diesem Moment platzte George Barclay, ohne anzuklopfen, in die Kabine, sah verwirrt auf das seltsame Treiben und – roch es dann auch, mit weit aufgerissenen Augen. Und wäre seine Nachricht weniger wichtig gewesen, er hätte bestimmt eine Bemerkung darüber gemacht. So aber keuchte er: »Doktor! Doktor Braddock schickt mich, Sie möchten sofort kommen. Louis kommt wieder zu sich!«

Van Helmont erstarrte samt seiner Zigarre zu einem Denkmal naturwissenschaftlichen Staunens, langte dann mechanisch seine Jacke vom Haken, seine schwarze Tasche vom Tisch und folgte dem aufgeregten Schiffsjungen.

»Chemiker«, höhnte Gowers ihm hinterher, »Quacksalber! Stinktier!«

49.

Er wusste, dass angeblich Schiffe auf See waren, die ihn entführen und nach New Orleans bringen sollten. Tatsächlich hatten ihm französische Geschäftsleute dort ernsthaft ein Exil angeboten, aber diese Idee hatte er selbst noch nach Waterloo in den Wind geschlagen. Der Kaiser der Franzosen würde sich nicht auf einem Fischkutter oder Schnapsschmuggler verstecken! Auch das Gerücht, er hätte mit seinem privaten Vermögen eine geheime Flotte ausgerüstet, die ihn im Golf von Kamerun befreien würde, hatte ihn eher erheitert.

Was wussten die Leute von seinem privaten Vermögen?

Und was hätte auch die größte französische Flotte gegen die simple Tatsache vermocht, dass Cockburn ihn eher an den Ersatzanker binden und ins Meer werfen lassen würde, als ihn freizugeben? Jedenfalls hätte er das so gemacht.

Der Kaiser lächelte, weniger über diesen Gedanken – Napoleon Bonaparte an der tiefsten Stelle des Atlantiks versenkt! – als darüber, dass Madame Bertrand am Arm ihres Mannes auf dem Oberdeck aufgetaucht war. Er mochte die hochgewachsene, bleiche Schönheit, die so ganz anders war als die dunkle Josephine oder die österreichische Fleischwurst, die er so teuer bezahlen musste.

Natürlich hatte er sie schon einmal besessen. Er hatte mit fast allen Frauen seiner Generäle geschlafen, jedenfalls sofern sie hübsch waren, und dabei die Erfahrung gemacht, dass die *cornuti* es beinahe als eine Auszeichnung empfanden, auf diese plebejische Weise mit dem Kaiser verschwägert zu sein. Zum ersten Mal seit Wochen verspürte er wieder eine Regung des Fleisches und freute sich darüber, dass Madame Bertrand und Madame Montholon sein Exil teilen würden.

»Ich bin erfreut, Sie wohlauf zu sehen, Madame!«

Er nahm ohne Umschweife ihren Arm, den Bertrand ihm auch schicksalsergeben überließ, und führte sie auf dem Schiff herum, als gehörte es ihm. Der General ging hinter ihnen, um bei Bedarf Napoleons Ausführungen über die Seefahrt im Allgemeinen und die *Northumberland* im Besonderen durch eifriges Kopfnicken zu bestätigen.

»Dies ist das Vorschiff, Madame, unter uns befinden sich die Quartiere der Mannschaft, die sogenannte Back. Der wildeste Teil des Schiffs, in jeder Beziehung. Fühlen Sie, wie der Bug in die Wellen taucht?«

Madame Bertrand fühlte das Auf und Ab der *Northumberland* stärker, als ihr lieb war, und kämpfte doch gegen den Wunsch, sich beim Kaiser entschuldigen zu müssen, mit der natürlichen Kraft an, die sie als Generalsfrau ihr Eigen nannte. Dann verschlug es ihr allerdings die Sprache.

»Dort vorn ist der Klüverbaum, und hier …«

Selbst Napoleon verstummte.

Zwei Matrosen hatten die kleine Gruppe offensichtlich nicht kommen sehen und waren ins Klüvernetz gestiegen, um zu tun, wozu dieser Teil eines Segelschiffs der Mannschaft seit Beginn der christlichen Seefahrt dient. Madame Bertrand überlegte, ob es opportun wäre, in Ohnmacht zu fallen, als die beiden nahezu gleichzeitig die Hosen herunterließen und sich in das Netz hockten. General Bertrand war schon vorgetreten, um die schamlosen Schmutzfinken zur Ordnung zu rufen, aber Napoleon fühlte, dass das die Sache für alle Beteiligten nur noch peinlicher machen würde, und sagte: »Galionsfiguren, Madame. Englische Galionsfiguren.«

Madame Bertrand lächelte säuerlich. Nie wieder würde sie den Anblick eines Segelschiffs als majestätisch empfinden können.

50.

Der Arzt hatte eine merkwürdige Art, es ihn büßen zu lassen. Gowers hatte sich natürlich entschuldigt, schon mehrfach, und Van Helmont hatte die Entschuldigung auch jedes Mal angenommen oder zumindest »Schon gut!« geknurrt. Aber er ging ganz einfach seiner Wege. Das heißt, er sprach zwar ganz normal mit Gowers, blieb aber dabei nicht mehr stehen, sodass der Investigator ihm zumindest bei Gesprächen an Deck ständig hinterherlaufen musste.

Dabei wirkte der Doktor allerdings keineswegs beleidigt oder beleidigend, nur ein bisschen amüsiert, so als wollte er den übrigen Passagieren sagen: »Ich weiß auch nicht, wer das ist. Folgt mir schon seit Tagen. Scheint menschliche Nähe zu suchen.«

Außerdem war er drauf und dran, sich anzugewöhnen, ihn »mein Junge« zu nennen, und nur wenn Bekannte zu ihnen stießen, hielt er sich damit ein wenig zurück.

»Ah, Doktor Van Helmont, Mr. Thompson!«

»Lord Eden!«

»Wollen Sie etwa der Beseitigung dieser unglücklichen Kochkreatur beiwohnen? Hat der Gute eine klaffende Lücke in Ihrer Gefühlswelt hinterlassen, ja?«

»Nein«, sagte Gowers, »aber auf See ist man ja für jede Abwechslung dankbar, auch wenn es nur eine Bestattung ist.«

»Weiß man schon, woran dieses Wesen verendet ist?«, fragte Eden den Arzt. »Ich habe gehört, Sie haben ihm in den letzten schweren Stunden tapfer zur Seite gestanden …«

»Es war Unhöflichkeit, Mylord«, sagte Van Helmont. »Vivés war so ein zarter, feinfühliger Mensch, ein wahrer Franzose.

Die Umgangsformen auf diesem Schiff haben ihn einfach krank gemacht. Und aus Scham darüber ist er gestorben.«

»Ah.« Edens Gesicht wurde durch ein gequältes Grinsen noch hässlicher, aber grinsen musste er, weil er den Mienen der beiden Männer entnahm, dass jede weitere taktlose Bemerkung Prügel nach sich gezogen hätte. Erst als er ihnen aus dem Weg gegangen und sie schon ein Stück weiter weg waren, siegte die Frechheit über seine Angst.

»Und ich hatte schon befürchtet, es war das Essen.«

»Hallo, Thompson. Doktor!«

Leutnant Carver hatte zwar seine roten Ohren behalten, aber fast täglich an Selbstsicherheit gewonnen, seit Emmeline seine Werbung offiziell angenommen beziehungsweise wohlwollend in Erwägung zu ziehen versprochen hatte. Sie hatte sich sogar ausführlicher als gesellschaftlich üblich die Hand von ihm küssen lassen, und er hoffte zuversichtlich, sich im Verlauf der nächsten Woche bis zur Wange, vielleicht sogar bis zum Mund weiterzuarbeiten. Als Liebespfand hatte sie ihm ein Taschentuch mit Monogramm überlassen, sodass er sich zunehmend wie ein Ritter der Tafelrunde aus Malorys *Le Morte Darthur* vorkommen durfte.

Was ein britischer Offizier bei der Bestattung eines französischen Schiffskochs zu suchen hat, war ihm weniger klar, aber Emmeline hatte seine Anwesenheit bei diesem Ereignis ausdrücklich erbeten, und wenn Emmeline darum gebeten hätte, wäre er auch zur Hochzeit eines sizilianischen Fischers in voller Montur erschienen.

Sie stand während der kurzen Zeremonie neben ihrem Bruder, lehnte sich aber, für alle gut sichtbar, schon nicht mehr an Daniel Thompson, sondern an die Schulter ihres hochbeglückten Verehrers, als sie begreiflicherweise von der Erinnerung an die ganz ähnliche Bestattung ihres Vaters vor wenigen Wochen überwältigt wurde. Carver legte fürsorglich, vorsichtig und taktvoll den Arm um ihre Schulter und führte sie ein wenig zur Seite – mit sehr ernsthaftem Gesicht, falls sie plötzlich aufsehen sollte, aber sozusagen nach innen strahlend. Seinetwegen könnte von nun an jeden Tag ein toter Matrose über Bord geworfen werden!

51.

Gowers musterte währenddessen unauffällig die Passagiere. Es waren nur wenige. Außer dem Ersten Offizier waren auch von der Mannschaft nicht viele erschienen, was daran liegen mochte, dass Vivés erst für diese Reise auf der *Northumberland* angeheuert hatte und aufgrund seiner raschen Erkrankung den meisten Seeleuten fast unbekannt geblieben war.

Kapitän Radcliffe zeigte sich immerhin auf Deck, wenn er auch die Mütze nicht abnahm, als sie Louis' Überreste ins Meer hinabließen. Vermutlich war er froh, dass ihm die Leichenrede für den allen weitgehend unbekannten Koch erspart blieb, schließlich hatte man auf den Bahamas diesen verdammten Prediger an Bord genommen.

Van Helmont stand in der Nähe des immer noch unsäglich peinlich berührten Braddock und sah seinen unglücklichen jungen Kollegen nicht an, sosehr dieser auch seinen Blick suchte.

Woher hätte er denn wissen sollen, dass Tote bisweilen noch Stunden nach ihrem Hinscheiden derart lebhafte Geräusche von sich geben können? In welchem Lehrbuch stand das? Welcher Professor hatte das erwähnt?

Gut, die Wiederbelebungsversuche, bei denen Van Helmont

ihn überrascht hatte, hätten weniger aufgeregt ausfallen können. – »Was, um Himmels willen, tun Sie da?«

»Er lebt! Er lebt! Er hat … eben hat er noch gelebt!«

Braddock hatte das Gefühl, dass das ganze Schiff von dem peinlichen Vorgang wusste, obwohl Van Helmont seine ärztliche Schweigepflicht gnädig auf das Verhalten seines jungen Kollegen ausgedehnt hatte. George hatte es natürlich herumerzählt, aber George wusste Gott sei Dank auch nicht so genau, wie kläglich falsch die letzte Diagnose des Schiffsarztes und wie lächerlich seine daraufhin erfolgte Behandlung gewesen war. So wurde Braddock in der britischen Flotte also nicht berühmt als »der Mann, der furzende Leichen küsst«.

Reverend Parker machte seine Sache so gut, wie es unter diesen Umständen zu erwarten war. Sprach, selbst noch weiß um die Nase vor Reiseübelkeit, viel vom Seemannslos, den Tiefen des Meeres, der Weite des Himmels und der Sinnlosigkeit menschlichen Strebens über und unter beidem. Als er die Notwendigkeit rechtzeitiger Umkehr von den Pfaden irdischen Wandels erwähnte, sah er allerdings nicht den Toten in seinem Leichentuch an, sondern den Mann, der ihm in Nassau so jäh aus einem Bordellfenster in den Nacken gesprungen war wie der Leibhaftige.

Gowers wich seinem Blick aus, der Mann ging ihm auf die Nerven. Dabei entdeckte er den hageren Inder, der mit verschränkten Armen am Heck des Schiffs stand und das Geschehen verfolgte, ohne eine Miene zu verziehen. Jedenfalls war auf die Entfernung nichts dergleichen auszumachen.

Kurze Zeit später, Louis Vivés war vermutlich noch nicht am Grund des Atlantiks angekommen, entzündete der Investigator Van Helmonts Zigarre, was der Arzt sich mit einem herablassenden »Danke, mein Junge!« gefallen ließ, und steckte sich dann selbst eine ins Gesicht. Paffend standen sie an der Reling und versenkten die Blicke einträchtig im Horizont.

»Also Arsen, wie?!«, sagte Gowers, um die endgültige Versöhnung einzuleiten.

»Jawohl. Ja. Seit mindestens vier Wochen«, bestätigte der Arzt.

Gowers lächelte. »Was würde ich bloß ohne Sie machen?!«

Van Helmont grinste durchaus freundschaftlich, sagte aber ungewöhnlich grob: »Ich nehme an, Sie würden schon lange die kleine Thompson vögeln!«

Gowers lachte, obwohl hier sein wunder Punkt berührt wurde, und bereute das Lachen auch gleich, denn aus den Augenwinkeln hatte er eine kleine Gruppe schwarz gekleideter Gestalten bemerkt, der zu begegnen er bisher erfolgreich vermieden hatte. Reverend Parkers Gattin und seine fünf Kinder standen versetzt hintereinander wie ein dunkles Netz, in dem sich jede zufällig vorbeischwebende Heidenseele fangen musste. Auf Gowers wirkten sie eher wie ein griechischer Tragödienchor hinter dem Chorführer, der das Lachen sofort auf sich und seine Predigt bezogen hatte, da er, wie alle religiösen Fanatiker, von der eigenen Wichtigkeit am nachhaltigsten überzeugt war.

»Sie lachen, Sir?«, giftete er. »Sie lachen auf einer Beerdigung! Lachen Sie über den Tod oder über das Wort Gottes?«

Gowers blickte den Prediger an. Alle Ironie, die Verbindlichkeit, die Van Helmont an ihm schätzen gelernt hatte, waren ausgelöscht, und obwohl kein Wort fiel, spürte der Arzt plötzlich eine tiefe, unversöhnliche Feindschaft. Für den Bruchteil einer Sekunde hatte er sogar das Gefühl, Gowers würde den Mann einfach über Bord werfen, nein, er *hätte* ihn bereits über Bord geworfen.

Auch Reverend Parker schien diese Drohung zu empfinden,

denn er wich einen Schritt zurück. Aber, Gott war mit ihm, er ärgerte sich sofort darüber, und während er sich leicht nach vorn beugte, als würde er ihnen ein gut gehütetes Geheimnis verraten, flüsterte der Prediger mit engen, bösen Augen: »Wissen Sie, was die Hölle ist, Sir?!«

»Ja«, sagte Gowers ruhig und sah wieder auf Himmel und Meer. »Ich war schon mal da.«

52.

Ben Williams war fünf Jahre alt, als ihn die Erde zum ersten Mal verschluckte. Er hatte keine Angst, aber er fror. Es war ein kalter Morgen, und es würde noch Stunden dauern, bis die Sonne aufging, und selbst dann würde sie nichts wärmen, nichts auftauen als das weiß erstarrte Gras auf den Hügeln.

Im Förderkorb schmiegte er sich eng an seine Mutter und an Mary-Ann und fühlte sich sicher. Es war fast wie abends im Bett. Sie schliefen jetzt immer zu dritt in ihrem Bett. Beth hatte das vorgeschlagen, nachdem Mary-Ann im letzten Jahr einen ganzen Kopf größer geworden war.

»Entweder du und ich und die Kinder bei Mum. Oder du und die Kinder und ich bei Mum!«

Das war Jane lieber gewesen. Obwohl sie sich inzwischen besser kannten, als sie ihre Schwestern je kennengelernt hatte oder je kennenlernen wollte, hätte sie die Anwesenheit eines erwachsenen Menschen in ihrem, in Johns Bett nicht ertragen. Außerdem wollte sie ihren Jungen nicht hergeben, und Ben hätte sie vermutlich auch nicht verlassen.

Mit der jetzt elfjährigen Mary-Ann war das anders. Sie war ein stilles Kind und sehr hübsch geworden. Jane genoss es, ihr das wilde rote Haar zu kämmen, und weinte manchmal, wenn sie daran dachte, dass John sich noch ein Kind, am liebsten ein Mädchen, gewünscht hatte; nicht jetzt, aber in zwei, drei Jahren.

Ben schlief gerne mit Mary-Ann zusammen im Bett. Sie war so angenehm warm, viel wärmer als seine Mutter, die ihn immer mit ihren kalten Füßen ärgerte. Die sich auch nachts hin und her warf und keinen Frieden fand und ihn dabei aufweckte.

Mary-Ann schlief ganz ruhig, sobald sie die Augen zumachte. Sie drehte ihm den schmalen Rücken zu, manchmal kitzelten ihre Haare in seinem Gesicht, aber dann legte er eine Hand auf ihren Kopf und wischte das Haar weg. Und am wohlsten fühlte er sich, wenn er ein Ohr an ihren Rücken legte, die Wärme ihres Körpers an seiner Wange spürte und ihr Herz schlagen hörte, ein leises, langsames Pochen, wie von weit her.

Jane wurde verrückt, wenn er das bei ihr tat. Sie fühlte dann ihr eigenes Herz, und das mochte sie nicht. Drehte sich lieber um und nahm ihn fest in die Arme, bis er eingeschlafen war.

Sie hatte sich lange dagegen gesträubt, ihren Sohn in den Berg zu lassen. Aber Mutter Irvine nähte jetzt wieder in der Fabrik und konnte tagsüber nicht länger auf ihn aufpassen. Außerdem war Jack Hull zu den Pferden versetzt worden, die kleine Helen schleppte nun an seiner Stelle, und man brauchte ein Kind am Tor. Zumindest wäre sie so den ganzen Tag mit Ben zusammen, redete sie sich ein.

Tief in der Erde war es viel wärmer als oben, und er brauchte die beiden zerrissenen Kohlesäcke nicht, die seine Mutter ihm um die Schultern gelegt hatte. Er faltete sie zusammen, um weicher zu sitzen. Dabei vergaß er allerdings auch nicht, die knarrende kleine Tür anzustoßen, in der seine Mutter und Mary-Ann und Beth und das fremde kleine Mädchen und der große dünne Mann verschwunden waren.

»Hallo, Kumpel!«, hatte der zu ihm gesagt, und eine riesige schwarze Pranke, stark wie ein Schraubstock, hatte sich um seine kleine Hand gelegt und sie geschüttelt, seinen ganzen Arm, seinen ganzen Körper geschüttelt. »Wir Kumpel müssen zusammenhalten gegen die Weiber«, hatte er gesagt, und Ben hatte genickt, aber gar nicht verstanden, wen oder was der Hauer, ein uralter Mann von fünfundzwanzig Jahren, eigentlich meinte.

Vor der Dunkelheit hatte er keine Angst, er hörte ja an dem leisen Scharren, Klopfen, Hämmern, das aus allen Wänden und sogar von oben herab zu ihm drang, dass er nicht allein war. Manchmal grollte es auch in der Erde, ein feines, sehr leises Knarren, Ächzen, Rieseln, das man nur deshalb hören konnte, weil es alle anderen Geräusche zum Verstummen brachte.

Er bekam jedes Mal eine Gänsehaut in den zehn, zwanzig, dreißig Sekunden, die dieses Geräusch dauerte. Nicht, weil er gewusst hätte, was das war, sondern weil er in solchen Momenten die Angst fühlen konnte, die aus allen Stollen und Schächten stieg, die Fahrstrecken entlangkroch und ihm von überallher entgegenschlug wie ein schlechter Geruch; bis die dreihundert angespannt lauschenden, lauernden Menschen im Berg zaghaft ihre Arbeit wieder aufnahmen.

Und so lernte Ben Williams, im Dunkeln zu sehen, und im Winter vergaß er manchmal, dass es eine Sonne gab.

53.

Das Phänomen beruhte auf einer erhöhten Lichtempfindlichkeit der Sehzellen selbst und ebenso auf einer vergrößerten Anzahl sogenannter »Stäbchen«, also jener Lichtsinneszellen, die an der Peripherie der Netzhaut das Dämmerungs- oder

Restlichtsehen ermöglichen. Der Investigator war also kein Zauberer. Auch er konnte im Dunkeln keine Farben erkennen, und er konnte auch nichts fixieren, also beispielsweise nicht lesen. Aber er sah tatsächlich und selbst auf große Entfernungen in der Nacht oder in abgedunkelten Räumen Dinge, die für seine Mitmenschen schlicht nicht wahrnehmbar waren.

Als Kind hatte er sich darüber gewundert, dass die anderen nicht sahen, was er sah, und darunter gelitten, dass grelles Sonnenlicht ihm unerträgliche Kopfschmerzen verursachte. Die – für einen Angloschotten – seltsam mediterrane Angewohnheit, in den Mittagsstunden zu schlafen, ging auf diese Zeit zurück. Später, während der Jahre im Eis und auf den schneebedeckten Inseln, über denen die Sonne sechs Monate lang nicht unterging, entdeckte er, dass das Tragen eines Sichtschutzes aus Narwalhorn, in den schmale Sehschlitze eingeschnitten waren, sein Leiden linderte. Zurück in der Zivilisation tauschte er diese auffällige, archaische Konstruktion gegen eine runde Brille mit dunkelblauen Gläsern. Aber die Vorteile seiner seltsamen Fähigkeit überwogen. Es war schön, im Dunkeln zu sehen; das jagende Nachtgewölk oder das unwirkliche Schauspiel eines farblosen Regenbogens bei Mondlicht.

Als er zur See fuhr, teilte man schon dem Elf-, Zwölfjährigen die meisten Nachtwachen zu, weil er die Brecher an unbekannten Riffen früher sah, als man sie hören konnte. Einmal hätte die Mannschaft ihn allerdings fast grün und blau geschlagen, denn sein mitternächtlicher Ruf »Land in Sicht!« hatte das gesamte Schiff in flatternde Panik versetzt; Land, das ein Seemann mitten in der Nacht sieht, ist gemeinhin unerwünscht nahe. Sie hielten es also für einen üblen Scherz, da niemand außer ihm selbst – Schwarz wie im Bärenarsch! – irgendetwas erkennen konnte. McClure allerdings ließ Segel reffen, und als in der ersten Morgensonne voraus der Gipfel des Mount Pelée über Cap Saint Martin aufglänzte, begafften die Männer den Jungen wie ein Wundertier.

54.

Das Tier, das seine Mutter ihm geschenkt hatte, lebte in einem ganz anderen Land, sehr weit weg, auf der anderen Seite der Erde. Sein Körper war aus Holz, mit braunem Filz überzogen, seine spitzen Ohren waren aus Leder. Die Beine des Tieres waren sehr groß und sehr stark, seine Ärmchen dagegen dünn und klein. Aber am interessantesten war der riesige Schwanz. Der Schwanz war nicht aus Holz, war beweglich, ein kleiner, länglicher Filzbeutel, mit Sägespänen gefüllt.

Auf dem Bauch hatte das Tier eine Tasche, in der ein Penny gewesen war, an Weihnachten. Jetzt war sie leer. In Wirklichkeit, hatte seine Mutter erzählt, trug das Tier in dieser Tasche sein Baby spazieren. Ben stellte sich das sehr lustig vor, vor allem für das Baby natürlich. In dem weichen, dunklen Beutel liegen, am warmen Bauch der Mutter, und je nach Laune den Kopf hervor- und der anderen Seite der Erde die Zunge herausstrecken!

Er nannte es Belly. Es war ein wunderbares Spielzeug. Jane hatte ihm anfangs verboten, es mitzunehmen, aber er hatte so lange gequengelt, bis sie schließlich nachgab und Belly in sein Hemd steckte, wo es dann warm an seinem eigenen Bauch lag. So war er nicht mehr allein im Dunkeln, und er stieß die Tür jetzt meist mit den Füßen auf und zu, holte Belly heraus und unterhielt sich mit ihm über das ferne Land, weit im Süden, wo es das ganze Jahr über nicht Winter wurde. Er flüsterte und kicherte, und manchmal lachte er laut, wenn er sich vorstellte, wie Tiere und Menschen da unten durch die

Gegend hopsten, oder jedenfalls hatte seine Mutter ihm so was erzählt.

Ben war das einzige Kind, das unter der Erde lachte.

Trotzdem hörte er sie kommen, die Strecke heraufkeuchen. Gleich würde seine Mutter »Tor!« rufen, er würde die Wettertür weit aufmachen, und sie würde lächeln und ihm eine kleine Rechenaufgabe stellen, wie jedes Mal. Obwohl er noch nicht sechs Jahre alt war und noch nicht richtig lesen konnte, war er in der Welt der Zahlen mit Janes Hilfe sogar schon bis zu den einfachsten Brüchen vorgedrungen. Es war ein Spiel für ihn, ein Spiel, bei dem man die Welt nicht brauchte, nichts, außer Vorstellungskraft. Zuerst stellte er sich immer die Finger seiner Mutter vor, mit denen sie ihm das einfache Zählen beigebracht hatte. Inzwischen benutzte er in seinem Kopf zusätzlich auch die seltsamen arabischen Zeichen, die sie ihm aufgemalt hatte. Nur die Null bereitete ihm noch eine Weile Schwierigkeiten, weil er sich nichts nicht vorstellen konnte.

Er registrierte das fremde Geräusch, beinahe ehe er es wirklich hörte. Ein Rutschen, Poltern, Anschlagen und dazwischen den verzweifelten Ruf »Ben! Ben!«. Darüber ein schriller, fast surrender Ton, der nicht endete, auch als alles vorüber war: das Schreien des fremden Mädchens, Helen, die mit beiden Beinen unter den wegrutschenden Wagen geraten war und mitgeschleift wurde.

Ben wühlte sich wie ein vor Angst rasendes kleines Tier den engen Gang hinunter und sah ein Bild, das ihn sein Leben lang verfolgen würde. Seine Mutter hing merkwürdig verdreht im Geschirr, kämpfte gegen einen unsichtbaren Feind, strampelte, wand sich und wurde doch langsam rückwärts, nach unten den Gang hinuntergezogen, als ob etwas Lebendiges an ihr zerrte und riss.

Jane krallte sich in Boden und Wänden fest, bis ihre Finger

bluteten, riss sich die Haut von Knien, Schienbeinen, Armen und fühlte doch nur, wie die Luft aus ihren Lungen gepresst wurde von dem ungeheuren Gewicht. Dann hatte Ben ihre Hand erreicht, dann die Stricke, die sie an diesen langsamen, qualvollen Tod fesselten. Aber er war erst fünf Jahre alt und hätte diese Last niemals allein halten können, so verzweifelt er es auch wollte und so wahnsinnig er es versuchte, wenn nicht Beth, von Mary-Ann alarmiert, sich von unten mit aller Kraft gegen den hochbeladenen Hund geworfen hätte.

Als alles vorbei war, als der Wagen mit blutigen Rädern oben in der Strecke stand, die Männer den Kopf schüttelten – »Blöde Fotzen!« – und Jane die Schmerzen zu fühlen begann, weinte und schrie Helen immer noch. Kein Zureden und keine Ohrfeige konnten sie beruhigen, und ihr Schreien durchschnitt die Luft wie ein Messer, schnitt tief ein in Seelen und Nerven, bis Ben ihr sein Känguru schenkte. Da wurde sie still und betrachtete nur noch verwundert das komische kleine Wesen.

»Das ist Belly«, sagte Ben. »So Tiere leben auf der anderen Seite der Erde, weit weg von hier.«

Helen lächelte. Er sah sie nie wieder. Hörte nur später, dass sie zum Sterben vier Wochen gebraucht hatte, und konnte sich darunter nichts vorstellen.

55.

Zwei Morde sind im Allgemeinen leichter aufzuklären als einer. Es ergibt sich dadurch so etwas wie ein Koordinatensystem, in dem Tätereigenschaften, Gewohnheiten der Opfer, mögliche Motive, die im Einzelfall eine Gerade von unbekannter Länge und Richtung darstellen, irgendwo in überschaubarer Nähe einen Schnittpunkt mit der Linie des anderen Falles bilden. Diese Tatsache kam Gowers' kombinatorischen Methoden sehr entgegen, und stundenlang saß er nun mit angezogenen Knien in seiner Koje, projizierte Diagramme, Rotoren, Ableitungsbäume hinter seine geschlossenen Lider oder auch mal in die dichten Rauchschwaden der obligatorischen Zigarre.

»Sie grinsen manchmal wie ein chinesischer Kuli in einer Opiumhöhle«, sagte Van Helmont. »Ist das nun Teil der Ermittlung oder die pure Wollust?«

»Beides«, sagte der Investigator wahrheitsgemäß. Warum sollte man das nicht zugeben? Jede Art Kunst oder Geschick geht bei einem wahren Könner über die bloße Notwendigkeit hinaus. Für Gowers war es so etwas wie ein Rausch der Nüchternheit, den seine Kombinationskunst ihm verschaffte – gerade, wenn sie die Ermittlung keinen Deut voranbrachte.

Es kam einer Trance nahe. Er war sehr verletzlich in solchen Momenten. Nicht labil in dem Sinne, dass er leicht gestört werden konnte, im Gegenteil. Wenn die Fakten in seinem Kopf herumwirbelten, einander trafen, abstießen oder sich miteinander verbanden, hätte eine Bombe neben ihm explodieren können, und er hätte es kaum bemerkt. Aber verletzlich eben in diesem ganz konkreten Sinn: Es *hätte* eine Bombe neben ihm explodieren können, er hätte sich nicht dagegen gewehrt.

Deshalb war er froh, wenn er nach dem Auftauchen aus solchen Meditationen Van Helmonts verlässliches, gutmütiges Gesicht vor sich sah, der ihm zu trinken und zu rauchen anbot und jeden Angreifer zumindest aufgehalten hätte.

»Gibt's was Neues?«, fragte der Arzt, als sei der Investigator von einer längeren Reise zurückgekehrt.

»Fragen«, sagte Gowers abwesend.

»Immer dasselbe«, knurrte Van Helmont, schüttelte den Kopf und nahm sich sein Buch wieder vor, allerdings ohne große Hoffnung, weiterlesen zu können.

»Fragen«, sagte Gowers und öffnete die Augen, »Fragen machen die unbefriedigte Existenz des menschlichen Geistes in diesem körperlichen Dasein aus. Durch Fragen und immer neue Fragen bekundet er, dass er eigentlich ein Fremdling in der Welt ist.«

»Hören Sie auf«, sagte der Arzt. »Da geht einem ja die Zigarre aus.«

»Entweder antworten Sie, oder ich mache genauso weiter …«

»Dann fragen Sie! Schnell.«

»Sie sagen, die Dosis ist kontinuierlich erhöht worden, woher wissen Sie das?«

»Wenn man jemanden über einen längeren Zeitraum mit Arsen vergiften will, ist es absolut notwendig, die Dosis zu erhöhen, weil der Betreffende sonst nicht stirbt. Fragen Sie ruhig weiter.« Van Helmont hielt sich zwischenzeitlich für den weitaus begabteren Detektiv.

»Aber von einem längeren Zeitraum gehen Sie doch nur aus …«

»… weil Vivés' Haare beweisen, dass ihm mehrfach Gift beigebracht wurde!«

»Mehrfach, das ist das Wort! Warum wurde ihm mehrfach Gift beigebracht?«

»Das ist bei Arsenvergiftungen beinahe üblich. So wird das Opfer zunächst nur krank, dann geht es ihm immer schlechter, irgendwann stirbt es – und niemand geht von einem Mord aus.«

»Gut«, wandte Gowers ein, »so funktioniert das in Adelskreisen. Und überall da, wo ein plötzlicher Tod den Verdacht auf Mord nahelegen würde. Aber ob ein französischer Schiffskoch nun von heute auf morgen oder innerhalb von fünf Wochen stirbt, wo ist da der Unterschied?«

»Worauf wollen Sie hinaus?«

»Sie gehen von einem Menschen aus, der genau weiß, was er tut. Könnte nicht auch das Gegenteil der Fall sein? Dass Arsen einfach das erste Gift war, das ihm eingefallen ist? Und dass er es öfter versuchen musste, weil es beim ersten Mal ganz einfach nicht geklappt hat? Weil er keine Ahnung von der richtigen Dosierung hatte? Und nicht die geringste von Medizin?«

Van Helmont runzelte die Stirn. »Sie meinen, es war Braddock?!«

Gowers lachte.

»Gegenfrage«, sagte der Arzt dann. »Wenn er Vivés einfach nur töten wollte, warum hat er ihm dann nicht den Schädel eingeschlagen oder ihm ein Messer in die Rippen gejagt?«

»Nun, das wäre dann selbst bei einem Schiffskoch als unnatürliches Ableben gewertet worden!«

»Warum hat er ihn nicht einfach über Bord geworfen?«

»Warum hat er nicht beide über Bord geworfen?«

Van Helmont seufzte und schaute wieder in sein Buch, ohne sich wirklich konzentrieren zu können. Nach einer Weile sagte er ärgerlich: »Er hätte ihn auch totfragen können!«

56.

Samuel Thompson und Louis Vivés waren einander an Bord der *Northumberland* begegnet. Sie hatten mehrmals miteinander geredet. Beide waren ermordet worden. Mit diesen dürren Fakten arbeitete der Investigator. Die Annahme, dass die

Morde mit dem Inhalt ihrer Gespräche zu tun hatten, führte zu der logischen Schlussfolgerung, dass der Mörder den Inhalt dieser Gespräche kannte, obwohl er nicht dabei gewesen war. Das wiederum setzte voraus, dass der Mörder seinerseits mit mindestens einem der beiden Opfer gesprochen haben musste. Die Fragen, was? wann? und wie? geredet worden war, konnten oder wollten dem Investigator weder Emmeline Thompson noch George Barclay beantworten. Nur versuchsweise ging er deshalb davon aus, dass Thompson und Vivés einander an Bord der *Northumberland* nicht begegnet, sondern wiederbegegnet waren, und suchte nach einem Punkt, an dem diese beiden Lebenslinien sich möglicherweise mit einer dritten geschnitten hatten – derjenigen des Mörders.

Gowers wusste nicht viel vom Krimkrieg, außer dass dort zum ersten Mal seit dem Mittelalter, nach einem halben Millenium tödlicher Feindschaft und vierzig Jahre nach den Napoleonischen Kriegen, England und Frankreich gemeinsam die Waffen ergriffen hatten. Der Schiffskoch und der designierte Gouverneur von St. Helena hatten demnach auf derselben Seite gestanden. Falls man sie *deshalb* getötet hatte, würde noch einer halben Million anderer Männer, Engländer, Franzosen, Türken und Sarden, das gleiche Schicksal drohen. Wahrscheinlicher war, dass sie mehr verband als Sewastopol, Balaclava und Inkerman, aber was das war, konnte Gowers mit keinem Gedächtnissystem der Welt erraten. Den Schlüssel zu diesem Geheimnis, wenn es ein Geheimnis gab, besaß nun, nach Vivés Tod, nur noch sein Mörder. Da aus den vorhandenen Spuren nicht mehr herauszulesen war, musste Gowers ihn irgendwie dazu bringen, neue zu hinterlassen, aber das hieß: Er musste sich exponieren.

Gowers vermutete richtig, dass es auf einem Schiff voller britischer Soldaten auch den einen oder anderen Veteranen aus dem Krieg gegen Russland und für die Freiheit der Donauschifffahrt geben müsse. Er ließ deshalb in der Messe provozierende Äußerungen über die Belagerung von Sewastopol als eine der umständlichsten Aktionen der jüngeren Militärgeschichte fallen und behielt dabei insbesondere die älteren Offiziere scharf im Auge. Aber niemand fühlte sich beleidigt, keine Schnurrbartspitze zuckte unter dem Schlag, und ein Hauptmann Bledsoe pflichtete ihm sogar bei.

Koalitionskriege seien immer ein bisschen umständlich, hol sie der Teufel, genau wie die Gruppenreisen. Zu viele Interessen, zu viele Ideen, zu viele Köpfe, das mache den besten Krieg kaputt. Immer erst diese Fragen: Sind wir auch alle da? Sind auch alle dafür? – Wie soll man da eine Höhe stürmen? Eine Stadt einnehmen? Eine Stelle fürs Picknick finden?

Erst am zweiten Abend, in anderer Gesellschaft, hatte Gowers den gewünschten Erfolg.

»Wie soll ich diese Äußerung verstehen, junger Mann?!«, fragte aber kein Militär, sondern ausgerechnet der dicke Kaufmann Merriwell, unter dessen wogenden Fettschichten man nicht gerade einen Kriegshelden vermutet hätte.

»Wollen Sie etwas gegen Sewastopol sagen? Ich denke, der Erfolg gibt jeder Kampagne recht!«

Der Erste Offizier, der nach den harten Pflichten des Tages vor einer dampfenden Tasse Tee saß, schnalzte bei dieser Äußerung leise mit der Zunge und hörte dem weiteren Gespräch merkwürdig belustigt zu.

Gowers' Entgegnung war geradezu kaufmännisch kühl kalkuliert. »Hunderttausend Tote allein durch Abwarten sind nicht gerade ein voller Erfolg, denke ich.«

»Sie haben noch keine Belagerung mitgemacht, junger Mann, keine richtige Schlacht!« Wie jeder Veteran jedes Krieges hielt Merriwell nur die militärischen Ereignisse für

»richtig« und wichtig, an denen er selbst teilgenommen hatte. »Haben Sie überhaupt mal gedient, geschweige denn gekämpft?«

»Nein«, sagte Gowers und dachte an New Orleans, Vicksburg, die Schlacht in der Wilderness, »aber mein Vater hat mir alles davon erzählt.«

In Merriwells schnellen kleinen Äuglein blitzte etwas auf, das es eigentlich gar nicht gibt: joviale Verachtung.

»Und Bleisoldaten hatten Sie wahrscheinlich auch«, stellte er höhnisch fest.

»Nicht genug, um Sewastopol damit nachzuspielen, Sir«, erwiderte Gowers, und als der Kaufmann diese Anspielung nicht verstand oder nicht verstehen wollte, fügte er hinzu: »Die meisten dürften sich doch gegenseitig totgetreten haben, nicht wahr?«

Merriwell schwitzte. Vor zehn Jahren hätte er den frechen Burschen einfach geohrfeigt. Jetzt schätzte er seine Kräfte ab und die seines Gegenübers. Ja, wenn er von hinten an ihn herankäme! Aber der Kaufmann siegte über den Veteranen. Er hob sein Glas und sagte herausfordernd: »Einen Toast auf die Leichte Brigade, Sir! Honor the Charge they made, Honor the Light Brigade, Noble six hundred!«*

»All the World wonder'd!«**, ergänzte Gowers, lächelte und trank mit. Und während er die Gläser erneut füllte, erwiderte er: »Einen Toast auf Florence Nightingale!«

»Sie lebe!«, entgegnete Merriwell und dachte beim Hinun-

* »Ehrt die Attacke, die sie ritten, ehrt die Leichte Brigade, die edlen sechshundert!« Verse aus Alfred Lord Tennysons Ballade *The Charge of the Light Brigade*, die den selbstmörderischen Angriff einer Kavallerieeinheit im Krimkrieg feiert.

** Ein anderer Vers aus Tennysons Ballade, an dieser Stelle vielleicht zu übersetzen mit: »Die kein Mensch versteht!«

terschlucken: Ein dürres Weib, ein Holzkreuz in Schwesterntracht! »Einen Toast auf die Artillerie!«, sagte er dann, wobei er den vermeintlichen Sohn Samuel Thompsons scharf ins Auge fasste. »Oldershaw und die Siebente!«

Gowers leerte sein Glas in einem Zug.

Sie tranken stundenlang, auf alle Truppenteile und Regimenter, die Merriwell namentlich einfielen. Sie tranken auf die Verbündeten, auf die Türken und ihre Feldbordelle. Sie tranken auf die Huren und auf die Läuse der Huren.

»Davon hätte man glatt leben können«, stammelte der Kaufmann. »Absammeln und in die Pfanne, jeden Tag eine gute Mahlzeit!«

»Einen Toast auf Louis Vivés!«, sagte Gowers.

Merriwell stutzte, zwinkerte, schien verwirrt. »Wer zum Teufel ist Louis Vivés?«

»Der Schiffskoch.«

Der Kaufmann lachte aus voller Kehle über den vollendeten Witz. Aber Gowers sagte todernst: »Vivés war auch in Sewastopol. Mein Vater hat ihn gekannt.«

»Aha!« Merriwell schwankte plötzlich. »Na, mit den Franzosen war da nicht viel los. Die haben wir nur so mitgeschleppt. Die Inder! Gut waren unsere Inder!«

»Welche Inder?«, fragte Gowers eine Spur zu nüchtern.

»Gurkhas«, sagte der schwankende Veteran. »Einen Toast auf die Gurkhas!«

Am anderen Morgen beschloss Gowers, lieber »Mrs. M. W.« und ihre Begleitung aus ihrer geheimnisvollen Abgeschiedenheit aufzuscheuchen, ehe er weiterreichende Schlüsse über seinen Fall zog.

Die Überlegung, wie dies am besten zu machen sei, beschäftigte ihn den ganzen Tag. Dann hatte er endlich die Lösung, war bei dieser aber wieder einmal auf Van Helmonts tatkräftige Unterstützung angewiesen.

»Sagen Sie, Doktor«, fing er mit den beiden Zigarren in der Hand feinfühlig an. »Was war das Schändlichste, was Sie in Ihrem Leben getan haben?«

Van Helmont nahm die angebotene Havanna und drehte sie genüsslich schnüffelnd ein paarmal unter seiner Nase, ehe er sie Gowers zum Anzünden hinhielt. »Meinen Sie mit oder ohne Chloroform?«

Gowers lächelte. »Sagen wir lieber: mit oder ohne Wasserstoff!«

»Was soll ich tun?«

»Hm.« Beide sahen den Rauchwolken nach, die sich an der Decke sammelten, um von dort aus langsam und gleichmäßig auf den ganzen Raum herabzusinken. »Nur ein wenig das Schiff anzünden.«

»Wenn es weiter nichts ist …«, sagte Van Helmont mit einer generösen Handbewegung.

57.

Admiral Cockburn beobachtete mit Sorge, dass General Bonaparte im Ansehen der Mannschaft und der einfachen Soldaten immer mehr stieg, seit er es sich zur Gewohnheit gemacht hatte, kurze Gespräche mit einzelnen Männern zu führen. Er ging einfach an Deck umher, hielt diesen und jenen von seiner Arbeit ab und fragte mithilfe seiner Dolmetscher nach Namen, Familie, nach den Schlachten, die der jeweilige mitgemacht hatte.

Es war eine ungeheure Grenzüberschreitung. Der kleinste britische Offizier erwartete, dass ein Mannschaftsdienstgrad die Mütze in der Hand hielt, falls der Mann es überhaupt wagte, seinen Vorgesetzten anzusprechen, ohne etwas gefragt worden zu sein. Und da stand der Kaiser der Franzosen, der Mann, vor dem Europa im Staub gelegen hatte, neben einem dieser Deckschrubber und fragte diesen Bastard nach seinen persönlichen Erfahrungen!

Die Geschichte mit dem Bootsmann trieb diese Regelverletzung auf die Spitze.

Er war ein guter Mann, in nautischen Dingen erfahrener als der Kommandant, in militärischen besser als all die jungen Bengel aus Harrow. Und dazu ein wahrer Franzosenfresser, der aus dieser Einstellung nie auch nur den geringsten Hehl gemacht hatte. Cockburn grinste insgeheim, als Napoleon sich auf seinem morgendlichen Rundgang ausgerechnet diesen Mann herauspickte, und ging näher heran, um die Abfuhr zu erleben, die der aufgeblähte kleine Korse von diesem braven englischen Seemann bekommen würde.

»Wo haben Sie ...« Aber der Bootsmann ließ den Übersetzer gar nicht erst ausreden.

»Abukir und Trafalgar!«, knurrte er.

Wackerer Kerl, dachte Cockburn. Teer im Blut und in den Haaren, aber das alte britische Löwenherz auf dem rechten Fleck. Der hätte auch dem Kaiser selbst das Wort abgeschnitten, wenn er nur genug Französisch könnte!

»Und stolz darauf«, fügte der Bootsmann grimmig hinzu, und der Admiral rieb sich innerlich die Hände, während Las Cases bei der Übersetzung blutrot anlief.

»So, Abukir«, sagte Napoleon und erinnerte sich an die verzweifelte Lage, in die ihn dieses Gemetzel damals gebracht hatte. Dann lächelte er. »Darauf können Sie mit Recht stolz sein. Eine glänzende militärische Operation, wenn auch zu meinem Nachteil!« Damit streckte der Kaiser dem Bootsmann die Hand hin wie ein guter Verlierer, und der Bootsmann wischte verlegen seine eigene Pranke an seiner Hose ab, ergriff die Hand des Korsen und stammelte verwirrt: »Danke, danke sehr!«

Aber Napoleon war das noch nicht genug. »Ich würde gerne länger mit Ihnen über Abukir sprechen. Wollen Sie nicht heute Abend mein Gast sein und mit mir essen?«

Cockburns Mund öffnete sich, unwillkürlich kaute und schluckte er. Der Kaiser speiste natürlich an der Tafel des Admirals, des Kommandanten, der höchsten britischen Offiziere. Ein einfacher Seemann, Sohn eines Kesselflickers oder Maultiertreibers, an diesem, an *seinem* Tisch – eher würde England im Meer versinken!

Glücklicherweise schien der Bootsmann ähnlich zu denken, ja, er fing sich sogar schneller als sein so unerreichbar weit über ihm stehender Vorgesetzter. Dafür würde er eine Sonderration Rum bekommen, beschloss Cockburn.

»Entschuldigung, General …«

Ha, General, dachte Cockburn, nicht Sire oder Kaiserliche Majestät! Noch ein Glas Rum.

»Es wäre nicht richtig, wenn ein Mitglied der Mannschaft mit den Herren der Admiralität vom gleichen Tisch isst.« Der Bootsmann sagte das, als sei es eines der Zehn Gebote, nicht umzustürzen, und Cockburn bewunderte den Kerl für diese fabelhafte Haltung. Wahrhaftig, ein echter Sohn des John Bull! Und heute Abend sinnlos betrunken.

»So?«, sagte Napoleon langsam. »Na ja, da kann man natürlich nichts machen. Dann also nur wir beide, in meiner Kajüte. Sagen wir um acht?«

Der Boden um den Admiral wankte, der Horizont drehte sich. Der Kaiser der Franzosen würde mit einem Bootsmann zu Abend essen und ihn, *ihn*, den ranghöchsten britischen Offizier, Vertreter seines siegreichen Königs auf diesem Ozean, dieser Erdhalbkugel, den Obersten der Oberen, an seiner reich gedeckten Tafel sitzen lassen wie einen Vollidioten! Die Zeitungen würden es bringen, die Geschichtsbücher …

»Entschuldigung, Sire, General Bonaparte«, stammelte Cockburn, in den Grundfesten seines Denkens erschüttert, »ich glaube, wir können in diesem Fall eine Ausnahme machen und diesen braven Mann in unserer Mitte dulden.«

Die Sache war binnen Minuten auf dem ganzen Schiff herum, tausend Männer sprachen von nichts anderem mehr.

Natürlich, er war immer noch *Little Boney*, das Ungeheuer, mit dem schon ihre Mütter sie erschreckt hatten, wenn sie ihren Teller nicht leer essen wollten. Der widerliche Emporkömmling, der ganze Länder dem Erdboden gleichmachte, der tausendfache Mörder von Frauen und Kindern. Aber er war auch der Mann, der die Prügelstrafe in der französischen Armee abgeschafft hatte, der symbolisch den Stock eines Korporals auf seinem Knie zerbrach. Der bei Arcoli seinen verhungernden Männern gesagt hatte, dass jeder, *jeder* von ihnen den Marschallstab im Tornister trüge. *Le petit Caporal*, vor dem seine Soldaten eine lebende Mauer gebildet hatten, als er sich auf der Brücke von Lodi zu weit ins Feuer der Österreicher gewagt hatte, in dessen Diensten ein Bauernjunge, Joachim Murat, vom einfachen Reiter bis zum König von Neapel aufgestiegen war!

Ein seltsamer Glanz trat in die Augen der britischen Matrosen und Mannschaften, wenn sie die kleine Gestalt in ihrem grünen Mantel an Deck der *Northumberland* herumstapfen sahen. Und Admiral Cockburn, der sich in seinen schlechteren Träumen schon mit verbundenen Augen, gefesselten Händen und einer unangenehm kitzligen Säbelspitze im Rücken auf einer Planke über dem Wasser stehen sah, fragte sich wieder einmal, was ganz Europa sich fragte.

Dieser Mann hatte zwanzig Jahre lang Frankreich, Spanien, Italien, Holland, Preußen, Österreich, Russland und natürlich Ägypten ausgeplündert. War nichts davon übrig? Wo war der immense Reichtum Napoleons geblieben?

Und was könnte er schlimmstenfalls an Bord dieses Schiffes alles damit anfangen?!

58.

Gowers hatte ihm auf den Meter genau die Stelle bezeichnet, an der er sich direkt unter der mittleren der drei Kabinen befinden würde, in denen die ominösen Inder schliefen, wohnten und aßen, ohne sich seit Portsmouth irgendjemandem zu zeigen. Er hatte sogar seine Schrittlänge gemessen.

»Wie, Sie wissen nicht, wie groß Ihre Schritte sind?! Woher wollen Sie dann wissen, wie schnell Sie von hier nach da kommen? Wo Sie sind, wenn Sie nichts sehen können? An was orientieren Sie sich bloß?«, hatte der Investigator kopfschüttelnd gefragt. Seit frühester Kindheit war er gewohnt und hatte er von seiner Mutter gelernt, seinen Körper als Maßeinheit zu benutzen. So zählte er auch, fast schon unbewusst und während er ganz andere Dinge in seinem Kopf bewegte, seine Schritte, registrierte Kurven, Ecken, Winkel auf seinem Weg wie ein Automat, und konnte auf diese Weise auch in gänzlich unbekannten Gebäuden oder Städten bemerkenswert zuverlässig einschätzen, wo er sich befand – jedenfalls im Verhältnis zu den Orten, an denen er schon gewesen war.

Van Helmont hatte allerdings nur gemurmelt: »Ich mache immer Licht, wenn ich nichts sehen kann, und das hat meiner Orientierung auch nie ernsthaft geschadet.« Aber Gowers hatte schon sein Rollmaß hervorgeholt und begonnen, den Mann und seine Bewegungen auszumessen.

Der Arzt musste also eigentlich nur seine Schritte zählen. Aber jetzt, weit nach Mitternacht und im Bauch des riesigen alten Schiffs, zog er es doch vor, eine Handlampe zu entzünden, kaum dass er das Schott zum Heckstauraum hinter sich gebracht hatte. Sofort sprangen merkwürdige Schatten auf, und Van Helmont hätte geschworen, dass sich einer davon bewegt hatte, aber er schrieb es dann seiner Nervosität zu. Man legt schließlich nicht jeden Tag einen Schwelbrand.

Hier unten war sogar die Luft alt. Er musterte die geteerten Planken, das schwere Gebälk der Spanten und dachte unsinniges Zeug. Wann seid ihr gewachsen? Wo seid ihr gewesen? Was habt ihr gesehen?

Das Holz knackte und knarrte feindselig unter seinen Schritten, und dabei beschlich ihn das unwirkliche Gefühl, dass das Schiff *wusste*, was er vorhatte. Weit unter seiner wissenschaftlichen Vernunft, seiner langen Erfahrung mit den natürlichen und sichtbaren Dingen flüsterte eine dünne, hohe Stimme, dass auch Schiffe eine Seele haben, dass sie schreien im Sturm und stöhnen im Untergang. Und zum ersten Mal, seit er an Bord war, wurde er sich der namenlosen Tiefe unter seinen Füßen bewusst.

Wie tief war der Atlantik hier? Zweitausend, dreitausend Meter? Und unten die düsteren, unbekannten Gebirge; scharfe, unsichtbare Grate, die die sinkenden Schiffe zerbrachen auf ihrem Weg in noch tiefere Täler, dunklere Schluchten bis hinunter zum Grund, bedeckt mit dem Urschlamm lichtloser Äonen …

Die Vorstellung gruselte ihn wie ein kleines Kind.

Dann siegte der Mediziner in ihm, und dessen gewohnt

ruhige Stimme erinnerte ihn mit trockener Ironie daran, dass einem Ertrinkenden nach den ersten zwei, drei hässlichen Metern alles Weitere ziemlich egal sein konnte. Dennoch räumte er, an der bewussten Stelle angekommen, alles leicht entzündliche Material, Tuchballen, Kleiderkisten beiseite, um von der *Northumberland* nicht mehr als unbedingt notwendig zu verbrennen.

Er fand einen Sack mit Hafer, der ihm für seine Zwecke ideal zu sein schien, schlitzte ihn auf und befeuchtete den Inhalt sorgfältig mit dem Wasser aus der mitgeführten Feldflasche. Spickte ihn dann mit den ölgetränkten Lumpen, in die er mehrere seiner Socken verwandelt hatte, und fügte hier und da noch einen Schuss Schwefelwasserstoff hinzu, als sei es die Verzierung auf einer Torte. Stolz betrachtete er sein Werk, als ein Geräusch, das er sich unmöglich eingebildet haben konnte, ihn zusammenfahren ließ.

In Sekunden sprang ihn wieder das unheimliche Gefühl an, dass Augen auf ihn gerichtet waren. Ratten, dachte er, Katzen! Aber die Haare standen ihm trotzdem zu Berge, als er mit ausgestrecktem Arm den stickigen dunklen Raum mit seinen vielen Verstecken ausleuchtete und sich schlagartig darüber klar wurde, dass man *ihn* dabei immer noch weit besser sehen konnte als er … was auch immer!

Van Helmont atmete tief durch.

Das nächste Schiff zündet er selber an, dachte er, sah auf seine Taschenuhr und ließ dann ein brennendes Zündholz auf die vorbereitete Brandstätte fallen. Im gleichen Moment hörte er ein schleifendes Geräusch unmittelbar hinter sich, und nun war kein Halten mehr. Mit Sätzen und Sprüngen, die jeder exakten Schrittabmessung Hohn sprachen, schoss nicht der Arzt und Wissenschaftler, sondern der kleine Francis Van Helmont davon, dem vor vierzig Jahren im tiefen Süden von Alabama eine schwarze Amme die seltsamsten Schauergeschichten erzählt hatte.

59.

Oben klappte alles wie am Schnürchen. Kaum fünf Minuten nach der vereinbarten Zeit roch Gowers die ersten Wolken von Rauch und Schwefelwasserstoff. Er wartete vorsichtshalber noch eine kleine Weile, dann donnerte er mit dem Schreckensruf »Feuer! Feuer!« an alle Kabinentüren der ersten Klasse.

Das erste interessante Ergebnis war, dass der Schiffsjunge Barclay, um Längen vor allen anderen, aber dennoch nur halb angezogen, aus Lord Edens Kabine stürzte und nicht Hilfe oder Löschwasser, sondern einfach das Weite suchte. Seine Lordschaft ließ sich deutlich mehr Zeit, dafür war der Kabinengang binnen Minuten mit hysterisch umherspringenden Missionarsgattinnen und sonstigen Parkers in schneeweißen Nachthemden erfüllt, halb nackte britische Füsiliere, die aber seltsamerweise alle ihre Stiefel anhatten, brüllten einander widersprechende Befehle, einer fuchtelte sogar mit einem Bajonett herum und schien überhaupt wild entschlossen, einen Platz im erstbesten Rettungsboot zu erobern. Kurz, eine bildschöne Panik brach aus.

Die ersten Matrosen kamen herbeigerannt, die Feuerglocke schlug an, das ganze Schiff schreckte hoch, und Gowers hatte zum ersten Mal das Gefühl, zu weit gegangen zu sein. Vor allem, als das Löschwasser aus einigen voreilig, wenn nicht blindwütig in die Gegend gekippten Eimern Mrs. Parkers nackte Füße berührte. Sie hielt es anscheinend für die ersten Wellen des Ozeans, mithin für die Vorboten ihres unfreiwilligen Seemannsgrabs, und ihr überschnappendes Geschrei »Wir sinken! Wir sinken!« trug nicht eben zur Beruhigung der Lage bei.

Gowers hoffte, dass Van Helmont inzwischen wieder an Deck war, denn wenn man ihn jetzt auf frischer Tat ertappt hätte, wäre er wohl kurzerhand – und mit Billigung des Predigers – ins Meer geworfen worden. Er machte sich ernsthafte Sorgen um den Arzt, denn mittlerweile drangen wirklich dichte Rauchwolken nach oben.

Er wird es ja wohl nicht übertrieben haben?, dachte Gowers, wurde aber in diesem Moment abgelenkt, weil ein über jedes menschliche Maß erröteter Leutnant der 16. Füsiliere aus Emmeline Thompsons Kabine kam und ihm fast auf die Füße getreten wäre. Carver sah ihn geradezu entsetzt an und stammelte: »Lassen Sie mich erklären ...« Aber Gowers winkte ab.

»Keine Zeit. Retten Sie Emmeline!«

Der Leutnant ließ sich das nicht zweimal sagen und eilte mit einer gleichfalls tief beschämten jungen Dame an Deck, die sich aber immerhin die Zeit genommen hatte, sich vollständig anzukleiden.

Man sollte doch öfter mal ein Feuerchen legen!, dachte Gowers, und beinahe gleichzeitig fragte er sich, was eigentlich »Feuer! Alle Passagiere an Deck!« auf Bengali heißt, denn in den drei Kabinen, um die es bei dem ganzen Zauber ging, war noch keine Regung zu hören, obwohl er schon mehrfach an die Türen gehämmert hatte und der Rauch hier am dichtesten war. Eben hatte er beschlossen, die vorderste kurzerhand einzutreten, als sie von innen geöffnet wurde.

»Feuer!«, sagte Gowers. »Alle Passagiere an Deck!« Er wollte seine Hilfe anbieten und stand schon mit einem Fuß in der Tür, da schleuderte ihn ein Stoß gegen die Brust fast zwei Meter zurück.

Er hatte nicht einmal die Bewegung gesehen, rang nach Luft und konnte dabei immerhin beobachten, dass der hagere Inder eine verhüllte Gestalt auf dem Arm hielt und sich den Weg durch den engen Kabinengang mit blitzschnellen Fußtritten und Ellbogenstößen bahnte.

Trotz der Schmerzen in seiner Brust verzog Gowers sein Gesicht zu einem befriedigten Grinsen. Er hatte gewusst, dass dieser Mann kein gewöhnlicher Diener war.

Eine ältere Dame im Sari folgte dem Leibwächter auf dem Fuß, und keine der drei Personen drehte sich noch einmal um, sodass niemand wusste oder verhinderte, dass Gowers in die Kabinenflucht eindrang. Er stellte zunächst fest, dass die Außentüren der beiden hinteren Kabinen verschlossen und mit Gepäckstücken geradezu verbarrikadiert waren. Der hintere Raum schien überhaupt der Kern all dieser Absonderlichkeiten zu sein. Dort war ein Bett aufgeschlagen, das eigentlich in einen Palast oder zumindest in einen englischen Landsitz gehört hätte, und – das war die Entdeckung des Abends – an den Bettpfosten waren seidene Tücher befestigt, denen deutlich anzusehen war, dass sie keine Verzierungen, sondern Fesseln darstellten.

Mit einem kurzen Handgriff stellte Gowers fest, dass das Bett noch warm war, und nicht nur warm, sondern auch feucht, wie vom Schweiß eines Krankenlagers. Mitten im Raum lag ein Buch, als hätte es jemand weggeworfen oder verloren: *Alice im Wunderland*. Gowers überlegte kurz und nahm es dann an sich. Er brauchte kaum eine Minute, um das Türschloss dieser letzten Kabine und die blockierenden Schrankkoffer so zu präparieren, dass er die Tür von außen einen Spalt weit öffnen konnte.

Die Zeit begann ihm davonzulaufen, und er presste ein Taschentuch vor Mund und Nase. Im mittleren Raum befand sich ein schmales Feldbett, auf dem verschiedene Stücke indischer Damengarderobe verstreut lagen, ganz so, als habe jemand kurz, aber sehr intensiv überlegt, was man bei Feueralarm auf einem britischen Ostindienfahrer tragen kann. Daneben zwei geöffnete Koffer, ein kleiner Tisch mit einer Tasse lauwarmen Tees, schließlich mehrere Zeitungen, von denen sich Gowers in der Eile und im dichter werdenden Rauch aber nicht mehr einprägen konnte als Titel und Datum.

Im vorderen Raum wurde auf einem transportablen Herd offensichtlich gekocht, und einige Kisten und Kästen mit Lebensmitteln standen offen herum. Hier lag nurmehr eine Decke auf dem Boden, daneben, nur nachlässig bedeckt, ein Kookree, der Krummdolch eines indischen Gurkhas. Keine weiteren Waffen und auch sonst keine Anzeichen irgendwie illegalen Tuns. Und dann zwang der stinkende Qualm den Investigator endgültig wieder an Deck.

Oben legte sich die Panik allmählich. Bell, der Erste Offizier und dennoch sehr nachlässig gekleidet, komplimentierte die Passagiere mit mühsam unterdrücktem Ärger in die Messe, und Gowers sah, dass Van Helmont unter ihnen war. Auf der Brücke erkannte er Kapitän Radcliffe, der das Treiben eher amüsiert als beunruhigt verfolgte und mit lässigen Handbewegungen einige Befehle erteilte. Offensichtlich hatte der Mann in seinen Kleidern geschlafen. Aber was Gowers am deutlichsten in Erinnerung behielt, war die kleine Gruppe »seiner« Inder: vorn der hagere Krieger, dessen vor der Brust verschränkte Arme seine Unruhe nicht verbergen konnten, neben ihm eine ältere Dame, die von den Augen, wenn auch keinesfalls von der Figur her ganz einfach eine Art Gouvernante sein *musste*, und hinter den beiden das schönste Mädchen, das er in seinem ganzen Leben gesehen hatte.

60.

Die Hauer waren die Könige unter dem Berg. Ihre Schichten waren kürzer, ihre Bezahlung besser, ihr Selbstbewusstsein entsprechend größer, aber ihr Risiko unbeschreiblich.

Jane arbeitete jetzt seit fast drei Jahren unter Tage, und sie konnte sich an keine Woche erinnern, in der nicht irgendein Hauer irgendwo im Berg Hände, Arme, Beine oder sein Leben verloren hatte. Die wenigsten wurden älter als dreißig, und die dieses gesegnete Alter erreichten, hatten drei Viertel ihrer Lunge in die Minen gespuckt. Die Luft vor Ort knirschte beim Atmen zwischen ihren Zähnen, und manchmal tasteten sie mehr nach den Kohleadern, als dass sie sie sahen.

Sie hassten Davys Sicherheitslampen – »Mit der Davy siehst du nur, dass du nichts siehst!« –, aber konnten doch erst mit ihrer Hilfe in Flöze vordringen, die ihnen bei offenem Geleucht sofort um die Ohren geflogen wären. Immer wieder mal probierte es irgendwo jemand, immer wieder starb irgendwo jemand und riss seine Abräumer, Schlepper mit in den Tod.

Ben war zu klein, um den vollbeladenen Hund die dreißig Meter der Förderstrecke hinaufzustoßen, selbst wenn seine Mutter oder sogar Beth vorn im Geschirr ging und Mary-Ann neben ihm ihre schmale Schulter gegen den Wagen drückte. Jane ließ es nicht zu, zu groß war ihre Angst, dass seine Kraft nachlassen könnte wie bei der kleinen Helen und dass sich der belanglose Unfall wiederholen würde, der nicht einmal Platz im Tagesbericht des Obersteigers gefunden hatte.

Dafür war Mary-Ann inzwischen groß genug, die Wagen unten zu füllen, vor allem, wenn der Junge ihr dabei half. Außerdem waren Beth und Jane mit dem Schleppen schneller, konnten also auch ihrerseits noch beim Füllen helfen und so die Fördermenge halten. Selbst ihr Hauer war davon überzeugt oder sagte das jedenfalls.

Am Anfang der Schicht schlug er weit mehr, als die Kinder abräumen konnten. Er lag auf dem Rücken im Flöz, einen einzigen lächerlichen Stempel am Eingang zur Strecke. Über seinem Kopf, keine vier Handbreit über der nackten, schwer atmenden Brust, der Berg, dreihundert Meter, Millionen Tonnen Gestein. Ben sah nicht mehr von dem Mann als seine schwarzen, lederartigen Füße, die das losgebrochene Werk nach unten traten.

Zuerst hatte er das nicht so gemacht, zuerst musste Mary-Ann auf Händen und Knien in den Flöz kriechen und die Kohle neben und zwischen den Beinen des Hauers wegscharren. Er war mit seinen fünfundzwanzig Jahren ein dünner, aber enorm starker Mann, nackt, nass vom Schweiß, erhitzt von der Arbeit, überreizt durch die ständige Lebensgefahr. Er bekam Erektionen, manchmal vor Angst, dann aus anderen Gründen.

Beth wusste davon, wusste auch, dass sich manche der Frauen nichts dabei dachten, den jungen Männern mit der Hand zu helfen. Aber nicht ihre Tochter. Sie hatte Mary-Ann davor gewarnt, ihm zu nahe zu kommen. Nach zwei, drei Fuhren schickte das Mädchen deshalb Ben in den Flöz hinauf, daraufhin trat der Hauer die Kohle lieber mit den Füßen nach unten.

Nur zweimal während seiner Schicht kam er selbst hinunter. Einmal, um zu essen und eine Zwei-Liter-Feldflasche mit Wasser fast auf einen Zug leer zu trinken. Einmal, um ungeniert vor den Kindern den Eimer zu benutzen, der unabgedeckt in der niedrigen Strecke stand und von allen benutzt wurde. Da in dieser finsteren Welt ohnehin jeder alles von jedem wusste, störte sich nicht einmal Jane daran.

»Immerhin nimmt er den Eimer«, hatte Beth ihr zugeflüstert, als sie den jungen Mann zum ersten Mal dort hocken sah, und hatte von anderen Männern haarsträubende Dinge erzählt.

Gegen Ende der Schicht, die Frauen waren gerade mit dem vorletzten Wagen den Gang hinauf verschwunden, kam der Hauer wieder heraus, schwarz wie ein Teufel und nackt wie der dazugehörige Sünder. Zwei riesige Hände packten Ben und schoben ihn in das Loch.

»Kriech mal rein, Kumpel, ganz nach vorn, und schlag ein bisschen was ab!«

Ben sah den Mann nur völlig überrascht an. Davon hatte seine Mutter ihm nichts erzählt.

»Mach schon, und lass dich 'ne Weile nicht sehen.« Der Hauer gab ihm einen derben Stoß und blieb alleine mit Mary-Ann. »Und du hältst dein Maul!«, hörte er ihn noch sagen.

Vorn, ganz vorn, an der Stelle, wo sich die eisernen Werkzeuge der Männer in den Berg fraßen, saß ein fünfjähriger Junge und sah sich verwundert um. Er hatte keine Angst, weil er nicht wusste, wo er war. Neben und über ihm kein Ausbau mehr, nichts als das nackte Gestein. Ben legte sich auf den Bauch, inmitten der Kohleader. Er sah, wo der Mann die Ader aufgekratzt hatte, fuhr mit den Fingern über die glatte, leicht glänzende Stelle. Dann nahm er den kalten Meißel auf, den viel zu schweren Hammer, und kleine schwarze Splitter brachen aus dem Berg.

61.

Weit unten im Süden, in der Nähe von London und an einem anderen Tag, in einem anderen Jahr, hob ein kleiner Junge die Splitter auf. Sie lagen vor dem Kamin. Seine Finger wurden schwarz dabei. Das war neu, das war lustig.

Man konnte damit auch auf Kleidern und Wänden schwarze Striche ziehen, und selbst der Wachsoldat, der dabeistand, konnte sich nur mit Mühe das Lachen verbeißen. Er überlegte kurz, was zu tun sei, dann ließ er den Jungen gewähren. Das Vaterland erwartete von ihm, und seine Vorgesetzten hatten ihn dazu erzogen, dass er nicht sah, was die Herrschaften taten. Oder sich nicht ansehen ließ, dass er es sah.

Ein Zimmermädchen bemerkte schließlich das Kichern des Kindes und dann auch den Grund für das Kichern. Sie sagte es einer Gouvernante. Die Gouvernante holte den Pädagogen herbei, der Pädagoge, sprachlos, informierte den Kammerdiener, und der Kammerdiener verständigte behutsam die Königin.

Viktoria, die sich angeblich nie umsah, wenn sie sich setzen wollte, sondern erwarten durfte, dass man ihr immer und überall rechtzeitig einen Stuhl oder Sessel unter den Unnennbaren schieben würde, sah sich zu exekutiven Maßnahmen genötigt. Zuerst musste der Mensch entlassen werden, der die Unsauberkeit am Kamin zu verantworten hatte; ein Wink, ein Federstrich. Dann befahl sie dem immer noch fassungslosen Pädagogen in der wachsenden Ansammlung ihrer Domestiken: »Emerson, nehmen Sie Master Edward diesen grässlichen Gegenstand weg!«

Das Kind erstarrte, wie immer schuldbewusst, das schöne Spielzeug verschwand. Dann hörte der Prince of Wales diese immer so leise Stimme, die sein Leben, das Britische Empire und ein ganzes Zeitalter prägen würde: »Das ist Kohle, Sir! Sie werden nie wieder Kohle anfassen. Sie ist sehr schmutzig.«

62.

Diese Dinge kamen häufig vor, trafen Frauen, Mädchen und die kleineren Jungen. So oft, dass die Pfarrer deswegen bei den Grubenherren vorsprachen und hin und wieder allen Ernstes der Vorschlag gemacht wurde, nur Ehepaare in der gleichen Schicht einzusetzen. Oder nur ältere Frauen, ältere Männer.

Manchmal breiteten sich diese Dinge wie eine Epidemie in den Gruben aus, sprangen von Tal zu Tal; die Eingeweihten erzählten es denen, die noch nie daran gedacht hatten, und dann endete die Seuche erst, wenn die gröbsten Übeltäter verschwanden oder wenn ein Arzt unter den jungen Männern das Gerücht ausstreuen konnte, die im Berg gezeugten Kinder kämen ohne Augen zur Welt.

Mary-Ann erzählte niemandem davon, aber sie bemerkten es, als Ben immer öfter und nicht ohne Stolz erzählte, dass er heute wieder Kohle geschlagen hatte. Da lauerten sie ihm auf. Verkeilten den Wagen im Gang, ein paar Meter die Strecke hinauf, löschten ihre Lampen und warteten.

Und der Mann kam ebenso wortlos aus seinem Loch heraus, wie er Ben hineinschob. Stand gebeugt, nur ein schwarzer Schatten, über dem kleinen Mädchen und sagte: »Mach!«

Mary-Ann tat, was er wollte, und schwieg, als sei es normal. Weinte nicht, schrie nicht, zitterte nur ein wenig. Und vielleicht war dieses Schweigen, diese wortlose Ergebenheit in ihr Schicksal der Grund dafür, dass der Hass der Frauen stärker aufloderte, als sie es selber wollten. Hochschlug in den Adern der Erde, eine düstere Flamme, die den Hauer verbrannte.

Der Junge im Flöz merkte es nicht einmal. Hörte nur ein Keuchen, das lauter war als sonst und aus verschiedenen Kehlen kam.

Als Jane das schweißnasse, nackte Fleisch unter ihren Händen fühlte, diese kraftvollen Muskeln sich zum letzten Mal anspannten, die zuckenden Hände in der Erde kratzten, als wollten sie das Erz mit den Fingernägeln aus dem Berg reißen; als Beth den schweren, kantigen Stein fallen ließ und weiter mit bloßen Fäusten auf den Sterbenden einschlug, weil das Glied des Mannes auch in der Agonie nicht kleiner wurde, als Mary-Ann nun doch noch mit zusammengepressten Lippen lautlos zu weinen begann, schaute Ben aus dem Flöz heraus.

Er hielt es für völlig normal, dass Männer auf diese Weise zu Tode kamen.

63.

Erst im Krieg hatte er, ein wenig verwundert, festgestellt, dass es sein Verhältnis zum Tod und zum Töten war, das ihn von anderen Menschen, von seinen Kameraden am deutlichsten unterschied. Für die weitaus meisten Menschen war der Anblick von Leichen eine Art Sensation, die sie mit Grauen, Angst und Trauer, allenfalls mit einer als etwas peinlich empfundenen Neugier verbanden. Auf den Schlachtfeldern wichen diese Gefühle einer Abstumpfung, die meistens zu Ekel, bisweilen aber auch zu einer Rohheit führte, die ganz normale Männer dazu bringen konnte, die Leichen ihrer Feinde und sogar ihrer Freunde zu berauben oder zu verstümmeln.

Es war das Gefühl von Macht in ihrer primitivsten Form,

der Macht der Lebenden über die Toten, das achtzehn-, zwanzigjährige Soldaten dazu veranlasste, gefallenen Südstaatlern oder Offizieren die Hosen herunterzuziehen und über ihre manchmal noch warmen Geschlechtsteile höhnische Bemerkungen zu machen. Bei einigen endete dieser Zustand in Wahnsinn und Irrenhaus, andere wurden brutal, schlugen im Frieden Frau und Kinder aus Entsetzen über sich selbst. Die weitaus meisten wurden mit den Jahren wieder normal, vergaßen, was sie gesehen hatten, und schliefen nur hin und wieder schlecht.

John Gowers kannte das alles nicht, weder Rohheit noch Ekel, keine Abstumpfung, aber auch kein Grauen. Der Tod war für ihn keine Sensation, er sah ihn pragmatisch, fast wie ein Arzt, als etwas Normales, Unumgängliches, manchmal Notwendiges. Deshalb fiel ihm das Töten nicht leichter, aber wo seine Mitmenschen, Kameraden blind um sich schlugen und schossen, in einer durch die jeweiligen Umstände provozierten Art von Raserei, einem Ausnahmezustand, blieb John Gowers stets kalt, überlegt, sogar wenn er aus Rache tötete, was allerdings erst ein einziges Mal geschehen war.

64.

Niemand, nicht einmal die Mutter des Hauers, bezweifelte, dass es ein Unglück war.

Nichts war geschehen, was nicht jeden Tag und immer wieder geschehen konnte.

Als Jane sah, dass ihr neuer Hauer der junge Peters war, achtzehn jetzt und mehr in die Breite als in die Höhe gegangen, wusste sie, dass sich nichts ändern würde. Obwohl anfangs schüchtern und linkisch, war ihm anzumerken, dass er sich seiner und ihrer Stellung bewusst war. Wusste, dass er nun ein König und für zwölf Stunden ihr fast unumschränkter Herr war. Und niemand da, der ihn verprügeln würde, wenn er sie ansah, und sei es auch, wenn sie ihre Notdurft verrichten musste.

Sie wusste, dass es nicht lange dauern konnte, bis er Bemerkungen machen und sie schließlich anfassen würde. Sie sah alles kommen.

Beratschlagte mit Beth, wie dem zu begegnen sei und ob vielleicht eine Andeutung über das Schicksal seines Vorgängers helfen würde. Aber Beth sagte kopfschüttelnd: »Tu ihm doch einfach den Gefallen!« Hatte zu viel Angst, dass sich eine entsprechende Bemerkung zu weit verbreiten und dann Folgen haben würde.

Jane glaubte tatsächlich, sie spräche von einer gerichtlichen Untersuchung, von Polizei und Zeugenaussagen, aber dann erzählte Beth leise und stockend eine Geschichte, die sie selbst nur gehört hatte und die Janes Blut beinahe zu Eis werden ließ: wie weit weg, in einer anderen Grube, vor langer Zeit einmal Krieg ausgebrochen war unter dem Berg. Zwischen Männern und Frauen. Mit Toten auf beiden Seiten, gezielten Anschlägen, geschändeten Leichen im Schachtsumpf.

An diesem Abend schrieb Jane zum ersten Mal etwas auf. Sie wusste selbst nicht, für wen – oder was daraus werden sollte. Schrieb von sich und von John, ihrem Leben, seinem Tod – und weinte dabei. Dann von der Arbeit in den Minen, den Dingen, die niemand laut aussprach. Dabei weinte sie nicht mehr. Und schrieb und schrieb, als die Kinder, Beth, Mutter Irvine längst eingeschlafen waren, bis sie selbst nur noch zwei graue Stunden hatte, ehe der Berg wieder über ihr zusammenschlagen würde.

Sie dachte jetzt nicht mehr an John, wenn sie einfuhr.

Schloss nicht mehr die Augen, sondern sah hoch, nach oben, wo der Lichtpunkt der Öffnung kleiner und enger wurde, wo der Himmel in der Entfernung verschwand wie das letzte Glimmen einer abgebrannten Kerze.

65.

Auf Gowers' Brust, rechts, genau auf dem großen Brustmuskel, befanden sich vier kleine Druckstellen, die zuerst rot waren und sich nun langsam dunkel einfärbten. Man konnte es auch ohne Lampe in der Morgendämmerung deutlich sehen.

»Kräftiges Kerlchen, Ihr Inder«, sagte Van Helmont und musterte die Verletzung mit fachmännischer Miene. »Wenn dieser Schlag Ihren Kehlkopf getroffen hätte, wären Sie jetzt mit einiger Sicherheit tot. Ich hoffe, der ganze Aufwand hat sich wenigstens gelohnt?«

»Ich konnte mich umsehen. Und Sie?«

»Oh, es lief alles nach Plan. Abgesehen davon, dass ich … Sagen Sie, ist es normal, dass man in diesen Laderäumen viel stärker das Gefühl bekommt, dass man auf dem Meer eigentlich nichts zu suchen hat?«

Gowers lächelte. »Sie meinen, auch wenn man kein Feuer legt? Dünne Planken, Eierschale, wesensfremdes Element und all das?«

»Ja.«

»Ja.« Er wollte hinzufügen, dass dieses Gefühl bei einem Schiff, das im Eis eingefroren ist, noch hundertmal schrecklicher ist. Weil das Meer dann Hände bekommt, harte, eisige Finger, die das Schiff umklammern, nach seinem Herzen tasten, bis das Holz ächzt unter dem Griff. Aber der Arzt war schon wieder woanders.

»Aber da war noch etwas …«

Es klopfte, ehe er fortfahren konnte. Und noch bevor einer von beiden etwas gesagt hatte, platzte ein Schiffsjunge herein, der viel von seiner Frechheit und alles von seiner Selbstsicherheit eingebüßt hatte.

»Tag, Sir. Entschuldigung, Sir.«

»Hallo, George.«

Gowers hatte mit diesem Besuch gerechnet, wenn auch noch nicht so bald und in diesen frühen Morgenstunden. Dem Jungen war allerdings anzusehen, dass er kein Auge zugetan hatte.

»Ich komme, weil … ich möchte Sie bitten, dass …« Die Haarsträhne spielte verrückt und fiel ihm schneller ins Gesicht, als er sie zurückstreichen konnte. Seine Hände, Knie, der ganze junge Mensch zitterte.

»Schon gut, George. Ich werde es niemandem sagen.«

»Danke, Sir!« Er atmete tief durch, und es schien, dass sich seine verkrampften Rückenmuskeln zum ersten Mal seit Stunden entspannten, jedenfalls sackten seine Schultern ein wenig nach vorn.

»Aber ich will wissen, was du da gemacht hast, heute Nacht in Edens Kabine!«

»Oh, Sir, ich …« Das Zittern war schlagartig wieder da, aber diesmal war es keine Angst mehr, es war Scham. George Barclay begann zu weinen. Er heulte nicht wie ein Kind, schluchzte nicht wie ein Mädchen, er weinte lautlos und zog nur manchmal die Nase hoch. Dann sagte er leise und schon wieder eine Spur trotzig: »Er bezahlt mich dafür.«

»Dass du mit ihm ins Bett gehst«, ergänzte Gowers, der keinen Grund sah, einen fünfzehnjährigen Jungen zu schonen, der aus seinem Körper ein Geschäft machte. Der ihn deswegen aber auch nicht verachtete oder ihn demütigen wollte, sondern ganz einfach sachlich blieb. George bemerkte das und wurde wieder sicherer, hörte auch auf zu weinen.

»Ja.«

»Und bist du dabei ...« – Gowers versuchte, gleichzeitig sachlich und verständlich zu bleiben – »... der Mann oder die Frau?«

»Beides, Sir. Er will beides.« Es sollte hart klingen, aber Gowers blieb unbeeindruckt.

»Machst du es gern?«

George schnaufte, es konnte ein Lachen oder ein Weinen sein. Schüttelte den Kopf, kämpfte mit seinem Haar, verzog den Mund und suchte sichtlich nach einer Antwort, auch für sich selbst.

»Er ist sauber, Sir«, sagte er dann. »Er ist sauberer als die Matrosen!«

66.

»Was sollte das denn? Wollen Sie jetzt das Geschlechtsleben englischer Schiffsjungen erkunden?«, fragte Van Helmont, als George verschwunden war.

Gowers lachte. Er kannte das Geschlechtsleben englischer Schiffsjungen. »Nein. Ich musste nur wissen, ob er mich belügt. Jetzt und in Zukunft.«

»Und?«

»Er ist ehrlich. Und er ist nicht dumm. Bei jeder anderen Antwort hätte man das Gegenteil vermuten müssen.«

Van Helmont bemerkte plötzlich wieder die Gewandtheit, mit der sich der Investigator auch außerhalb der Grenzen bewegte, innerhalb deren sich der menschliche Verstand sicher fühlt. Er hätte sich allerdings lieber die Zunge abgebissen, als das zuzugeben. Stattdessen sagte er sarkastisch: »Sie geben ja plötzlich richtige Antworten!«

Gowers grinste. »Vielleicht stellen Sie ja nur die richtigen Fragen!«

»So?«, sagte Van Helmont. »Wie wär's dann mit der: Vor wem hat er eigentlich Angst? Vermutlich weiß doch sowieso der eine oder andere unserer Seebären, dass er sich gegen Geld und Gunst vögeln lässt. Warum soll es dann keiner erfahren?«

»Ich denke, er hat Angst, dass jemand erfährt, dass es jemand erfährt!«

»Jetzt sind Sie wieder der Alte«, triumphierte der Arzt. »Aber was ich eigentlich sagen wollte, heute Nacht, da unten …«

Es klopfte wieder, und Van Helmont brach, halb belustigt, halb verärgert, zum zweiten Mal seine Rede ab. »Heute sind ja alle erstaunlich früh auf!«

»Oder spät«, sagte Gowers, der sich auch diesmal denken konnte, wer da vor der Tür stand.

Leutnant Carver bemühte sich um eine möglichst stramme Haltung, denn stramme Haltung war schließlich das letzte, das sicherste Terrain, auf das ein Soldat sich zurückziehen konnte. *Their's not to make reply, Their's not to reason why, Their's but to do and die.** Erst wenn man das nicht mehr hatte, war man kein Mensch mehr.

»Ich möchte eine Erklärung abgeben«, sagte er, als hätte er sie schriftlich dabei. Das war der militärische Teil. »Darüber …« – jetzt kam der ganz unmilitärische, der peinliche Teil – »… warum und in welchem, äh … Umfang ich mich gestern

* Etwa: »Sie geben keine Widerworte, sie fragen nicht nach Gründen, sie handeln und sterben.« Wiederum Verse aus Tennysons *The Charge of the Light Brigade*.

Abend, gestern Nacht in der Kabine Ihrer Schwester aufgehalten habe, Mr. Thompson!«

»Daniel«, sagte Gowers. Er hatte sich noch in der Nacht überlegt, dass den seelischen Nöten eines pflichtbewussten englischen Offiziers und Gentlemans am besten mit fester, männlicher Jovialität zu begegnen sei.

»Daniel!«, sagte Carver knapp, als sei diese Anrede ein Befehl und als erwarte er weitere. Gowers' Freundlichkeit verwirrte ihn. Er selbst hätte natürlich jeden Mann, den er nachts um zwei im Zimmer seiner unverheirateten Schwester ertappt hätte, zumindest gefordert, wenn nicht an Ort und Stelle umgebracht. Aber Emmys Bruder hatte ja lange in Amerika gelebt, vielleicht wusste er nicht mehr, was in der britischen Upperclass zum guten Ton gehörte. Oder war er es am Ende gewohnt, mitten in der Nacht junge Burschen in Emmys Zimmer vorzufinden?

Gowers schien das heikle Problem zu erahnen und musste nun deutlich machen, dass Emmeline Thompson eine junge Dame von Ehre war. Er näherte sich deshalb dem immer noch in tadelloser Haltung dastehenden Leutnant bis auf eine Distanz, die dieser in jeder anderen Situation als tätlichen Angriff aufgefasst hätte, und sagte mit eisiger Ruhe: »Nun, Charles: Wenn ich vor meiner Schwester nicht die größte Achtung hätte und Sie nicht für einen Ehrenmann hielte, wären Sie jetzt bereits tot!«

Carver schluckte vor Glück. »Daniel, ich möchte Ihnen versichern, dass absolut nichts vorgefallen ist, was Ihre Meinung von Emmy, ich meine, Miss Emmeline und von mir auch nur im Geringsten verändern sollte!«

Gowers trat möglichst beiläufig wieder einen Schritt zurück, so als sei seine Annäherung nur ein Versehen aus Unachtsamkeit gewesen. »Danke, Charles.«

»Ich darf hinzufügen: Sie schläft schlecht in der letzten Zeit, hat ein wenig Angst, wenn sie allein ist, all das. Und nur deswegen hat sie mich gebeten, sie zu unterhalten und zu warten, bis sie eingeschlafen ist. Etwas anderes ist nicht vorgefallen, auch wenn es anders ausgesehen haben mag!«

»Das ist in der Tat das Problem, Charles, dass es anders ausgesehen hat.« Gowers machte ein betroffenes Gesicht.

Carver straffte seinen verkrampften Körper bis zur Unsinnigkeit und legte ihm dann sein Herz, ja sein ganzes weiteres Leben zu Füßen: »Ich bin mir meiner sich aus dieser Situation ergebenden Pflicht voll und ganz bewusst, Sir ... Daniel. Ich darf mir deshalb erlauben, Sie um die Hand Ihrer Schwester zu bitten!«

»Kann ich davon ausgehen, dass Emmeline einverstanden ist?«

»Jawohl! Ich meine, sie hat Ja gesagt.«

»Hm. Dann werde ich wohl bei nächster Gelegenheit mit dem Kapitän sprechen, Charles.«

»Das wäre wunderbar, Daniel.«

»In der Tat.«

»Wirklich.«

Die beiden Männer schüttelten einander die Hand und brachten es dann fertig, sich zu trennen, ohne von ihren Gefühlen überwältigt zu werden. Van Helmont, der die formvollendete Szene gesellschaftlichen Miteinanders beobachtet hatte, sagte hinterher kopfschüttelnd: »Wissen Sie, warum Ludwig XVI. und Marie Antoinette am Anfang keine Kinder zustande gebracht haben?«

»Nein«, sagte Gowers. »Aber Sie werden es mir sicher gleich sagen.«

»Nun«, der Mediziner war sichtlich in seinem Element. »Seine Ärzte, sie hatten ihm gesagt, dass er dazu eine Erektion haben muss. Und dass er sich auf die Prinzessin legen und in sie eindringen soll. Das hat er dann auch einige Jahre lang brav jeden Abend getan.«

»Und?«

»Und – sie hatten ihm nicht gesagt, dass er sich bewegen muss …« Der Arzt platzte beinahe vor Lachen über seinen eigenen Witz.

Gowers grinste. »Ich nehme an, dass Sie damit irgendetwas Dunkles über die Sitten und Gebräuche des alten Kontinents andeuten wollen. Und was war denn nun los, heute Nacht, da unten?«

»Oh, anscheinend nicht annähernd so viel wie hier oben!« Van Helmont bekam seine Heiterkeit nur allmählich wieder in den Griff. »Aber ich dachte, es würde Sie interessieren …« Er wartete kurz, ob nicht noch jemand hereinplatzen würde. »Nun, ich hatte das deutliche Gefühl, dass ich nicht allein war!«

67.

Als der Felsen aus der See herauszuwachsen begann, versammelten sich die Verbannten an Deck. In wenigen Stunden wurde der kleine dunkle Fleck zu einem zerklüfteten Gebirge, einer düsteren Steilküste, die bis zu sechshundert Meter hoch war.

Sie suchten mit Augen, mit Ferngläsern nach grünen Flecken, Bäumen, Grasflächen auf dieser ungeheuren Mauer aus vulkanischer Schlacke und fanden nichts. Auf Stunden hin, nichts! Eine einzige riesige, unübersteigbare Wand aus grauer und brauner Lava. Kein Sandstrand, keine Palmen, nicht einmal ein Ufer, nur die schroffen Klippen von Ladder Hill, gegen die seit einigen Millionen Jahren ein ganzer Ozean schlug, ohne sie wegwaschen zu können.

Der Sieger von Austerlitz ließ das Fernglas sinken und vergrub beide Hände in den Taschen seines Mantels, damit niemand sehen konnte, dass sie zitterten. Er dachte an Elba, diesen freundlichen Ort, mit seinen Olivenhainen und Zitronenbäumen, umgeben von einem azurblauen Meer unter einem freundlichen Himmel. An den Zephyr, der aus seiner Heimat herüberwehte, aus Korsika.

Elba hatten sie ihm gelassen, der Zar, die Könige Preußens, Englands und – Frankreichs. Es hatte ihm gehört. Er war dort kein Gefangener, sondern ein souveräner Fürst gewesen, hatte Straßen, ein Theater, ein Krankenhaus bauen lassen und tausend Mann seiner Garde als Leibwache. Er dachte an seine Mutter, die auf Elba sein Haus geführt hatte; nicht das Haus eines Kaisers, aber ein großes, herrschaftliches Haus, das er erst vor sieben Monaten verlassen hatte, um wieder Herrscher über Europa zu werden. Es war an wenigen Stunden gescheitert, am Regen und am Fehler eines subalternen Generals, der die Preußen verfolgte, wo sie nicht waren, und ihm nicht beistand, als er ihn brauchte.

Seine Mutter hatte ihn gewarnt, die ewige Pessimistin, bei seinem Abschied, ihrem letzten Gespräch: »Wo werden sie dich das nächste Mal hinschicken?«

Das hier hätte ihr alles sehr gefallen. Nicht, weil sie ihren Sohn in einer so verzweifelten Lage sehen wollte, sondern weil sie wieder recht behalten hatte mit ihrer Skepsis. Nach seiner Kaiserkrönung, nachdem er all seinen Geschwistern die Kinder der europäischen Königshäuser ins Bett gelegt hatte, da fragte die alte, unbeugsame Korsin schon: »Wie lange wird das gut gehen?«

Der Gedanke an seine Mutter weckte die Kräfte der Selbstironie, und seine Hände hörten auf zu zittern. Er schaute trotzig auf die vielen Segel rings auf dem Meer, auf die zehn englischen Schiffe, die ihn eskortierten, und dachte: Weiß Gott, wenn ein Bonaparte zur Hölle fährt, fährt er Extrapost.

Und wieder zu den trostlosen Felsen gewandt, diesem düsteren Schlackehaufen mitten im Atlantik, murmelte er mit wilder Verachtung: »Niemand wird je wieder deinen Namen sagen, hören oder lesen, ohne an meinen zu denken!«

»Und umgekehrt«, hätte seine Mutter gesagt.

68.

Georgetown war eine der Städte, mit denen die Kolonialmacht England der Welt – also Frankreich, Holland, Spanien und Portugal – am Anfang des 19. Jahrhunderts signalisierte: Wir sind da. Eine Art Eintragung im Grundbuchamt der südamerikanischen Geschichte, nicht schön, nicht besonders sinnvoll, nicht einmal zweckmäßig, aber eben vorhanden.

Der Einzige, der sich darüber ehrlich gefreut hatte, war George III. gewesen, aber der freute sich auch darüber, dass man sein Porträt auf Porzellantassen malte. Wie Alexander der Große!, dachte er und träumte von lauter kleinen Georgetowns überall auf der Welt, wo seine roten, gelben, schwarzen und braunen Untertanen ihren gütigen weißen Vater bei jedem anständigen Heißgetränk vor Augen hätten.

Sein »Alexandria Nova« lag an der Mündung des Demerara, jedenfalls hatten die ersten britischen Geografen den Namen so verstanden, als sie die Eingeborenen danach fragten, und nach fünfzig Jahren hatte die Stadt immerhin ein Opern-, ein Krankenhaus, einen botanischen Garten und eine öffentliche Bibliothek. An die Pforten dieses noch eher bescheidenen Instituts klopfte John Gowers und fragte einen herbeischlurfenden Bibliothekar fortgeschrittenen Alters: »Halten Sie Londoner Zeitungen?«

»Natürlich, Sir. Die *Times*, den *Mirror*, den *Spectator* und äh …« Verlegenes Hüsteln. »*Punch*, Sir. Wir sind auch auf einige französische, deutsche, spanische und nordamerikanische Blätter abonniert.« Das weißhaarige alte Männlein holte tief Luft, um die entsprechenden Titel aufzuzählen, aber Gowers kam ihm zuvor.

»Nicht nötig, vielen Dank. Also bitte *Times*, *Mirror*, *Spectator* und *Punch*.«

»Schweben Ihnen besondere Ausgaben vor, Sir?«, fragte das Faktotum, während er Gowers durch einen Korridor mit zimmerhohen, wohlgefüllten Bücherregalen in einen kleinen Lesesaal führte, dem seine intensive Nichtbenutzung an den entsprechenden Staubschichten anzusehen war.

»Die Ausgaben von April bis September 1865«, sagte Gowers und betrachtete amüsiert seinen Führer, der sich links und rechts an den Regalen nahezu entlanghangelte wie ein besonders landkranker Seemann. Dabei gemächliche Blicke über den versammelten Bücherschatz gleiten ließ und bisweilen: »Ah. Ah!«, murmelte, als hätte er einen alten Bekannten entdeckt.

Gowers kannte derartige Absonderlichkeiten schon von verschiedenen New Yorker Bibliothekaren und fragte sich, wie diese besondere Spezies Mensch es eigentlich fertigbrachte, ihre speziellen Eigenschaften quer durch die Welt und längs durch die Jahrhunderte zu vererben. Mit geschlechtlicher Fortpflanzung konnte es wenig zu tun haben, vermutlich war es eher eine Art Ansteckungskrankheit, die von einem allzu intimen Umgang mit Druckerzeugnissen herrührte.

Als hätte der alte Mann seine Gedanken gelesen, fragte

er unvermittelt: »Interessieren Sie sich für Naturgeschichte, Sir, 4–9/65? Ich könnte eine fast druckfrische Ausgabe von Humboldts *Entwurf einer physischen Weltbetrachtung* empfehlen. Fünf Bände, eben erst herausgegeben.«

»Nein, danke.«

»Hmm«, brummte der Bibliothekar mit einer Spur »Ich-krieg-dich-schon-noch« in der Stimme. »Ist auch auf Deutsch. Eine grässliche Sprache. Aber wie wär's mit Chambers *Vestiges of the Natural History of Creation*?«

»Wirklich nicht, vielen Dank.«

»Oder vielleicht Darwin? Wir haben *The Origin of Species* in der neuesten Ausgabe ...«

»Bitte nur: *Times*, *Mirror*, *Spectator* und *Punch*. 4–9/65!«

»4–9/65«, murmelte der Bibliothekar enttäuscht und verschwand kopfschüttelnd hinter einigen Regalen, die sein Magazin darstellten. Nach weniger als einer Minute war er wieder da und legte zwei dicke Bücher vor Gowers auf den staubigen Tisch.

»Lyells *Principles of Geology*«, sagte er, und es klang wie eine Vorstellung. »Nur so zum Blättern, während Sie warten.«

»Vielen Dank«, sagte Gowers und bedauerte, hergekommen zu sein. Erst recht, als der Verrückte nach knapp zehn Minuten mit sechs schweren Foliobänden im Arm schwankend an seinen Tisch trat.

»Lavoisiér, *Œuvres Complètes*, Paris 1864«, sagte er stolz. »Das ist nun wirklich die *pièce de résistance* für jeden, der sich mit Naturgeschichte beschäftigt!«

»Ah ja«, erwiderte Gowers, als er aus der aufgewirbelten Staubwolke wieder aufgetaucht war. »Und wenn sich nun jemand partout mit Zeitungen beschäftigen will, sagen wir: *Times*, *Mirror*, *Spectator* ...«

»Und *Punch*«, sagte der Bibliothekar unendlich verlegen,

»4–9/65, jaja, Sir. Wir haben sie, wir haben sie. Aber ich bedauere, Ihnen mitteilen zu müssen, dass diese Ausgaben momentan zum Binden gegeben sind.«

Er sagte das so, als ob jemand verstorben, aber noch nicht beerdigt worden sei, sodass er einerseits keine Adresse mehr hatte, andererseits aber auch noch keinen Grabstein sein Eigen nennen konnte.

»Aber hier, Sir«, trumpfte er dann wieder auf und zog ein Buch aus der Hüfte, als sei es eine Handfeuerwaffe, »Darwins *Zoonomia*!«

Gowers sah den Mann sprach- und ratlos an, und der Bibliothekar flüsterte ihm zu: »Unter uns, Sir. Er weiß in vielen Punkten mehr als sein Enkel! Ich werde Ihnen schnell noch die anderen drei Bände holen!«

Der Investigator erwischte mit einer blitzschnellen Bewegung gerade noch den Jackenzipfel des Männleins. »Wie lange wird das Binden dauern?«, fragte er.

»Oh, gar nicht lange, Sir, höchstens drei bis vier Wochen. Bis dahin haben wir genug Lektüre für Sie!« Das Faktotum schien nicht im Geringsten überrascht zu sein, dass er festgehalten wurde, und sah aus wie ein Mann, der sich mit Geduld und Geschick schon vielen ähnlichen Griffen entwunden hatte. Kaum auf freiem Fuß, war er denn auch schon wieder unterwegs in die unerschöpflichen Tiefen naturhistorischer Weisheit. Gowers stand auf.

»Wie heißt der Buchbinder?«

»Darwin«, schnurrte der Bibliothekar hinter seinen Regalen vergnügt, »Erasmus Darwin. Ich wusste ja, dass Sie sich für Naturgeschichte interessieren!«

69.

Ihre eigenen Erfahrungen waren bald ausgeschöpft, und Jane begann, sich umzuhören. Das war schwieriger, als sie gedacht hatte, denn wenn sie direkt fragte, wurden die Leute misstrauisch, und wenn sie nicht direkt fragte, wusste niemand, was sie eigentlich wissen wollte. Oder warum.

Nur mit Beth sprach sie offen. Nicht nur über das, *was* sich ändern müsste, sondern auch darüber, *wie* es sich ändern müsste. So sprachen sie über Grubenausbau, Streckenhöhe, Wetterschächte, kürzere Schichten, höhere Löhne, Waschräume, Kinderbetreuung – bis sie selbst lachen mussten, weil sie sich vorkamen wie zwei Gänschen, die eine Hochzeit planen. Beth erzählte auch von den Gerüchten, die in den Minen am Tyne umliefen, von einer geheimen neuen Organisation unter den Arbeitern, einer *Union* oder Gewerkschaft, die stark genug wäre, den Grubenherren und Fabrikbesitzern die Stirn zu bieten.

Mutter Irvine, die dabeisaß und nähte, schimpfte sie jedes Mal aus, wenn sie an diesem Punkt angelangt waren. »Glaubt ihr denn, ihr seid die Ersten, die so was wollen? Ich habe die Ludditen hängen sehen, in Newcastle. Raben hatten sie auf den Schultern, die fraßen ihre Augen!«

Jane sagte dann, dass sie keine Maschinenstürmer seien, aber sie schauderte doch jedes Mal. Nicht, weil ihr Vater sich immer bekreuzigt hatte, wenn von den Ludditen die Rede war, sondern weil sie schon als kleines Mädchen schreckliche Geschichten von diesen verzweifelten Fanatikern gehört hatte. Von dem Mann, der eine haushohe Maschine dadurch zerstörte, dass er seinen Arm in ihr Räderwerk schob. Von Frauen, die ihre Kinder …

Das war nicht ihr Weg. Sie war keine Märtyrerin.

Als besonders schwierig erwiesen sich die konkreten Zahlen. So war es etwa für eine einfache Kohleschlepperin unmöglich zu erfahren, wie viele Leute überhaupt im Berg arbeiteten, wer wo eingesetzt war. Wie breit der Schacht, wie hoch die einzelnen Strecken, Förderstollen waren, wie schwer die Hunde, im Durchschnitt.

Den Ausbau konnte sie zählen und hochrechnen. Eine fast universelle Maßeinheit wurde ihr Sohn. Ben konnte im Dunkeln sehen, lief durch alle Gänge, kroch in alle Stollen, wurde immer wieder verjagt – Scheiß woanders, du kleiner Bastard! – und konnte sich Höhe und Breite doch immer bis zum Ende der Schicht merken.

»Ich und eine Hand hoch. Zwei Arme breit. Ich, auf Händen und Knien, stoße oben an.«

Ben maß auf Händen und Knien sechsundvierzig Zentimeter. Jane »eichte ihn« jeden Abend mit Mutter Irvines Maßband, und sie hatten viel Spaß dabei. Für ihn war überhaupt alles ein merkwürdiges Spiel, und sie ließ ihn in diesem Glauben. Er war ihr Werkzeug. Auch als es um Daten und Fakten ging, die er ihr mit seinem Körper nicht mehr beschaffen konnte.

Sie hatte den Ingenieur Nelson in den drei Jahren nur ein einziges Mal besucht, um ihn um Geld zu bitten für ihren Sohn. Er hatte es ihr sehr unwillig gegeben, und obwohl es lange zurückgezahlt war, sah er Jane misstrauisch an, als sie, Ben an der Hand, vor seiner Tür stand.

»Ja?«

»Das ist Ben«, sagte sie und schob den Jungen nach vorn. »Er ist jetzt sechs Jahre alt und fragt nach seinem Vater. Nach seiner Arbeit. Nach seinem Tod. Ich habe gesagt, Sie wären sein Freund gewesen und würden es ihm erklären.«

Der Ingenieur wollte diese Zumutung schon zurückweisen, als er in die Augen des Jungen sah, der ihn ruhig und ohne Angst anblickte. Es war der Blick des jungen schottischen Kohlehauers, der ihm das Leben gerettet hatte, in den Minen von Dunbar. Als ganze Berge in Bewegung waren, als die Erde zitterte, die Menschen nur noch nach oben drängten, einander wie rasend aus den Förderkörben stießen, da war dieser Mann abgestiegen in den untersten Schacht, wo der Ingenieur mit zerquetschtem Bein unter einer Tonne Gestein in der Dunkelheit lag. Nicht mehr um Hilfe schrie, nur noch in Unverständnis und Angst wie ein blindes Tier seinen eigenen Tod beheulte, bis er das kleine Licht auf sich zukommen sah.

Von dem langen Weg nach oben, auf dem Rücken des Hauers, erinnerte Nelson nur wenig; das Gebrüll der Verschütteten von weit her, das Zittern der Wände, den Staub, den sie ausatmeten, die Schmerzen in seinem Bein. Und es war nicht die ungeheure Kraft des Mannes gewesen, nicht seine Worte, nur die gelassene Ruhe in seinen Augen, die dem Ingenieur mitten im tobenden Chaos versichert hatte, dass er leben würde.

»Kommen Sie doch herein«, sagte er und holte Karten, Pläne, Zeichnungen hervor. Und was Jane sich nicht merken konnte, merkte sich Ben.

70.

Selbst die Zudringlichkeiten des jungen Peters machte sie sich zunutze. Er merkte bald, dass Jane zugänglicher war, wenn er bestimmte Fragen beantwortete, etwa nach der Zahl der Ponys in den oberen Sohlen und anderen Dingen, die er nach seinen zehn Jahren überall im Berg einfach besser wusste als sie. Dann durfte er sie anfassen, einmal sogar küssen.

Jane merkte dabei zu ihrem Entsetzen, dass ihr Körper auf seine ungeschickten Zärtlichkeiten reagierte, solange die Annäherungsversuche nicht allzu rau wurden. Der Junge war nicht hässlich, und er war auch nicht böse. Und Jane war erst dreiundzwanzig Jahre alt.

John war seit drei Jahren tot.

»Tu ihm doch den Gefallen«, hatte Beth gesagt, und nun war sie schon einige Male drauf und dran gewesen, diesen Rat zu befolgen. Es war jedenfalls nur noch ihr Kopf, der sich dagegen wehrte.

Als sie schon so viel gesammelt hatte, dass sie daran denken konnte, ihr Wissen zu systematisieren, als sogar schon die ersten Sätze einer Petition in ihr arbeiteten, sagte Beth eines Tages: »Sie reden über dich, im Berg und im Dorf. Sie fragen sich, warum du mit so vielen Leuten sprichst und was du alles wissen willst. Du musst vorsichtiger sein.«

»Warum vorsichtig?«, fragte Jane naiv. Nachdem sie so lange mit den Bergleuten gelebt und gearbeitet hatte, hielt sie sich für eine der ihren und konnte sich nicht vorstellen, dass sie in den meisten der kleinen Häuser immer noch als die Pfarrerstochter galt, ja, dass einige Leute sogar glaubten, sie könne ihre Arbeit im Berg jederzeit aufgeben und zu ihrer Familie zurückkehren.

Da sie schreiben und lesen konnte, war der harmloseste Verdacht der, dass sie vielleicht ein Buch schreiben würde, aber schon dieser Gedanke reichte für erheblichen Unwillen aus. Die Menschen sahen sich als zoologische Objekte, und obwohl kein einziges Wort fiel, fingen einige an, sie ganz offen zu schneiden.

Jane glaubte zuerst, dass die Grubenherren und ihre Spitzel von ihrem Plan Wind bekommen hätten, merkte aber schließlich am eigenartigen Verhalten ihres jungen Verehrers, dass jemand ganz anderes dahintersteckte und offenbar gezielt das Gerücht ausstreute, *sie* sei einer dieser Spitzel. Und weil von da an niemand mehr mit ihr redete, tat sie genau das, was sie ursprünglich so gefürchtet hatte und um jeden Preis vermeiden wollte: Sie richtete es so ein, dass sie mit dem Hauer allein blieb. Schickte Beth mit den Kindern die Strecke hinauf und kroch zu ihm in den Flöz.

»Tom? Tom Peters?«

»Was willst du?«

»Mit dir reden.«

»Ich arbeite.«

»Sei lieb. Komm herunter!«

Seine zuletzt fast wütenden Schläge erstarben, als sie ihn am Bein berührte. Dann rutschte er ihr nach, hockte nackt vor ihr im Stollen. Schweißtropfen zogen schmale weiße Bahnen über seinen Körper. Ohne ein Wort und wilder, als sie wollte, küsste sie ihn auf den Mund. Für Sekunden erschrak er, erstarrte, dann siegte sein Verlangen nach ihr.

71.

Tom Peters hatte von ihr geträumt, seit er dreizehn war. Seit er Wand an Wand mit ihr schlief und das auch wusste, weil er ihre Bewegungen, ihren Atem, die Geräusche beim Umdrehen von denen ihres Mannes, dieses Riesen, deutlich zu unterscheiden vermochte. Er hatte morgens und abends sogar die Stelle an der Wand geküsst, von der er annahm, dass ihr Kopf daran lag, nur wenige Zentimeter von seinem eigenen entfernt. Und er hatte ihr tiefes leises Stöhnen gehört, wenn sie in den Armen des anderen Mannes lag.

Bei John hatte sie sich stets sicher gefühlt, sosehr sie sich ihm auch hingab. Die Erinnerung an seine Zärtlichkeiten hatte ihr qualvolle Nächte bereitet. Sie hatte befürchtet, diese Erinnerungen zu verlieren, aber sie wurden nur stärker in ihr. Dieser achtzehnjährige Junge konnte nur ihren Körper befriedigen.

Als seine Bewegungen zu heftig wurden, seine Berührungen zu hart, sagte sie: »Warte!«, und: »Langsam!« Wand sich und drehte sich, holte tief Luft und küsste ihn so lange auf den Mund, bis er stillhielt und endlich begriff, was sie wollte. Keuchend vor Erregung drehte er sich auf den Rücken. Jane hockte sich auf ihn, über ihn. Ihr Kopf sagte, dass er danach mit ihr reden würde. Ihr Körper gab sich seinen Erinnerungen hin.

»Da war einer aus Blaydon«, sagte er später, als er mehr verwirrt als erschöpft von der Befriedigung seiner Träume in dem engen Gang hockte. »Der hat nach dir gefragt, wer du bist, was du sagst. Und dass wir besser nicht mit dir reden sollen.«

»Wer war das? Kennst du den?« Jane wusch sich mit dem Wasser aus seiner Feldflasche, vor seinen Augen, und als sie sah, dass seine Erregung dabei wieder wuchs, wusste sie, dass er sie nicht belügen würde.

»Union«, sagte er leise, und wäre sie wirklich die Spionin gewesen, für die er sie trotz allem noch hielt, er hätte sich mit dieser Antwort völlig in ihre Hand gegeben. Auch das wusste Jane, und er tat ihr nur noch leid. Sie zog ihre Hose an, die Schuhe.

Im nächsten Moment hätte sie sein Gesicht in beide Hände genommen. »Ich bin kein Spitzel, Tom. Sag das allen!«, wollte sie sagen, hätte sie gesagt, aber von oben, den Gang herunter, näherte sich ein Schlurfen, Rutschen, das unmöglich von Beth und den Kindern herrühren konnte. Eine Lampe blitzte auf, viel stärker, heller als die übliche Davy, mit Spiegeln verstärkt, man sprach jetzt sehr viel davon. Und eine Stimme ertönte: »Jane Williams!«

Jane, geblendet von dem plötzlichen Licht und immer noch an ihrem Gürtel nestelnd, fragte verstört: »Was ist?«

»Mitkommen!«, befahl die Stimme, die keine Widerworte duldete.

»Wohin?«

»Raus. Nach oben!«

»Und wer macht ihre Arbeit?«, fragte Tom Peters.

Das Licht glitt über den nackten Jungen, der den Einspruch gewagt hatte, und der Mann sagte böse, belustigt: »Welche Arbeit?« Und zu Jane: »Komm schon! Und nimm deine Sachen mit!«

Auf allen vieren folgte Jane dem Obersteiger, hoch, zum letzten Mal den engen Stollen hinauf.

»Was ist mit meinem Jungen?«, fragte sie und nahm Bens Hand, als sie oben waren. Ihr war kalt geworden in den wenigen letzten Minuten, sie zitterte. Ben war ganz ruhig, seine Hand blieb warm.

»Nimm ihn mit, lass ihn hier, schmeiß ihn in den Schacht!«, knurrte der Mann unwillig, der sich auch in der Hauptstrecke nicht einmal halb aufrichten konnte und schon wieder ein paar Schritte voraus war. Und Jane folgte ihm, den stillen Jungen an ihrer Hand, obwohl sie das Gesicht des Mannes noch immer nicht gesehen hatte.

Beth, Mary-Ann und die alten Männer sahen ihnen nach. Es geschah sehr selten, dass jemand aus dem Berg herausgerufen wurde, und es bedeutete nie etwas Gutes.

»Abkehr«, murmelte einer.

»Dafür das Getue?«, erwiderte ein anderer.

Dann nahmen sie ohne ein weiteres Wort ihre schwere Arbeit wieder auf.

72.

»Sagen Sie mir ja nicht, was Sie herausgefunden haben. Ich mag es gern, wenn ich keine Ahnung habe, worum es eigentlich geht!«

Nachdem Gowers auch zwei Stunden nach seiner Rückkehr noch nichts anderes getan hatte, als auf seiner Koje zu liegen und Rauchwolken an die Decke zu blasen, wurde Van Helmont allmählich sarkastisch.

»Entschuldigung, Doc, aber ich habe nicht viel herausgefunden. Und selbst das wenige verwirrt mich.« Er strich über das Buch, das auf seiner Brust lag, und lächelte. »Als würde man in den Traum von jemand anderem geraten.«

»Was?«

»*Alice im Wunderland.* Als würde man in den Traum von jemand anderem geraten.«

»Werden Sie jetzt poetisch statt rätselhaft?«

»Nein. Oder beides. Das ist aus einer Kritik im *Spectator*. Kennen Sie *Alice im Wunderland*?« Gowers reichte ihm das Buch, und wie nicht anders zu erwarten, blätterte der Arzt umso gespannter, je weniger er die Illustrationen von Sir John Tenniel verstand.

»Nur den Titel«, brummte Van Helmont. »Stand schließlich in allen Gazetten, gleich hinter *Unser Vetter aus Amerika**. Demnach ein ziemlicher Erfolg.«

Gowers hatte sich längst abgewöhnt, auf die verklausulierten Beleidigungen und Provokationen des Südstaatlers ein-

* *Unser Vetter aus Amerika* von Tom Taylor war das Stück, das Präsident Abraham Lincoln sich ansah, als er am 14. April 1865 im Washingtoner Ford-Theater erschossen wurde.

zugehen. »Ausgesprochen erfolgreich, ja. Obwohl es keine wirkliche Geschichte erzählt. Jedenfalls keine, die einen Sinn ergibt. Und genau das *ist* der Sinn.«

Der Arzt warf ihm einen zweifelnden Blick zu, sagte: »Aha!« und blätterte verständnislos weiter.

Gowers gab jedoch noch nicht auf. »Jede Figur darin folgt einer Logik, ganz strikt, ohne Abstriche. Aber jede folgt einer eigenen Logik. Das macht das Ganze natürlich ziemlich unlogisch.«

»Natürlich, natürlich«, sagte Van Helmont, als wollte er einen Irren beruhigen. Dann fiel sein Blick auf das Porträt des verrückten Hutmachers. »Und wer ist das?«, fragte er, mit dem Finger im Buch.

»Mad Hatter«, sagte Gowers. »Meine Lieblingsfigur. Spezialist für Rätsel ohne Lösung. Das heißt, er gibt Ihnen Rätsel auf, deren Lösung er selbst nicht kennt.«

»Und macht er es sich da nicht ziemlich leicht?« Van Helmont warf dem Investigator einen vielsagenden Blick zu.

»Er erzählt auch Geschichten, die er nie zu Ende bekommt, weil ihn ständig jemand unterbricht«, erwiderte Gowers grinsend. »Und er sitzt sein Leben lang beim Fünf-Uhr-Tee, weil just zu dieser Zeit seine Uhr stehen geblieben ist.«

»Für einen Engländer vermutlich ein völlig logisches Verhalten!« Van Helmont klappte das Buch zu. »Aber auf die Gefahr hin, die Geschichte unnötig zu verlängern: Was hat das alles mit zwei Morden, drei Indern und einem Schiffsbrand zu tun?«

Dem Arzt war anzusehen, dass er allmählich nicht mehr zu Späßen oder feinsinnigen Andeutungen aufgelegt war. Gowers schwang deshalb seine Beine aus der Koje und beschloss, ihm das Eindeutigste zu geben, was er vorzuweisen hatte.

»In Bezug auf unsere Inder ist das tatsächlich alles: eine

Kritik zu *Alice* in einer der Zeitungen, die in ihrer Kabine liegen, und das Buch selbst – das sie vermutlich schon vermissen werden. Aber was ich eigentlich sagen wollte …«

»Sie meinen, Sie sagen erst stundenlang gar nichts und anschließend nicht das, was Sie sagen wollen? Dagegen sollten Sie aber mal was unternehmen, mein Junge!«

Gowers sah mit Freude, dass der Arzt dabei war, seinen speziellen Sinn für Humor wiederzufinden, und machte es noch einmal spannend.

»In mehreren Ausgaben von *Punch* und *Times* stand etwas über einen unserer anderen Bekannten …«

Van Helmont machte sich gar nicht erst die Mühe, nach dem Namen zu fragen, weil er wusste, dass das seine Qual nur verlängern würde. Und gerade als er sich wieder zu ärgern begann, sagte Gowers promt: »Eden. Die Aktivitäten seiner Lordschaft führten demnach in Cambridge zu einem recht heiklen Skandal.«

»Jungen«, sagte der Arzt, ohne eine Miene zu verziehen.

»Minderjährige, ja«, bestätigte Gowers.

»Ich dachte, dergleichen wäre in englischen Erziehungsinstituten kein wirklicher Skandal.«

»Nicht, wenn alle Beteiligten am Leben bleiben, nein. Aber in diesem Fall ging es um Selbstmord, um ein paar ziemlich belastende Briefe und eine sehr konkrete Prozessandrohung.«

Van Helmont angelte mit neu erwachendem Interesse eine Havanna aus Gowers' leerer und leerer werdender Zigarrenkiste und resümierte: »Sie haben also jetzt einen mutmaßlichen indischen Mädchenentführer, einen erprobten englischen Knabenschänder und zwei tote ältere Herren.«

»Einen Briten und einen Franzosen«, sagte Gowers seufzend, fing sich aber wieder, ehe Van Helmont eine ironische Bemerkung über seine offenkundige Resignation loswerden konnte. »Sobald wir wieder auf See sind, werde ich zumindest diesen Inder zum Reden bringen!«

»Und wie?«, fragte der Arzt, der seine spitze Zunge einfach nicht im Zaum halten konnte. »Wollen Sie seine Hose anzünden?«

»Nein«, erwiderte Gowers. »Ich denke, ich werde ihm zufällig an Deck begegnen und einfach sagen: *All in the golden afternoon/Full leisurely we glide …*«*

Van Helmont bedachte ihn wieder mit einem Blick, den man zweifelnd oder aber medizinisch interessiert nennen konnte, und sagte nach einer Weile: »Vielleicht macht er Ihnen ja daraufhin einen Antrag. Dann könnte Eden der Brautführer sein.«

Nun war es an Gowers, seinen Ärger offen zu zeigen. »Ihre Bemerkungen werden allmählich böse, Doc!«

»So?«, sagte der Arzt. »Ich gebe mir ja auch alle Mühe.«

73·

»Mrs. Williams?« Es war Ingenieur Nelson, der sie ins Büro des Reviersteigers geführt hatte. »Darf ich Ihnen Mr. Hollister vorstellen, Mr. Burdette, Mr. Charlton.«

Jane ärgerte sich, dass sie den Grubenherren in diesem Zustand vorgeführt wurde, direkt aus dem Berg heraus, zu verdreckt, um ihnen die Hand hinzuhalten. Sie kam sich schmutzig und fehl am Platz vor, wie eine Bettlerin im Herrenhaus, und genau das war auch die Absicht der Herren gewesen, als sie sie rufen ließen.

* »Sanft gleiten wir in den goldenen Nachmittag« – die beiden ersten Verse aus *Alice im Wunderland.*

Es wunderte eigentlich nur den Ingenieur. Er hatte den Minenbesitzern gleich nach Johns Tod den Vorschlag gemacht, Jane, Mrs. Williams, könnte die Kinder der Bergleute unterrichten, die jüngeren sowieso und die älteren nach Schichtende, aber er hatte nicht einmal eine Antwort erhalten. Erst als er insistierte, dass eine bessere Ausbildung, vor allem im Rechnen, letztlich auch bessere Ergebnisse in der Ausbeutung der Gruben herbeiführen könnte, neue Ideen, wer weiß, vielleicht sogar Erfindungen, hatte man ihm bedeutet, dass seine Aufgabe das Abteufen neuer Schächte sei – und nichts weiter.

Deshalb war er einigermaßen verblüfft, als ihn jetzt, drei Jahre später, Burdette auf ebendiesen Gedanken angesprochen hatte. Diese Kerle haben schon ein verdammt gutes Gedächtnis, dachte er. Und es stimmte. Die Grubenherren vergaßen nie etwas. Niemandem.

Diese Männer waren keine Unmenschen, nicht die Monster, als die eine andere Zeit sie hinstellte. Aber sie konnten rechnen. Natürlich machte es ihnen keinen Spaß, sechsjährige Kinder in die Minen zu schicken, aber jede andere Lösung – Galloways, Ponys oder erwachsene Menschen – hätte bedeutet, dass man auch die Höhe der Nebenstrecken um mindestens einen Meter vergrößern musste. So hohe Strecken hätten aber einen verstärkten Ausbau nach sich gezogen, Arbeitskräfte gebunden, Zeit gekostet – und das alles, ohne dass sich der Abbau vor Ort dadurch erhöht hätte.

Nein, die Kinder waren im Verhältnis von Preis zu Leistung ganz einfach billiger. Es war billiger, pro Jahr und Grube fünf bis zehn Menschen durch Schlagwetterexplosionen zu verlieren als auch nur einen einzigen Wetterschacht niederzubringen.

Das war keine Bosheit. Das war Ökonomie. Und letztlich: Wer zwang denn die Leute, Frauen und Kinder, in den Minen zu arbeiten? Niemand. Wer arbeiten wollte, für den fand sich Arbeit. Wer gehen wollte, den hielt man nicht. Es gab genug Menschen für den Berg. Mehr, als man brauchte. Und natürlich wirkte sich das auf die Löhne aus. Warum einem Mann einen Shilling zahlen, wenn ein anderer die Arbeit für einen halben tat?

So war alles nur eine große Rechnung, die am Ende aufgehen musste, manchmal sehr einfach, manchmal etwas komplizierter, mit einigen Unbekannten. Jane Williams war eine solche Unbekannte. Man wusste, dass sie Informationen sammelte, über die Arbeitsbedingungen in den Gruben am Tyne. Aber warum tat sie das?

Sie gehörte nicht zu den Unionisten, man kannte die Unionisten, beobachtete sie. Einige warf man hinaus, mit anderen arbeitete man zusammen, um das Ganze unter Kontrolle zu halten. Denn Entwicklungen, die man nicht verhindern kann, sollte man steuern können. Und tatsächlich war der erste Hinweis auf Jane Williams aus den Kreisen der Union gekommen.

Als sie vor ihnen stand, da bewegte diese gut gekleideten, satten, ruhigen, kühl kalkulierenden Grubenherren nur eine Frage: Welchen Einfluss kann dieses schmutzige kleine Wesen mit der riesigen Nase und seinem verdreckten Balg an der Hand auf unsere Bilanzen haben?

Sie waren gebildete Männer. Sie wussten, dass in der Geschichte manchmal die unbedeutendsten, die lächerlichsten Ursachen ungeahnte Wirkungen entfalten konnten. War Jane Williams so eine Ursache? Konnte diese winzige Zahl, weit hinter jedem Komma, ihre Rechnungen verfälschen? Sollte man Jane Williams verhindern oder steuern?

Mit dem Vorschlag dieses sentimentalen Ingenieurs ließe sich glücklicherweise beides tun, je nach Bedarf. Also machten die Gentlemen ihr das Angebot, von dem sie geträumt hatte, seit sie ihr Elternhaus verließ, um mit John zu gehen. An das sie sich geklammert hatte, nach seinem Tod. Und war es nicht auch ein erster Schritt in die Richtung, die sie und Beth und so viele andere anstrebten? Eines der Ziele, von denen sie träumten?

Jane war nicht so naiv. Sie wusste, dass sie gekauft werden sollte, dass sie nur deshalb direkt aus dem Berg geholt worden war, mit schwarzen, schmierigen Kleidern und Haaren vor diesen Männern stand, um die ihr erwiesene Gnade deutlicher zu spüren. Und sie glaubte den schönen Worten nicht.

Aber trotzdem konnte sie nicht verhindern und erreichten die klugen Rechner, dass der kleine Vogel Hoffnung aufflog in ihrer Brust, dass sie wieder den Himmel über sich sah, mit einem Platz darin. Nicht für sie, aber für ihren Jungen.

74.

Die *Northumberland* überquerte den Äquator fast genau am vierzigsten Längengrad. Kein Vermessungsingenieur hätte eine geradere Linie durch den Ozean ziehen können als Kapitän Radcliffe zwischen Britisch-Guayana und St. Helena. Das Wetter begünstigte seine Bemühungen, und da ein stetiger Wind wehte, spürte man auch die Hitze nicht in unerträglichem Maß.

Die Einzigen, die davon ohnehin nicht berührt wurden, waren die bedauernswerten Kinder des Missionars Parker, drei Mädchen, zwei Jungen. Sie trugen ihre schlichten schwarzen Anzüge oder Kleider so unveränderlich, als wären sie angewachsen und als sei es ganz gleich, wohin in der Welt Gott und Vater sie aussenden würden. Sie hätten am Nordpol nicht mehr getragen und trugen am Äquator nicht weniger. Aber obwohl sie ihr Leben der Bekehrung von Heiden gewidmet hatten, hatten sie eine derartige Taufe noch nicht gesehen.

Von den rund tausend Menschen an Bord hatten weit mehr als die Hälfte noch nie jene unsichtbare Linie überschritten, von der an die Erde auf dem Kopf steht, die See kocht und die Matrosen schwarz werden und bleiben müssen bis ans Ende ihrer Tage – wie ihre Vorfahren glaubten. Niemand wusste, wie alt das Ritual war, mit dem hier die erfahrenen die unerfahrenen Seeleute begrüßten, nur, dass es keine Regeln gab und dass jegliche Ordnung aufgehoben wurde, war allgemein bekannt.

Der kleinste Vortoppmann, der schon »jenseits« gewesen war, durfte jedem, der das nicht von sich sagen konnte, ungestraft die Südhalbkugel unter die Nase reiben, seien es nun Offiziere oder Mannschaften. Anfangs ein zweifellos harmloser Spaß, bei dem selbst Lords der Admiralität ihren Eimer Wasser über den Kopf bekamen, war die Äquatortaufe jedoch allmählich zu einer so derben Quälerei der »Heiden« geworden, dass man sie schließlich auf Mannschaft und Vorschiff beschränken musste.

Obwohl also die Passagiere von dem Schauspiel ausgenommen blieben – bis auf einige Füsiliere, die sich freiwillig gemeldet hatten, um vor den »Wasserratten« nicht als Feiglinge dazustehen –, nahmen doch nahezu alle diese willkommene Unterbrechung der inzwischen recht eintönigen Seereise wahr und strömten als Publikum zusammen.

Die Täuflinge wurden gegen mehr oder minder geringen Widerstand bis auf die Wäsche entkleidet, auf Deck festgehalten und dabei so kräftig von allen Seiten mit Wassergüssen eingedeckt, dass nicht Faden noch Haar trocken blieben. Derart gewaschen glaubten einige sich bereits genügend eingeführt und fielen ihrerseits über ihre noch ungetauften Kameraden her, bis eine hin und her wogende Wasserschlacht entstand, in der dann auch schon kameradschaftlich einige Fäuste flogen und Blutstropfen vergossen wurden.

Über den schwächsten Opfern wurde anschließend Scheuerseife ausgeschüttet, und ein paar Matrosen stürzten sich mit Bürsten und Putzwolle auf die Unglücklichen, die nun kaum noch die Augen offen halten konnten, weil Seife und Salzwasser darin brannten. Dem Süden sauber entgegentreten hieß die Parole. Und während die Stimmung dergestalt ihren Höhepunkt erreichte, erhob sich Neptun persönlich aus dem Meer, beziehungsweise stieg über die Bordwand.

Das Getümmel erstarb kurzfristig, die Männer johlten und klatschten begeistert, auch die meisten Zuschauer lachten, die Männer feixend, die Frauen und Mädchen ungläubig, staunend; nur Reverend Parker hatte seine gottesfürchtige kleine Herde sofort unter Deck getrieben, als der heidnische Gott aufgetaucht war. Neptun war völlig nackt, nur der Kopf, Gesicht und Haare waren mit Teer, Tang und undefinierbaren Stoffstreifen unkenntlich gemacht, sodass selbst die Seeleute nicht wussten, welcher der ihren die ungeheure Frechheit besaß, in diesem Aufzug vor aller Augen und in jeder Hinsicht herumzuhüpfen.

Gowers und Van Helmont hatten eine gewisse Vermutung, aber erst als Neptun einem sechseinhalb Fuß großen Gefreiten der 16. Füsiliere, den vier Männer kaum am Boden zu halten vermochten, auf den Bauch sprang und in den Oberschenkel biss, sahen sie sich bestätigt. Auch George Barclay glaubte plötzlich, sich einmal mehr in Lord Edens Kabine zu befinden.

Er lag auf dem Bauch, spuckte Salzwasser aus wie eine Brunnenfigur und war blind vor Seife, als er spürte, dass jemand seine Hose bis auf die Knöchel herunterzerrte. Nur das Gelächter der Umstehenden verriet ihm, dass dies am hellen

Tag und vor aller Augen geschah, und er wehrte sich wie wild, was den Anblick für seine Peiniger und ihre Zuschauer nur noch ergötzlicher machte.

Die Seeleute schrien vor Lachen, als George in seiner Verzweiflung die Hose halbwegs wieder hochgezogen hatte und dabei den Stiel von Neptuns Dreizack zwischen den Beinen fühlte, den der Gott des Meeres dort in die Deckplanken gesteckt hatte. Und noch der dümmste Maat glaubte, er allein habe diese geistreiche Andeutung verstanden, und gönnte dem Schiffsjungen die Schande von Herzen.

75.

Seit Mary-Ann Blut hustete, schlief Jane in der Mitte, zwischen den Kindern. Zuerst hatte sie gehofft, Beth würde das Mädchen wieder nehmen, aber Beth hatte nicht verstanden, dass dieser Husten keine Erkältung war und auch nichts mit dem überall eindringenden schwarzen Staub zu tun hatte. Stattdessen hatte sie ihre Tochter mehrfach scharf zurechtgewiesen und ihr einmal, mitten in der Nacht, sogar eine Tracht Prügel verabreicht.

»Reiß dich gefälligst zusammen! Du hältst uns alle nur wach!«

Seitdem spürte, hörte Jane manchmal, dass das Kind den Atem anhielt und mit den Zähnen knirschte in seiner Qual. Sie streichelte ihr dann den Rücken mit langsamen, ruhigen Bewegungen, die sie ablenken, einschläfern sollten, und manchmal gelang das auch. Aber ihr Rücken war immer feucht, beinahe nass vor Schweiß, so sehr kämpfte der kleine Körper gegen einen gnadenlosen Feind.

Die Blutflecken auf dem Laken versuchte das Mädchen zuerst zu verstecken, dann weinte sie vor Scham. Beth wollte sie schon ausschimpfen, als sie das Entsetzen in den Augen ihrer Mutter sah. Sie ließ einen Arzt kommen, der Mary-Ann untersuchte, ihnen aber nicht mehr als den griechischen Namen der Krankheit – Phthisis – sagen konnte. Als er sich weigerte, Geld für die Untersuchung zu nehmen, weinte auch Beth. Das war ein Todesurteil in dieser Welt.

Tatsächlich verfiel das Mädchen sehr schnell, ihr schönes rotes Haar wurde stumpf, dafür glänzten die Augen tief in den Höhlen. Alle Gelenke traten dick hervor, wie bei einem ganz jungen Fohlen, und sie war bald so leicht, dass sogar Jane sie mühelos aus dem Bett heben und waschen konnte, wenn Beth einfuhr und Mutter Irvine nähte.

Mary-Ann zu waschen, zu pflegen machte ihr nichts aus. Nur der blutige Auswurf ekelte sie, und nachts drehte sie dem sterbenden Kind den Rücken zu, schützte ihren Jungen, so gut es ging, mit ihrem Körper vor dem Atem der Kranken. Sie lag im Dunkeln und lauschte auf das Rasseln aus der todwunden kleinen Lunge, wünschte, es würde aufhören – und weinte, weil sie das wünschte.

Tagsüber las Jane den Kindern vor, brachte ihnen auch die Buchstaben bei, aber davon wollte Mary-Ann nicht viel wissen. Umso gespannter war sie bei den Geschichten. Jane las aus der Bibel und aus den *Canterbury Tales*, wobei sie manches natürlich ausließ. Als sie las: *Dieses Mädchen hatte vierzehn Lenze gesehen, und wie die Natur die Lilien weiß und die Rosen rot macht, so hatte die Sonne ihre Locken mit den Strahlen ihrer Glut gefärbt* – da fragte Mary-Ann: »Was sind Lenze?«

»Frühlinge«, antwortete Jane.

»Frühlinge«, wiederholte das Mädchen und sprach danach nicht mehr. Nie mehr.

Als Beth heimkam, konnte sie nicht einmal trauern, ihr

Kind umarmen, seine Hand nehmen, ohne sich vorher zu waschen. Sie kniete vor dem Bett, ein schwarzes, ratloses Tier. Dann legte sie den Kopf zurück, krallte beide Hände in ihren Nacken, und die Tränen liefen in ihren weit geöffneten Mund. Als Jane ihr beistehen wollte, stieß sie sie zurück.

»Raus«, flüsterte sie. »Bitte! Geht raus.«

Draußen regnete es.

Am nächsten Tag, als Beth von ihrer Tochter Abschied genommen hatte und zur Arbeit gegangen war, sagte Mutter Irvine: »Wenn etwas geschehen soll, muss es bald geschehen.«

»Ich weiß«, antwortete Jane. »Aber ich muss dazu nach London.«

Das tote Mädchen lag noch in ihrem, in Johns Bett. Sie hatte mit Ben auf dem Boden geschlafen, die eine Nacht. Draußen hielt der Wagen des Totengräbers.

»Ich habe dreißig Shilling«, sagte die alte Frau hart und ernst. »Wie viel brauchst du?«

76.

»Jemand sucht irgendwas an Bord!«, sagte George.

Ich weiß, das bin ich, hätte Gowers beinahe spontan geantwortet. Die mehr als einwöchige Untätigkeit seit Georgetown hatte ihn so mürbe gemacht wie nassen Schiffszwieback. Wie soll man jemandem begegnen, der sich nie zeigt, und das auch noch zufällig? Er kam mit diesem Inder nicht weiter.

Carver hatte noch einmal hereingeschaut, dabei aber Gowers' Versprechen, mit dem Kapitän zu reden, so demonstrativ unerwähnt gelassen, dass es geradezu in Stein gehauen zwischen ihnen stand. Anschließend hatte der Leutnant ihm

Emmeline auf den Hals gehetzt, die jetzt tatsächlich mehr an ihrer baldigen Verehelichung als an der Aufklärung des Falls interessiert schien. Schweren Herzens und begleitet von den immer bissigeren Bemerkungen Van Helmonts hatte er sich also bei Kapitän Radcliffe anmelden lassen, und nun lief ihm der Schiffsjunge in den Weg, der bisher noch nicht *eine* brauchbare Information geliefert hatte.

Am liebsten hätte er ihn weggeschickt, kommentarlos, vielleicht mit einem Tritt in den Hintern, aber dann sah er sich den Jungen genauer an. Keine Haarsträhne fiel mehr in George Barclays Gesicht, er hatte sie abgeschnitten. Auf Nase und Kinn prangten die frischen roten Striemen, die die groben Scheuerbürsten hinterlassen hatten, und Gowers dachte kurz, dass der Junge mit seiner Meldung vielleicht nur eine Rechnung begleichen wollte.

»Woher weißt du das?«, fragte er.

»Haben ein paar Leute erzählt«, sagte George. »Sie reden jetzt mit mir, wissen Sie, Sir, seit ich …«

»Seit du Neptun seinen Dreizack auf dem Rücken zerschlagen hast«, ergänzte Gowers lächelnd. »Und was haben sie gesagt?«

»Dass jemand was suchen muss, unter Deck. Gibt Kratzspuren hier und da, immer mal wieder welche. Und dass es schon auf der letzten Reise angefangen hat. Sir!«

Sein letztes Wort bellte Barclay derart laut heraus, dass Gowers unwillkürlich zusammenfuhr. Dann bemerkte er, dass Kapitän Radcliffe in Begleitung des offenbar unvermeidlichen Mr. Bell hinter ihm aufgetaucht war. Ein Lotsenfisch, dachte Gowers bei einem kurzen Blick in das ausdruckslose Pferdegesicht des Ersten Offiziers und überlegte, an wen ihn der Mann erinnerte. Gleichzeitig fiel ihm auf, dass er ihn bisher eigentlich an niemanden erinnert hatte.

»Ich höre, Sie wollen mich sprechen, Mr. Thompson«, sagte der Kapitän und fügte mit einer Ironie, die sich eigentlich nur in seiner Haltung bemerkbar machte, hinzu: »Wenn Sie aber lieber mit Mr. Barclay reden wollen, bitte sehr. Hier lässt jeder gern alles stehen und liegen, um Ihnen zu Diensten zu sein!«

George salutierte und machte sich dann mit blitzartiger Geschwindigkeit aus dem Staub. Gowers fluchte innerlich. Die erste brauchbare Information seit einer Woche, und dann musste man Emmeline Thompson unter die Haube bringen!

»Es ist wegen meiner Schwester, Sir. Sie will sich verheiraten.«

»Das ist beruhigend zu wissen, Mr. Thompson. Und es ehrt mich, dass Sie es mir mitteilen. Ich werde es im Logbuch vermerken lassen.«

Der Kapitän ließ auch diese Bemerkung ohne das geringste Anzeichen innerer Heiterkeit fallen, wohingegen Bells angespannten Kiefermuskeln deutlich das Lachen anzusehen war, das er sich verbeißen musste.

»Das hoffe ich, Sir«, trumpfte diesmal jedoch Gowers mit leiser Ironie auf. »Denn sie hat sich in den Kopf gesetzt ... vielmehr, beide möchten, dass Sie die Trauung vollziehen!«

Zum ersten Mal, seit er dem bärbeißigen Seemann begegnet war, schien es Gowers, als ob Kapitän Radcliffe wirklich überrascht sei, vielleicht sogar ein wenig beunruhigt.

»Kommt überhaupt nicht in Frage«, sagte er dennoch prompt. »Wozu haben wir schließlich diesen Schwarzkittel an Bord!?« Als ginge es um Windstärken oder Stromversetzung, wandte Radcliffe sich mit einem Gesichtsausdruck an seinen Ersten Offizier, in dem kein Außenstehender einen Befehl, eine Aufforderung oder auch nur eine Frage bemerkt hätte.

»Parker, Sir!«, schnarrte Bell, ohne eine Sekunde zu überlegen. Und vielleicht war es diese beiläufige Präzision, die Gowers erkennen ließ, wer da vor ihm stand. Wenn es überhaupt einen Mann gab, der Sir John Tenniel für das Porträt des verrückten Hutmachers Modell gesessen hatte, war es zweifellos Edward Bell gewesen.

»Das wird nicht gehen, Sir«, sagte Gowers, durch seine Beobachtung abgelenkt, langsamer, als er wollte. »Sehen Sie, Mr. Parker ist Puritaner ...«

»Und wenn er Negerhäuptling wäre, er wird doch wohl ...« Ungewöhnlich weit aus der Fassung gebracht, atmete Radcliffe geräuschvoll aus, um nicht mit derben Worten zu sagen, dass auch der puritanischste Prediger die zur Fortpflanzung der menschlichen Rasse nötigen gesellschaftlichen Rituale vollziehen können sollte.

»Der junge Mann, Sir«, sagte Gowers höflich, aber bestimmt, »Leutnant Charles Carver, ist Mitglied der britischen Armee und hat damit das Recht, dass Sie als ranghöchster Offizier ...«

»Er hat vielmehr die Pflicht, seine privaten Gelüste zu beherrschen, Mr. Thompson. Dies ist ...« Der Kapitän unterbrach sich resigniert: »... dies ist kein Kriegsschiff mehr!«

»Ist es das erste Mal für Sie, Sir?«, fragte Gowers teilnahmsvoll.

»Nein«, sagte Radcliffe jetzt wieder eher jovial. Mit einer Handbewegung, die fast ebenso unsichtbar war wie seine Frage nach dem Namen des Missionars, gab der Kapitän seinem Ersten Offizier zu verstehen, dass da ein Schiff zu führen sei, und Bell entfernte sich mit einem gleichfalls kaum wahrnehmbaren Nicken. Die Anekdote, die nun folgen würde, hatte er ohnehin schon öfter gehört, als ihm lieb war.

»Das hat sich schon mal einer getraut. Auch so ein Plattfuß,

Artillerist.« Radcliffe schüttelte mit einem kleinen, verächtlichen Lachen den Kopf. »Und mitten im Krieg, Mr. Thompson!«

Gowers war zuerst froh, dass er den grimmigen Herrn des Schiffs endlich zum zwanglosen Plaudern gebracht hatte, aber er bereute es auch sofort, weil er in diesem Moment den bewussten Inder am Heck auftauchen sah. Das durfte einfach nicht wahr sein! Nach fast einer Woche Leerlauf war der Moment gekommen, auf den er gewartet hatte, und dann verstrickte ihn ausgerechnet der Kapitän in ein altes Garn.

»War im Frühjahr fünfundfünfzig, unterwegs nach Sewastopol, da schmuggelt doch dieser Kerl dieses Knallbonbon, sein Mädchen, an Bord. Spanierin, bildhübsch, als blinden Passagier, Sie verstehen?«

O ja, Gowers verstand. Der Leibwächter schüttete etwas über Bord, würde in einer Minute wieder verschwunden sein und es wahrscheinlich für den Rest des Monats bleiben. Aber immerhin erfahre ich ja Näheres aus dem Leben des Kapitäns, dachte er bitter.

»Das geht eine Weile gut. Zu gut, könnte man sagen, denn wir sind noch nicht im Schwarzen Meer, da ist der Mann auch schon verratzt und muss das Mädel heiraten, Sie verstehen? Und verheiratet hab ich ihn, Mr. Thompson. Aber die Flitterwochen hat er im Kabelgatt verbracht.«

Radcliffe wartete auf beifälliges Gelächter, und Gowers tat ihm den Gefallen zu grinsen. Allerdings weniger wegen der Anekdote und mehr bei der Vorstellung, wie er in diesem Augenblick noch immer über das Schiff sprinten und »seinem« Inder völlig ausgepumpt etwas vom sanften Gleiten in den goldenen Nachmittag erzählen könnte. Der Kapitän steuerte unterdessen gnadenlos auf seine Pointe zu: »Na, sein Pulver hatte er ja auch schon verschossen!«

Diesmal lachte Gowers pflichtschuldigst, wurde aber gleich wieder ernst.

»Darf ich meiner Schwester dann sagen, dass Sie einverstanden sind, Sir?«

Auch ein weniger feinfühliger Beobachter als Kapitän Radcliffe hätte jetzt bemerkt, dass der Mann auf glühenden Kohlen stand. Aber dass dies nur daran lag, dass ein anderer Passagier am Heck des Schiffes ungewohnt versonnen zum Horizont blickte, konnte auch er nicht ahnen.

»Sie haben es ja mächtig eilig, das Mädchen unter die Haube zu bringen.«

»Nun, Sir«, sagte Gowers und nahm all seine Kräfte zusammen, um sich auf das Gespräch zu konzentrieren. »Nach dem Tod unseres Vaters trage ich die Verantwortung für Emmeline.«

»Und die wollen Sie so schnell wie möglich wieder loswerden, wie?«, erwiderte der Seemann grob und erfreute sich sehr an seinem eigenen Scharfsinn, bis er bemerkte, dass sein Gegenüber ihm diese klammheimliche Freude ansah. Da sagte er wieder kurz angebunden: »Also in drei Teufels Namen: Ja!«, und stapfte davon. Es sah aus, als würde er jeden Schritt auf dem glattgescheuerten Deck genießen.

Gowers musste sich Gewalt antun, um nicht einfach auf den Mann loszustürmen, der seinen Blick noch immer in den Weltrand versenkte. Er bemühte sich stattdessen, möglichst sacht hinter ihn zu treten, aber der Leibwächter schien seine Gegenwart zu spüren und drehte sich um, als Gowers noch mindestens fünf Schritte von ihm entfernt war.

Mit einem freundlichen Nicken gab er dem Inder zu verstehen, dass er ihn beobachtet hatte, und sagte: *»All in the golden afternoon ...«*

Aber der riesige Mann hatte sich praktisch noch in der Drehung an ihm vorbeibewegt, und es war seinem Rücken nicht anzumerken, ob er auch nur hörte, wie Gowers weitermurmelte: *»Full leisurely we glide.«*

Der Inder war verschwunden. Kopfschüttelnd blickte der glücklose Investigator ihm nach, seufzte dann tief und sah resigniert auf Himmel und Meer. Heute ist einfach nicht mein Tag, dachte er.

77.

Als Jane in London ankam, war fast ein Drittel des Geldes weg, vor allem wegen der unverschämt hohen Preise in den Relaisstationen. Da sie weder für zwei Pence im Pferdestall noch bei dieser Kälte im Freien schlafen wollte, gab sie zusammen mit der Beförderung und halbwegs genießbarem Essen schon jetzt an einem Tag mehr aus, als sie an zweien verdienen konnte. Etwas muss zusammenbrechen, dachte sie da, die Menschen oder das System. In London sah sie, dass es die Menschen waren.

Die einzige Herberge, die sie fand, nachdem sie gegen zehn Uhr abends in Whitechapel ausgestiegen war, lag in der Thrawl Street, kostete drei Pence und war schlimmer als jeder Pferdestall. Jane zog weder Kleider noch Schuhe aus, als sie zu zwei fremden Frauen ins Bett stieg, die allenfalls sechzehn waren, aber stärker nach Alkohol und Tabak rochen als jeder Bergmann, dem sie je begegnet war. Im Bett unmittelbar daneben, eine Armlänge von ihr entfernt, schlief ein Paar mit zwei kleinen Kindern, das sich ungeachtet des Lichts, das die ganze Nacht brannte, ungeachtet auch der vielen fremden Augen in dem übervölkerten Raum, den ehelichen oder womöglich unehelichen Freuden hingab. Jane starrte ungläubig auf die Szene, dachte auch an die Kinder, aber die Kinder schliefen so fest, als würden sie gewiegt.

Als dann mitten in der Nacht ein chinesischer Matrose seinen Strohsack zwischen den beiden Betten ausbreitete, legte Jane die Reisetasche mit den guten Kleidern unter ihren Kopf und schlief erst gegen Morgen mit Johns Messer in der Hand für eine Stunde ein. Sie würde sich ein Zimmer suchen müssen, bevor sie irgendetwas anderes tun konnte. Das würde wieder eine Menge von dem Geld kosten, das sie in einer schmalen leinenen Katze auf der bloßen Haut trug.

»Vier Shilling die Woche, heißes Wasser extra!«, sagte die hagere, schwarz gekleidete Frau, die elfte oder zwölfte Hauswirtin, die Jane nach einem langen, kalten Tag des Suchens und Wanderns angesprochen hatte. Der Preis war überall ungefähr der gleiche, aber das winzige, dunkle Zimmer war sauberer als alles, was sie bisher in London gesehen hatte, deswegen sagte sie sofort zu. Ihre Füße taten weh, in ihrem Kopf brodelte es, aber was sie am meisten zermürbte, war die Tatsache, dass offenbar doch etwas oder jemand den Weg bis zu ihrem Geld, bis auf ihre Haut geschafft hatte.

Sie weinte vor Scham, als sie die kleinen roten Punkte auf ihrem Bauch, zwischen ihren Schenkeln sah, denn sie hatte nie Ungeziefer gehabt, und kratzte sich eine Viertelstunde lang die Seele aus dem Leib, ehe sie auch noch »heißes Wasser extra« in Anspruch nahm. Erst am nächsten Tag machte sie sich auf den Weg nach *St. Stephan's Hall*, quer durch die riesige Stadt.

Es dauerte lange, denn Jane bewegte sich unsicher, langsam durch das bodenlose Gewimmel, die Masse der einander schiebenden, drängenden Menschen, der zahllosen Kutschen, hochbeladenen Frachtwagen, vorn und hinten bewacht von

Männern mit derben Knüppeln, die das Bettelvolk und die wilden Kinder zurückhielten und dafür unflätig beschimpft wurden. Sie sah die Heerscharen der fliegenden Händler, Frauen, junge Mädchen mit Bauchläden, auf denen sich Obst und Gemüse in jeglichem Zustand so hoch auftürmten, dass man kaum die Gesichter der Trägerinnen erkennen konnte, nur noch die schmutzige Hand sah, die Farthings und Half Farthings kassierte.

Riesige Iren brieten Fisch und Fleisch auf schwarz verrußten fahrbaren Öfen, windschiefen Tischchen. Langhaarige, bärtige Klappergestelle von Männern hatten nicht einmal Tische und boten Schwefelhölzer, Hühneraugensalbe, Rattengift, Hundehalsbänder, Rasier- und Federmesser, Schlüsselringe, Schnürsenkel, Hemdknöpfe, Stecknadeln und alles an, was sich in ihren Mänteln und Hüten irgendwie unterbringen ließ. Fliegende Buch-, Papier-, Porzellanhändler, Tuch- und Kleiderverkäufer, Leute, die Goldfische, Eichhörnchen, Schildkröten, Papageien feilboten, Holzkohle, Salz oder Muscheln, Hunde- und Katzenfutter, Tee, Kaffee, Bier, alle Arten von Alkohol, alle Arten von Milch oder manchmal einfach nur Wasser. Und alle schrien aus Leibeskräften ihre Waren aus, sodass man gar nicht mehr hörte, was sie eigentlich anpriesen, nur noch das kakophonische, sich an sich selbst steigernde »Kauft! Kauft! Kauft!«.

Jane ging langsam, gleichsam betäubt, blieb aber nur zweimal stehen; an einer Ecke, wo ein »Professor aus Cambridge« in Glas eingelegte anatomische Monstrositäten sehen ließ und für Geld erklärte, und auf einem Platz, als sie plötzlich über all dem Lärm einen Dudelsack hörte. *Killim Callam*, ein schottischer Tanz, dessen Melodie sie zuletzt von Johns Lippen gehört hatte.

Sie ging näher heran, sah den alten Soldaten in seinem Kilt, weißhaarig, graubärtig, beide Augen geschlossen, und erkannte am Tartan, zu welchem Clan er gehörte. Auch das hatte sie von John gelernt.

»MacLean!«, rief Jane, ohne lange zu überlegen und als hätte sie einen alten Bekannten getroffen. Die Umstehenden lachten, nicht so sehr, weil der alte Mann verwundert aufsah, sondern wegen des Mädchens. Jane sah das Mädchen erst jetzt. Sie war ein wenig älter, als Mary-Ann geworden war, aber genauso rothaarig, genauso hübsch. Tanzte den *Killim Callam* mit nackten Füßen – über zwei gekreuzten Schwertern am Boden. Als sie den Namen ihres Clans hörte, geriet sie aus dem Takt und wäre beinahe in eine der beiden rasiermesserscharf geschliffenen Klingen getreten.

Jane ging weiter, bevor die Augen des alten Mannes sie fanden.

78.

Hilfe kam aus einer gänzlich unerwarteten Richtung, als Gowers, der wieder einmal nicht schlafen konnte, gegen Mitternacht an Deck herumschlenderte. Es war der Schiffsarzt Braddock, der plötzlich in einer Nähe auftauchte, die es unmöglich machte, ihn zu ignorieren.

»Ah, Thompson! Auch noch auf den Beinen?«

Braddock hatte wenig Ansprache an Bord der *Northumberland*. Zur Mannschaft konnte er in seiner Position keinen persönlichen Kontakt aufnehmen, und die Offiziere hielten ihn offenbar für ein notwendiges Übel. Medizinisch gesehen verlief die Reise bislang ohne besondere Vorkommnisse, wenn man von den beiden Todesfällen absah. Hier ein gebrochener Finger, dort eine kleine Verstauchung, einige Fälle von Geschlechtskrankheit. Es war nicht gerade das, wovon er während seines Studiums geträumt hatte, und die Aussicht, diesen Dienst noch volle fünf Jahre ableisten zu müssen, verdüsterte bisweilen sogar Braddocks eher simples Gemüt.

»Ein schöner Abend«, sagte er, als Daniel Thompson ihm nur kurz zunickte und Anstalten machte, seinen Weg fortzusetzen.

Gowers verspürte in der Tat wenig Lust auf einen Plausch über die Schönheiten der Seereise und nickte wieder nur, ließ sich aber immerhin zu einem zustimmenden Brummen herbei und blieb neben dem Schiffsarzt stehen. »Sind Sie deshalb noch auf?«

»Nein, eine Patientin, wissen Sie. Merkwürdige Sache!«

Gowers horchte beinahe routinemäßig auf. Merkwürdige Sachen sind im Leben eines privaten Ermittlers das Salz in der Suppe, mithin allemal wissenswert. »Wieso merkwürdig?«

»Na, ich kenne sie gar nicht. Ich hab sie nicht mal gesehen.«

Mit einem Mal erschien dem Investigator das Gespräch mit dem Schiffsarzt höchst anregend, und er bemühte sich, möglichst ruhig nachzufragen, um das kleine Feuer nicht auszutreten. »Wie kann sie dann Ihre Patientin sein?«

»Nun, ihre Gouvernante oder Dienerin, so eine indische Dame, kommt hin und wieder, um meinen Rat einzuholen.« Braddock versuchte, die letzten Worte möglichst gelangweilt zu betonen, so als würde sein ärztlicher Rat etwa hundertmal häufiger gesucht, als es tatsächlich der Fall war.

»Wie zum Teufel diagnostizieren Sie da?« Auch Gowers bemühte sich, seine Frage so zu stellen, als hielte er den Schiffsarzt – ohne rechten Glauben – für einen medizinischen Wundertäter. Nur so ließe sich dem Trottel trotz seiner Schweigepflicht vielleicht sogar die Diagnose entlocken.

»Oh, das ist gar nicht so schwer. Wussten Sie, dass es in China vollkommen üblich ist, dass ein Arzt seine weiblichen Patienten nicht sieht?! Die haben so kleine Elfenbeinpüppchen, darauf zeigen die Angehörigen, Mutter, Vater, Ehemann oder so, dem Arzt, wo es den Damen wehtut. Und das alles aus falsch verstandener Scham. Mir war allerdings nicht klar, dass das in Indien auch so funktioniert.«

Damit sich das Gespräch von seinem Hauptgegenstand nicht noch weiter auf den asiatischen Kontinent verlaufen konnte, fragte Gowers: »Sie meinen, diese Gouvernante zeigt Ihnen so eine Puppe?«

»Nein, sie schildert mir die Symptome, und ich …«

Rate, hätte der Investigator beinahe ergänzt.

»Aber ich halte Sie auf!« Der Schiffsarzt wollte jetzt deutlich gebeten werden.

»Durchaus nicht«, tat Gowers ihm den Gefallen. »Aber ist das nicht sehr schwer, so eine Ferndiagnose?«

»In diesem Fall nicht«, sagte Braddock geschmeichelt. »Einfach eine extreme Form von Seekrankheit, nehme ich an. Obwohl diese Gouvernante zuerst an eine Vergiftung dachte.« Der Äskulap der Meere lächelte milde, auch über die plötzliche Aufregung seines Gegenübers.

»Gift?!«

»Ja, sie fragte nach den Symptomen verschiedener Gifte.«

»Arsenik?«

»Woher wissen Sie das?«

Gowers zuckte mit den Schultern und starrte dann in einer seltsamen Weise vor sich hin. »War einfach das Erste, was mir eingefallen ist.«

»Jedenfalls konnte ich sie beruhigen«, bemerkte Braddock nicht ohne Heilkünstlerstolz. »Seekrank, ganz einfach! Ein überempfindliches Gleichgewichtsorgan wahrscheinlich.« Der

Schiffsarzt war doch ein wenig verunsichert über den jetzt offensichtlichen Stupor seines Gesprächspartners und reckte sicherheitshalber die müden Glieder. »Es war nett, mit Ihnen zu plaudern, Mr. Thompson. Gute Nacht dann …«

»Das Vergnügen war ganz auf meiner Seite!«, sagte Gowers mechanisch zum Ozean hin.

79.

»Wenn Sie sich noch lange hin und her werfen, mache ich sie mit meinen Morphiumvorräten bekannt!«, knurrte Van Helmont unwillig.

»Entschuldigung, Doc!« Gowers war erst gegen halb zwei Uhr morgens in die Kabine zurückgekommen und versuchte seitdem, die Dinge zu überschlafen.

Aber manchmal – und das war von Lullus und all den anderen Gedächtnistheoretikern natürlich nicht vorgesehen – ließen sich seine Ermittlungssysteme, Rotoren, Ableitungsbäume einfach nicht abschalten. Die Informationen schienen dann hinter seinen geschlossenen Lidern zu gären, und er kam sich vor wie ein Hund, dem man Blechdosen an den Schwanz gebunden hat und der sich zu Tode rennt, um dem Geklapper zu entkommen. In einer solchen Situation konnte ihn gemeinhin nur eine Frau ablenken.

Seufzend beschloss er, wieder an Deck zu gehen, obwohl es noch dunkel war. Es wurde allmählich wieder kühler, wenn man den Äquator auch noch nicht allzu lange passiert hatte. Die Männer der Wache, nicht mehr als ein halbes Dutzend, die sich achtern aufhielten, trugen zumindest nachts schon wieder ihr Wollzeug.

Sein erster Blick galt der Kimm im Osten, aber Himmel

und Meer waren selbst für seine Augen noch nicht sauber zu trennen, was an der mondlosen Nacht und der dichten Wolkendecke lag. Dennoch spürte er, als er im Vorschiff stand, eine kleine Kurskorrektur sofort an der Dünung unter seinen Füßen. Er steckte sich die fünfte oder sechste Zigarre an, seine Zunge war schon ganz taub. Und als die Flamme erlosch, glaubte er, einen schwachen Hilferuf zu hören.

Gowers stutzte. Der Wind konnte einem auf See die merkwürdigsten Streiche spielen, Geräusche von den unmöglichsten Orten hertragen. Nicht umsonst hatte manches Mitternachtsgarn so viel mit geisterhaften Stimmen zu tun, die die Seeleute ins Verderben lockten. Dass es meist weibliche Stimmen waren, hing dagegen wahrscheinlich mit der Dauer des Aufenthalts der Männer auf See zusammen.

Es war eine weibliche Stimme. Gowers hörte sie beim zweiten Mal deutlicher, konnte aber nicht die Richtung ausmachen, aus der sie kam. Er schaute sich um. Kein Mann der Wache schien etwas gehört zu haben, aber dazu waren die Leute auch zu weit achtern. Dann sah er sie. Eine schmale, dunkle Gestalt, die sich auf dem Fockmast, zwanzig Meter hoch in der Takelage festklammerte, nur eine Nuance dunkler als der Himmel. Gowers schaute sich noch einmal um, aber niemand hatte das Drama bemerkt, das sich über den Köpfen anbahnte.

Mechanisch kappte er die Glut seiner Zigarre und stand eine Sekunde später auf der Reling. Mit Bewegungen, die ein Seemann so wenig verlernen kann wie das Atmen, enterte er auf. Die Gestalt hockte auf der Vorbramsaling, an einer Stelle also, die auch ein Idiot an Bord eines Schiffes eben noch erreichen konnte, wenn er nur waghalsig genug war. Er sah langes Haar im Wind wehen, es war definitiv ein Mädchen. War es *das* Mädchen?

Schon auf der Marssaling, zehn Meter unter ihr, sah er, dass es so viel Glück nicht in einer Nacht geben konnte. Die Hände krampfhaft um die Taue gespannt, zitternd vor Angst oder Kälte, hockte die älteste Tochter des verfluchten Missionars in der Takelage wie eine große Krähe, und Gowers wäre am liebsten wieder abgestiegen. Aber eine verkletterte Katze ist eine verkletterte Katze.

»Ganz ruhig«, sagte er, als der nicht unschöne Mund des vielleicht vierzehnjährigen Mädchens sich wieder wie zu einem Hilferuf öffnete, weil sie sah, dass ausgerechnet der Bordellbesucher aus Nassau sie retten kam. Wenn sie nicht beide Hände zum Festhalten gebraucht hätte, hätte sie sich zweifellos bekreuzigt.

»Wie zum Teufel haben Sie das denn angestellt?«, fragte Gowers, als er neben dem verängstigten Kind hockte. Sie sah ihn mit weit aufgerissenen Augen an, als sei er der Bursche, den er soeben erwähnt hatte, und ihre Gesichtsfarbe wechselte zu einem geisterhaften Weiß. Der Seegang war hier oben viel stärker spürbar als an Deck, und er fürchtete nicht nur, dass sie sich übergeben würde, sondern auch, dass sie abstürzen könnte. Keine Frage, dass man dann den Mann dafür hängen würde, der sie ganz offensichtlich bis in die Wanten gejagt hatte! »Rittlings«, befahl er kurzerhand.

Noch immer starrte sie ihn an wie eine Erscheinung. »Was?«

»Rittlings ist es sicherer. Geben Sie mir Ihre Hand und schwingen Sie ein Bein über die Spiere.«

»Über was?«

»Die Spiere, das Querholz, das Ding, auf dem Sie sitzen, mein Gott!«

»Oh!« Diese Anspielungen auf ihr Gesäß und was sie damit tun sollte, schien sie bereits für eine grobe Unsittlichkeit zu halten, tat aber schließlich, was er sagte, und saß ihm rittlings, aber immer noch merkwürdig somnambul gegenüber.

»Wie …« Er unterdrückte einen Fluch. »Warum sind Sie hier heraufgekommen?«

»Ich wollte den Sonnenaufgang sehen«, sagte sie geistesabwesend. »Ich dachte, von hier oben aus ginge das schon.«

O Gott, dachte Gowers. »Da müssen Sie noch gute zwei Stunden warten. Soll ich Sie dann abholen, oder soll ich Ihren Vater schicken?«

Diese Drohung machte sie etwas munterer, und er war froh. Er hatte schon befürchtet, sie ohrfeigen zu müssen.

»Nein, bitte, helfen Sie mir. Das Raufklettern war ganz leicht, aber dann habe ich nach unten gesehen und …«

»Konnten sich nicht mehr bewegen, schon gut.« Zwanzig Meter tiefer sah auch Gowers im Grau der Nacht nur die winzigen Lichter der Wache und ab und zu die Schaumkrone einer Welle. Kein Wunder, wenn man sich da an jeden Mast klammerte, den man erreichen konnte. »Tun Sie jetzt genau, was ich sage, und sehen Sie nicht nach unten!«

Es dauerte eine ganze Weile, bis er sie sicher zwischen seinem Körper und den Wanten hatte. Den linken Arm hielt er dicht um ihren Bauch, griff in die Taue und kommandierte den langsamen Abstieg: linke Hand ab, rechter Fuß ab, rechte Hand ab, linker Fuß ab. Zuerst lächelte er in der Erinnerung daran, wie McClure ihn auf seiner allerersten Reise auf die gleiche Weise aus den Wanten geholt und anschließend verprügelt hatte. Dann spürte er, wie ihr Körper sich unter dem schweren Stoff immer sicherer bewegte, und wünschte, sie wäre zwei Jahre älter und nicht ausgerechnet die Tochter dieses Missionars.

An Deck angekommen, knickte sie in den Knien ein, widerstand aber der Versuchung, an seine Brust zu sinken, sondern stützte sich am Schanzkleid ab. Sicheren Grund unter den Füßen, wurde sie dann doch noch einmal sehr unsicher. »Bitte sagen Sie meinem Vater nichts davon!«

»Ihrem Vater würde ich nicht mal sagen, wo oben und unten ist«, erwiderte Gowers knapp. Sie errötete über die Beleidigung, die in dieser Zusage steckte, und vergaß deswegen sogar, sich zu bedanken, als sie mit schwankenden Schritten unter Deck floh.

»Gekonnte Rettungsaktion, Mr. Thompson!«, ertönte eine Stimme hinter ihm, als Gowers versuchte, seine Zigarre wieder anzuzünden.

»Oh, Kapitän!« Der Investigator fing sich bemerkenswert schnell wieder. »Ich musste selbst schon ein paarmal aus der Takelage geholt werden, wissen Sie.«

»Wie zum Teufel ist sie da raufgekommen?«, fragte Radcliffe verständnislos.

»Ich fürchte, das weiß sie selbst nicht, Sir«, erwiderte Gowers galant. Der Kapitän zuckte mit den Schultern.

»Nun ja, es gibt Dinge zwischen Himmel und äh ...« Er schaute kurz nach oben, als würde er erwarten, ganze Trauben junger Mädchen in der Takelage hängen zu sehen, »Marsstengen, die sich unsere Schulweisheit nicht träumen lässt.« Radcliffe schüttelte verständnislos den Kopf. »Ich hoffe nur, Sie wollen das Mädchen nicht heiraten?!«

»Eher friert die Hölle ein, Sir!«

»Das beruhigt mich außerordentlich, Mr. Thompson.« Mit dem gewohnt ironischen Kniff um den wohlbebarteten Mund setzte der Herr des Schiffes seinen nächtlichen Rundgang fort und federte beinahe vor Vergnügen.

80.

Er liebte und fürchtete das Meer auf eine fast religiöse Weise, so wie Einsiedler und Trappisten Gott lieben und fürchten. Ohne Bedingung. Es war das Große, Unbeeinflussbare, das, was immer da war. Er konnte einen Kurs berechnen, Windstärken, Strömungen einschätzen, und der Himmel über dem Meer, am Horizont, sagte ihm viel über das Wetter der nächsten Stunden.

Aber er konnte das Meer nicht verändern, beherrschen, das Meer tat, was es tat. Man musste sich ihm hingeben. Alles Planen, Wollen und Hoffen, jede Art von Geschicklichkeit verschwand irgendwann, unterlag, wurde wertlos – wenn auch nicht unwichtig – auf dieser größten aller Wellen. Gott und das Meer waren deshalb den meisten Menschen unheimlich, sie beteten, opferten in ihren kleinen Kirchen eigentlich nur in der irrsinnigen Hoffnung, dem Unbeeinflussbaren dadurch irgendwie ein Schnippchen zu schlagen. Eine Art Rechtsanspruch auf Seligkeit oder klaren Himmel zu erlangen. Ihr »Nicht wie ich will, sondern wie du willst« blieb ein lebenslanges Lippenbekenntnis, und ihre Gottesfurcht war eine Furcht ohne Respekt, war nichts als die Angst, irgendwann erwischt zu werden, auch wenn sie nicht das Geringste getan hatten.

Noch bei den dümmsten, abgestumpftesten Seeleuten war das anders. Ihre Furcht vor dem Meer war eine stolze, respektvolle Furcht, nur ihre Liebe war demütig. John Gowers hatte das als Vierzehnjähriger erfahren, in einem Sturm, der nicht von dieser Welt war. Zwischen turmhohen Wellen, von denen ein besonders fantasievoller Matrose nachher behauptete, er habe ertrunkene Walfische darin treiben sehen, und gegen die keine Kunst, keine Maschine etwas ausrichten konnte, schon gar nicht der kleine umgebaute Walfänger namens *Investigator* auf seinem Weg durch den Südpazifik.

Sie hatten gekämpft, wo Kampf sinnvoll war, waren ausgewichen, wenn sie ausweichen konnten. Sie hatten alles richtig gemacht; und wenn man alles richtig macht, das hatte der Junge, mit einem Tau an den übrig gebliebenen Stumpf des Großmasts gebunden, erkannt, dann ist nicht mehr wichtig, ob man überlebt oder untergeht. Denn dann ist auch der Untergang richtig.

John Gowers' Kämpfe waren seither nur noch die Kämpfe gegen Beeinflussbares gewesen, gegen Umstände, die er verändern konnte. Meist also Kämpfe gegen Menschen. Die hatte ihn nicht das Meer, sondern seine Mutter gelehrt.

81.

Vor *St. Stephan's Hall*, den *Houses of Parliament* sah sie zum ersten Mal, wie aussichtslos ihr Unternehmen tatsächlich war. Hier standen nicht Dutzende, sondern Hunderte von Petenten, wohlgerollte Schriftsätze in den Händen, nie mehr als ein Blatt, leicht zu lesen und hübsch farbig verschnürt. Jane hatte nur das Heft, in das sie in den vielen kurzen Nächten ihre Beobachtungen, Erfahrungen, Geschichten, Gedanken niedergeschrieben hatte, dazu einen kurzen Brief, in dem sie darum bat, dass dieser Bericht gelesen und gewürdigt werden möge.

Als die Abgeordneten aus dem Parlamentsgebäude herausströmten und all diese Kaufleute, Kleinunternehmer, Rechtsanwälte, Hausbesitzer erst die Abgeordneten selbst und dann auch ihre Droschken umlagerten, unablässig ihre Petitionsröllchen schwenkten und dabei ihr »Ehrenwerter Herr, hier«, »Ehrenwerter Herr, da« durcheinanderschnatterten, musste sie lachen. Halb über dieses Bild und halb über die Vorstellung, wie sie selbst ein Teil dieses Bildes sein würde.

Noch erstaunlicher als dieses Schauspiel war die Geschwindigkeit, mit der sich alles auflöste. Keine Viertelstunde nach Ende der Sitzung war der Platz vor *St. Stephan's Hall* leer, all die Menschen mit ihren unterschiedlichen Anliegen in die vier Winde der Stadt zerstreut, nur hier und da lag noch eine zertrampelte Bittschrift auf dem Pflaster. Das war Janes erster Eindruck von der hohen Politik.

Unsicher, ratlos darüber, was zu tun sei, was sie tun könnte, ging sie zum Eingang des Gebäudes, bis ein backenbärtiger Polizist, den sie bis dahin gar nicht gesehen hatte, sich ihr in den Weg stellte.

»Kein Durchgang, Madame!«

»Ich muss mit jemandem sprechen.«

»Aber nicht mehr heute, Madame, keiner mehr drin. Sie haben ja gesehn, wie's geht!«

Erst später wurde ihr klar, dass der Mann das Geschehen auf dem Platz und auch sie selbst sehr genau beobachtet haben musste. Wie sonst wäre sie ihm überhaupt aufgefallen? Sie ging ein paar Schritte zurück, dann überwältigte sie die Verzweiflung, und sie drehte sich wieder zu dem Polizisten um.

»Bitte, können Sie mir sagen, an wen ich mich wenden muss?«

»Frauenfrage?«, schnurrte der Backenbärtige launig herunter. »Bildung? Etwas Kirchliches? Oder etwas Soziales?«

»Ich denke, etwas Soziales«, stammelte Jane.

Etwas an ihrer Hilflosigkeit schien ihn zu rühren oder zu belustigen. »Überspringen Sie die hier alle«, raunte er ihr jedenfalls zu. »Wenden Sie sich direkt an Lord Ashley. Etwas Soziales? Sofort zu Ashley!«

»Wie sieht er denn aus?«, fragte sie, naiver, als sie war, und fügte rot werdend sofort hinzu, was sie eigentlich fragen wollte: »Wer ist Lord Ashley? Und wo finde ich ihn?«

Der Polizist war jetzt nur noch eine Mischung aus Mitleid und milder Verachtung. »Seine Lordschaft pflegt morgens gegen neun Uhr hier einzutreffen. Je früher Sie kommen, desto größer sind Ihre Chancen. Und wenn ich Ihnen noch einen Rat geben darf, liebes Kind: Lesen Sie vorher mal ein paar Zeitungen!«

Er drehte sich abrupt um, und Jane schluckte ein wenig, als sie dem prächtigen Bau den Rücken zudrehte und den fast drei Meilen langen Weg zurück in ihr kleines Quartier antrat. Am liebsten wäre sie gleich wieder heimgefahren. Aber sie dachte an Ben, an Beth, Mary-Ann, Mutter Irvine. Sie dachte an John. Also kaufte sie unterwegs einige Zeitungen, ein paar Bögen Papier und Feder und Tinte.

82.

Anthony Ashley Cooper, einundvierzig Jahre alt, Vater von fünf Kindern, Sohn und Nachkomme von sechs Earls of Shaftesbury – darunter der erste, Staatsmann unter Cromwell und Charles II. gleichermaßen, oder der dritte, Dichter und Philosoph, der ein literarisches Vermächtnis von einigen Dutzend Bänden hinterließ, das für seine unglücklichen Nachkommen zur Pflichtlektüre wurde – Anthony Ashley Cooper war wieder einmal miserabler Laune.

Einen Gentleman, der sich mit jedermann streitet, weil er mit sich selbst uneins ist, hatte ihn die *Morning Post* genannt; und das roch nach Peel, der ganze Artikel roch nach einer offiziellen Quelle. Seit er sich im Herbst geweigert hatte, Peels Kabinett beizutreten, ging das jetzt so, nannte ihn der Premierminister nur noch »das ehrenwerte Mitglied aus Dorset«, und er hatte noch keinen Weg gefunden, sich dagegen zu wehren.

Die Bittsteller verscheuchte er unwillig, seine Sekretäre drängten sie ab, Jungen aus bester Familie, frisch aus Harrow, gutes Material. Eine junge Frau fiel ihm wegen ihrer Nase auf, war vielleicht auch schon gestern, vorgestern mit dabei gewesen, rief seinen Namen, schwenkte ihre Bittschrift. Wer weiß, vielleicht würde er sie nächste Woche annehmen. Jetzt hatte er andere Sorgen. Solange Peels Kabinett nicht über sein neues Fabrikgesetz diskutieren wollte, würde er diesem Kabinett eben nicht angehören – aber solange er ihm nicht angehörte, würde es eben nicht darüber diskutieren, ob einem frei geborenen Engländer das Recht, vierzehn oder sechzehn Stunden am Tag zu arbeiten, gesetzlich genommen werden darf, und es würde für die Arbeiter niemals den Zehn-Stunden-Tag geben, den Anthony Ashley Cooper ihnen verschaffen wollte. Es war ein verdammter Teufelskreis!

Jane hatte sich schon am zweiten Tag überlegt, dass es andere Wege geben müsste. Sie wusste jetzt, wer Lord Ashley war: ein glühender anglikanischer Christ, Menschenfreund, Vorkämpfer der Sechzig-Stunden-Woche, der durchgesetzt hatte, dass Kinder unter neun Jahren nicht mehr in den Mühlen arbeiten mussten. Er war der Mann, der sie verstehen würde – wenn sie ihn nur sprechen könnte!

Aber die endlosen Wege, das Pflaster der Stadt ruinierten ihre Füße, ihr bestes Kleid; auch das Geld würde nur noch für wenige Tage reichen. Sie hasste sich für die einzige Idee, die sie schließlich hatte.

Lady Emily Ashley, geborene Cowper – Nachfahrin eines Dichters auch sie –, hatte die zerfleischenden Selbsterkenntnisse ihres Gatten stets christlich-sorgend begleitet, wusste um seine inneren Kämpfe, kannte auch die äußeren gut genug und stand ihm in beiden nach Kräften zur Seite. Das Billett einer Pfarrerstochter aus – wie hieß das? – Benwell am Tyne war recht ungewöhnlich, aber vielleicht sollte das Mädchen in London zur Schule gehen, gesellschaftlich zulernen, vielleicht auch in eine ehrbare Stellung vermittelt werden, vielleicht …

Es schmeichelte Lady Ashley, dass man ihren Rat bis an die schottische Grenze suchte, dass ihr Ruf als Philanthropin so weit gedrungen war. Die junge Frau, die in der Halle wartete, sah allerdings nicht aus, als müsste sie noch zur Schule gehen oder als würde sie einen christlichen Ratschlag suchen, geschweige denn einen annehmen, wenn sie ihn bekam. Vielleicht lag eine Verwechslung vor?

»Sie sind Jane, Tochter von Reverend Joseph Gowers?«, fragte sie misstrauisch geworden.

»Nicht mehr, Mylady. Mein Vater hat mich verstoßen.«

Großer Gott, eine Gestrauchelte, ein verkommenes Geschöpf, dachte Lady Emily Ashley, und: Wie dreist doch das Bettelvolk wird, wenn einer erst einen guten Namen hat! Ihre Fragen wurden so scharf, wie ihr christliches Gewissen es eben noch zuließ.

»Was wollen Sie hier?«

»Nur einen Moment Ihrer Zeit.«

»Wozu?«

Jane hatte nicht darüber nachgedacht, was sie auf diese Frage antworten würde. Sie konnte auch nie erklären, warum sie tat, was sie tat. Erinnerte sich nur, dass die Schutzflehenden ihre Hände erhoben in allen griechischen oder lateinischen Klassikern. Und Jane hob ihre Hände, die drei Jahre lang Kohle gegraben, geladen, geschleppt hatten, bis sie dicht vor den Augen der Dame waren.

»Für einen Bericht aus den Minen im Norden!«

83.

Zumindest das Gerücht davon, wer den Gott des Meeres mit solcher Inbrunst und ohne jede Scham verkörpert hatte, begleitete Eden seit Tagen auf Schritt und Tritt. Emmeline war deshalb wenig angetan von dem Gedanken, dass eine solche Skandalfigur ihr Trauzeuge sein sollte. Aber Carver, in blindem Stolz auf die Bekanntschaft mit einer so hochgestellten Persönlichkeit und wild entschlossen, für den Rest seines Lebens mit all den wundervoll abenteuerlichen Umständen seiner Hochzeit anzugeben, bestand auf Seiner Lordschaft.

Die Messe wurde für eine kleine Feier hergerichtet, und auf 32° 18' West und 12° 26' Süd sprachen Emmeline Thompson und Charles Carver das große *Volo* und waren nun offiziell Mann und Frau. Kapitän Radcliffe hielt keine bewegende Ansprache, sagte aber das Nötige, ohne die Anekdote zu erwähnen, die er Gowers erzählt und die dieser eigentlich jeden Moment erwartet hatte. Einen kleinen Seitenhieb konnte er der jungen Braut jedoch nicht ersparen, indem er sagte: »Ich freue mich, dass Sie so schnell Trost finden konnten, Mrs. Carver!«

Emmeline ärgerte sich schrecklich darüber, dass sie nun die erste Anrede mit ihrem neuen Namen ein Leben lang mit dieser versteckten Zurechtweisung in Verbindung bringen musste, wurde aber schnell durch das Ständchen versöhnt, das Charles' zahlreich erschienene Kameraden zu diesem Anlass einstudiert hatten.

Gowers, dem solche Veranstaltungen gemeinhin schon als

Zuschauer eher peinlich waren, hatte bereits in dem Augenblick, als Carver damals seinen Antrag machte, insgeheim befürchtet, eine Rede halten zu müssen. Er hatte sogar verschiedene Entwürfe gemacht und war dabei schon in Gedanken so schüchtern geworden, als wäre er die Braut. Darum war er gleichermaßen hocherfreut und tief erleichtert gewesen, als Hauptmann Bledsoe von den 16. Füsilieren zu erkennen gab, dass er sich selbst gerne reden hörte und es als Auszeichnung betrachten würde, diese ehrenvolle Aufgabe zu übernehmen. Der gute Mann schüttelte auch derart viele Metaphern über das Meer der Liebe und das Schifflein des ehelichen Bundes aus dem Ärmel, dass Van Helmont die Zigarre ausging und Kapitän Radcliffes Backenbart sich zu kräuseln begann.

Zum Eklat – jedenfalls für Gowers – kam es dann erst, als man im Anschluss an Bledsoes Ergüsse zum unvermeidlichen Punsch überging. Irgendjemand sprach über den zurückliegenden Spaß der Äquatortaufe, und wohl um von seiner unrühmlichen Rolle bei diesem Ereignis abzulenken oder aber besonders darauf hinzuweisen, fragte Lord Eden verschiedene der Anwesenden, ob sie vorher schon einmal jenseits der Linie gewesen seien, unter anderem Gowers.

Der sagte, ohne darüber nachzudenken: »Ja, zweimal. Einmal runter, einmal rauf!«

»Und auf welchem Schiff?«, fragte Eden provokativ.

»*Investigator*«, rutschte es Gowers heraus, und er hoffte schon, dass es im allgemeinen Gelächter niemand richtig gehört hatte, da fragte der Erste Offizier Bell verblüfft und laut: »Sie waren auf der *Investigator*, Mr. Thompson?!«

»Ja, Sir«, erwiderte Gowers so leise wie möglich. Aber nun hatten es alle gehört.

»Meinen Glückwunsch, Sir«, sagte Bledsoe und drückte ihm die Hand. »Und meine Hochachtung!«

Carver geriet ins Stottern. »Daniel, ich … ich wusste ja gar nicht, dass du …«

»Was ist mit der *Investigator*?«, fragte Emmeline naiv, und Gowers atmete beinahe hörbar auf, als sich der redselige Hauptmann wieder einschaltete: »Ja, was ist mit ihr? Ist wohl noch immer da oben, das tapfere alte Mädchen?!«*

»Ich denke ja«, sagte Gowers und überlegte krampfhaft, wie er ohne größeres Aufsehen das Thema wechseln könnte. Aber leider war nicht einmal Van Helmont geistesgegenwärtig genug, Emmeline von ihrer zweiten dummen Frage abzuhalten.

»Was ist so Besonderes an diesem Schiff?«

Die anderen Gespräche verstummten endgültig. Und es war der dicke Kaufmann Merriwell, der es ihr merkwürdig kalt lächelnd erklärte. »Mit der *Investigator* entdeckte Commander McClure die Nordwestpassage.«

Emmeline war sich nun immerhin über ihren fatalen Schnitzer im Klaren, aber anstatt den Mund zu halten, wollte sie die peinliche Situation anscheinend durch Naivität überspielen. »Oh, davon hast du mir ja nie was erzählt!«

Unglücklicherweise war sie keine sehr begabte Schauspielerin, und Gowers wäre am liebsten im Erdboden versunken, wenn einer da gewesen wäre. Der dritte Lord Eden fragte mit allem verfügbaren Hohn: »Ihr Bruder hat also die Nordwestpassage entdeckt und vergessen, diesen spaßigen kleinen Umstand Ihnen gegenüber zu erwähnen?!«

Endlich schaltete sich Van Helmont ein und machte wie immer einen halbwegs gelungenen Witz aus der Situation. »Das nenne ich echt britisches Understatement. Wenn bei uns

* Die *Investigator* wurde 1854, eingefroren im Eis der Mercy-Bucht auf Banks Island, aufgegeben. Als der kanadische Polarforscher Vilhjálmur Stefánsson sechzig Jahre später als erster Weißer wiederum in diese Gegend kam, war von dem Schiff nichts mehr übrig.

ein Yankee auch nur entdeckt, dass er die Brille auf der Nase hat, schreibt er gleich eine Artikelserie darüber.«

Carver wollte noch eine verständnislose Bemerkung machen, aber auch ihm stopfte der wackere Arzt das Maul. Während er den jungen Füsilier am Arm fasste und mit dem Finger auf Gowers deutete, sagte er: »Wussten Sie, dass er auf Seiten der Yankees gekämpft hat? Im Range eines Captains, nicht wahr?«

Gowers konnte nur noch nicken, und Van Helmont ließ nun den Leutnant los, warf ihm einen Blick scheinbar unendlichen Mitleids zu und sagte kopfschüttelnd zu den umstehenden Offizieren: »Was für eine entsetzliche Vorstellung, Gentlemen: vor seinem Schwager salutieren zu müssen!«

Lautes Gelächter und eine dritte oder vierte Runde Punsch beendeten die unsägliche Szene, und das jäh aufgeflammte Misstrauen verschwand aus den Blicken. Wenn auch nicht aus allen.

84.

Das einzig Schlechte in diesem Frühling 1842 war, dass Beth angefangen hatte zu trinken. Sie wurde nicht widerlich wie die meisten Trinker, aber in einer Weise bitter, die anzusehen und zu hören vielleicht noch stärker wehtat.

»Gut, dass sie weg ist, wie«, sagte sie und sprach von ihrer Tochter. Sie sprach fast nur noch von ihrer Tochter. »Da habt ihr mehr Platz in euerm Bettchen!«

Jane schossen die Tränen in die Augen, vielleicht weil es so ungerecht war, vielleicht auch, weil es die Wahrheit war, und sagte, sie würde nackt auf dem Boden schlafen, wenn Mary-Ann dadurch wieder lebendig würde.

Beth sah sie lange an, verstand alles und sagte deshalb verächtlich: »Bloß gut, dass das nicht geht, was, Schätzchen?!«

Da wusste Jane, dass sie nicht mehr lange bleiben würde.

Sie war ohnehin die meiste Zeit in ihrer Schule, einem ehemaligen Vorratslager, Anbau der alten Mühle, klein, zugig, unbeheizt. Aber Jane war dabei, all diese Missstände zu beheben, mithilfe der vier Pfund, die Lady Ashley ihr gegeben hatte, »für Ihre Auslagen«. Sie hatte Stühle und Bänke gekauft, und im nächsten Winter würden sie einen Ofen haben.

Es kamen jetzt auch immer mehr Kinder, sogar ein paar Erwachsene, unter ihnen Tom Peters, obwohl der nichts lernen wollte. Sie würde bald einmal mit dem Jungen reden müssen, damit er sich keine falschen Hoffnungen machte oder gar welche verbreitete.

Jane begann in diesem Frühling, sich wie eine Lehrerin zu fühlen. Ben wurde sechs und war ihr bester Schüler. Dann kam Ashleys *Mines Act*.

Der Bericht über die Arbeitsbedingungen in den Gruben von Northumberland war das meistgelesene Dokument des 19. Jahrhunderts, vielleicht das erschütterndste, ganz sicher das einflussreichste. Ashley hatte mit einigen Künstlern und Journalisten zusammengearbeitet, und in Zeitungen, auf fliegenden Blättern, Plakatwänden sah man einen Sommer lang nichts anderes mehr als kriechende Frauen und Kinder im Geschirr oder nackte junge Männer, denen die Zeichner aus Gründen des Anstands unförmige Unterhosen angemalt hatten.

In Bischofssitzen, Handelskontoren und unter den Bettlern auf den Straßen wurde über nichts anderes geredet, Moritatensänger verbreiteten Schauerliches über die Schändung von Jungfrauen in der ewigen Nacht. Bürgerkomitees zur Rettung der Arbeiterkinder bildeten sich, ehrbare Hausfrauen, die in ihrem ganzen Leben niemandem widersprochen hatten, stritten sich mit Professoren aus Oxford. Halbgare Jünglinge erzählten sich schmutztriefende Geschichten aus den Minen, geistreichere Spötter schrieben vom »Venusberg«.

Es kam zu Unruhen in der Arbeiterschaft, überall flammten Streiks auf, es gab Tote in diesem Sommer. Friedrich Engels lernte Karl Marx kennen, *Die Lage der arbeitenden Klasse in England* nahm Gestalt an. Unterhausabgeordnete weinten, als Lord Ashley am 7. Juni 1842 die größte Rede seines Lebens hielt, und die Regierung Peel konnte nicht mehr über ein neues Gesetz diskutieren, konnte sich nur noch der gärenden Volksmeinung anschließen und es erlassen.

Die *Mines Act* war eigentlich nur noch ein Federstrich, etwas gleichsam Selbstverständliches, und jedermann fragte sich, warum man nicht viel früher an so etwas gedacht hatte. Inspektoren wurden eingesetzt, die über ihre Einhaltung wachen sollten. Tatsächlich war dieses Gesetz der erste ernsthafte Versuch, eine staatlich kontrollierte Sozialpolitik zu betreiben.

Die Herren Hollister, Burdette, Charlton bekamen sehr schmale Münder, ihre Frauen weinten sich in den Schlaf. Steine flogen durch ihre Fensterscheiben, und sie begannen, zwei und zwei zusammenzuzählen. Ihre Rechnung war nicht aufgegangen. Das Gesetz verpflichtete sie dazu, Wetter- und Rettungsschächte niederzubringen, Minimalhöhen in Strecken und Stollen einzuhalten, selbst der Ausbau vor Ort wurde reglementiert, und plötzlich sprach man von Mindestlöhnen …

Dann der soziale Fortschritt! Kinder unter zehn Jahren durften nicht mehr beschäftigt werden, und, was das Gewissen eines ganzen Volkes, Zeitalters am meisten beruhigte: Nicht allein die *Arbeit* unter Tage, sondern die, wie es hieß: *physische Präsenz* von Frauen in den Minen war mit sofortiger Wirkung verboten.

85.

Letztlich war es das Wetter, das ihm das Leben rettete. Es hätte nicht mal ein Sturm sein müssen, nur eine etwas rauere See, um weniges höhere Wellen, ein bisschen mehr Fahrt – und John Gowers wäre Geschichte gewesen.

Er zitterte noch nach zwei Tagen an allen Gliedern, wenn er daran dachte, wenn er wieder die riesige Hand fühlte, die sich schwer und schwarz um seinen Körper geschlossen hatte. Van Helmont hatte einen Schock diagnostiziert und ihn mit allen Arten von Alkohol abgefüllt, einen Tag und zwei Nächte lang. Ein entsprechender Katzenjammer stellte sich ein und wurde zum ersten Mal im Leben begrüßt wie ein lange verschollener Bruder.

»Wie herrlich, wenn einem so richtig schön schlecht ist, Doc!«

»Wundert mich gar nicht«, sagte der Arzt. »Sie haben eine gut sortierte Kneipe im Bauch.«

»Und drei bis vier Orchester im Kopf, die sich nicht einig sind, was sie spielen sollen.«

Van Helmont lächelte. »Können Sie mir trotzdem eine ganz einfache Frage beantworten?«

»Ich fürchte, nicht, Doc. Ich weiß nur, dass ich anscheinend etwas weiß, das irgendwen ziemlich nervös macht. Ich weiß nur leider nicht, was. Das ist alles.«

»Reden Sie mich nicht besoffen«, fuhr der Arzt ihn ärgerlich an. »Sagen Sie mir einfach nur, was passiert ist!«

Es war die Nacht nach der Hochzeit. Gowers konnte nicht schlafen, weil er wusste, wie fragwürdig seine Rolle als Daniel Thompson geworden war. Auch, weil er zum hundertsten Mal seine Rotoren anwerfen wollte, bestückt mit all den hoffnungslos auseinanderlaufenden neuen Nachrichten, Beobachtungen, Schlüssen.

Er fragte sich, ob nicht vielleicht doch alles so gewesen war, wie alle glaubten: Sam Thompson hatte sich aufgehängt, Louis Vivés war am Fieber gestorben. Je mehr im Einzelnen dagegen sprach, desto weniger ließ sich beides erklären. Und warum nicht eine schlechte Begründung akzeptieren, wenn er keine bessere hatte?

Es war eine milde Nacht, das Kreuz des Südens stand genau auf dem Horizont, und Gowers schüttelte bei diesem Anblick den Kopf. Die Geschichte der Astronomie, die gesamte Menschheitsgeschichte vielleicht, wäre anders verlaufen, hätten schon die Pythagoräer dieses wunderbare Sternbild gekannt. Sie hätten mit bloßen Augen gesehen, erkannt, dass diese Sterne kleine Sonnen waren.

In diesen Gedanken versunken hörte er plötzlich ein schlurfendes Geräusch in seiner unmittelbaren Nähe, kam aber nicht mehr dazu, sich umzudrehen, sondern bekam den Schlag auf den Hinterkopf.

»Verdammt harten Schädel haben Sie, Junge«, sagte Van Helmont, als er die eindrucksvolle Beule untersuchte. »Aber nur drei Zentimeter höher, und er hätte mit Sicherheit Ihr Gehirn gesehen.«

»Lassen wir mal mein Gehirn beiseite«, erwiderte Gowers unangenehm berührt. »Rechnen wir lieber aus, wie groß er sein muss. Dass er Rechtshänder ist, wissen wir ja schon.«

86.

Sie begriffen es nur langsam. Versammelten sich noch, jeden Morgen vor Schichtbeginn, gingen mit den Männern zum Schacht. Einer murmelte schon: »Haltet lieber die Betten warm!« Sie hörten es nicht. Standen vor dem Büro des Reviersteigers.

»Hab nie was Böses getan, Chef. Nicht gemault, nicht gemeckert. Immer gut gearbeitet, lass mich rein!«

»Ich bin stark, Chef!« Eine der Frauen zog ihre Jacke, ihr Hemd aus, zeigte sich wie ein schwarzer Sklave. »Ich schaff mehr als die Lümmel aus dem Süden. Guck, meine Muskeln!«

Er sah nur ihre frierenden Brüste.

»Nichts zu machen. Beschwert euch in London, *die* haben das Gesetz gemacht!«

Sie verstanden es nicht. Frauen, die ihr Leben lang im Berg gearbeitet hatten, Witwen, die vier Mäuler stopfen, Töchter, die verkrüppelte Väter versorgen mussten. Standen da, sollten von jetzt an nur noch dastehen, zuschauen, und grüne Jungen, vierzehn-, fünfzehnjährige Bengel, angeworben aus allen Städten im Süden, gingen grinsend an ihnen vorbei. Einer ließ die Hosen herunter.

»Hee! Einen Penny, wenn ihr mich nach der Schicht überall ableckt!«

Einige Frauen hoben Steine auf, aber der Junge bekam einen derben Tritt von einem der älteren Männer und lag für Sekunden im Dreck.

»Viel Spaß im Berg!«, rief eine der hübscheren Frauen ihm hinterher, und alle lachten gereizt, auch ein paar Männer. Dann tauchte Beth auf, schon am frühen Morgen betrunken.

»Was wollt ihr hier? Geht endlich heim, blöde Weiber! Zieht die Hosen aus. Polstert eure mageren Ärsche auf. Lächelt! Ohrfeigt euch, dass ihr Farbe ins Gesicht kriegt.«

Dann wandte sie sich der langen Kette müder, grauer Männer zu, die langsam im Berg verschwand, und sagte so laut und höhnisch, dass jeder es hören konnte: »Das da muss geheiratet werden!«

Diesmal sagte ihr niemand, dass über sie geredet wurde. Jane bemerkte es zuerst daran, dass immer weniger Kinder zur Schule kamen, bis sie schließlich, an diesem Tag, mit Ben allein war. Sie überlegte noch, ob sie mit Nelson darüber reden sollte, aber sie hatte keine Angst. Es war ein schöner, ein warmer Tag, beinahe wie der, an dem sie John im Fluss gesehen hatte. Sie dachte jetzt seltener an John.

Beschwert euch in London! Dieser Satz war den Frauen im Kopf herumgegangen wie ein Mühlstein. Manchen fiel auch wieder ein, was Beth Irvine erzählt hatte, als ihre Tochter gestorben war und wenn sie getrunken hatte: dass sich bald vieles ändern würde.

Wo war Jane Williams gewesen, damals, fast einen Monat lang?

Warum hatten die Grubenherren sie zur Lehrerin gemacht?

Woher hatte sie das Geld für Stühle und Bänke, für den Ofen, von dem sie so gerne sprach?

Sie versammelten sich hinter der Mühle, am helllichten Tag, in weniger als einer Stunde: an die hundert wütende Frauen, von überallher, nicht nur aus Benwell. Viele, die gar nichts wussten, Jane Williams nicht kannten, nie gesehen hatten. Einige hatten Knüppel dabei, andere liefen und schnitten sich

Weidengerten zurecht, eine holte eine Schere. Flaschen mit Branntwein gingen herum, böse Worte fielen, nervöses Gelächter, Gemurmel schwoll langsam an.

87.

Er kam im Wasser sofort wieder zu sich und wusste auch sofort, dass er nicht lange ohnmächtig gewesen sein konnte, weil der Schiffsbug riesig und schwarz über ihm aufragte; ein urzeitliches Tier, das seinen feuchten, kalten Körper über ihn hinwegwälzen wollte. Er stieß sich mit den Füßen ab, um nicht unter Wasser gezogen zu werden, wusste aber gleichzeitig, dass er das Schiff wieder anschwimmen musste; dass er dazu nur eine einzige Chance hatte; dass es nichts gab, woran er sich festkrallen konnte. In Bruchteilen von Sekunden war ihm das alles klar, und noch während es ihm klar wurde, tastete er nach dem Messer in seinem rechten Stiefel.

Das Wasser machte Kleider und Bewegungen schwer, und er fühlte sich so langsam, bleiern wie in seinen schlechtesten Träumen nicht. Er verfluchte das Hosenbein, das sich nicht hochzerren ließ, er verfluchte die Scheide, die das Messer festhielt, er verfluchte sich selbst, weil er sank in dem verzweifelten Kampf um seine letzte Waffe. Und das Schiff, dessen Bauch er schon wieder in seinem Rücken fühlte, das still und groß weiterziehen würde, ihn allein mit dem Ozean ließ, tausend, zweitausend Meilen in jeder Richtung. Dann hörte er auf zu denken.

Und höher, als er es bei klarer Überlegung gekonnt hätte, schob er seinen Oberkörper aus dem Wasser, tiefer, als es ohne Todesangst möglich gewesen wäre, stieß er sein Messer in den riesigen, hölzernen Leib. Und das Schiff zog ihn mit sich.

Er wusste, dass er nicht einmal eine der untersten Geschützpforten erreichen und weder irgendwie an Bord klettern noch sich lange in dieser Position festhalten konnte. Das Messer würde sich lösen, das Meer würde ihn fortspülen mit einem einzigen Windstoß. Und wenn das alles nicht geschah, würde seine Kraft erlahmen, seine verkrampfte Hand schließlich abrutschen, sein schon jetzt absterbender Körper in die Tiefe sinken.

Die Wellen waren alte Männer. Er sah ihre flatternden weißen Haare, hörte ihr dünnes Gelächter, spürte tastende Finger an seinen Beinen, seinem Bauch. Sie stiegen auf seine Schultern. Er war schwer wie ein Stein.

Die Haie fielen ihm ein, die manchmal den großen Schiffen folgten, und er wusste, dass er um sein Leben schreien musste, schreien, wie er niemals geschrien hatte. Aber nur ein eigenartiges hohes Wimmern kam aus seiner Kehle, das man oben, an die sieben Meter höher auf dem Achterdeck, kaum hören würde.

Der Rudergänger sah seiner Ablösung mit Ungeduld entgegen. Noch zehn Minuten. Noch fünf Minuten. Jetzt! Jetzt aber!! Endlich konnte er auf die Rüstbank steigen, nestelte an seinem Hosenschlitz und hielt sich dann voller Wonne mit einer Hand an der Bordwand fest.

Gowers war sich darüber klar, dass er noch nie einen pinkelnden Mann aus einer unangenehmeren Perspektive gesehen hatte. Und vielleicht war es ja wirklich nur die Entrüstung darüber, dass das Letzte, was er aus dieser Welt mitnehmen sollte, dieser Anblick war, die den Schrei aus seiner Kehle löste.

Der Mensch taumelte zurück, als hätte er einen Schlag erhalten, die Quelle seines privaten Vergnügens versiegte vor Schreck. Eine Sekunde lang glaubte er, den Verstand verloren zu haben, dann schaute er nach unten. Und fast im gleichen Moment hörte Gowers die schönsten Worte, die er in seinem Leben je gehört hatte: »Heilige Scheiße! Heilige Scheiße!! Mann über Bord!«

88.

Jane hatte vom Fenster aus die Frauen gesehen und verstand nicht, dass all das ihr galt, ihr zugedacht war. Am Anfang wollte sie sogar hinausgehen und fragen, was eigentlich los sei. Dann kamen die Steine. Eine erste Ladung, schlecht gezielt, prasselte gegen die Tür. Nur einer zerschlug eine Scheibe. Und Jane fing zu zittern an, lächelte aber dem Jungen zu, der über seinem Buch saß und erst beim Klirren der Scheibe überrascht aufsah.

»Jane Williams! Jane Gowers! Komm heraus, oder wir holen dich!«

Jane sah durch das zerbrochene Fenster, dass nun all die wütenden Gesichter ihrer kleinen Schule zugewandt waren, und wünschte, sie wäre gleich zu Nelson gegangen.

»Du bleibst hier drin, egal was passiert!«, schärfte sie dem Jungen ein, aber alles an ihr zitterte jetzt, auch ihre Stimme. Um es vor ihm zu verbergen, verschränkte sie die Arme vor der Brust und ging langsam hinaus.

Was soll das Theater?, wollte sie fragen, aber sie hatte die Tür noch nicht geschlossen, da traf sie schon eine Gerte mitten ins Gesicht. Sie hörte nur noch das Pfeifen, dann wurde sie von den niedrigen Stufen gerissen. Hände zerrten an ihr, Fäuste schlugen nach ihr, Stiefeltritte trafen sie im Bauch und im Rücken. Sie wurde einfach fortgespült. Kam noch einmal auf die Beine, fast zehn Meter vom Haus entfernt, da waren ihre Kleider schon zerrissen, war sie halb nackt und trug nur noch einen Schuh. Den linken, in dessen Schnürsenkel sie heute Morgen aus Versehen einen Knoten geschlagen hatte.

Jane wollte zum Haus zurücklaufen, aber Fingernägel rissen an allen Teilen ihres Körpers, und Schläge von überallher hinderten sie daran, auch nur die Augen zu öffnen. Oder war es das Blut? Ein Stockschlag in die Nieren ließ sie zu Boden gehen, fast gleichzeitig traf ein Fausthieb ihre Schläfe, ihren Kiefer. Sie rollte sich am Boden zusammen, versuchte, in die Erde zu kriechen. So viel Hass, so viele Hände griffen nach ihr! An den Haaren wurde sie hochgerissen, eine Strecke geschleift, dann hörte sie das Quietschen der Schere, fühlte einen scharfen Schmerz quer durch ihr linkes Ohr, schrie und hörte im Heulen, Johlen der Menge ihren eigenen Schrei nicht.

Blutend, geschoren, ließ man sie eine Sekunde lang liegen, und sie hörte furchtbare Stimmen von allen Seiten: »So, die Frau Lehrerin. Schlagt ihr die Zähne ein! Brecht ihr die Nase. Holt einen Mann, der es ihr richtig besorgt. Holt einen Schürhaken!«

Jane fühlte, wie ihre Vorderzähne zerbrachen, als jemand mit einem Stein auf ihren Mund einschlug, und fürchtete, dass auch alles andere geschehen würde, aber dann hörte sie neue Schreie: »Haltet den kleinen Bastard! Schlagt ihn tot. Passt auf, er hat ein Messer! Er hat mich erwischt!«

Da wusste sie, dass Ben ihr nicht gehorcht hatte und sterben würde, wie sie gerade gestorben war.

Aber es geschah nicht an diesem Tag.

Als die Frauen ihn schon am Boden hatten, ohne dass er sein Messer losgelassen hätte, als ihn die Knüppel trafen und er nahe bei seiner Mutter lag, hörte mit einem Mal alles auf. Ein Moment Stille entstand in dem Toben und Heulen und ein leerer Kreis um Jane und den Jungen, vielleicht anderthalb Meter, inmitten der Menge.

Jane schlug die Augen auf, wischte den roten Nebel mit der Hand fort. Über ihr stand Beth, eine abgebrochene Flasche in der Hand, und wahrscheinlich fragten sich beide, was sie im nächsten Moment damit tun würde.

Dann lachte Beth leise und dunkel und sagte: »Ihr Drecksäue! Gottverfluchte Tiere, kommt ran! Wer den Jungen anrührt, dem zerschneide ich die Fresse von einem Ohr zum anderen. Kommt ran!« Sie wurde lauter und lauter. »Na, kommt doch! Ich hab schon einen Mann erschlagen, im Berg, mit meinen Händen!«

Eine kreischende, wilde Stimme schrie: »Du kannst uns nicht alle kriegen, Beth Irvine!«

»Nein.« Beth lachte jetzt böse, spuckte ihre Worte in großen Flocken in die hundert Gesichter. »Nicht alle. Aber jede. Nicht jetzt. Aber morgen. In einer Woche. In einem Jahr. Ich vergifte eure Bälger, ich hänge sie in die Bäume! Ich verbrenne eure Häuser und pisse in die Asche!«

So groß war ihr Zorn, dass die Menge sich vor ihr teilte. Sie zog Ben hinter sich her, Jane folgte den beiden, auf Händen und Knien. Die Frauen schlugen sie nicht mehr. Aber sie spuckten jetzt, warfen mit Steinen und Dreck. Junge Burschen, einige Männer, Volk, das inzwischen gehört hatte, dass »etwas los« sei, stand dabei, lachte ungläubig.

Ein Schwall kalten Wassers traf Janes Kopf, ihren zerschlagenen Körper.

»Wasch dich erst mal, Frau Lehrerin!«

Dann war es nur noch Gelächter, durch das sie kroch. Sie sah jetzt auch wieder. Sah den endlos langen Weg durch das Dorf vor sich. Sah, wie Ben anhielt und auf sie wartete. Ihre Hände im Staub. Dann nichts mehr.

89.

Der Sergeant wusste, dass dies der letzte Tag seiner langen Wache war.

Frankreich hatte sich 1840 entschieden, den Kaiser heimzuholen. Die Bourbonen brauchten eine gute Presse, und Napoleon würde sie ihnen beschaffen. Nicht der Dritte dieses Namens, der Neffe des Korsen, der am gleichen Tag in die Festung Ham wanderte, an dem die *Belle-Poule* vor Jamestown Anker warf. Sondern der große Bonaparte selbst, der Mann, der seit neunzehn Jahren im Geraniumtal auf St. Helena unter einem weißen Stein ohne Inschrift lag, weil Briten und Franzosen sich nicht einmal über seinen Namen einig waren: *Napoleon I., Kaiser der Franzosen* oder *General Bonaparte, Prisoner of War*. So hatte der Sergeant einen Namenlosen bewacht, Tag für Tag.

Am Anfang hatten sich die Leute über ihn lustig gemacht: ein kriegsversehrter englischer Veteran, der freiwillig auf diesen einsamen Felsen im Atlantik gekommen war, um den Kaiser zu sehen. Und der nur noch sein Grab fand, unter einer uralten Weide, und Longwood House verlassen, Napoleons Zimmer ein Schafstall, der Garten, in dem die letzten Kämpfe des großen Feldherrn der Hervorbringung von Zwiebeln und Kohlrabi gegen eine übermächtige Natur gegolten hatten, vom Vieh zertrampelt.

Der Sergeant war gekommen – aber das wusste niemand –, um diesen Mann zu töten, und er blieb, um sein Grab zu bewachen.

Er war gekommen, weil er zur Division Alten gehört hatte und Napoleon erzählen wollte von den dreitausend Mann, die bei *La-Haye-Sainte* zusammengehauen wurden, während ein schottischer Pfeifer bis zuletzt seinen Pibroch spielte. Von den immer kleineren Karrees der jungen englischen Infanteristen auf dem Hügel von *Mont-Saint-Jean*, über die die gesamte französische Kavallerie hergefallen war. Von seinen Kameraden, die unter den Pferdekadavern zerquetscht wurden, von Eingeweiden und Blut und umherfliegenden Gliedmaßen, wenn wieder eine Kartätschenladung ihr Ziel gefunden hatte. Und von den Schreien, die er immer noch hörte.

Sie hatten standgehalten, er und seine Kameraden, standgehalten den Kartätschen, den Kürassieren, dem wahnsinnigen letzten Ansturm der Alten Garde. Standgehalten den Männern, die Europa überrannt hatten von Spanien bis zum Ural – aber nicht sie, an diesem regnerischen Tag, auf diesem durchweichten Hügel in Belgien! Sie waren nur noch wenige, verzweifelt wenige, und von denen, die am Morgen mit ihm ausgezogen waren, stand nicht ein Mann mehr, aber sie waren nicht zurückgewichen.

Und im Namen von vierzigtausend Toten, Engländern, Schotten, Holländern, wollte er diesem einen Mann ins Gesicht schreien, was ihm anscheinend und eigenartigerweise niemand wirklich gesagt hatte; das alte Wort, das alle Kämpfe beendete, das Stille schaffen würde in seinem Kopf und das Napoleon nie gehört hatte: besiegt!

Er saß lange an diesem Grab, diesem kleinen Stein unter der Weide am Ende der Welt. Und kam wieder am nächsten Tag. Und am dritten riss er das Unkraut aus zwischen den Blumen auf dem Hügel seines großen Feindes, mit der Hand, die ihm geblieben war. Er erzählte Napoleon von der anderen, der blutigen, die auf dem fernen Feld lag, bei Waterloo vermodert war oder gefressen von den Hunden. Die Hand, die seine Frau und sein Kind gestreichelt hatte und ihnen beiden die Augen schließen musste an einem noch ferneren Tag.

Der Sergeant rauchte seine alte Pfeife und saß an die Weide gelehnt und erzählte dem Kaiser das alles, und der Kaiser antwortete leise, wisperte, war der Wind in den Zweigen, der ihm manchmal den Rauch von den Lippen blies, neunzehn Jahre lang.

Sein Haar wurde weiß auf der langen Wache, und während Longwood House immer mehr verfiel, blieb der kleine Friedhof im Geraniumtal, wie er war. Und so mancher vorwitzige Matrose, Walfänger, der gekommen war, »um auf Boneys Grab zu spucken«, ging wieder mit dem Hut in der Hand oder der Mütze unter dem Kinn, in die das Blut aus seiner gebrochenen Nase tropfte.

Diesmal aber hätten ihm auch zwei Fäuste nichts genützt. Frankreich kam, um seinen Feind wegzuholen, und Frankreich hatte ein größeres Recht an dem Toten. Millionen Franzosen und nicht zuletzt die Geschichte warteten dort auf einen Nationalhelden.

Ihr letztes Gespräch war der Regen, der an diesem Tag heftig und ohne Pause fiel, aus dem dunklen Himmel über Hutt's Gate, und auf den namenlosen Stein trommelte, als sollten die Toten erwachen. Der Sergeant trat zurück und salutierte, als die Franzosen kamen.

Der Prinz von Joinville machte ihm ein Geldgeschenk, aber er ging, der Sieger von Waterloo, über den steilen, schlammigen Weg zurück zum Meer und zum Hafen, ohne ihn eines Blickes zu würdigen.

90.

Gowers war gerade im Beiboot aufgestanden, als die Salutschüsse losdonnerten. Die Kolonie war vollzählig angetreten, eine kleine Tribüne aufgebaut, Fähnchen wurden geschwenkt, zwei Dutzend Soldaten präsentierten das Gewehr, und ein Kinderchor sang *Hail the conquering Hero comes*, kaum dass der Salut verraucht war.

»Die Eingeborenen freuen sich aber anscheinend mächtig, Sie zu sehen«, raunte ihm Van Helmont ins Ohr, und tatsächlich: Seit eben einer der Matrosen im vorderen Boot mit dem Finger auf ihn gezeigt hatte, waren alle Blicke Gowers zugewandt. Noch auf dem hölzernen Kai überreichte ein kleines Mädchen ihm einen Blumenstrauß, und zwei junge Mütter waren offenbar planmäßig aus dem Spalier der Jubelnden ausgebrochen und boten ihm ihre Babys zum Willkommenskuss an.

Gowers lächelte gequält. Er hatte weiß Gott schon viele Identitäten angenommen, aber Daniel Thompson fing an, ihm auf die Nerven zu gehen. Zumal er offenbar gerade mit seinem »Vater« Samuel verwechselt und für den neuen Gouverneur von St. Helena gehalten wurde. Als er glücklich auf *terra firma* stand, wechselte die Menge gerade von jeweils dreifachen Hoch- und Hurra-Rufen auf ein unterschiedlich skandiertes »Lang lebe Thompson!«, das ihm siedend heiß durch die Knochen fuhr. Wie sollte er den braven Leuten nur beibringen, dass Samuel Thompson sich schon seit fast zwei Monaten in Segeltuch eingenäht und mit einem Sack Ballast an den Fußknöcheln in einer vermutlich eher trostlosen Einöde auf dem Grund des Atlantiks befand?

Ein grauhaariges Männlein in einer altertümlichen britischen Admiralsuniform schwankte freudetrunken auf ihn zu und ergriff bewegt seine Hand: »Freue mich sehr, Mr. Thompson, freue mich außerordentlich!«

Gowers räusperte sich verlegen. »Tut mir leid, Sir, aber das ist eine Verwechslung.«

»Oh!«, sagte das Männlein, nicht im Mindesten beunruhigt, und wandte sich nun mit entschuldigendem Lächeln an Van Helmont: »Dann sind Sie Thompson. Schön, Sie endlich hierzuhaben!«

Van Helmont nahm die Zigarre aus dem Mund, drückte herzlich die angebotene Hand und sagte in Anspielung auf die Jubelkulisse: »Ist auch schön herzukommen, Sir. Aber ich bin leider auch nicht Thompson.«

»Nicht?«, sagte das Männlein, jetzt doch enttäuscht, und fügte mit einem Anflug von Ärger hinzu: »Wo zum Teufel ist Thompson?«

»Mein Vater, Sir«, sagte Gowers sehr vorsichtig, »Samuel Thompson ist leider auf See verstorben.«

Das Männlein, in dem man nun unschwer den alten Gouverneur erkennen konnte – obwohl solche feinen Unterscheidungen gerade obsolet geworden waren –, verkroch sich in einem Anfall von jäher Schwermut in seiner Admiralsuniform, schnurrte jedenfalls merklich zusammen und »der Menschheit ganzer Jammer trat in seine Augen«, wie Van Helmont es später ausdrückte. Offenbar setzte ihm vor allem die Aussicht zu, noch einmal auf unbestimmte Zeit Ihrer Majestät Königin Viktorias Stellvertreter auf dieser zugigen kleinen Insel zu sein.

»Gottverdammt, gottverdammt!«, murmelte er, ging an seinen Besuchern vorbei und starrte sehnsüchtig hinaus auf die See, als würde er am liebsten hineinspringen und bis nach England schwimmen, ohne noch einmal zurückzuschauen.

Allmählich verstummten auch die Vivat-Rufe der tapferen Kolonisten in seinem Rücken, denn aus dem merkwürdigen Verhalten ihres Häuptlings erschloss die Menge, dass es im Verlauf der weiteren Inaugurationsfeierlichkeiten unvorhergesehene Schwierigkeiten geben würde – milde ausgedrückt.

»Jammerschade, all das abzublasen«, sagte der kleine Gouverneur, als er sich wieder ein wenig gefangen hatte und sich erneut dem Felsen und seinen jetzt todtraurigen Pflichten zuwandte. »Und Ihnen mein Beileid, Sir!« Zum zweiten Mal drückte er Gowers die Hand, und es war unklar, wer wen mehr bedauerte. Die versammelte Kronkolonie schien den Händedruck allerdings für ein hoffnungsvolles Zeichen zu halten, denn vereinzelt und zaghaft ließen sich nun wieder Hurra-Rufe hören.

»Warum abblasen?«, mischte sich da Van Helmont ins kolonialpolitische Geschehen. »Machen Sie einfach eine Art Leichenfeier daraus. Mr. Thompson hier kann ein paar passende Worte sagen!«

91.

Gowers warf dem Arzt einen so erbitterten Blick zu wie nur je ein Mann, der schon bei einer kleinen Hochzeitsfeier auf See nicht die passenden Worte gefunden hatte, und machte deutliche Anstalten, wieder ins Boot zu steigen.

Zu seiner unendlichen Erleichterung schüttelte der Gouverneur rasch den Kopf und sagte: »Nein. Aber ich fürchte, *ich* muss ein paar passende Worte sagen. Wenn mir auch im Moment keine einfallen. Kommen Sie mit, Gentlemen!«

Sie folgten ihm zu der kleinen Tribüne, wobei ihr Führer den aufbrandenden Applaus durch Mimik und Gestik geschickt zu dämpfen verstand. Oben angekommen, entblößte er als Erstes sein graues Haupt und brachte die Menge dadurch endgültig zum Verstummen.

»Meine lieben Landsleute! Ich bedauere unendlich« – und hier machte er eine kleine Pause, die ihm selbst wahrscheinlich mehr bedeutete als allen anderen –, »Ihnen mitteilen zu müssen, dass Ihr neuer Gouverneur Samuel Thompson auf See verstorben ist. Ich habe diese traurige Botschaft selbst gerade erst erhalten und hoffe, dass uns allen der Sohn des lieben Verstorbenen Näheres darüber mitteilen kann.«

Er trat geschickt zwei Schritte zur Seite und exponierte damit den unglücklichen Gowers, der sich in seiner Deckung bereits wieder entspannt hatte. Alle Augen wandten sich, alle Herzen flogen ihm zu, während er den Gouverneur mit Blicken zu durchbohren versuchte und am liebsten »Giftzwerg! Lügner! Fiese alte Schlange!« gesagt hätte. Stattdessen stammelte er, mühsam ein Wort ans andere flechtend: »Ich bin überwältigt von diesem, diesem so überaus herzlichen Empfang, den mitzuerleben meinen Vater, meinen verstorbenen Vater sicherlich auch überwältigt hätte, der ihn aber auch glücklich gemacht haben würde und auch stolz. Stolz auf Sie.«

Er stockte, weil er schon jetzt nicht mehr wusste, was er eigentlich gesagt hatte; vor allem aber, weil die Worte »Und wenn er mich jetzt sehen könnte …« in seinem Gehirn aufgetaucht waren und keinen Platz mehr für irgendetwas anderes ließen. Er wusste aber, dass er das nicht sagen könnte, ohne ein prustendes »Dann würde er sich ziemlich wundern« hinzuzufügen, also tat er das bei Weitem Klügste, was er tun konnte: Er verstummte.

Die Menge applaudierte höflich. Schließlich hatte der Mann gesagt, dass er überwältigt war. Was konnte man mehr verlangen? Inzwischen hatte glücklicherweise der Gouverneur genügend passende Worte gefunden, um das unvermutete Ereignis in eine Länge zu ziehen, die dem ganzen Aufwand wenigstens halbwegs angemessen war. Er dankte Daniel Thompson für seine bewegende Ansprache, erdichtete kurzerhand eine Begegnung mit dem Verblichenen, in glücklicheren Tagen, in der Fülle seiner Kraft, seiner Hoffnungen, seiner vielversprechenden Gaben – und sprach dann ganz einfach über das Schiff.

Dass alles noch viel tragischer sei, weil man gerade von diesem Schiff und von dem, was es dieser Insel schon an Weltgeltung gebracht hatte, einen glückverheißenden Neuanfang hätte erwarten dürfen, einen Aufschwung in jeder Hinsicht. Aber Samuel Thompson, der Mann, der diesen Aufschwung gebracht hätte, sei vor der Zeit von Bord gegangen, abberufen worden auf einen größeren Ozean, zu höheren Aufgaben. Dann folgten so viele schmeichelhafte Vergleiche zwischen dem Verstorbenen und dem ersten Kaiser der Franzosen, dass Gowers, der zuletzt kein Wort mehr verstanden hatte, allmählich dämmerte, was es mit der *Northumberland* auf sich hatte. Und verwirrt, wie es wohl nur ein Detektiv sein kann, der seine Informationen gewöhnlich in Hinterzimmern und im Flüsterton, nicht aber vor staunendem Publikum und mit Chorbegleitung erhält, unterbrach er den Redner mit der Frage: »Sie meinen, Napoleon ist auf *diesem* Schiff nach St. Helena gekommen?«

Mit einem säuerlichen kleinen Nicken bedeutete ihm der Gouverneur, dass er störe, aber Gowers kümmerte sich schon nicht mehr um ihn oder um die Menge, die Fahnen, die strammstehenden Soldaten. Er wusste jetzt, was er wusste und was ihn beinahe das Leben gekostet hätte. Die Rotoren in seinem Kopf arbeiteten so schnell, dass er kaum mitbekam, wie die Versammlung sich zerstreute, und das Erste, was er wieder deutlich sah und hörte, war das amüsierte Gesicht von

Van Helmont, der ihm zuflüsterte: »Schade, mein Junge. So eine Gelegenheit, Gouverneur von irgendwas zu werden, kriegen Sie nie wieder!«

92.

Die Witwe Abell war ihm von allen, die er fragte, als ein historisch so kenntnisreiches und bibliophil so beschlagenes Wesen beschrieben worden, dass er auf das Schlimmste, Älteste, Hagerste gefasst gewesen war, als er an ihrer Türglocke zog. Auch mit vielem gerechnet hatte, nur nicht mit einer allenfalls fünfundvierzigjährigen Dame, die sich Lächeln, Art und Figur eines jungen Mädchens bewahrt hatte und von Anfang an andere Gefühle in ihm weckte als das Interesse an Montholons *La captivité de l'empereur Napoleon à Sainte-Hélène*, Las Cases' *Mémorial* oder O'Mearas *Napoleon in exile*.

»Ah, der Herr Gouverneur«, begrüßte sie ihn mehr freundlich denn ironisch, als sie ihn vor ihrer Tür fand. Mit jener umstandslosen, sich selbst nicht thematisierenden Offenheit, die nur sehr selbstsichere Menschen haben, führte sie ihn in ihre tatsächlich gut sortierte Bibliothek und ließ ihn nach kurzem Suchen mit allen Informationen, die es 1865 über die *Northumberland* gab, allein.

Gowers war zu verwirrt, um sich auch nur zu wundern. Einerseits, weil er auf dieser kleinen Insel am Ende der Welt plötzlich alles fand, was er suchte, so als hätte es nur auf ihn gewartet. Andererseits, weil ihm schlagartig klar wurde – durch die zwei Tage alten Blumen auf dem Fensterbrett, die Andeutung von Parfüm in der Luft, die sehr private Ordnung oder eben Unordnung im Zimmer und das anschwellende Geräusch kochenden Wassers aus der Küche –, wie lange er schon nicht mehr als ganz normaler Mann in der Wohnung einer ganz normalen Frau gewesen war. Und wie sehr er es vermisst hatte.

»Ich wusste gar nicht, dass es das Schiff noch gibt«, sagte Lucia Elizabeth Abell, als sie mit zwei Tassen Tee wieder hereinkam. »Bis sie vor anderthalb Jahren plötzlich hier aufkreuzte.«

»Sie war schon mal hier?«

»Aber sicher. Alles, was Northbrook gestern erzählt hat, haben wir damals schon gehört, Wort für Wort.« Sie lachte. »Wir sind hier nicht sehr wählerisch bei unseren kleinen Unterhaltungen. Vermutlich werden wir es in anderthalb Jahren noch mal hören, falls das alte Wrack dann noch schwimmt.«

Sie ließ erfreulich offen, ob sie das Schiff oder den Gouverneur meinte. Dann nahm sie die Brille ab, die sie zum Studium der verschiedenen Bücher aufgesetzt hatte und die ihre dunklen Augen so sehr vergrößerten, dass man kaum daran vorbeisehen konnte.

»Ich könnte Ihnen auch meine Zeichnungen überlassen. Ich war beim letzten Mal an Bord und habe alles ausgemessen, nach Montholon. Ich weiß, wo die Quartiere waren, wer wo gewohnt hat …«

Sie warf die letzten Sätze aus wie einen Köder, und Gowers wurde so unruhig wie ein hungriger Hai. Da legte sie ganz plötzlich ihre Hand auf sein Knie und sagte ein bisschen spöttisch, ein bisschen mitleidig: »Daniel, Sie suchen doch nicht *danach*. Oder?«

»Ich suche nicht *wonach*?«, fragte Gowers zurück, dem die Berührung angenehmer war, als ihm im Augenblick lieb sein konnte. Da nahm sie ihre Hand auch schon wieder weg und lehnte sich bequem in ihrem Schaukelstuhl zurück.

»Immer wieder tauchen auf dieser Insel Leute auf, die nicht

glauben können, dass der Mann ohne einen Pfennig gestorben ist. Sie suchen Napoleons Schatz!« Lucia Elizabeth Abell sah in diesem Moment aus, als ob ihre Lachfältchen von ihrer Belustigung über diese Leute herrührten. »Einige suchen auf Korsika, andere auf Elba, manche sogar bei Waterloo! Die Verrücktesten kommen hierher. Im Moment sind es die Franzosen. Seit sie Longwood vor vier Jahren gekauft haben, wühlen sie heimlich da oben herum. Sie sagen, es soll ein Museum werden.«

Sie wippte in ihrem Stuhl leicht hin und her und lächelte dabei so schelmisch, dass er am liebsten seine Hand auf ihr Knie gelegt hätte.

»Woher wissen Sie das alles? Dass er kein Geld hatte?«

Sie stand auf und zog ein Buch aus dem untersten Regal, Abells *Recollection of the emperor Napoleon*. Gowers wollte eine anerkennende Bemerkung machen, konnte aber dann nicht mehr als ziellos in ihrem Werk herumblättern, denn die schöne Autorin hatte sich neben ihm auf dem Boden niedergelassen und lehnte sich an seinen Sessel. Eine Haarsträhne hatte sich gelöst und ringelte sich in ihrem Nacken. Sie war von einem seidigen Schwarz.

»Ich kannte Betsy Balcombe. Und Betsy kannte Bonaparte, sie war fast täglich bei ihm in Longwood, drei Jahre lang.«

Als das Blättern und das Schweigen ihm zu dumm wurden, schob er seine Hand über die Sessellehne und begann, mit der Haarsträhne in ihrem Nacken zu spielen, ohne dass sie ihn durch irgendeine Regung, Bewegung daran gehindert hätte. So weit gekommen, wollte er sie küssen, aber sie nahm ihm zuerst die Teetasse ab und stellte sie auf ein niedriges Tischchen, in sicherer Entfernung. Ihre Bewegungen dabei, mit den Knien am Boden, waren mühelos, geschmeidig, ohne Alter.

Und bevor sie ihn zu sich herabzog, sagte sie noch: »Ich bin eigentlich keine Witwe. Ich war nie verheiratet. Aber vieles ist leichter, wenn die Leute das denken.« Vieles ist leichter, wenn eine Frau so denkt, dachte Gowers und küsste die kleinen Druckstellen, die die Brille auf ihrer Nase hinterlassen hatte.

Nachdem sie sich satt geküsst hatten, nahm sie ihn bei der Hand und führte ihn ins Schlafzimmer.

»Wie kommst du hierher?«, fragte er, nur um noch irgendetwas zu sagen, bevor sie sich ausziehen würden.

Sie lachte. »Ich sage doch: Die Verrücktesten kommen hierher!«

In diesem Moment ging die Türglocke, und sofort, fast mechanisch ordnete sie ihr Haar, ihre Kleider.

»Lass doch!«, sagte er ärgerlicher, als er wollte, aber sie schüttelte den Kopf.

»Tut mir leid, aber hier muss man jede Abwechslung wahrnehmen!«

Er hörte nur einen kurzen Wortwechsel, dann schwere, schnelle Schritte, die ins Wohnzimmer stapften. Lucia steckte, zum ersten Mal stirnrunzelnd, ihren Kopf durch die Tür: »Für dich!«

Zumindest habe ich die Stiefel nicht ausgezogen, dachte er fluchend, ging zurück ins Wohnzimmer, wo sein Tee noch nicht kalt geworden war, und stand vor einem einmal mehr hochroten Leutnant der 16. Füsiliere.

»Oh. Hallo, Charles. Sie stören überhaupt nicht!«

Die Augen des Mannes funkelten wütend. »Mein Name ist Carver. Mein Rang ist Leutnant. Und das ist für Sie, wie immer Sie heißen!«

Er schlug Gowers mit einem Paar weißer Handschuhe ins Gesicht, die er offenbar extra zu diesem Zweck aus seinem Gepäck hervorgesucht hatte, denn sie rochen nach Mottenpulver und waren steif, ungetragen, was den eigentlichen Schlag mehr als harmlos machte. So schnell und erregt, wie er gekommen war, stürmte Carver dann auch schon wieder hinaus und ließ nur sein »Ich erwarte Ihre Sekundanten!« im Zimmer zurück wie einen schlechten Geruch.

»Du bist ja noch romantischer, als ich dachte«, sagte Lucia Elizabeth Abell. »Wie immer du heißt!«

93.

Hauptmann Bledsoe hatte seine Kabine geräumt und sich einen Stuhl in den Kabinengang gestellt, um seinem jungen Kameraden Carver die Möglichkeit zu geben, die Angelegenheiten zu ordnen, die ein englischer Gentleman in einer derartigen Situation zu ordnen hatte. Er verschaffte ihm sozusagen die Ruhe, die ein Mann braucht, um dem Tod ins Auge zu sehen, und die Carver in einer Kabine mit seiner schluchzenden jungen Ehehälfte begreiflicherweise nicht fand.

Der taktvolle Hauptmann kämpfte gerade mit einer Pfeife, die partout nicht in Brand geraten wollte, als der Arzt auftauchte.

»Hallo, Doc. Sie sind es also.«

»Wer soll es sonst sein?«

»Verfluchte Sache, wie?« Bledsoe ließ die Pfeife sinken, in der die Glut noch immer nicht gefasst hatte. »Und er weigert sich zu sagen, weshalb!«

»Kann ich ihn kurz sprechen?«

»Oh, ich fürchte, das ist gegen die Regeln, alter Freund. Wozu sind wir Sekundanten?«

»Wozu sind wir Freunde, wenn wir uns nicht hin und wieder eine blöde Idee ausreden können?« Obwohl es die Familie Thompson eigentlich gar nicht gab, spielte Van Helmont die Rolle eines engen Freundes derselben mit einer Selbstverständlichkeit, die ihn beinahe selbst überzeugte. Hatte man nicht schon fast alles erlebt, was die Gemeinsamkeit einer Familie gemeinhin auszumachen pflegt, Beerdigungen, Hochzeiten und nun gar ein Duell unter Schwägern?

Bledsoe gab, offensichtlich von ähnlich sentimentalen Überlegungen getrieben, den Weg frei, sagte aber kopfschüttelnd: »Wie wollen Sie ihm denn etwas ausreden, was Sie gar nicht wissen?«

»Ich bin Amerikaner«, entgegnete Van Helmont schlicht. »Wir können so was.«

Charles Carver formulierte gerade den schwersten Brief seines Lebens, einen Abschiedsbrief an seine Mutter, zuzustellen »im Falle meines Todes«. Als er diese Worte schrieb, hoffte er allerdings sehr, dass er das Duell überleben würde – vor allem weil ihm der vermaledeite Brief nicht wirklich gelingen wollte. Schlicht sollte er sein und männlich, unsentimental. Und doch tiefe Gefühle von Dankbarkeit, Wärme und Liebe erkennen lassen.

Unter so vertrackten Vorgaben schwitzte der Leutnant allmählich seine Uniform durch. Was ihm besonders zu schaffen machte, war die Tatsache, dass er natürlich noch keine Gelegenheit gefunden hatte, seiner Mutter mitzuteilen, dass er verheiratet war. Umso schwerer war es, in möglichst markanten Sätzen klarzustellen, dass sein Schwager nicht sein Schwager war und »wenn Du diese Zeilen liest« höchstwahrscheinlich sogar der Mann sein würde, der ihn »vom Leben zum Tode«, »schmerz- aber nicht ehrlos«, »ohne Flecken an Schild und Wappen der Carvers«, eben wie »der Gentleman, zu dem Du mich stets erzogen hast« und so weiter.

Fetzen solcher Formulierungen spukten dem Todgeweihten im Kopf herum und füllten diverse zusammengeknüllte Papierbällchen, die um ihn her verstreut lagen wie die Patronenhülsen eines Kampfes auf verlorenem Posten. Es war ihm mächtig peinlich, dass ausgerechnet Van Helmont diese Späne seiner fruchtlosen Bemühungen zweifelsohne bemerkte, als er eintrat, und Carver sagte möglichst schroff: »Was wollen Sie denn hier? Es ist alles gesagt! Bis auf Ort, Uhrzeit und Waffe …« Dieser Satz kam ganz spontan und verblüffte ihn selbst. Sofort nahm er sich vor, ihn in seinem Brief unterzubringen, wenn sich das auch nur irgendwie machen ließ.

»Von wem ist das denn?«, entgegnete Van Helmont spöttischer, als er wollte. »Sir Walter Scott?«

Carver lief in Bruchteilen von Sekunden rot an, seine Ohren spielten ohnehin bereits wieder ins Purpurne. »Werden Sie nicht frech! Ich habe noch nicht über Ihre Rolle in dem Schmierentheater nachgedacht.«

»Haben Sie überhaupt richtig nachgedacht? Unser Mörder wird sich fragen, warum Sie ausgerechnet Ihren Schwager …«

»Sie wissen genau, dass er nicht mein Schwager ist!«

»Ein Grund weniger, ihn umzubringen. Er tut doch nur seine Arbeit. Und er ist nahe dran, unseren … den Mörder Ihres Schwiegervaters zu überführen. Wollen Sie das vermasseln?«

»Emmy sagt da was anderes. Und er hat mich zum Narren gehalten. Er hätte mich aufklären müssen, unter vier Augen.«

Van Helmont seufzte. Was diese Engländer immer für einen Wirbel um solche Sachen machten! »Kommen Sie, Sie haben doch Shakespeare gelesen. Man kann nicht immer so, wie man will. Was, wenn Sie der Mörder gewesen wären? Ein Mitgiftjäger?!«

Carver, der bisher über seinem Brief gesessen hatte, hielt es für unumgänglich, bei diesen Worten aufzuspringen. »Hat dieser Bastard eine Waffe gewählt? Sonst nehmen wir meine Gewehre!«

Obwohl er wusste, dass sein Spott die Sache nur schlimmer machen würde, konnte der Arzt seine Zunge nicht mehr im Zaum halten. »Gewehre? Warum nicht gleich Kanonen? Kapitän Radcliffe ist ein Ehrenmann, der leiht Ihnen sicher welche. Pro Mann ein Schuss, auf eine Dreiviertelmeile …«

Der Leutnant sprang mit bemerkenswerter Gewandtheit hinter dem kleinen Tischchen hervor und riss, bis in die Tiefen seiner Seele erbost, Tür und Mund auf: »Raus!!«

94.

Im Kabinengang hatte der tapfere Hauptmann endlich Feuer gegeben, das letzte Wort des Gesprächs wohlwollend zur Kenntnis genommen und sagte nun seinerseits mit mildem Spott: »Ihr könnt so was, wie? Also wann?«

Van Helmont zwang sich zur Sachlichkeit. »Morgen früh um sechs. Bei Longwood House.«

»Warum derart weit rausfahren für die paar Schritte?«

»Weil es französisches Territorium ist. Da ist die Sache juristisch nicht zu verfolgen.«

Bledsoe rieb sich die Hände. »Großartig! Und die Waffen?« Er stieß eine Rauchwolke aus, die den Arzt sofort wieder an Kanonendonner denken ließ.

»Ich würde sagen zwei alte Socken, mit Pferdeäpfeln gefüllt!«

»Keine Scherze mit so was«, erwiderte der erfahrene Krieger mitleidlos. »Die Waffen?«

»Also Pistolen«, seufzte Van Helmont. »Duellpistolen. Werden wir stellen.« Wird die Witwe stellen, dachte er. Ein apartes weibliches Wesen, das auch ihn interessiert hätte, wenn der verdammte Yankee nicht schneller gewesen wäre.

»Großartig!«, wiederholte sich Bledsoe und fügte als persönliches Wort hinzu: »Gute alte Zeit, nicht wahr?« Er schüttelte seinem Sekundantenkollegen mit Wärme die Hand. »Wir sehen uns da draußen. Und möge der bessere Mann gewinnen!« Dann widmete er sich wieder seiner Pfeife und dem melancholischen Behagen an der Nähe des Todes, das seiner Ansicht nach jeden der 16. Füsiliere Ihrer Majestät auszeichnen musste.

Auf dem Achterdeck traf der Arzt eine aufgewühlte junge Ehefrau, die ihren »Bruder« offenbar gerade gebeten hatte, sich möglichst umstandslos erschießen zu lassen. Emmeline Carver rang jedenfalls seit Stunden die Hände oder gab sich doch sehr den Anschein, während es ihr in einer ganz geheimen, nur ihr selbst zugänglichen Abteilung ihres Herzens doch ein wenig schmeichelte, sozusagen Gegenstand eines Ehrenhandels unter Gentlemen zu sein. Damit hatte sie nämlich spätestens seit dem Ende der Pubertät nicht mehr wirklich gerechnet.

»Oh, Doktor Van Helmont! Haben Sie mit Charles gesprochen?«

»Ja. Sie offenbar auch. Da haben Sie ja ganze Arbeit geleistet ...«

»Ich kann doch nichts dafür, Doktor. Er ist doch mein Mann«, sagte Emmeline aufgewühlt. »Kann man nicht noch irgendwas machen? Wenn ich mit dem Kapitän spreche ...«

»Sie sprechen mit niemandem mehr. Vor allem nicht über Gowers.«

»Aber ich würde so gerne etwas tun!« Sie strich eine Strähne ihres blonden Haares zurück, die sich in ihrer Verzweiflung und dem ablandigen Wind gelöst hatte, und sah nun beinahe reizend aus.

»Dann bringen Sie Ihren Helden heute Nacht in eine weniger kriegerische Stimmung«, sagte Van Helmont grob.

»Oh!« Emmeline errötete heftig, überlegte kurz, ob das eine Beleidigung sei, kam aber dann zu dem Schluss, dass ein Arzt gelegentlich derart deutliche Worte sagen dürfe, sozusagen als medizinischen Ratschlag. Und nur um zu zeigen, dass sie es nicht übel nahm, machte sie einen letzten Versuch: »Und wenn Sie mit dem Kapitän sprechen?«

»Wenn wer mit dem Kapitän spricht?«, ertönte die bärbeißige Stimme eines Mannes, der sich ihnen von hinten genähert hatte, ohne dass sie es merkten.

»Oh, Sir«, sagte Emmeline, die sich seit ihren Zusammenstößen wegen des Selbstmords oder Nichtselbstmords ihres Vaters vor dem Herrn des Schiffs ein wenig fürchtete und ihm nach Möglichkeit aus dem Weg gegangen war. »Doktor Van Helmont hier!« Sie lächelte verlegen, während Van Helmont sekundenlang die Augen verdrehte. »Ich werde dann mal nach Charles sehen!«

Die beiden Männer sahen ihr wortlos hinterher.

»Sie wollen mich sprechen?«, brummte der Seemann schließlich.

»Ja«, seufzte Van Helmont, »es geht um Mr. Thompson …«

Als hätte er nur auf die Erwähnung dieses Namens gewartet, verdrehte nun Kapitän Radcliffe die Augen, nahm gewissermaßen Abwehrhaltung ein und sagte möglichst bissig: »Ach was? Ist er wieder über Bord gegangen? Will er heiraten? Oder sich aufhängen?« Mit einem tiefen Ausatmen, das von Resignation kündete, gab Radcliffe dann ganz plötzlich seine kämpferische Haltung auf. »Wissen Sie eigentlich, wie oft dieser Name schon im Logbuch steht?!«

»Leutnant Carver«, sagte der Arzt, »der junge Mann, den Sie neulich getraut haben, nun, er will sich mit Thompson duellieren. Ihn umbringen, Sie verstehen?«

»Und ob!«, sagte der Kapitän nach einer Sekunde ehrlicher Verblüffung und fügte ironisch hinzu: »Ein wackerer Entschluss. Ich hatte auch schon daran gedacht.«

»Es ist leider ernst, Sir. Können Sie irgendetwas tun? Oder verhindern?«

Radcliffe fasste sich. »Hier auf dem Schiff, ja!« Dann deutete er auf St. Helena, die gelben Felsen der Bai von Jamestown und sagte knapp: »Auf dem Felsen da, nein. So leid es mir tut. Informieren Sie mich gelegentlich über das Ergebnis!« Er stapfte davon und schien aus ganzer Seele zu hoffen, möglichst bald wieder auf der offenen See zu sein.

»Das wird hoffentlich nicht nötig sein«, murmelte Van Helmont und dachte an den Plan, den Lucia Elizabeth Abell sich ausgedacht hatte.

95.

Der Kaiser in seinen vier Särgen wog über eine Tonne, eintausendzweihundert Kilo, und zwei Pferdegespanne und dreiundvierzig Soldaten waren nötig, um ihn über die aufgeweichten, schlammigen Wege bis nach Jamestown zu bringen. Die Schaluppe der *Belle-Poule* wäre beinahe gesunken, als man den Sarg mit dem großen N auf sie hinunterließ – was für ein Ende dieses patriotischen Unternehmens, während alle Kanonen auf See und an Land Salut feuerten und der einzige Sonnenstrahl dieses trüben Oktobertages 1840 durch die Wolken brach und Napoleons Abschied von St. Helena in ein gleißendes, aber auch gespenstisches Licht tauchte.

Auf den Schiffen waren alle Männer an Deck, hingen in der Takelage, hatten ihre besten Uniformen an, als ob der Kaiser sie sehen könnte, und verfolgten, wie die Schaluppe mit ihrer schweren Last unter einer riesigen Trikolore durch die kleine Bucht auf die *Belle-Poule* zuhielt. Eine einzelne Trommel schlug, und ohne dass irgendjemand den Befehl dazu gegeben hatte, stieg der alte Schrei in den Himmel, den die Welt seit einem Vierteljahrhundert nicht mehr gehört hatte, erst vereinzelt, dann aus vielen tausend Kehlen, hallte wider von den kahlen Felsen, die den Mann einst verschluckt hatten.

»Vive l'Empereur! – Es lebe der Kaiser! Es lebe Frankreich! Es lebe der große Napoleon!«

Bertrand, Gourgaud, Marchand, die letzten Getreuen, alte Männer, die gekommen waren, ihren toten Herrn heimzuholen, weinten in diesem Moment. Hatten nicht geweint, als der innerste Sarg aus seinem kleinen Grab im Geraniumtal wieder aufgetaucht war. Nicht, als er geöffnet wurde und sie das wächserne Antlitz der Leiche sahen, die weißen Zehen, die aus den aufgeplatzten Stiefeln ragten, die der Kaiser bei Waterloo getragen hatte.

Den Säbel von Waterloo bekam später Bertrand geschenkt, von Louis Philippe persönlich, auf den Stufen des Invalidendoms. Oder jedenfalls *einen* der Säbel von Waterloo. Es gab inzwischen etliche. Hätte Napoleon bei Waterloo all die Säbel getragen, die später als »der echte« auftauchten, er hätte die Schlacht gar nicht verlieren können.

Ein ganz ähnlicher Nachahmungstrieb erstreckte sich auch auf Manschettenknöpfe, Schnupftabakdosen, Fußbänkchen und sogar ein transportables Klosett. Alles, was ihm gehört hatte oder wovon es hieß, dass es ihm gehört habe, wurde hoch gehandelt.

Bertrand wusste das. Und ihm lag nicht viel an dem Säbel. Ihm lag an der Geranie, die er, der Held vieler Schlachten, der hochdekorierte General Frankreichs, seinem *Petit Caporal* bei der kurzen Exhumierung heimlich in den Sarg gelegt hatte und die nun neben dem Kaiser im Invalidendom ruhte.

Es war eine der Geranien, die noch seine Frau, Madame Bertrand, die letzte Bettgenossin des großen Mannes, einst auf dem fernen Grab im Atlantik gepflanzt hatte, weil sie und nur sie wusste, dass Napoleon Bonaparte, der Herr der Welt, diese kleinen Blumen liebte, seit er auf Korsika in einer Wiese gesessen und den Maikäfern ein Liedchen gesungen hatte, um sie zum Auffliegen zu ermuntern.

96.

»Und du hast ihn gesehen?«, fragten die Zuhörer begierig.

»Ja, ich hab ihn gesehen«, log der Matrose, »hab ihn so deutlich gesehen, wie ich euch hier sehe. Er sah aus, als würde er schlafen.«

»Er hat nie geschlafen, nie mehr als vier Stunden«, sagte ein zahnloser alter Soldat in einem anderen Winkel der Kneipe. »Ich hab ihn gut gekannt. Nicht bloß seine Leiche gesehen!«

Nur wenige hörten ihm zu. Paris war heute voller Veteranen, alten Männern, die ihre geflickten Uniformen, die verbotenen Uniformen der Großen Armee, wieder angelegt hatten. Weit gereist waren, aus allen Provinzen, viele zu Fuß, um ihrem Feldherrn die letzte Ehre zu erweisen. Sie nannten ihn natürlich nicht den Kaiser, für sie war er Napoleon oder der kleine Korporal. Und für ein paar Sous erzählten sie ihre alten

Geschichten aus einer anderen Welt, von Marengo, den Pyramiden, Austerlitz, Borodino. Sie standen an allen Ecken, jeder konnte sie hören.

Da war ein echter Matrose von der *Belle-Poule* schon interessanter, ein Mann, der Napoleon heimgeholt hatte von der schrecklichen, weit, weit entfernten Insel, der in seinem Haus, seinem Schlafzimmer gestanden hatte.

»Eine kleine Kapelle haben wir ihm gebaut, an Bord, direkt unter der Kommandobrücke. Da stand der Sarg drin. Und er war nie allein, nie. Tag und Nacht waren immer Männer drin und haben gebetet, die ganze Reise. Sogar den Prinzen von Joinville habe ich beten sehen, am Sarg des Kaisers!«

»Ich hab im letzten Karree gestanden, im letzten, jawohl«, lallte der betrunkene Veteran wieder dazwischen. »Rücken an Rücken mit ihm, Rücken an Rücken! Die haben ihn rausgezogen, mit Gewalt rausgeholt, seine Generäle. Sonst wären wir zusammen gefallen.«

Er fing an zu weinen, aber die Zuhörer höhnten nur: »Haben sie dich auch rausgezogen, die Generäle? Oder warum lebst du noch?«

»Ja, warum? Warum?«, heulte der Alte, und Speichel tropfte aus seinen Mundwinkeln, als er schrie: »Um eine Brut wie euch zu zeugen! Hunde, die mit dem Schwanz wedeln, wenn die Engländer ihnen einen alten Knochen schenken!«

»Das war's, schmeißt ihn raus!«, sagte der Wirt. »Noch einen Schnaps und dann raus mit ihm!« Und wieder zu dem Matrosen gewandt: »Erzähl noch mal von der Insel, Louis! Wie ist die Insel?«

»Erzähl vom Schatz!«, unterbrachen ihn andere. »Von Napoleons Schatz. Habt ihr danach gesucht?«

Derbe Fäuste packten den Veteranen am Kragen, er verschüttete seinen letzten Schnaps auf der alten Uniform, die er fünfundzwanzig Jahre lang auf einem Heuschober in der Picardie versteckt gehalten hatte für diesen Tag. Eine dralle junge Frau schenkte ihm neuen ein, goss auch etwas in seine zerbeulte Feldflasche.

»Komm, Väterchen, nimm noch einen mit auf den Weg!«

Der alte Mann kam nicht mehr weit in der kalten Nacht, so wie viele seiner Kameraden. Die letzten Soldaten der Großen Armee erfroren nicht in Russland. Sie erfroren in Paris, in den Straßen und Gassen rund um den Invalidendom.

Louis Vivés sah ihn dort liegen, auf dem Weg in die nächste Kneipe, wo er wieder seine Geschichte erzählen würde – von der Leiche, dem Sarg, der kleinen Kapelle, von der Insel und dem Schatz, den nie jemand gefunden hatte.

97.

»George, mein Liebling!«

»Halt den Mund! Bist du wahnsinnig?«

»Nein. Einsam, mein Seemännchen, einsam.«

»Hau ab! Ich will nicht, dass mich einer mit dir sieht.«

Eden fasste den Schiffsjungen hart am Kragen. »So, das willst du nicht? Und ich will dich heute Nacht in meiner Kabine sehen …«

Der Lord musste den Jungen sofort wieder loslassen, weil in diesem Moment der Familienkonvoi der Parkers an ihnen vorüberzog und im Gänsemarsch unter Deck verschwand. Eden war jetzt nicht mehr gewalttätig, aber er lächelte böse. »Wenn du nicht kommst, laufe ich dir für den Rest der Reise hinterher, egal wo du bist und egal was du tust. Und *mir* ist scheißegal, wer das sieht, mein kleiner Liebling!«

Er drehte sich abrupt um und ließ einen verwirrten, zornigen George Barclay zurück. Der klopfte gegen Mitternacht nur ein einziges Mal an Edens Kabinentür, nachdem er sich so unauffällig wie möglich zum Heck geschlichen hatte.

»Herein!«

Der Lord trug einen seidenen Morgenmantel, rauchte und erhob sich von seinem zerwühlten Bett, als George hereinschlüpfte.

»Also, was willst du?«

Eden trat leicht schwankend dicht an den Schiffsjungen heran und küsste ihn auf den Mund, ohne ihn ansonsten irgendwo zu berühren. George erwiderte den Kuss nicht, ließ ihn sich aber gefallen. Der weiche fremde Mund, die tastende Zunge schmeckten nach Tabak und Alkohol. Er sah, dass der große Spiegel auf das Bett gerichtet war, und fragte sich wieder, warum Eden ihn hergerufen hatte. Der Spiegel hatte sonst immer den Abschluss und Höhepunkt seiner perversen Spiele markiert, niemals ihren Beginn.

»Nimm dir was zu trinken!«

»Warum? Sag endlich, was du willst.«

Eden setzte sich wieder auf das Bett, seine tiefliegenden Augen waren gerötet, seine Lippen zitterten. »Wer fickt dich jetzt eigentlich? Thompson oder der alte Quacksalber? Oder beide?«

»Mich fickt keiner mehr, auch du nicht!« George richtete sich hoch auf und machte Anstalten, wieder hinauszugehen.

»Überleg dir das gut«, sagte Eden und wirkte ernsthaft besorgt. »Du brauchst bald wieder einen Beschützer. Thompson ist morgen früh vielleicht schon tot. Oder er landet im Gefängnis.«

»Wieso?«

»Das weißt du nicht? Er duelliert sich mit diesem Esel, Carver!«

Obwohl George, der sein Gegenüber für ziemlich betrunken hielt, es nicht bemerkte, beobachtete Eden jede Regung des Jungen und vor allem sein Gesicht. Das blieb erstaunlich gleichgültig.

»Er wird seine Gründe haben.«

»Nein, Carver hat *ihn* gefordert. Heißt es jedenfalls.«

»Dann wird der seine Gründe haben!«

»Genau *die* möchte ich kennen.«

»Und woher soll ich die wissen?« George antwortete jetzt schon nicht mehr trotzig, sondern beinahe spöttisch, als sei er über Nacht erwachsen geworden.

Eden stand auf und kam mit deutlich festeren Schritten als vorher auf ihn zu. Etwas blitzte in seinen Augen. »Halt mich nicht zum Narren, mein kleiner Freund! Ich weiß genau, dass du für ihn herumschnüffelst.«

Mit einer blitzschnellen Bewegung fasste er nach der Kehle des Jungen, aber George hielt seine Hand fest, zog sie langsam herunter. Für Sekunden standen sie so, hielten sich, kämpften stumm, einhändig. Dann riss Eden seine Hand zurück und drehte sich, nun wieder schwankend, zum Bett um.

»Ich warne dich, ich lass mir nichts mehr gefallen!«, sagte George.

»Du hast mir wehgetan!«, erwiderte der junge Lord weinerlich. »Da!«

Er ließ seinen Morgenmantel fallen und stand nackt vor dem Schiffsjungen. Eine blasse, blaugrüne Spur zog sich auch jetzt noch von seiner rechten Schulter bis in die Mitte des breiten Rückens, obwohl seit der Äquatortaufe schon mehr als eine Woche vergangen war. Eden lächelte wieder, sah sein Opfer über die Schulter hinweg an. »Es hat dir gefallen, nicht wahr?!«

George sagte kein Wort mehr. Sah nur noch zu, wie der gut

gewachsene, bis auf sein boshaftes Puttengesicht sogar hübsche und dabei erstaunlich muskulöse junge Mann zu einem seiner hohen Schrankkoffer ging und eine dicht zusammengerollte lederne Peitsche hervorholte. Mit einer eleganten Bewegung entrollte er sie vor dem Jungen. Der Stiel lief in den Kopf einer Schlange aus.

»Und es wird dir wieder gefallen!«, sagte Lord Eden und rückte den Spiegel zurecht, der sich ein wenig verschoben hatte.

98.

Er hatte erst eine Frau so sehr geliebt, dass ihm das Atmen wehtat, und hielt diese Sonne über seinem Leben für untergegangen, seit Deborah gestorben war. All das Geschwätz von der anderen Hälfte der Seele, Lieder, Gedichte – er verabscheute es, weil er wusste, dass jedes Wort wahr ist, aber auch, weil die wenigsten Menschen es je erleben. Liebe war eine exklusive Veranstaltung, zu der John Gowers keinen Zutritt mehr hatte. Eigenartigerweise fühlte er sich deshalb nicht einsam, eher erleichtert.

Der Verlust seiner Mutter hatte ihn schon als Kind derart brutal auf sich selbst zurückgeworfen, dass er das Alleinsein für den natürlichen Zustand des Menschen hielt. Schiffsgemeinschaft, ja, Kameradschaft, vielleicht sogar Freundschaft, mit McClure oder Anderson – all das hatte den Kern seiner Persönlichkeit nicht berührt, bis ihn Deborah berührte. Aber selbst ihr Tod hatte dies unerwartete Glück nicht in Einsamkeit, sondern nur in unbändigen Hass auf ihre Mörder verwandelt, gepaart mit einer dumpfen Erleichterung, nun nie mehr etwas verlieren zu können. Was ihn ansonsten mit Frauen verband, an Frauen anzog, betrachtete er lediglich als eine körperliche Notwendigkeit, von einer widernatürlichen, puritanischen Moral und ihren bigotten Verfechtern in Schatten und Scham verdammt, als sei sie weniger wert als Essen und Trinken.

Der Investigator hatte mit vielen Frauen geschlafen, seit er als sehr junger Mann sein Geschlecht entdeckt hatte, meist allerdings mit solchen, die er dafür bezahlen musste. Physische Reize und ihre Befriedigung, körperliches Wohlbefinden also, zu kaufen erschien ihm als ein Handel wie jeder andere auch. Zwar hatte er bald festgestellt, dass es ihm mehr Spaß machte, wenn es den Frauen gefiel, aber genau genommen blieb es für ihn nur eine Art Fortsetzung der Beschäftigung mit seinem eigenen Körper.

Bei den wenigen Frauen, die keine Huren gewesen waren, hatte ihm das ganze umständliche Drumherum nicht gefallen, das Schöntun, Hofmachen, lange Gerede, die Zimperlichkeit, das Löschen sämtlicher Lichter. War er ein Dieb? Ein Räuber? Warum wurde er so behandelt? Das Ganze kam ihm vor wie ein dummes Spiel, als er herausfand, dass die Frauen es letztlich darauf anlegten, auf diese Weise beraubt zu werden; als würde sie das von aller Schuld freisprechen, mit der ein ganzes Zeitalter der Heuchelei den Geschlechtsakt belastete. Danach wollten sie dann geheiratet und versorgt werden und weinten, wenn John Gowers klarmachte, dass er unter diesen Umständen immer ein Dieb bleiben würde.

99.

Sie hatte mit ihm geschlafen wie ein Kind, das ein neues Spielzeug ausprobiert. Neugierig, ein bisschen unsicher zuerst, aber dann mit einer wilden Unermüdlichkeit, die ihn am Anfang erfreut und am Ende erschreckt hatte.

»Ich liebe dich nicht«, waren ihre letzten Worte, bevor sie eingeschlafen war, nackt, mit dem Rücken an seinen Körper geschmiegt, und beides hatte ihn die halbe Nacht wach gehalten. Sie liebte ihn nicht. War das ein Zugeständnis, dass sie nichts von ihm erwartete, oder eine Warnung, dass auch er nichts erwarten durfte? Erst als er ein Ohr zwischen ihre Schultern gelegt hatte, ihr Herz schlagen hörte, ihre nachtwarme Haut riechen konnte, fühlte, wie sich der schmale Körper mit den ruhigen Atemzügen bewegte, war der Investigator in einen kurzen, traumlosen Schlaf gefallen.

John Gowers war sehr verwirrt an diesem Morgen. Nicht nur wegen der Informationen, die Lucia ihm irgendwann in der Nacht anvertraut hatte: wie sie anderthalb Jahre zuvor die *Northumberland* untersucht und vermessen hatte und was und wer ihr dabei aufgefallen war. Auch wegen der Nacht selbst. Er konnte ihr nicht geben, was sie gleich nach dem Aufwachen noch einmal von ihm verlangt hatte, und brachte auch keinen Bissen Frühstück herunter. Gowers war nicht gewohnt, dass eine Frau ihn behandelte, wie er Frauen behandelte. Außerdem bestand, trotz des skurrilen Plans, den Lucia sich ausgedacht hatte, die einigermaßen reale Möglichkeit, dass er die nächsten beiden Stunden nicht überleben würde. Außer ihm selbst schien diese Gefahr jedoch niemanden wirklich zu beunruhigen, was noch erheblich zu seiner Verwirrung beitrug.

Er sah entsprechend schlecht aus, als Van Helmont eintraf. Der Arzt hatte den Aufenthalt auf St. Helena endlich einmal wieder in Begleitung seiner Pfeife und einer kleinen Kiste Virginia-Tabak verbracht, deren Existenz er aus durchsichtigen Gründen vor dem Investigator geheim hielt.

»Bin ich zu spät?«, fragte er ganz im gewohnten Lästerstil. »Sie sehen aus, als hätten Sie das Duell schon hinter sich!«

Lucia lachte hell auf, was Gowers reichlich obszön fand. Überhaupt gefiel sie ihm an diesem Morgen schon nicht mehr so gut. Aber das ging ihm immer so.

Er saß neben den beiden Verschwörern in einer kleinen Mietkutsche, deren Fahrer immer noch gähnte. Die Sonne war gerade aufgegangen und leckte den Tau von den ausladenden Zweigen der Ölbäume, ihren knorrigen Stämmen, schließlich dem Gras auf *Alarm Hill*, als sie Napoleons Grab passierten. Lucia erzählte, dass die kleine Gruft immer noch so genannt wurde, obwohl der Farmer von Longwood sie fast zwanzig Jahre lang als Schuttabladeplatz benutzt hatte. Erst die Franzosen hätten sie vor ein paar Jahren wieder pietätvoller hergerichtet.

Sie redete in ihrem immer munteren Plauderton, der ihm inzwischen bereits ein wenig auf die Nerven fiel. Konnte sie sich nicht vorstellen, dass er darüber nachdachte, ob diese Sonne da oben auf den heiteren Hügeln nicht vielleicht schon in einer halben Stunde in sein weit geöffnetes Gehirn scheinen würde?

Er war kein besonders guter Schütze, obwohl er verschiedene Gefechte mitgemacht hatte. Immerhin war das insofern ein Vorteil, als Carver, obgleich bei Schießübungen seiner Kompanie unschlagbar, noch nie einem bewaffneten Feind gegenübergestanden hatte. Tatsächlich sah der Leutnant zum ersten Mal, seit Gowers ihn kannte, blass, sogar leichenblass aus, als er aus dem Wagen stieg, der ihn, Bledsoe und Emmeline an diesem sonnigen, aber kalten Morgen nach Longwood brachte.

Der pensionierte französische Colonel, der das Anwesen verwaltete, stand schon auf der Veranda parat. Er war etwas kurz geraten und sah in der schmucken Uniform des zweiten Kaiserreichs mit ihrem Stehkragen aus wie ein Mann, der in einen reich verzierten Mörser gefallen ist und nun zur Mündung herausschaut. Das hielt die Anwesenden nicht davon ab, ihre ganz eigenen Betrachtungen über diesen Morgen anzustellen.

Die Franzosen hatten immer schon hübschere Uniformen als wir!, dachte etwa der Hauptmann Bledsoe mit einem Anflug von jähem Neid. Aber es kommt auf die Kerle an, die in den Uniformen stecken, beruhigte er seine patriotischen und persönlichen Gefühle sofort wieder, als der Colonel die kleine Freitreppe des Hauses herabschritt. Da schleift ja der kürzeste Säbel nach!

Gowers fühlte beim Anblick des Hauses in der Morgensonne zum ersten Mal, seit er auf St. Helena war, so etwas wie den Hauch der Geschichte und dachte an ein Zitat über die Sonne von Austerlitz, das ihm partout nicht im Wortlaut einfallen wollte.

Van Helmont schien ähnlich zu empfinden, denn mit Blick auf die idyllische kleine Plantage und den darüber heraufziehenden strahlenden Tag sagte er: »Ich weiß nicht, warum sich der Mann so angestellt hat. Eigentlich ist das doch ein ganz erträgliches Exil!«

Lucia, die auch das Zitat natürlich auf Anhieb gewusst hätte, lachte leise. »Ja, vielleicht. Es sei denn, dass man vorher in den Tuilerien gewohnt hat, Kaiser von Frankreich und Herr über halb Europa war, dann nicht.«

Der bleichgesichtige Leutnant der 16. Füsiliere kam selbst in Gedanken nicht über ein pulsartiges: Emmy-Emmy-Emmy hinaus, und das Objekt seiner stummen Anbetung dachte überhaupt nicht, hing nur am Hals des jungen Helden und ließ ihren heißen Tränen freien Lauf.

100.

»Meine 'erren Kombattanten und Sekundanten, treten Sie 'eran, bitte sehr!«, sagte der französische Unparteiische, als Gowers und Carver Mantel und Rock abgelegt hatten. »Isch erlaube mir, Sie im Nam' Seiner Kaiserlichen Majesté Napoleon III. zu diesem Ehren'andel zu begrüßen. Die Regeln sind die folgt: Sie werden mit die Rücken an die Rücken stehen, mit geladene Pistol', man versteht? Sie werden gehn auf mein Kommando, ein Mann, zehn Schritt, die isch mir erlaube zu zählen, man versteht? 'ierauf drehen Sie sich um und feuern einander ebenfalls auf mein Kommando, bitte sehr! Ihr 'erren Sekundanten, isch erlaube mir zu sehen die Pistol'.«

Van Helmont holte das hölzerne Kästchen mit den Einlegearbeiten aus der Kutsche, wo Lucia es bereithielt. Währenddessen fuhr der Franzose mit der Mörserfigur – Kaliber 100, dachte Hauptmann Bledsoe – den Regeln gemäß fort: »Sie 'aben noch etwas zu sagen einander, meine 'erren?!«

»Ich entschuldige mich in aller Form bei Leutnant Carver für die Beleidigung und wünsche nicht, dass ihm mein Tod zur Last gelegt werde«, sagte Gowers, den abgestandenen Duellgesetzen seines Jahrhunderts folgend.

Carver holte tief Luft und entgegnete ebenso formvollendet: »Ich akzeptiere die Entschuldigung meines Gegners und wünsche nicht, dass ihm mein Tod zur Last gelegt werde.«

Bledsoe strahlte übers ganze Gesicht und drückte seinem Mann die Hand.

»Oh, qu'est-ce …?«, rief in diesem Augenblick unheilverkündend der Colonel: »Wo'er Sie 'aben französische Pistol', wenn isch darf fragen?«

»Sie stammen aus meinem Besitz«, sagte Lucia Elizabeth Abell und kam näher. »Sie sind völlig in Ordnung. Schon Emanuel Las Cases und General Gourgaud wollten sich damit duellieren, aber der Kaiser hat es ihnen verboten. Ich hoffe, das macht nichts aus.«

»Mon Dieu!«, rief der Franzose mit gut gespielter Empörung. »Dies sind 'istorische Pistol'! Nicht zu denken aus, wenn da etwas voler en éclat, une destruction.« Mit sehr entschiedener Miene klappte er das Kästchen wieder zu und verkündete: »Messieursdames, isch untersage 'iermit den Gebrauch von diese Pistol' und requiriere sie im Nam' Seiner Kaiserlichen Majesté Napoleon III., man versteht!« Mit einer sehenswerten Kehrtwendung drehte er sich zum Haus um, während er leise vor sich hin murmelte: »Ventresaintgris! Les Anglaises!! C'est à devénier fou!«

»Was sagt der Mann?«, fragte Hauptmann Bledsoe, dem bei all dem unverständlichen Palaver nichts Gutes schwante. Als die anderen nur die Achseln zuckten, lief er dem Colonel hinterher. »Hee, Sie! Monsieur! Mon Capitaine, warten Sie!«

Die *Grande Nation* und *Merry old England* diskutierten eine Weile auf dem Gartenweg, wobei eigenartigerweise der kühle Engländer aufgeregt gestikulierte und sein immer heißerer Atem einen Nebel vor seinem Gesicht erzeugte. Verwirrt und geschlagen kehrte Hauptmann Bledsoe dann zu der jetzt doch recht zwanglosen kleinen Gruppe zurück. »Nicht zu reden mit dem Kerl!«, sagte er wütend. »Schon gar nicht in einer vernünftigen Sprache.«

»Sie meinen, es geht nicht?«, fragte Emmeline freudestrahlend.

»Nein«, sagte der tapfere Hauptmann. »Jedenfalls nicht mit diesen 'istorische Pistol'! Wo haben Sie die bloß aufgetrieben, Mann?!«, fuhr er Van Helmont an.

»Ich muss doch sehr bitten«, wehrte sich der Arzt. »Da besorgt man extra echte Duellpistolen, damit die Herren sich in aller Form umbringen können, und was ist der Dank?«

»*Meine* Pistolen!«, mischte sich eine scheinbar aufs Äußerste erregte Witwe Abell in den Disput der Sekundanten. »Damit kommt er nicht durch! Ich gehe zum Gouverneur, ich schreibe ans Unterhaus! Warten Sie, in zwei, drei Jahren darf sich mit meinen Pistolen erschießen, wer immer Lust dazu hat!«

Carver räusperte sich.

»Dann also ein anderes Mal!«

»Nein!«, hielt ihn sein Sekundant flüsternd zurück. »Er hat sich entschuldigt, Sie haben die Entschuldigung angenommen. Das heißt: jetzt oder nie!«

»Aber wenn es doch jetzt nicht geht.« Emmeline schien glücklich auf ganzer Linie.

Auch ihr Held hatte seine kräftige Farbe in den letzten Minuten deutlich zurückgewonnen. Und während er noch einmal vor den Duellgesetzen strammstand, räusperte er sich erneut und sagte dann volltönend: »Meine Herren, ich erkläre Satisfaktion!«

Alle Beteiligten schüttelten sich die Hand, nur Bledsoe zögerte ein wenig. Wie schön wäre doch dieser Kampf gewesen, in der aufgehenden Sonne, vor dieser Kulisse! Als die Kutsche der Kontrahenten schon abgefahren war und Carver sein nunmehr vor ausgestandener Angst weinendes junges Weib an seiner gleichfalls nicht wenig aufgewühlten Brust beruhigte, wandte sich der Hauptmann deshalb noch einmal wütend zum letzten Heim des großen Bonaparte zurück und schrie: »Froschfresser!«

In der Kutsche küsste Gowers seine lächelnde Retterin, ohne darauf zu achten, dass Van Helmont amüsiert zusah.

»Für die Pistolen werde ich natürlich bezahlen!«

»Nicht nötig«, sagte Lucia. »Er wollte sie schon seit Jahren für sein Museum kaufen und war froh, sie endlich zu einem vernünftigen Preis zu kriegen.«

»Aha«, sagte Gowers ernüchtert. »Ich nehme an, du hast gefeilscht?!«

»Natürlich«, erwiderte die Witwe Abell. »Ich bin Engländerin.«

101.

Das Mädchen in dem himmelblauen Kleid sah ihn zuerst überhaupt nicht oder tat jedenfalls so. Sie war ideal. Elf oder zwölf und einen Kopf größer als er, verfügte sie doch schon über alle Einbildung des gehobenen Standes.

Er sah es an der Art, wie sie in die Welt, auf die Straßen schaute. Diesen Blick hatte sie vermutlich von ihren Eltern abgeguckt, an deren Hand und in deren sicherem Dunstkreis sie bisher der großen Stadt entgegengetreten war. Allein war sie dagegen noch nicht oft ausgegangen. Auch das sah er an ihren Augen.

»Willst du meine Kätzchen sehen?«

»Ich kenne dich ja gar nicht.«

»Ich heiße Bob Jenkins. Ich wohne gleich dahinten.«

Seine Mutter hatte ihm beigebracht, dass man sich nennen kann, wie man will, jedenfalls wenn es seinen Zweck erfüllt.

Das Mädchen wurde unsicher. Der Junge war kleiner als sie, höchstens zehn. Er war sauber gekleidet, keiner der kleinen Straßendiebe, vor denen ihr Vater sie immer gewarnt und die er ihr sogar mehrmals gezeigt hatte.

»Mama hat gesagt, ich soll nur Nähgarn kaufen und dann gleich zurückkommen.« Sie sagte nicht, dass sie darum gebettelt hatte, allein ausgehen zu dürfen, weil sie sich dabei schon so herrlich erwachsen vorkam.

»Es ist ja nicht weit. Gleich da drüben. Es sind fünf, weißt du, ganz klein und ganz weich. Und alle haben noch die Augen zu.«

Das Mädchen schwankte, stellte sich fünf kleine Kätzchen vor, eng zusammengerollt unter dem warmen Bauch ihrer Mutter. Das konnte ja nicht allzu gefährlich sein. Außerdem war sie bestimmt stärker als Bob Jenkins.

»Aber nur ganz kurz.«

»Na klar. Aber angucken musst du sie. Vielleicht schenke ich dir eins.«

»Wirklich?«

»Sicher. Du musst dir nur eins aussuchen.«

Ein eigenes Kätzchen zu haben wäre bestimmt schön. Aber was würde ihre Mutter dazu sagen, wenn sie mit dem Tier heimkam? Sie hatten die belebte Straße überquert und waren erst wenige Schritte in die enge Gasse hineingegangen, als das Mädchen es doch mit der Angst bekam und stehen blieb.

»Ich gehe doch lieber nicht mit.«

Aber da war die unbekannte Frau schon hinter ihr, über ihr, packte ihre Hand fest wie ein Schraubstock und zog sie mit sich, die Stufen eines Kellereingangs hinunter. Das Mädchen wehrte sich, schrie um Hilfe, und an der Mündung zur Gasse blieb ein Mann stehen und blickte aufmerksam zu der kleinen Gruppe hinüber.

»Komm schon, verdammtes Balg«, schimpfte, keifte die Frau, den Passanten aus den Augenwinkeln im Blick. »Heute wird gebadet, da hilft dir niemand. Nichts als Ärger und Arbeit hat man mit den Gören!«

»Stell dich nicht so an, Cathy«, rief nun auch der Junge, »Wasser tut doch nicht weh!« Und zu dem Passanten gewandt, der langsam zu grinsen begann, sagte er, gekonnt die Augen verdrehend: »Mädchen!« Der Mann lachte und ging seiner Wege.

»Sie muss Geld dabeihaben, sie sollte einkaufen gehen«, sagte der Junge zu seiner Mutter, die das jetzt angststumme, zitternde Mädchen hart gegen die Wand drückte.

»Zuerst die Kleider. Zieh deine Sachen aus«, befahl sie. »Los, alles runter!«

»Tun Sie mir nichts!«, jammerte das Kind.

»Ich tu dir was, wenn du dich nicht sofort ausziehst!«, drohte die Frau und holte eine große Schere aus ihrem Beutel. Da gehorchte das Mädchen mit fliegenden Fingern, zog die feinen Schuhe, Strümpfe, das schöne blaue Kleid aus, und erst bei der Wäsche verzog sich ihr hübscher Mund zu einem breiten Kinderheulen.

Der Junge saß auf der obersten Treppenstufe und beobachtete sie, hatte aber auch immer ein Auge auf die Straße, die Stadt. »Sie hat das Geld in der linken Hand«, sagte er ruhig.

Seit einiger Zeit machte es ihm mehr Spaß, wenn sie Mädchen die Kleider stahlen, er wusste noch nicht, warum. Den Jungen brauchte er nur den Hut vom Kopf zu schlagen, um ein paar Ecken zu fliehen – aber nicht zu schnell, damit sie ihm folgen konnten –, dann hatten sie sie. Mädchen waren viel schwerer anzulocken, sie waren ängstlicher. Aber dafür wehrten sie sich nicht. Oder wenig. Und ihre Sachen waren mehr wert.

Beinahe blind vor Tränen und schamvoll dicht an die Wand gepresst, sah das Mädchen, wie die Frau ihre Kleider und Schuhe sorgfältig in ihrem Beutel verstaute. Dann warf sie ihr ein paar Lumpen zu.

»Anziehen!«, befahl sie.

»Ihiii!«, sagte das Mädchen, als sie die Fetzen auf ihrer weißen, weichen Haut spürte, und schauderte, schluchzte. Ungerührt fasste die Frau in einen Haufen Kehricht, den Wind, Regen und Sonne zusammengebacken hatten, und rieb ihr mit dem widerlichen Schmutz das Gesicht, Arme und Beine ein.

»Willkommen in der Gosse!«, sagte sie und verschwand so unheimlich schnell, wie sie gekommen war. Der Junge aber blieb sitzen und bewachte das Mädchen noch eine Weile.

»Das sag ich meiner Mama!«, sagte sie, immer noch zitternd vor Schreck und auch ein bisschen vor Scham, weil der Junge sie nackt gesehen hatte.

»Natürlich«, sagte er ruhig. »Aber erst mal gehst du hübsch langsam nach Hause. Und versuch erst gar nicht zu schreien. Wer würde dir glauben, so wie du aussiehst?«

»Dann lass mich doch vorbei!«, bettelte sie, obwohl er sie gar nicht aufhielt, sondern einfach nur vor ihr auf der Treppe saß.

»Da wäre noch das Geld«, sagte er.

Sie ballte wütend die schmutzige Faust um diesen Schatz, von dem sie dachte, dass er ihn vergessen hatte. Und war er nicht kleiner als sie? Vielleicht könnte sie ihn verprügeln, ihn festhalten, seine Kleider stehlen?

Aber all diese rasch erwogenen Pläne verflogen vor der unheimlichen Sicherheit, mit der der Junge sich erhob, auf sie zukam und lächelnd seine Hand ausstreckte. Sie fing wieder zu weinen an, als sie die kleine Münze hineinlegte.

»Und geh langsam«, sagte er noch einmal. »Wenn du rennst, werden sie denken, du hättest gestohlen!«

Während er über seinen eigenen Witz lachte, ging er tiefer in die dunkle Gasse hinein. Das Mädchen aber trat weinend mit nackten Füßen hinaus auf die Straße, die ihr eben noch gehört hatte und der sie nun gehörte, mit Haut und Haaren.

102.

Am Anfang, als ihre Wunden heilten, hatte er sogar das harte, dunkle Brot für sie gekaut, es mit der Zunge in ihren zerbrochenen Mund geschoben, weil sie es nicht über sich brachte, die weichen, warmen Klumpen aus der hohlen Hand zu essen.

»Guck, ich hab vorn auch keine Zähne«, hatte der Junge mit dem strahlenden Lächeln des Siebenjährigen gesagt und versucht, ihr zu zeigen, wie man trotzdem kauen kann.

»Du bekommst aber neue.« Jane hatte ihm über den Kopf gestreichelt und gelächelt, aber nachdem sie in einem Spiegel gesehen hatte, wie das aussah, lächelte sie nie wieder.

»Bekommst du denn keine neuen?«

Zuerst hatte sie die Spiegel gehasst, aber sehr schnell herausgefunden, dass die ewig tastende Zunge viel grausamer war als jeder Spiegel. Als sie merkte, dass sie beim Reden spuckte und manche Buchstaben nicht mehr richtig aussprechen konnte, weinte sie, bis die Tränen nur noch beißender Staub in ihren Augen waren. Und als Ben sie eines Abends arglos bat, ihm etwas vorzulesen, verprügelte sie ihn zum ersten und einzigen Mal in seinem und ihrem Leben. Er fragte sie nie wieder danach, und bald konnte er selbst fließend lesen.

Sie brachte niemandem mehr etwas bei. Die Schule war das

Erste, was sie verlor. Dann das Bett, Johns Bett, das sie nicht mitnehmen konnte, als sie Northumberland verließen. Aber das Bett hatte ihr schon vorher nicht mehr wirklich gehört, nicht mehr, seit Mary-Ann darin gestorben war.

So kam es, dass Jane Gowers, wie sie sich nun wieder nannte, kein Jahr, nachdem sie London verlassen hatte, wieder vor der Tür ihrer damaligen Pension stand und zur Kenntnis nehmen musste, dass der Preis für ihr Zimmer um einen Shilling pro Woche gestiegen war, »wegen dem Jungen!«. Ihre Bemerkung, dass das Zimmer aber nicht größer geworden sei, wurde sehr ungnädig aufgenommen, und die jämmerliche Sicherheit, auch nur an einen Ort zu kommen, den man schon kennt, wich wieder der Fremdheit der Straßen.

Fast zwei Jahre lang machten sie gute Geschäfte mit Schreibarbeiten. Jane hatte mit ihrem letzten Geld Feder und Papier, einen Stuhl und ein einfaches Brett gekauft, das sie auf ihre Knie legte. Ben sorgte mit bemerkenswertem Geschick für die Kundschaft in diesem fliegenden Büro, mit dem sie von den East India Docks bis zum Kensington Park zogen.

»Haben Sie etwas zu schreiben, Sir? Eine Rechnung, einen Glückwunsch, eine Einladung? Einen Gruß an Ihre Eltern, einen Brief an Ihre Liebste? Stellengesuche! Bittschriften!«

Um Zudringlichkeiten zu vermeiden und wegen des Reklameeffekts trug Jane eine Brille mit Fensterglas, und beides funktionierte. Die Matrosen waren meist rührend schüchtern, manche nahmen sogar die Mütze ab, wenn sie vor Jane standen und unbeholfene Briefe an Mütter, Verlobte, Ehefrauen formulierten. Jane stellte sich dann vor, wie diese Briefe ankamen, von Hand zu Hand gingen, von Pfarrern oder Gemeindeschreibern vorgelesen wurden und schließlich wie kostbare Schätze in alten Zuckerdosen oder unter Kopfkissen aufbewahrt wurden. Manchmal schlug sie kleine poetische Wendungen vor, und die Seeleute strahlten.

»Das ist genau, was ich sagen will, Miss!«

Ben vergaß bei diesen Gelegenheiten manchmal sogar, neue Kunden anzulocken. Stand nur da und hörte mit offenem Mund, wo diese Männer überall gewesen waren und was sie alles gesehen hatten.

Unangenehm waren die Stutzer, Studenten: reiche Jünglinge, die sich, meist in kleinen Rudeln, einen Spaß daraus machten, Jane obszöne Briefe an imaginäre Geliebte zu diktieren.

»Sind Sie sicher, dass man Fotze mit T schreibt, Miss?«

»Ja. Sind Sie sicher, dass Sie wissen, was das ist?«

Das Geschäft war bei gutem Wetter sehr einträglich, und am Anfang verdienten sie manchmal an einem Tag, was sie in einer Woche brauchten. Aber wie bei jeder guten Idee fanden sich Nachahmer, die es in jeder Hinsicht übertrieben. Männer mit Ärmelschonern saßen an den Straßenkreuzungen vor grotesken, überdimensionalen Tintenfässern, prahlten mit der Qualität ihres Papiers und versprachen sogar Urkunden oder Beglaubigungen, bis die Notare sich darüber beschwerten und die Polizei dem »Unfug öffentlicher Schreibstuben« ein Ende machte.

Eine Weile versuchten sie es noch in Kneipen oder Hotels, gingen auch dazu über, vorgefasste Grußkarten oder kleine Gedichte zu verkaufen, mussten aber gerade im Winter immer wieder ihre bescheidenen Rücklagen angreifen.

Jane hatte sich geschworen, weder zu hungern noch zu betteln und auch nicht unter einen gewissen Standard zu sinken, saubere Kleider zu tragen und nicht zu verlausen. Sie dachte über Prostitution nach, ganz nüchtern, erwog ihre Chancen, ihren Ekel, konnte aber dann die Vorstellung nicht ertragen, dass jemand ihren Körper besitzen würde, und hatte auch Angst vor Geschlechtskrankheiten. Da sie demnach nichts hatten und auch nichts produzieren konnten, was in dieser Warenwelt verkäuflich war, mussten sie sich eine Ware verschaffen.

Die Idee mit den gestohlenen Kinderkleidern, die sie bei den jüdischen Altkleiderhändlern rund um Houndsditch verkauften, kannte Jane aus Merciers *Tableau de Paris*. Es mochte gemein sein, war aber für Täter und Opfer ungefährlicher als das meiste, was sonst auf den Straßen Londons geschah.

Ben lernte dabei, unbewusst, ungewollt die wichtigste Lektion seines Jahrhunderts, so sehr entsprach sein Blick auf seinesgleichen schließlich der Sichtweise eines ganzen Zeitalters: Er betrachtete, er taxierte die Menschen nurmehr als mögliche Beute.

103.

Maude Parker war die einzige Tochter des wackeren Missionars, die sich hin und wieder Anfechtungen weltlicher Art ergab. Natürlich nicht solchen, die man sogar in der Welt Anfechtungen nannte: Keinen Sünden des Fleisches oder auch nur des Begehrens, dagegen hatte ihr würdiger Erzeuger ihnen allen ein unfehlbares Mittel beigebracht. Keinen Dornengürtel, kein Fasten, keine stundenlangen Litaneien wie bei den Papisten. Nein, ihr Mittel war so einfach und komisch, dass immer alle lachen mussten, wenn ein Familienmitglied es plötzlich gebrauchte.

Sobald Maude ihren Körper spürte, ihr Bauch warm und weich, ihre Brustspitzen hart wurden, setzte sie sich auf einen Stuhl, schloss die Augen, breitete die Arme aus und hob ihre

Füße etwa zwanzig Zentimeter hoch in die Luft. Die seltsamen Gedanken vergingen dabei von ganz allein, der Kopf wurde klarer, der Körper straffte sich. So hatte sie schon ihre Schwestern, ihre Brüder und sogar ihren Vater – aber nie ihre Mutter – sitzen sehen, und man darf deshalb sagen, dass Maude Parker sich gegen fleischliche Anfechtungen wohl zu wehren verstand.

Was ihr zusetzte, was sie suchte, was ihr gefiel, waren verbotene Lüste anderer Art. Sie machte sich gern Gedanken. Sie sonderte sich ab von der Herde, ging allein umher und dachte selbstständig nach. Meist über Gott, so fing es immer an, weil das doch eigentlich keine Sünde war. Manchmal kam sie sich dabei sogar fromm und gut vor – ging dann aber eben auch dazu über, eigene Überlegungen über Gottes Schöpfung, die Sinnhaftigkeit aller Dinge und sogar des Menschen anzustellen, ohne geistlichen Beistand, nur so für sich.

Einmal hatte sie ihren Vater deswegen um eine Züchtigung gebeten. Die war ihr zuteilgeworden, hatte sie aber nicht von ihrem eigenen Kopf erlöst. Auch, nein, besonders nach ihrem nächtlichen Abenteuer in der Takelage zeigte sie nun sogar schon Interesse an so entsetzlich profanen Dingen wie dem Schiff, seiner Technik, den Prinzipien seiner Fortbewegung.

In der *Saling* hatte sie gesessen, auf dem *Fockmast*, und schon beim Auslaufen von St. Helena lauschte sie mit einem geheimen, sündhaften Vergnügen auf die seltsamsten Worte: *Vorstengestag, Außenklüverfall, Bramgording, Gaffelliek* – mein Gott, aufmerksamer als auf die Worte der Predigt. Sie wiederholte sie in ihrem Kopf, fragte sich, was sie bedeuteten. Bisweilen trieb sie sich sogar auf dem Vorschiff herum, umschlich die Matrosen wie eine schwarze Katze und lauerte auf solche Wörter, hörte aber meist nur ein paar andere, die sie ebenso wenig verstand.

Nach dem gemeinsamen Nachmittagsgebet sonderte sie sich wieder ab, schlenderte auf dem Schiff herum und schlüpfte schließlich in seinen Bauch. Stieg ein paar Niedergänge hinunter und kroch schließlich auf allen vieren durch eine niedrige Luke, die sie offen fand und bisher gar nicht bemerkt hatte. Hier unten war alles in eine merkwürdig dumpfe Dämmerung getaucht. Sie sah einen staubigen Lichtstrahl am anderen Ende des kleinen Stauraums, ging näher heran, um ihn sich anzusehen und wäre beinahe über die Leiche gestolpert.

Der Mann kauerte am Boden, sein Hemd war über den Kopf, seine Hose heruntergezogen, schwarze Striemen, geronnenes Blut bedeckten den nackten Rücken und sein Gesäß. Maude erschrak furchtbar, aber sie schrie nicht. In der Bibel kamen noch ganz andere Sachen vor. Ihr Vater hatte es ihr vorgelesen, noch ehe sie laufen konnte. Und deshalb sah sie sich die Leiche erst sehr genau an, ehe sie wieder zurück zu der kleinen Luke ging, durch die sie gekommen war. Wenn sie sich auf die Zehenspitzen stellte und genau hinsah, konnte sie die Leiche auch von hier aus erkennen. Sie räusperte sich und schrie dann gellend um Hilfe.

Oben hatten sich Emmeline und ihr Gatte, Van Helmont und Gowers gerade erst in der Kabine der jungen Eheleute zusammengesetzt, weil die Carvers uneingeschränkte Aufklärung über den Stand der Ermittlungen verlangt hatten. Gowers hatte aber noch nicht mehr getan, als die simpelsten Fakten zusammenzufassen, als sich draußen lautstarke Aufregung erhob. Er vertröstete die Anwesenden mit einer Handbewegung und steckte rasch die Nase an Deck.

»Was ist los?«, fragte er einen der vorbeistapfenden Matrosen.

»Gottverdammt!« Das Schicksal wollte, dass es Midshipman Gore war. »Einer hat ihn gekillt, Sir! Gottverdammt! Einer hat den Jungen gekillt, unsern George!«

104.

Gowers hatte gerade den Fundort untersucht und überlegte noch, wie er nahe genug an die Leiche herankommen könnte, als Braddock schon an die Tür klopfte.

»Äh … Guten Tag, Mr. Thompson. Könnte ich wohl Doktor Van Helmont sprechen?«

Natürlich durfte der Investigator als »Van Helmonts Assistent« an der Obduktion teilnehmen, die im Quartier des Schiffsarztes auf einem niedrigen Behandlungstisch stattfand. Ein paar Matrosen hatten George in Braddocks Obhut gegeben, nicht weil sie glaubten, dass noch medizinische Hilfe nötig oder möglich sei, sondern weil schließlich irgendwas mit dem Jungen geschehen musste.

Die Leichenstarre war schon so weit fortgeschritten, dass der Körper sich vorläufig nicht mehr aus seiner zusammengekauerten Haltung bringen ließ. Es war deshalb ein sehr unwürdiger Anblick, als der Schiffsarzt das weiße Tuch wegnahm und George Barclay halb nackt und mit angezogenen Beinen auf dem Tisch lag wie ein überdimensionaler Säugling.

»Schneiden wir erst mal die Sachen runter«, sagte Van Helmont so sachlich wie nur je ein Mann, der schon Tausende kalter, toter Körper gesehen hatte.

»Moment!« Gowers untersuchte zuerst den Gürtel, die Hose, die Haut an den Hüften, den unteren Rand des Hemds. »Nichts zerrissen, keine Kratzer«, murmelte er und stellte mit einem raschen Blick zu Van Helmont fest: »Er muss sich selbst ausgezogen haben.«

Während Braddock noch über den Sinn dieser Worte nachgrübelte, seufzte Van Helmont wie jemand, dem die unangenehmste Aufgabe des Tages bevorsteht, trat dann dicht an die Leiche heran und nahm eine Stelle in Augenschein, die der Schiffsarzt gar nicht oder doch erst sehr viel später näher untersucht hätte.

»Keine Penetration!«, sagte Van Helmont nach einer Weile knapp, und Braddock merkte sich mit ernstem Nicken Worte und Handlung für die kommenden Obduktionen seiner medizinischen Praxis – wo beides für viele ungläubige und entrüstete Blicke sorgte, vor allem wenn es sich bei den Leichen um die würdigen Überreste eines Richters, Kaufmanns oder Bürgermeisters handelte.

Sie entfernten die Kleider mit einer Schere und den entsprechenden Umständen. George Barclays Gesicht tauchte auf, seine Augen waren weit geöffnet und aus den Höhlen getreten. Van Helmont zog an dem heraushängenden Ende des schmutzigen Lappens in seinem Mund, aber die toten Kiefer hielten ihn fest, und die ganze Leiche bewegte sich wippend, sooft der Arzt anzog.

»Da hat er sich ganz schön drin verbissen!«

»Ist das wichtig?«, fragte Braddock, während Van Helmont einen großen Metallspatel aus der Instrumentenkiste nahm, um dem Toten den Mund aufzubrechen. Gowers erklärte es ihm.

»Das bedeutet, dass er sehr wahrscheinlich erst verprügelt und dann getötet wurde. Er hat sich den Schmerz verbissen.«

Mit einem widerlichen Knirschen öffneten sich die Kiefer, der Arzt entfernte das Tuch und verhinderte mit seinem Spatel geschickt, dass sich der Mund wieder schloss.

»Blut in der Mundhöhle«, sagte er brummend und schob

mit zwei Fingern die Zunge hin und her. »Die Zunge ist an den Rändern zerbissen und sehr weit herausgetreten. Das kann eigentlich nur bedeuten …« – ein kurzer Blick in den Rachen und ein längerer auf Hals und Nacken des Toten bestätigten den Verdacht – »… der arme Junge ist erwürgt worden.«

Van Helmont trat nach Feststellung dieses ersten und wesentlichsten Ergebnisses zurück und überließ es Gowers, die Hände und Fingernägel des Opfers zu untersuchen. Ein helles Knacken verriet ihm, dass auch das nicht ohne Gewaltanwendung möglich war; die Finger waren ineinander verklammert wie bei einem Betenden und die Hände an den Gelenken so stramm gefesselt, dass sich an beiden Seiten bläuliche Hautwülste gebildet hatten. Gowers nahm sich mithilfe einer Lupe jeden Finger einzeln vor.

»Nichts«, sagte er. »Keine Haut, kein Blut, nur Schiffsdreck. Er scheint sich nicht sehr gewehrt zu haben.«

»Drehen wir ihn um«, sagte Van Helmont, und eine halbe Minute später hockte der Schiffsjunge auf dem niedrigen Tisch wie ein toter Frosch. Mit einer Handbewegung ließ Van Helmont diesmal dem jungen Braddock den Vortritt, weil der sich offenbar allmählich überflüssig vorkam.

»Schläge auf Rücken und Gesäß«, konstatierte der Schiffsarzt mit der fachmännischen Kürze, die er an den anderen so bewundert hatte, aber das hätte auch ein Blinder sehen beziehungsweise an dem kalten Körper ertasten können. Die Striemen waren blauschwarz geschwollen von dem unter der Haut zusammengeströmten Blut.

»Hautverletzungen?«, fragte Van Helmont.

»Nur wenig«, erwiderte Braddock. »Und das sind eher Kratzer, jedenfalls ist nichts richtig aufgeplatzt.«

»Also eine Gerte oder eine leichte Peitsche«, murmelte Gowers. »Wie breit sind die Striemen?«

»Eher schmal«, sagte Braddock. »Ich würde auf eine Peitsche tippen.«

»Gute Arbeit!« Van Helmont drückte seinem jungen Kollegen die Hand und deckte den Leichnam wieder ab. Gowers war der Letzte, der ihm in die Augen sah. George Barclay hatte alles gesagt, was er noch sagen konnte.

105.

Seine Lordschaft bemerkte eine deutliche Abkühlung im gesellschaftlichen Umgang an Bord. Kaum jemand sprach noch mit ihm, viele drehten ihm einfach den Rücken zu und schnitten ihn ganz offen. Er lachte nur darüber.

In Cambridge war es ähnlich gewesen, zum Schluss, aber es hatte stärker geschmerzt. Dort war seinesgleichen ihm aus dem Weg gegangen, hatten ihn Peers, die schönsten Früchte der hohen und mittleren Aristokratie, geschnitten. Hier waren es Commons, niederes Volk, ein paar Kaufleute, Offiziere, deren kaltes Schweigen der junge Lord eher als die allgemeine Sprachlosigkeit dieser Klasse ansah. Nach der Meinung der Seeleute schließlich fragte er genauso wenig, wie er nach der Meinung der Fische gefragt hätte, die zum Dinner auf seinem Teller landeten und ihn aus toten Augen anstarrten. Bis zu diesem Abend.

Eden war in der Messe gewesen, hatte dort wieder keine Ansprache gefunden, durch sein spöttischstes Lächeln zu verstehen gegeben, wie wenig ihm das ausmachte, und gemütlich für sich eine Flasche Port geleert. Es war kaum später als neun Uhr abends und der Himmel noch relativ hell, als er die Messe verließ und nicht bemerkte, dass der Steward die Tür hinter ihm abschloss.

Die See war rauer geworden, aber da sich sein Magen schon lange an die Schaukelei gewöhnt hatte, sah er das Gewimmel der hochgehenden Wellen nicht ungern, spürte auch angenehm berührt, wie der auffrischende Wind an seinen Locken zerrte, und genoss die Brise in seinem Gesicht.

Dann bemerkte er, dass am Niedergang zu den Kabinen der ersten Klasse im Heck erstaunlich viele Matrosen anscheinend müßig herumlungerten, aber er war so sehr ein Kind seines Standes, dass er keck sein Stöckchen schwang und mitten in die bedrohlich schweigende Gruppe hineinschlenderte. Erst als ihm jemand unmittelbar den Weg versperrte, tauchte in seinem Kopf der vage Gedanke auf, dass diese merkwürdige Zusammenkunft ihm gelten könnte. Aber auch jetzt fühlte er sich nicht sonderlich bedroht.

»Würden Sie bitte zur Seite treten, mein Guter?!«, fragte, sagte, befahl Eden. Aber der Mann hielt ihm stattdessen ein eng zusammengerolltes ledernes Bündel unter die Nase, aus dem ein Schlangenkopf herausragte und in dem Eden seine Peitsche erkannte. Er lächelte, offensichtlich noch immer ahnungslos.

»Ich danke Ihnen, mein Freund. Die habe ich schon überall gesucht. Hier!« Er zog eine Fünf-Shilling-Silberkrone aus seiner Westentasche, wo sich für solche Zwecke stets eine kleine Münze befand. »Betrinken Sie sich in Kapstadt auf meine Rechnung. Oder leisten Sie sich ein Mädchen. Ich habe mir sagen lassen, dass die Kaffernweiber aparte Künste beherrschen!«

Eine Hand legte sich schwer auf seine Schulter, aber er schüttelte sie nur ab. Erst als sie von allen Seiten auf ihn eindrangen, nach ihm griffen, erkannte er, dass *er* das war, worauf sie gewartet hatten, und die sichersten Instinkte seiner Klasse erwachten in ihm. Er schlug dem Erstbesten seinen Spazierstock über die Schulter, dass er zerbrach.

Da trafen ihn selbst die ersten Schläge, leichte Schläge, die kaum schmerzten, aber ihn doch aus seiner Selbstgewissheit rissen. Wenn die Erde selbst aufbegehrte, die groben Schollen sich erhöben gegen den Bauern, der mit dem Pflug über sie geht – der Mann könnte nicht überraschter sein als der dritte Lord Eden in diesem Augenblick. Und binnen Sekunden wurde er zu einem Wesen, das wusste, dass nur die Schnelligkeit seiner Beine und die Kraft seiner Muskeln es retten konnten.

Eden war viel stärker, als man ihm ansah, stark und gewandt. Er schlug nach rechts und links, trat und hatte dabei den Vorteil, dass seine vielen Gegner ihn offenbar nicht totschlagen, sondern lebendig ergreifen wollten. Nie war er sich seines geschmeidigen jungen Körpers so bewusst gewesen, auch vor seinem hässlichen kleinen Spiegel nicht, wie in diesen wenigen Minuten, in denen er um sein Leben lief, floh, Haken schlug, vom Heck bis zum Bug rannte, ohne einen Ausweg zu finden.

Was ihn entsetzte, war die völlige Lautlosigkeit dieser Jagd. Niemand erschien auf seine verzweifelten Hilferufe, obwohl das ganze Schiff zweifellos wach war. Es war absurd. Hörnerklang, Hufe, Hundegebell – selbst ein Fuchs oder Hase hatte einigermaßen klare Vorstellungen davon, was ihn erwartete, oder fand ein Loch, in das er kriechen konnte. An Bord des Schiffes gab es keine Zuflucht, wohin er auch kam und so schnell er auch lief. Und vorn erwartete ihn der Mann mit dem Tauende, einem Seil, das direkt aus dem Meer zu steigen schien, das von außen über die Steuerbordreling kroch.

Er stutzte vor Unverständnis. Da hatten sie ihn, war er in ihren Händen. Sie packten ihn rau, taten ihm aber nicht wirklich weh. Sie rissen ihm die Kleider vom Leib, warfen ihn nackt zu Boden. Er fühlte sich in einer perversen Weise wohl, es erinnerte ihn an die Äquatortaufe. Auch da war er nackt zwischen all diesen Männern herumgesprungen, und sie hatten gelacht.

Er spürte das Tau an den Füßen, den Fußknöcheln, der Knoten war grausam stramm. Er wand sich am Boden, genoss die Berührung der harten Planken an seiner Haut. Dabei sah er die Männer an Backbord, die auch ein Tau in den Händen hielten, das im Meer verschwand. Ein Seemann wäre bei diesem Anblick gestorben vor Angst. Eden verstand es nicht.

Zwei Männer ergriffen ihn an Armen und Beinen, schwangen ihn zwischen sich hin und her, und zum ersten Mal sagten sie etwas: Sie zählten auf drei. Seine Lordschaft kam sich vor wie der alberne Mittelpunkt eines Kinderspiels. Bei drei flog er weit hinaus, über die Steuerbordseite, und fiel sechs Meter tief, bis ihn die Wellen verschluckten.

Eden kam fast sofort wieder hoch, spuckte aus, ruderte heftig mit Armen und Beinen, um über Wasser zu bleiben, und versuchte, an den Knoten an seinen Füßen heranzukommen. Wollten sie ihn ersäufen?

Das Schiff zog langsam an ihm vorbei, an der Reling erschienen Gesichter, die ihm und seinem verzweifelten Kampf zugewandt waren. Dann kam das Kommando: »Hiev!«, und auf dem Rücken, mit den Beinen voran, wurde er langsam in Richtung Schiff gezogen, während die flatternden Arme seinen Kopf über den Wellen hielten.

Der Himmel war immer noch hell. Er sah wildes Gewölk, bekam Gischt in die Augen. Seine Seite brannte vom Aufschlagen auf das Wasser. Aber was taten diese Idioten? Er war noch nicht weit genug achtern, er würde nicht um das Schiff herumkommen.

Riesig, dunkel und hart wuchs die Bordwand vor ihm aus dem Meer.

106.

Das Kielholen war eine Strafmaßnahme, die in der britischen Marine seit über fünfzig Jahren verboten war. In den Napoleonischen Kriegen hatte man sie noch hin und wieder praktiziert, aber auch dann nur in schweren Fällen von Desertion, Verrat oder dem Angriff auf Vorgesetzte. Die Männer, die dieser Strafe ausgesetzt wurden, starben zwar nicht unbedingt daran, wünschten sich aber nichts sehnlicher als den Tod, wenn es erst einmal angefangen hatte.

Es waren nicht nur alle Qualen des Ertrinkens, nicht nur der scharfe Schmerz, wenn die am Schiffsrumpf festgewachsenen Muscheln und Bohrwürmer, eisernen Kanten, Vorsprünge die Haut von den Knochen schabten, tief durch lebendiges Fleisch schnitten. Es war auch das Entsetzen, den ungeheuren kalten Leib über sich zu fühlen, langsam zermalmt zu werden wie ein Wurm im Schlamm. Es war die vollkommene Agonie, ein grausamer Todeskampf ohne die Erlösung des Todes.

Was schließlich nicht nur die stärksten Körper, sondern auch die Seelen zerbrach, war die völlige Ohnmacht, dem Tau und den Männern, die daran zogen, ausgeliefert zu sein, das Gefühl, menschlicher Gemeinschaft nicht mehr anzugehören, nur noch ein Köder zu sein für die grauen Räuber des Meeres.

Als sie ihn, die Füße voran, Backbord hochhievten, glich der dritte Lord Eden einer abgezogenen Rinderhälfte. Blut und Wasser tropften aus den blonden Haaren. Bei dem Versuch, ihn mit einem Ruck über das Schanzkleid zu ziehen, brach sein rechtes Schienbein, und sie sahen an seinem wilden Zucken, dass noch Leben in ihm war. Sobald das Opfer vor ihr lag, zerstreute sich die Menge, und jeder kämpfte für sich mit seinem Gewissen und dem Gefühl, eine gute Tat begangen zu haben.

Jetzt erst wagten sich Gowers und Van Helmont heran. Der Arzt untersuchte den halb toten Menschen, die nicht sonderlich tiefen, aber grausamen Wunden, in denen das Salzwasser brannte. Eden erbrach sich, rang nach Luft, heulte vor Entsetzen und fiel schließlich in Ohnmacht.

Gowers, der sich besser als jeder andere vorstellen konnte, was der Lord durchgemacht hatte, aber dennoch kein Mitleid mit ihm empfand, entschied: »Bringen wir ihn erst mal in seine Kabine. Los, fassen Sie an!«

Während er selbst die Schultern nahm, ergriff Van Helmont die Knie des Gefolterten und sagte kopfschüttelnd: »Ich habe weiß Gott schon viele Methoden gesehen, einen Mann umzubringen, aber das hier ist mit Abstand die widerlichste!«

Gowers zuckte die Achseln und murmelte: »Seerecht!« Und im gleichen Moment stutzte und stockte er so plötzlich, dass die zerschundenen Reste des dritten Lord Eden beinahe wieder aufs Deck gefallen wären.

»Was ist los, zum Teufel?«, fragte der Arzt, als Gowers ihn mit großen Augen ansah. »Machen Sie schon weiter! Ich kann das nicht stundenlang.«

»Entschuldigung, Doc«, sagte Gowers und ging langsam weiter, rückwärts zum Heck.

»Hier! Die hat er vergessen!« Ein Matrose warf Edens Peitsche über den leblosen Körper, und der Investigator blieb zum zweiten Mal stehen. »Gehört ihm, dem Sausack!«, sagte der Mann, als Gowers ihn nur fragend anstarrte.

»Woher haben Sie die?«

»Lag in Barclays Hängematte, heute Morgen.«

»Hee«, rief der Arzt, der seine Kräfte schwinden fühlte. »Ich erwähne es ja nicht gern, aber ich habe nur ein Bein …«

Endlich waren sie in Edens Kabine angekommen und legten den blutigen Körper aufs Bett. Van Helmont streckte sich kurz und verschwand dann sofort, um seine Tasche zu holen. Gowers betrachtete angewidert, was von Lord Eden übrig war. Er musste das Gesicht weggedreht haben, denn Nase und Mund waren unversehrt, dafür war die rechte Seite des Kopfes aufgerissen und das Ohr beinahe abgetrennt. Eine Brustwarze fehlte völlig.

Er sah sich die Peitsche an. Gestern Abend war sie definitiv nicht in George Barclays Hängematte gewesen, und seine Rotoren begannen zu arbeiten. Eden kam langsam wieder zu sich und stöhnte.

»Bleiben Sie lieber ohnmächtig, Mann!«, riet ihm Gowers gedankenverloren. Dann sah er die indische Gouvernante, die in der offenen Kabinentür stand und sprachlos den blutigen, nackten Mann auf seinen seidenen Laken anstarrte. Es war nicht gerade ein Anblick, der zu der zwanglosen kleinen Plauderei einlud, in die Gowers diese Dame zu verwickeln beabsichtigt hatte, falls er sie je zu Gesicht bekommen würde. Hoch über ihrer Schulter erschien in diesem Moment auch das düstere Gesicht des Leibwächters.

»Wo ist der Arzt?«, fragte er mit einer tieferen Stimme, als Gowers sie je an einem menschlichen Wesen gehört hatte, aber in perfektem Englisch.

»Hier«, sagte Van Helmont, der mit seiner Tasche hinter den beiden aufgetaucht war. »Und er wäre froh, wenn Sie ihn durchlassen würden. Der Mann braucht meine Hilfe!«

»Auch wir brauchen Ihre Hilfe«, sagte die Gouvernante, bevor sie zur Seite trat und den Weg freigab. »Kommen Sie bitte so bald wie möglich in unsere Kabine.« Mit einem funkelnden Blick auf Gowers fügte ihr Leibwächter hinzu: »Nur Sie!«

107.

Ben stahl am liebsten Bücher. Er las sie, bevor er sie weiterverkaufte, und was er verlor an »einträglicheren Geschäften«, gewann er an Wissen über die Welt.

Am meisten bedrückte ihn der nicht mehr endende Kummer seiner Mutter. Hatten sie anfangs auch schöne Tage gehabt, Pläne geschmiedet, so verfiel sie jetzt immer öfter in ein dumpfes Schweigen, Grübeln über Dinge, die sich nicht ändern ließen, anstatt sie zu nehmen, wie und wann sie kamen.

Am schlimmsten war für Jane, dass sie bei jedem ihrer Streifzüge ihre Existenz neu aufs Spiel setzen mussten und nie zur Ruhe, zu einer gewissen Sicherheit kamen. Ihre Existenz – das war nie mehr als ein kleines Zimmer in halb- oder vierteljährlich wechselnden Herbergen, manche besser, manche schlechter. Das Spiel war die große Stadt. Und die sichere Erkenntnis, dass sie es am Ende verlieren würden, kostete Jane allmählich die letzten Reste ihres ruhigen Gemüts.

Sogar ihre Angst, ihre Sorge um Ben wich in solchen Stunden einer düsteren Sehnsucht nach diesem Ende, obwohl sie sich das nie eingestand. Sie würde es ja für ihn tun, redete sie sich den Gedanken schön, einen Raubmord zu begehen, dem Jungen das Geld zu geben, ihrer Schulden an das Leben damit ledig zu sein und dann nicht mehr davonzulaufen vor den Kugeln, Knüppeln und Scheren ihrer Verfolger.

Hatte sie nicht schon einen Mann erschlagen für weniger? Sich totprügeln lassen für gar nichts? Was war sie denn außer einer zahnlosen alten Frau, mit siebenundzwanzig Jahren am Ende eines sinnlosen Weges?

Sie erwachte immer noch rechtzeitig aus solchen Zuständen; rechtzeitig, um das verängstigte Kind unter ihren Händen nicht zu töten, rechtzeitig, um wegzulaufen, oder rechtzeitig, um dem Kaufmann, der sie schon am Arm gepackt hielt, ihre halbe Krone zu zeigen.

»Gestohlen, Sir? Ich muss doch sehr bitten! Ich war wohl in Gedanken. Hier, ich kann ja bezahlen. Aber wenn ich's mir recht überlege, möchte ich einem Mann, der mir einen Diebstahl zutraut, nichts zu verdienen geben. Da, nehmen Sie Ihr Garn, Tischtuch, Besteckmesser, Ihre Vase, Tasse, Schnupftabakdose, Ihren Türknopf, Kamm, Seidenschal ... zurück und belästigen Sie mich nicht weiter, sonst rufe ich einen Schutzmann!«

»Entschuldigung, Miss. Aber man muss heutzutage schon höllisch aufpassen!«

Ben bewunderte seine Mutter in solchen Momenten unendlich und benutzte die Gelegenheit, das Doppelte von dem einzustecken, was sie dem Mann zurückgab. Leider konnte sie auch darüber nicht mehr lachen.

Er glaubte, wenn er sie so müde und stumpf dasitzen sah, dass sie nur noch an den nächsten Tag denken konnte. Und den nächsten und den nächsten und nächsten. Woher hätte er wissen können, der Zehnjährige, dass Jane immer nur an vergangene Tage dachte, vergangene, vergangene und vergangene?

In diesem Vorfrühling 1846 erhob sie sich von ihrem Lager, taumelte hinaus in die ersten warmen Tage wie eine Bärin nach ihrem Winterschlaf. Tatsächlich war der Winter ihre schlechteste Zeit, so eng sie auch zusammenkrochen, was sie auch taten, sie wurden monatelang nicht warm und nicht einmal immer satt. Ihr letztes Geld war verbraucht. Ben hustete, er war krank. Sie selbst hatte Fieber, sie spürte es. Etwas musste geschehen, und es musste schnell und viel einbringen, die erste Beute musste gute Beute sein.

Jane ging deshalb durch Mayfair, zum Hyde Park, wo die Bürger wieder spazieren gingen, sich selbst und der Stadt ihre neuen Kleider zeigten nach der Häutung im Winter. Mit der seltsam, fast schmerzhaft geschärften Wahrnehmung, die nur Fieber oder äußerste Erschöpfung verleiht, hörte sie es schon von Weitem. Ein toller Spaß musste es sein, ein Johlen und Lachen von jungen Stimmen, jungen Männern und Frauen, jünger, als sie es war.

»Prächtiger Dudelsack – nur die Pfeife ist kurz – spiel auf damit – tanze – er hüpft nur – da hüpft alles!«

Jane sah jetzt die kleine Gruppe: Mädchen, die ihr Lachen in den Händen versteckten und dabei Sonnenschirme trugen, die sie natürlich noch gar nicht brauchten. Junge Burschen, die etwas nach einem alten Mann warfen, einem Schotten, ihrem MacLean!

Warum sprang der alte Mann so herum? Warum schrien die Leute vor Lachen? Er war betrunken. Oder er wankte vor Schwäche. Er schwitzte. Und versuchte, die kleinen Münzen aufzufangen, die sie ihm zuwarfen. In seinem schmutzigen Kilt, unter dem er nichts trug.

Ohne eine Sekunde zu überlegen, ohne Warnung und ohne jeden Laut schlug und trat Jane so unglaublich hart zu, dass einer der Männer ein Auge verlor, eine junge Dame ihre Zungenspitze durchbiss und niemand, niemand die Rasende bändigen konnte, bis sie unter den Schlägen zweier zufällig vorbeischlendernder Horse Guards zusammenbrach.

108.

Nicht lange vor Beginn der Morgendämmerung kam der Arzt zurück. Er war müde und ausgelaugt. Länger als zwei Stunden hatte er die hässlichen Wunden Lord Edens versorgt, weit nach Mitternacht an die Kabine der merkwürdigen Inder geklopft.

»Können wir das auf morgen verschieben? Ich bin todmüde«, sagte er, als Gowers, noch immer voll angekleidet und die Füße auf dem Tisch, erwartungsvolle Blicke auf ihn abschoss wie einen Pfeilhagel.

»Das ist nicht Ihr Ernst«, erwiderte der Investigator. »Wenn Sie es wagen sollten, jetzt ins Bett zu gehen, werde ich mich auf Ihren Bauch setzen!«

»Außerdem wäre da noch die ärztliche Schweigepflicht«, sagte Van Helmont.

»Sie meinen, morgen, wenn Sie schön ausgeruht sind, erfahre ich überhaupt nichts mehr?« Gowers nahm die Füße vom Tisch und zündete sich eine Zigarre an.

»Ich meine das durchaus ernst«, knurrte Van Helmont gereizt.

»Oh, ich meine es auch ernst, Doc«, entgegnete Gowers heiter. »Schweigen Sie ruhig, ich werde reden. Aber das Nicken und Kopfschütteln wird Ihnen Hippokrates ja nicht verboten haben.«

Der Arzt lachte leise und ließ sich versöhnt auf einen Stuhl fallen. Einen Moment lang sah er aus, als würde er im Sitzen einschlafen, aber dann nahm er eine der angebotenen Zigarren, und gemütlich paffend saßen sie sich an dem kleinen Tisch gegenüber.

»Also«, fing Gowers an. »Es ging natürlich um das Mädchen.« Nicken. »Sie ist verletzt!«

Van Helmont zog überrascht die Augenbrauen hoch. »Woher wissen Sie das?«

»Ihre Tasche ist offen. Und von den zwei Rollen Verbandszeug, die Sie in Edens Kabine noch hatten, ist nur noch eine übrig. Sie werden kaum ihre Kabine damit dekoriert haben.«

Van Helmont schmunzelte, und Gowers fuhr fort: »Die haben das Mädchen mit Seide gefesselt und sie wohl kaum achttausend Meilen wie ein rohes Ei behandelt, um ihr dann kurz vor Kapstadt eins über den Schädel zu geben. Folglich hat sie sich selbst verletzt.« Nicken. »Ein Selbstmordversuch!« Beifall. »Ernst genug, dass ihr Wachpersonal Sie herbeiruft. Aber wieder nicht so ernst, dass es nicht noch zwei Stunden Zeit hatte.«

»Sie sind wirklich gut, Junge«, sagte Van Helmont. »Ich weiß ja nicht, was Sie verdienen, aber Sie sind das Geld wert.«

»Vielen Dank«, erwiderte Gowers und stellte dann fest: »Pulsadern.« Nicken. »Quer!«

»Die jungen Dinger schneiden immer quer und nie tief genug«, brummte der Arzt. »Das ist zwar nicht unbedingt ernst, aber immer sehr ernst gemeint.«

»Womit wir bei den Gründen wären«, sagte Gowers. »Wir wissen schon, dass sie nicht freiwillig nach Indien reist. Sie ist zurückgerufen worden.« Nicken. »Meine spontane Vermutung wäre, dass es dafür nur einen Grund geben kann.« Kopfschütteln. »Mehrere Gründe?« Nicken. »Aber einer davon ist so etwas wie eine Eheschließung?«

»Sie spekulieren. Überlegen Sie lieber!«

Gowers nahm einige tiefe Züge und lehnte sich zurück wie bei einem Schachspiel vor einem schwierigen Zug. Dann fing er an, laut zu denken. »Wenn ich nicht von A nach B möchte, kann das zwei Gründe haben: Ich möchte A nicht verlassen, oder ich möchte nicht in B sein.«

»Oder eine Kombination aus beidem«, warf der Arzt ein.

Gowers schloss die Augen. »Sie wollte England nicht verlassen. Und zuerst haben sie sie gefesselt, damit sie nicht ausreißen kann.« Nicken. »Aber England ist jetzt weit weg. Selbst wenn sie wollte, könnte sie nicht mehr zurück. Und nun plötzlich, nach fast vier Monaten auf See, ist ihre Angst vor Indien so groß, dass sie lieber sterben will, als dort anzukommen. Sie versucht nicht mehr auszureißen, sie versucht, sich zu töten.« Er machte eine rauchumwölkte Pause, dachte an Braddocks Information über die fortwährende Übelkeit seiner geheimnisvollen Patientin und kam zu dem Schluss: »Sie ist schwanger!«

Van Helmont nickte bedächtig. Zweimal.

»Wissen die anderen beiden davon?«, fragte Gowers.

Der Arzt schüttelte den Kopf. »Aber sie vermuten es, da bin ich ziemlich sicher.«

»Und ist es ausgestanden?« Kopfschütteln. »Sie wird es wieder versuchen?« Nicken. »Solange sie schwanger ist.«

Gowers schwieg eine Weile, dann stand er auf, um zu Bett zu gehen. »Möchte nicht in Ihrer Haut stecken, Doc! Ich glaube, Hippokrates hat sich da eindeutig festgelegt.«

Van Helmont schnaufte verächtlich und drückte dann seine Zigarre aus.

»Ärzte mussten bei schweren Geburten schon immer entscheiden. Zwischen dem Leben der Mutter und dem des Kindes. Ich tue nichts anderes, nur eben ein paar Monate früher.« Er erhob sich und fing an, seine Sachen auszuziehen.

»Verstehen Sie was von Abtreibungen?«, fragte Gowers, der schon auf seiner Koje lag.

»Nicht so viel wie von Amputationen«, antwortete Van Helmont und schnallte sein Holzbein ab. »Aber die schwarzen Frauen im Süden kannten ziemlich wirksame Mittel gegen unerwünschten Nachwuchs. Ein durch jahrhundertelange Praxis und leider auch Notwendigkeit erworbenes Wissen. Ich denke, ich werde solch ein Mittel zusammenstellen, wenn ich in Kapstadt alle Bestandteile kriegen kann.« Seufzend streckte er sich in seiner Koje aus. »Und dann werde ich froh sein, wenn ich dieses Schiff nie mehr wiedersehe. Gute Nacht!«

Er löschte das Licht, fügte aber nach einer Weile noch hinzu: »Sie hatten übrigens recht. Ein Bild von einem Mädchen!«

»Mussten Sie das jetzt sagen?!« Gowers wollte eigentlich über etwas anderes nachdenken.

Der Lauscher, der dem Arzt mit katzenhafter Gewandtheit bis zur Kabine nachgeschlichen war, nahm sein Ohr von der Wand und ging ebenso leise wie schnell seinen Weg zurück, um in der aufziehenden Dämmerung nicht doch noch gesehen zu werden. Er wusste, was er wissen wollte.

109.

Im Hafen unter dem Tafelberg überwachte John Gowers »das Löschen der Ladung«, wie er das Anlanden von Van Helmonts nicht unbeträchtlicher Gepäckmenge ironisch nannte. Der Arzt war zu krank, um sich zu wehren.

Er war schon um sechs Uhr früh in der Stadt gewesen, um ein Hotel zu suchen, das geeignet schien, von dort aus sein weiteres Leben in Ruhe zu planen. Hatte den ersten Sonnenaufgang über Afrika beobachtet und an sich selbst eine Übelkeit diagnostiziert, die diesem melancholisch-schönen Schauspiel kaum entsprach. Es war das Innenohr, das Gleichgewichtsorgan, das ihm zusetzte.

»Fünftausend Meilen Atlantik, ohne seekrank zu werden,

und dann kotzt man denen hier als Erstes die Gegend voll!«, ächzte er, weiß im Gesicht, als er sich zum Hafen, zum Schiff und endlich auch in seine Koje zurückgeschleppt hatte. »Soll ich Ihnen was sagen? Ich habe mich noch nie so einbeinig gefühlt wie heute Morgen.«

Gowers lachte. Er wusste, was die erste persönliche Landberührung einem Menschen nach mehrwöchigen, mehrmonatigen, ja mehrjährigen Seereisen antun kann. »Waren Sie wenigstens erfolgreich?«

»O ja, nette Bude. Sehr geräumig. Keine Yankees.«

»Worauf warten wir dann noch?«

»Dass mein Magen wieder weiß, wo sein Platz ist. Außerdem muss ich noch ein gewisses Mittel herstellen.« Van Helmont holte verschiedene Ingredienzen aus seiner Tasche, die er trotz seiner Übelkeit in den Apotheken Kapstadts besorgt hatte.

»Sie hören wohl nie auf, Arzt zu sein, was?«

»Hören Sie irgendwann auf, Detektiv zu spielen?« Das Wort rutschte ihm schärfer heraus, als ihm recht war. »Zu sein, wollte ich sagen. Und werde ich denn nun noch erfahren, wer unser Mörder ist, oder schreiben Sie mir aus Indien?«

»Sie werden, Doc«, sagte Gowers, als hätte er die Spitze nicht gehört. »Ich brauche nur noch einen Beweis, und der dürfte im Marinearchiv von Kapstadt nicht schwer zu finden sein.«

»Weihen Sie mich bloß nicht ein«, stöhnte der Arzt, als er sich trotz seiner Übelkeit von seinem Lager erhob, um die Medizin herzustellen, von der er wusste, dass sie an Bord zumindest ein Leben retten konnte.

»Wo kämen wir hin?«, erwiderte der Investigator. »Sie weihen mich ja auch nicht in alles ein.«

Es klopfte kurz, aber heftig, und einen Augenblick später

stand Gowers dem beeindruckendsten Schnurrbart gegenüber, seit er zuletzt ein Walross gesehen hatte. Unwillkürlich fragte er sich, wie dieser Mann nach einer guten Gemüsesuppe aussehen würde, und konnte den Besucher von da an nicht mehr wirklich ernst nehmen, obwohl er sozusagen einen Kollegen vor sich hatte.

E. S. Porter war allerdings im Hauptberuf Rechtsanwalt und von den älteren Mitgliedern der renommierten südafrikanischen Sozietät *Babbington, Simmons, Simmons & Porter* lediglich damit beauftragt, eigene Ermittlungen über angenommene Fälle anzustellen. Seine aktuelle Mission betraf den beklagenswerten Zustand, in den der dritte Lord Eden an Bord der *Northumberland* irgendwie versetzt worden war. Die Angaben, die Seine Lordschaft selbst über den Vorgang machte, seit er das Schiff auf einer gepolsterten Krankentrage verlassen hatte, klangen so ungeheuerlich, dass *Babbington, Simmons, Simmons & Porter* der Sache auf den Grund gehen wollten, ehe sie irgendwelche rechtlichen Schritte folgen ließen.

Es war in der Tat die unglaublichste Geschichte, seit man Lady Diana Kinglake nach dem rein touristischen Besuch einer Diamantenmine gezwungen hatte, sich von der Gattin eines Bergwerksinspektors durchsuchen zu lassen – wobei zwar tatsächlich einige kleinere Diamanten zum Vorschein kamen, aber was änderte das am Tatbestand der Nötigung? *Babbington, Simmons, Simmons* und vor allem Porter hatten damals immerhin erreicht, dass die auf derart unzulässige Weise aufgetauchten Corpora Delicti im Prozess gegen die junge Dame nicht als Beweismittel verwendet werden durften, sodass die ganze Sache im Sande verlief.

Hier boten sich nun, vorausgesetzt, die Geschichte seiner Lordschaft ließe sich verifizieren, eine ganze Fülle wunderbarster juristischer Möglichkeiten. Man konnte ein ganzes Schiff verklagen, Passagiere, Mannschaft, den Kommandanten, die Reederei, die britische Regierung. Das mochte ein wenig Ermittlung wohl wert sein.

Die häufigste Erklärung, die Porter auf der *Northumberland* zu hören bekam, sofern er überhaupt etwas Verwertbares zu hören bekam, lief allerdings auf eine etwas überstürzte Rettungsaktion hinaus. Seine Lordschaft sei bei Anbruch einer dunklen und stürmischen Nacht über Bord gegangen und an einem Seil wieder hochgehievt worden, könne noch von Glück sagen, dankbar sein, gottverdammt!

Von den Passagieren wollte niemand etwas bemerkt haben, da machten auch Daniel Thompson und der Burendoktor keine Ausnahme. Blieben Edens Regressforderungen gegen Letzteren, wegen der katastrophalen medizinischen Versorgung im Anschluss an den Unfall oder Vorfall – eine Sache, die sich umso leichter verfolgen ließe, als der Arzt in den Kapkolonien zu bleiben beabsichtigte.

Gowers, immer noch erheitert von seiner Suppenvorstellung, warf den aufdringlichen Advokaten schließlich kurzerhand aus der Kabine. Als er wenig später mit dem Doktor das Schiff verließ, sah er den Mann noch einmal an Deck umherstapfen, den grotesken Schnurrbart durch erregtes Aufblasen der Oberlippe noch zusätzlich gespreizt. Er sah aus wie ein Mann, der gerade ein Tänzchen mit Kapitän Radcliffe hinter sich hatte.

Aufmerksame Augen verfolgten, wie Gowers und Van Helmont schließlich von Bord gingen, blickten dann hinüber zu einer Gestalt, die im Schatten eines Hafengebäudes lehnte und das Geschehen ebenfalls beobachtet hatte. Beide Männer nickten sich kurz zu, dann löste sich der Schatten von der Wand und folgte dem hochbeladenen Karren mit der weltlichen Habe des Doktors. Van Helmont war nicht der Einzige, der schon am frühen Morgen an Land gewesen war.

110.

»Dem armen alten Boyd haben sie die Schädeldecke so sauber weggeschossen, dass er's gar nicht mitbekommen hat. Sein Kopf sah aus wie eine offene Dose. Er grinste sogar noch von einem Ohr zum anderen, als er umkippte.«

Die zusammengewürfelten Männer hörten dem Corporal der Artillerie so respektvoll zu, wie es einem *mad sandbag* der vorgezogenen Nr. VII gebührte. Diese kleine Artilleriestellung war nur siebenhundert Meter von den feindlichen Linien entfernt und hatte mit ihren vier 32er-Geschützen die Beschießung der mächtigen Festung Sewastopol von englischer Seite, aus den Green Hills heraus, eröffnet. Die Siebente war dabei ganz allein geblieben, denn die übrigen Batterien waren noch nicht schussfertig gewesen. Und ein mörderisches Feuer von den Wällen, Redouten, aus mindestens hundert schwarzen Kanonenmäulern vom Kaliber 68 hatte Captain Oldershaws vorgezogene Nr. VII stundenlang umgegraben. Von fünfundsechzig Männern kamen nur drei zurück, der Rest wurde getragen, so oder so. Die Überlebenden wurden noch am gleichen Abend von keinem Geringeren als Brigadegeneral Darcey persönlich ausgezeichnet.

Von der täglichen Teezeremonie ließen sie auch inmitten dieses Wahnsinns nicht, lediglich gewisse Standes-, Rang- und Klassenunterschiede verschwammen dabei allmählich. Seit sechs Monaten lagen alle im gleichen Dreck, Offiziere und Mannschaften, Adlige und Bürgerliche, Briten, Franzosen, ein paar versprengte Türken und die gefürchteten indischen

Gurkhas, die nachts bis an die Wälle heranschlichen und sich unvorsichtige russische Wachtposten holten. Regen und Schlamm dieser endlosen Belagerung hoben sogar die heilige Trennung zwischen den Waffengattungen auf, und Seeleute, Infanteristen, Kanoniere und die letzten Überlebenden der bei Balaclava zerschlagenen Kavallerie saßen gemeinsam in kleinen und größeren Gruppen beim Tee und lauschten auf den unausgesetzten Donner des Bombardements.

Vom 9. bis zum 18. April 1855 gingen hundertdreißigtausend Schuss Granaten und Kanonenkugeln auf Sewastopol nieder.

Was so besonders heldenhaft daran sei, sich zusammenschießen zu lassen, fragte der sommersprossige Leutnant einer Versorgungseinheit, dem der höchst unwillige Umgang mit nassen Pferden anzumerken war, den konsternierten Corporal der vorgezogenen Siebten.

»Das ist eine Belagerung, Junge«, kam die Antwort aus dem Mund eines hochgewachsenen Marineoffiziers, der erst am Morgen mit dreitausend Kisten Munition über die Victoria Ridge gekommen war, frisch aus England, und sogar die neuesten Zeitungen dabeihatte. In London bejubelten sie demnach immer noch die Schlacht von Inkerman, die hier schon wieder Geschichte war. Eine vergebliche noch dazu, denn der russische Kommandant Todleben, ein Teufel in Menschengestalt, hatte den Berg sozusagen mit Picke und Schaufel zurückerobert und über Nacht zwei gewaltige Schanzen zwischen sich und die Alliierten gelegt. Der Malakoff-Turm war damit so gut wie uneinnehmbar geworden, und die Belagerer waren nun beinahe die Belagerten.

»Bei einer Belagerung«, fuhr der Seemann fort, »kommt es nur darauf an, dass die Belagerten möglichst bald ihr Pulver verschießen. Da muss man ihnen halt manchmal auch irgendwas zu treffen geben und eine Weile den Buckel hinhalten.«

»Das sagt sich leicht, Sir«, bemerkte säuerlich der hochdekorierte Kanonier, »wenn's nicht der eigene Buckel ist.«

Ein Kamerad von der VIII. Batterie versuchte, den gereizten Mann zu beruhigen: »Meine Herren, einen Toast auf Captain Oldershaw und die vorgezogene Siebtente!«

»Mit diesem Gebräu?« Der Mariner schüttete angewidert seine Tasse aus. »Wahrscheinlich kochen die Plattfüße ihre Socken aus.« Einige Infanteristen eines Füsilierregiments knurrten beleidigt, nur die Gurkhas putzten ungerührt ihre Waffen. Was gingen sie die Auseinandersetzungen der Weißen an? Der angegriffene Artillerist aber sprang jetzt auf, wie aus einer Kanone geschossen.

»Sir, bei allem Respekt, das ist ein Affront! Ein Toast wurde ausgebracht. Die Männer der Siebenten kämpften heldenhaft gegen eine Übermacht von zehn zu eins, wenn nicht mehr.«

»Hipp, hipp!«, sagte sein Kamerad von der Achten.

»Nicht, wenn man die Franzosen mitzählt«, beharrte der Seemann.

»Aber wer macht denn so was?«, spotteten prompt die Infanteristen.

»Und nicht, wenn man einrechnet, über welches Material wir verfügen«, fuhr der hochgewachsene Offizier ungerührt nüchtern fort. »Ich möchte wetten, alles in allem ist unsere Feuerkraft mindestens doppelt so hoch wie die der Russen.«

»Mon Dieu«, mischte sich ein französischer Seemann ein, der als Melder von einer der eingeschlossenen Fregatten in der Roadstead kam und den die zehntägige Kanonade in den britischen Stellungen festhielt, »aber sie 'aben diese Turm, eh, diese Mauern. Und wir 'aben Zelte und, wie sagt man: sac de sable …«

»Sandsäcke«, übersetzte ein beinahe verhungert wirkender kleiner Aufklärer, in dem niemand den besten Kartenzeichner seines Regiments vermutet hätte. Der sommersprossige junge Herr der Traingäule fügte leise hinzu: »Manche in Leinwand und manche in Uniform.«

»Ich habe das gehört, junger Mann«, erregte sich wieder der Artillerist. »Was wollen Sie damit sagen?!«

Er wollte damit sagen, dass die vorgezogene siebte Batterie, ohne Munition und mit demolierten Geschützen, zum Schluss nur noch sozusagen Salut geschossen hatte: Böllerschüsse, um Pulverdampf zu erzeugen und so das russische Feuer auf sich zu ziehen. Ebendas hatte den Männern ihre Orden und den Spitznamen *mad sandbags* eingetragen. Der blondlockige Leutnant überlegte krampfhaft, wie er sich aus der durchaus duellträchtigen Situation herausreden könnte, aber zu seinem Glück hatte der Ärger der übrigen Briten soeben ein lohnenderes Ziel gefunden.

»Hee, Frenchy«, rief die Infanterie, »stimmt es eigentlich, dass die Russen euch auf dem Mamelon noch immer mit Lassos einfangen?!«

»Das ist kein Witz«, erwiderte zornrot der einsame Franzose auf seinem verlorenen Posten. »Das ist zutiefst unritterlich …«

»Sie haben sogar Parlamentäre an Todleben geschickt, damit er das lässt«, höhnten weiter die Füsiliere zu Fuß.

»Die kämpfen nicht wie Männer, die legen Schlingen und Netze, und wen sie sich 'olen, den zerstückeln sie mit ihre Messer! Das sind Tiere!« Einer der Gurkhas schaute kurz auf. Das Abschlachten von Menschen mit Nahkampfwaffen schien sein sportliches Interesse zu wecken.

»Da ist es schon besser, man hält den Buckel hin und lässt sich zusammenschießen.« Endlich lachte auch wieder der tapfere Corporal der vorgezogenen Nr. VII.

»Eh, warum 'abt ihr Briten nur eine so große Faible für aussichtslose Kämpfe?«, entgegnete mit vorsichtigem Spott der französische Melder.

»Die machen sich besser in den Geschichtsbüchern«, warf ironisch der englische Seemann ein. »Wir wenigen, wir glücklichen wenigen, was? Und wer liest schon gerne, dass er sich mit der geballten Materialmacht einer Industrienation auf einen wesentlich schwächeren Gegner geworfen hat?!«

»Sir, ich schwöre, noch so eine defätistische Bemerkung und ich …« Samuel Thompson war wieder aufgestanden.

»Ah, kommt, meine 'erren britische Löwen!«, beschwichtigte Louis Vivés. »Lasst uns von etwas anderem sprechen. Soll ich mal erzählen, wie …«

III.

Der Junge erwachte mitten in der Nacht, weil er fror, und weil er fror, wusste er, dass seine Mutter nicht zurückgekommen war und auch nicht da gewesen sein konnte. Sie hätte ihn sonst zugedeckt. Er zog die Decke selbst über seine Schultern, aber er schlief nicht mehr richtig ein.

Sobald er die Augen schloss, hatte er das Gefühl, sein Kopf sei ein riesiger, leerer Wagen, der eine steile Straße hinabrast und in dessen Innenraum nur zwei oder drei kleine Steinchen herumrollen. Er hörte sie rollen, lauschte auf das Geräusch und war plötzlich selbst ein kleiner Stein, rollte auf dem Bretterboden des großen Wagens herum, meilenweit hin und her, ohne es selbst zu wollen.

Nachdem er sich der Bewegung zuerst hingegeben hatte, das Um-und-um-Gedrehtwerden manchmal sogar lustig fand, versuchte er schließlich, sich festzuhalten, an seinem Platz zu bleiben. Er wurde aber immer wieder weggerissen, hin und her, ohne jeden Sinn und in alle Richtungen, und bekam schließlich Angst vor den unheimlichen blinden Kräften, Mächten, die mit ihm spielten. Seine Mutter hätte ihn festgehalten, ihn einfach in die Arme genommen, aber sie war nicht zurückgekommen.

Als es zu schrecklich wurde, machte er die Augen auf und wusste sofort wieder, dass er nur krank war. Krank und allein. Es war eine schwarze Nacht, ohne Sterne, aber er konnte im Dunkeln sehen. Schlich zu dem kleinen Fenster, öffnete es und hörte an den Geräuschen, dass es ungefähr drei Uhr nachts war.

Das Haus schlief, die Straße, die Nachbarschaft, aber er wusste, dass die Stadt wach war. Er hörte sie von fern her, leise wie ein großes Raubtier, das in der Nacht jagt. Das Knacken, Atmen, das ferne Grollen, manchmal den Todesschrei eines kleineren Tieres, eines einzelnen Menschen, einer nackten Seele.

Ben starrte fast eine Stunde lang hinaus in den finsteren Himmel über den elenden Dächern, von denen es Hunderttausende gab und von denen er keine drei sehen konnte. Unter den Dächern atmeten in dieser Stunde zwei Millionen Menschen, darüber drehte sich schwach der Rauch.

Wo mochte seine Mutter sein, da draußen im Dunkeln? Was hatte sie aufgehalten? Er schob diese Fragen bis zum Morgen auf und legte sich wieder schlafen. Er träumte nicht mehr in dieser Nacht. Nichts Böses und nichts Gutes.

Am nächsten Tag fühlte er sich zwar noch schwach, hustete manchmal, aber sein Kopf war völlig klar. Er war neun Jahre alt, und seine Mutter blieb verschwunden, obwohl er überall dort suchte, wo sie sinnvollerweise sein konnte, sogar bei den anderen fliegenden Händlern, Betrügern, Stadtzigeunern Londons nach ihr fragte. Die meisten wussten nicht einmal, wen er meinte. Und die es wussten, wussten nichts, hatten sie nicht gesehen und interessierten sich auch nicht weiter dafür. Jeden Tag verschwanden in der riesigen Stadt Menschen, wurden Kinder zurückgelassen, wer fragte danach?

Nur einer, sein Hehler für gestohlene Bücher, ein langhaariger, ungepflegter, zahnloser verkrachter Student des Jahrgangs 1810, sagte: »Schmiere! Hoppgenommen vielleicht. Würde ich mal in Newgate fragen oder im Fleet oder Middlesex!«

Ben klapperte am nächsten Tag die Gefängnisse und Polizeiwachen ab und hatte Mühe, von den ehrwürdigen Beamten auch nur gesehen zu werden.

»Wie heißt denn deine Mutter, Junge?«

»Jane Gowers. Oder Jane Williams.«

»O Jesus, du weißt nicht mal, wie deine Mutter *heißt*?! Warum suchst du sie dann? Hau ab und mach dir ein schönes Leben!«

Er konnte sich ein Leben ohne seine Mutter nicht vorstellen. Und musste doch daran denken, das Geld dafür zu verdienen. Der Wirtin sagte er, Jane sei zu Verwandten gefahren, und sie glaubte ihm, ein Wunder der Mildtätigkeit, sodass er das Zimmer noch eine ganze Woche behalten durfte.

Einer der Polizisten hatte einen bestimmten Verdacht geäußert, und Ben sparte zwei Pence an, um den Eintritt in die polizeiliche Morgue, das Leichenschauhaus von London, zu bezahlen. Immer wieder fielen täglich, wöchentlich so viele unbekannte Leichen, Ermordete, Erfrorene, Ertrunkene oder sonst wie zu Tode Gekommene an, dass die städtischen Behörden dazu übergegangen waren, für ihre Besichtigung Geld zu verlangen.

Es kamen vor allem Medizinstudenten, aber auch Schaulustige aller Art. Künstler, die sich keine Modelle, Junggesellen, die sich keine Huren leisten konnten. Kinder allerdings nicht ohne die Begleitung, den Zuspruch Erwachsener, denn viele der Leichen waren schauerlich anzusehen, meistens nackt, manchmal »schon etwas angegangen«, bisweilen auch nur in einzelnen Teilen vorhanden.

Diese Vorschrift galt natürlich nicht für Angehörige, die sogar ihre zwei Pence zurückerstattet bekamen, wenn sie im Gegenzug einen Verstorbenen identifizierten und die Kosten der Beerdigung übernahmen. Entsprechend wenig Leichen wurden identifiziert.

Ben schauderte bei dem Gedanken, seine Mutter hier zu entdecken, aber noch bevor er überhaupt hereindurfte, riet ihm ein Leichenwärter, der fast genauso blass war wie seine Kunden, es doch erst einmal in den Krankenhäusern der Stadt zu versuchen. »Vielleicht lebt deine Mutter ja noch. Und wenn nicht, kommst du wieder her!«

Der Mann drückte dem Jungen noch ein Formular in die Hand: Name, Datum, Personenbeschreibung, Todesart. Wenn er das quittiert von den königlichen Krankenhäusern zurückbrächte, bräuchte er keinen Eintritt zu zahlen, um in der Morgue nach seiner Mutter zu suchen. Niemand solle schließlich behaupten, dass es in der Hauptstadt des Britischen Empire beim Sterben irgendwie ungeordnet zuginge.

112.

Das Messer traf ihn von hinten, und Van Helmont wusste sofort, dass diese Wunde tödlich war. Er drehte noch den Kopf und sah kurz das dunkle Gesicht seines Mörders, der ihm völlig unbekannt war.

Ehe er durch den physischen Schock zusammensackte, spürte er noch ein Gefühl der Verwunderung über den Hass, den er in den Augen des anderen gesehen hatte. Den Hass, der ihn von hinten belauert hatte, vielleicht erst seit wenigen Stunden, vielleicht auch ein Leben lang. Vielleicht war es immer derselbe Hass. Aber wie kann man einen Menschen hassen, den man gar nicht kennt?, fragte er sich und gab sich auch selbst die Antwort: Man muss schon sich selbst hassen.

Als er wieder zu sich kam, lag er noch immer allein in seinem Hotelzimmer, umgeben von seinen unausgeräumten Koffern und Kisten. Ihm fiel wieder ein, dass er sich gerade gefragt hatte, wie er das alles ohne Gowers' Hilfe wieder von hier wegbringen sollte. Nun war die Frage, was Gowers mit dem ganzen Zeug anfangen würde. Van Helmont lachte über diese jähe Änderung des Sachverhalts, oder vielmehr: Er wollte lachen und bemerkte dabei, dass sein linker Lungenflügel durchbohrt sein musste. Er bekam fast keine Luft und selbst das bisschen brannte in ihm wie Feuer.

Er versuchte, sich auf die Seite zu drehen, aber das gelang nicht. Dabei fühlte er, dass sein ganzer Rücken nass war. Als er zurückfiel, spürte er außerdem, dass das Blut, in dem er lag, bereits kalt war. Das war gut, denn es hieß, dass er eine ganze Weile ohnmächtig gewesen sein musste. Und nun konnte es eigentlich nicht mehr lange dauern.

Wo John blieb? Er musste John etwas Wichtiges mitteilen, keine Beobachtung, sondern eine Schlussfolgerung, die er aus seiner Verletzung gezogen hatte und die den Investigator beeindrucken würde. John musste das unbedingt wissen!

Van Helmont versuchte, ganz flach durch die Nase zu atmen, um die Schmerzen zu verringern und zu verhindern, dass mehr Blut als nötig in die Luftröhre geriet. Er wusste, dass es das Ende sein würde, wenn er hustete, denn dann würde er überhaupt keine Luft mehr bekommen und ersticken. Er hatte Erfahrung mit Lungenschüssen.

Saubere Arbeit, dachte er und lenkte sich durch eine medizinische Selbstdiagnose ab. Das Messer musste etwas zu weit links neben der Wirbelsäule sehr tief eingedrungen sein, irgendwo zwischen der vierten und fünften Rippe. Der Stoß hatte also seinem Herzen gegolten, aber er hatte sich wahrscheinlich im letzten Moment ein wenig gedreht. Dennoch ein durchaus gelungener Mord, soweit er das beurteilen konnte. Der Mann war kein Anfänger.

Bei Operationen war es ja nicht gar so schwierig, derart tief in den Brustkorb einzudringen, weil man natürlich die Rippen sah und die Patienten gemeinhin stillhielten. Aber so durch die Kleidung, rein nach Augenmaß und in beiderseitiger Bewegung, Chapeau!

Wieder schüttelte ihn eine seltsame Heiterkeit, und er fühlte, wie das Blut kitzelnd in seine Bronchien stieg. Mit unsäglicher Anstrengung unterdrückte er den Hustenreflex und konzentrierte sich ganz darauf, so flach wie möglich zu atmen. Jetzt konnte der verdammte Yankee allmählich auftauchen! Er hörte Stimmen auf der Treppe.

Als Gowers zurückkam, um die letzte Fuhre abzuliefern, die Kiste mit Van Helmonts Büchern, fand er das Hotel in heller Aufregung und den Arzt in seinem Blut – immer noch so liegend, wie er gefallen war, aber auch noch immer am Leben.

»Er will nicht, dass man ihn bewegt«, sagte ein völlig aufgelöster Hoteldiener. »Wir haben es schon versucht, aber er wehrt sich.«

Gowers kniete neben dem nur noch schwach atmenden Mann nieder, nahm seine Hand und bemühte sich, ruhig zu bleiben. »Doc, ich bin's. Wollen Sie so liegen bleiben?«

Van Helmont schlug die immer noch wasserhell leuchtenden Augen auf und nickte leicht.

»Wer war es, Doc?« Gowers war sich der Dummheit seiner Frage bewusst, aber ihm fiel einfach nichts anderes ein. Der Sterbende verzog den Mund zu einem Grinsen, und auch Gowers lächelte.

»Schon gut, das wollten Sie auch gerade fragen!« Dann beugte er sich zu Van Helmonts Kopf hinunter und flüsterte ihm etwas ins Ohr.

Der Arzt hob verwundert die Augenbrauen und nickte dann wieder. Unter qualvoller Anstrengung winkte er den Investigator noch einmal zu sich hinunter. Gowers hielt sein Ohr dicht an den Mund des Sterbenden und hörte deutlich die Worte: »Inder. Achtung. Linkshänder!« Dann schüttelte ein entsetzlicher Hustenkrampf den Körper des Arztes, er klammerte sich an Gowers' Schulter und erstickte binnen einer Minute an seinem Blut.

»Ich werde ihn töten, Doc«, flüsterte Gowers so leise, dass niemand es hören konnte. »Ich werde beide töten.«

113.

Bedlam war eines der fünf königlichen Hospitäler, die es in London gab, und das letzte, das er aufsuchte, denn Bedlam war eigentlich kein Kranken-, sondern ein Irrenhaus. Heinrich VIII. hatte 1547 das Ordenshospital *St. Mary of Bethlehem* in eine Heimstätte für verwirrte Personen umgewandelt. Mehrfach erweitert und vor allem im 18. Jahrhundert ein beliebtes Ziel für Wochenendausflüge der besseren Gesellschaft – die für die exorbitante Summe von einem Shilling natürlich auch die Irren besichtigen konnte –, war es 1815 von Shoreditch nach Southwark an der Lambeth Road umgesiedelt worden, wo nun bis zu zweihundert Geisteskranke jährlich

Aufnahme, wenn auch nicht unbedingt Hilfe fanden. Im Gegenteil war die Behandlung der Patienten von Bedlam immer wieder Gegenstand parlamentarischer Kontrollkommissionen, besonders seitdem auch die kriminellen Verrückten dort eingeliefert wurden.

Ben, der an diesem Tag schon im *Chelsea*, *Christ's*, *St. Bartholomew's* und *St. Thomas's* Hospital gewesen war, kam erst am späten Abend nach Lambeth herunter und schlief, erschöpft von einer Woche fruchtlosen Suchens, in einer Nische der hohen Umfassungsmauer ein. Mit dem Sonnenaufgang wurde er wach, weil ein unheimliches, vielstimmiges Geheul hinter der Mauer den neuen Tag begrüßte.

Schüchtern zog er an der Glocke, die die riesigen Pforten unter sechs weißen, marmornen Säulen öffnen konnte, aber dann tat sich nur eine kleine Tür auf, die in diese Pforten eingelassen war. Eine Tür in der Tür, die er zuerst gar nicht bemerkt hatte. Eine Riesin in grauer Schwesterntracht beugte ihren Nacken durch die Türöffnung.

»Ja?«

»Ich suche meine Mutter, Jane Gowers. Sie ist klein und hat lange schwarze Haare. Ist sie hier?«

»Wann eingeliefert?«

»Ich weiß nicht genau. Vielleicht vor fünf oder sechs Tagen.«

»Klein, schwarzes Haar …« Die Riesin schien nachzudenken. »Lange Nase, keine Zähne, gewalttätig?«, fragte sie dann. Obwohl Ben das letzte Wort im Zusammenhang mit seiner Mutter noch nie gehört und noch nicht einmal gedacht hatte, sagte er: »Ja, das kann sie sein.«

»Hier ist eine Frau, die wir Raven nennen, wegen der Haare. Hat keinen Namen genannt. Auch sonst nichts gesagt, nur gespuckt und getreten.«

»Ich weiß nicht …«, sagte Ben, aber die Schwester fasste ihn scharf ins Auge, sein schwarzes Haar, sein müdes kleines Gesicht. »Könnte sein, könnte sein«, murmelte sie und winkte ihn über die Schwelle.

Sie war die größte Frau, die er je gesehen hatte, und sie schloss die kleine Tür hinter ihm mit einem von mindestens vier Dutzend Schlüsseln, die sie an einem riesigen eisernen Ring trug, wieder ab. »Für Raven, vielleicht!«, rief sie in einen stickigen kleinen Seitenraum hinein und winkte ihm wieder, ging vor ihm einen langen schmalen Gang hinunter.

Eine zweite Tür, dahinter das Tollhaus, der große Saal von Bedlam, gefüllt mit den harmloseren Irren der Hauptstadt, Männlein und Weiblein mit je einer eigenen Bettstatt, die sich tagsüber frei bewegen durften.

Ein Singen, Pfeifen, Heulen, ein unablässiges Stimmengewirr drang durch ein kleines vergittertes Fenster in der Tür. Bibelverse, Shakespeare, Schreie nach Bier und Reden, die zumindest im Tonfall politisch klangen. Nur vereinzelt Obszönitäten. Jeder schien sich hier durch Reden seiner Existenz zu vergewissern.

»Bleib dicht hinter mir«, sagte die Riesin. »Bleib nicht stehen und sieh niemanden an, sonst geht's dir schlecht!«

Ben schlug die Augen nieder, die Tür öffnete sich. Für den Bruchteil einer Sekunde verstummte der Lärm, dann brach er mit doppelter Lautstärke wieder los. Ein Mann rief: »Der König! Der König!«, und viele griffen das Wort auf: »Der König!« Manche lachten sogar, als sei das ein Witz, den nur Eingeweihte verstanden. Alles schien harmlos, aber dann bemerkte Ben, dass seine Führerin links und rechts gebieterische Blicke ausstreute, mit bösen Augen eine Gasse brach durch den versammelten Irrsinn, und er entdeckte jetzt auch den breiten Ledergürtel, der an ihrer linken Seite offen herabhing.

Aus den Augenwinkeln sah er einen Mann, der mit aller Sorgfalt und Liebe eines geübten Handwerkers seine Hosen mit Schmieröl einrieb. Auf einem der Betten lag ein schlanker, ätherischer junger Herr, dem der Zipfel eines schmutzigen Taschentuchs aus dem Mundwinkel hing und der anscheinend dabei war, eine neue Philosophie zu ersinnen, wobei ihn die Ankunft Bens empfindlich störte.

Sie erschien so plötzlich und direkt vor ihm, dass er vor Schreck stehen blieb. Keine junge Frau mehr, weiße Strähnen durchzogen ihr sauber gekämmtes Haar. Sie fiel vor ihm auf die Knie, damit ihr Gesicht auf der Höhe seiner Augen war, und schaute ihn neugierig an. Sie musste einmal sehr schön gewesen sein, jetzt aber grimassierte sie, und ihre Augen rollten so sehr, dass er manchmal nur das Weiße darin sah. Sie nickte heftig und sagte leise: »Eis. Eis in den Augen. Und Blut auf dem Eis, das ist nahe. Viele Leben und zwei Tode. Ich kann sie sehen. Ein zwanzigster ist dein Tag!«

Ein derber Stoß fegte die Prophetin zur Seite, die Riesin nahm seine Hand und zog ihn mit sich fort. »Nicht stehen bleiben, hab ich gesagt!«

Er fühlte, dass die Frau ihm nachsah.

»Hüte dich«, rief sie noch, »hüte dich vor ...« Aber er verstand nicht mehr, wovor er sich hüten sollte, denn ein schwarz gekleideter, hagerer Mann nahm ihr Wort auf und sagte sehr laut und im Kanzelton: »Hüte dich vor dem Menschen, denn er ist böse, und der Tod ist sein Teil!« Die klapperdürre Gestalt wandte das Gesicht zur Decke, ekstatisch, und schrie ihre Botschaft hinauf: »Und er soll gebrochen werden sieben Mal und verstreut in sieben Winde, und das Angesicht der Erde soll ihn nicht sehen, denn er ist schwarz. Schwarz! Schwarz!«

Die dritte Tür. Ein weiterer Gang, heller diesmal, von dem links und rechts kleine hölzerne Türen abgingen, hinter denen er dumpfe Geräusche hörte. So, als würde immer wieder etwas zu Boden geschleudert. Die Riesin hielt an vor der achten Zelle, der vierten Tür. Sie öffnete einen schmalen Spalt in Augenhöhe und sagte, sang: »Hee, Raven! Wo ist mein Vögelchen?!«

Ein Schlag, ein Klatschen blieb die einzige Antwort.

»Noch immer nicht müde, wie?«

Und zu dem Jungen gewandt, dem die Haare zu Berge standen, sagte sie: »Tobt seit sechs Tagen, schlägt gegen die Wände, so!« Sie schlug mit der flachen, riesigen Hand in die Luft, hielt erst wenige Zentimeter vor seinem Gesicht an und genoss sein Erschrecken. Lachte dann ein sattes, mehr sie selbst als den Jungen beruhigendes Lachen, als sie die neueste, erst ein Jahr alte Erfindung von Bedlam, die Gummizelle, vorstellte: »Aber die Wände sind hier gepolstert, so dick!«

Ihre Hände zeigten ihm, wie dick die Wände waren. Dabei stellte sie fest, dass der Sehschlitz, zu dem sie sich hinuntergebeugt hatte, für den Jungen unerreichbar war. Also nahm sie ihn unter den Achseln, hob ihn hoch, presste ihn gegen die Tür. »Und? Ist das deine Mutter?«

Ben sah eine nackte Frau mit geschorenen schwarzen Haaren. So hatte sie auch in Benwell ausgesehen, bevor sie dort weggingen. Ihre Augen waren geschlossen, Schweiß und Schmutz hatten hier und da eine Kruste auf ihrer Haut gebildet. Er sah Wunden, Kratzspuren, rote Striemen auf ihrem Leib. Sie erinnerte ihn an einen Baum ohne Rinde.

Plötzlich öffnete sie die Augen, hohlgeweint, blutunterlaufen, sah sein Gesicht in der kleinen Öffnung und blickte ihn sekundenlang starr an. Sie öffnete den Mund, öffnete auch ihre seit sechs Tagen zu Fäusten geballten Hände. Ein Schrei stieg auf aus dem schmalen, absterbenden Körper, langgezogen und seltsam tief schrie sie aus Leibeskräften: »JOHN!«

Jane warf sich mit solcher Gewalt gegen die Tür, dass Ben, trotz aller Polsterung und obwohl ihn die Riesin gepackt hielt, ein wenig zurückgeschleudert wurde. Das war das Letzte, was er von seiner Mutter spürte. Er weinte, ohne es zu wissen, die Tränen machten ihn blind. Wusste nicht und erfuhr nie, wie er an diesem Tag aus Bedlam herausgekommen war. Nur an das Beben der vierten Tür erinnerte er sich all seine vielen Leben lang.

114.

Gott lag im Sterben. Ein obdachloser alter Herr, ohne Beschäftigung, von seinen eigenen Theologen zu Tode gelangweilt. Seine Orden, Sekten, Konfessionen, alle Arten institutionalisierter Religion waren korrupte, nach Selbsterhaltung strebende Systeme geworden. Seit Jahrhunderten waren sie nicht mehr der Befriedigung transzendentaler Bedürfnisse, sondern nurmehr ihrer Monopolisierung verpflichtet und deshalb von der stetigen Anpassung an wechselnde Machtverhältnisse geprägt. Seine alte Wohnung, der Himmel – nichts als ein leerer Raum, von gelegentlichen Materieklumpen durchrast. Seine Schöpfung, die Welt – nur eine sich selbst überlassene Wucherung, die man straf- und rücksichtslos ausbeuten konnte. Sein Geschöpf, der Mensch – nachweislich nicht von ihm, sondern sukzessive aus zwölftausend Generationen von Affen herausgemendelt und nun endlich, endlich Herr im eigenen Haus!

Es war nicht mehr viel los mit Gott. Er war gründlich aus der Mode und um seine Notwendigkeit gekommen, in der Mitte des 19. Jahrhunderts. Und nun stand seine Ethik, das Letzte, was man an ihm gelassen hatte, das christliche Gewissen, auch noch den sich so prächtig entwickelnden Geschäften im Weg. Da musste eines von beiden geändert werden, um den Fortschritt nicht aufzuhalten. Also verschwand Gott aus dem Handel und Wandel der Menschen, wenn ihn die widerlicheren Vertreter der Spezies auch noch lange und lauthals im Maul führten, um der Welt vorzuschreiben, was in Gottes Namen zu geschehen hatte.

Das war – oder nannte John Gowers in seinen philosophischen Momenten – das Problem des Dammes. Da war kein Damm mehr vor Bosheit und Übermut, nichts, was die Menschen daran hinderte, einander die haarsträubendsten Dinge anzutun und die grässlichsten Lebensumstände zuzumuten. Nichts stand mehr dagegen, denn die Erklärung der Menschenrechte war gerade mal etwas über fünfzig Jahre alt und konnte die alte biblische Feuersäule nicht wirklich ersetzen.

Das Problem der Flut war vor allem das ihrer Geschwindigkeit. Wie rasch stieg die Flut! Wie schnell änderte sich alles. Technische, industrielle, wirtschaftliche Veränderungen spülten in wenigen Jahrzehnten Strukturen hinweg, an denen Jahrtausende gebaut hatten. Gnadenlos wie noch nie, ohne Halt, bis auf die Knochen mussten sich die Menschen den ökonomischen Gegebenheiten anpassen – statt umgekehrt –, und die Gewinner in diesem Spiel schienen von ihrer eigenen Haltlosigkeit auch noch entzückt zu sein.

Beinahe jedes Zeitalter hatte sich selbst für den Endzweck der Menschheitsgeschichte gehalten, aber erst dieses war schamlos und blöde genug, auch die eigene Vergangenheit für überflüssig zu erklären und nur noch Endzweck, Selbstzweck zu sein: aus sich und für sich, ausschließlich, und immer bereit, alles zu vernichten, was dieses Selbstverständnis in Frage stellte.

Das war die Welt, das Land, in die, an das die Welle ihn

geworfen hatte, vom fernen Northumberland über die warmen und kalten, schließlich die gefrorenen Meere, die großen Städte, New York, New Orleans, London, den endlosen Fluss und den Krieg. Er lachte manchmal darüber, wie viele Leben in seinen noch nicht dreißig Jahren schon Platz gefunden hatten, denn Lachen war letztlich das Einzige, was man der Welle entgegensetzen konnte. Und dann fragte er sich wieder, mit aller Neugier, die ein Investigator, ein Ermittler, ein Detektiv aufbringen konnte, wann, wo und wie er seinen beiden Toden begegnen würde.

115.

Als er das Krankenhaus verließ, folgte ihm der Schatten, ein Mann, der auf der gegenüberliegenden Straßenseite den Eingang des Hospitals scharf beobachtet hatte. Der Schatten wartete geduldig auf den Moment, in dem sein Opfer in irgendeine dunkle Gasse einbog, einen lichtlosen Ort, wo er über ihn herfallen würde mit den anderen Schatten.

Er war ein Sikh, Mitglied jener indischen Kriegerkaste, die die Engländer erst vor ungefähr fünfzehn Jahren besiegt hatten und die sie immer noch fürchteten. Seit er denken konnte, hatte er gegen die weißen Teufel gekämpft oder gegen jeden, den sein Kriegsherr als Feind bezeichnete. Mit zwölf Jahren hatte er seinen ersten Gegner getötet und den eisernen Armring erhalten, der einen Krieger auszeichnete.

Mit der Niederlage gegen die Ostindische Kompanie brach seine Welt zusammen, gab es keinen Herren mehr, und ohne Schwert und Turban, wehrlos, ehrlos, wie entmannt durch die langen Reihen der widerlichen Sepoys und Gurkhas zu gehen war so demütigend, dass er beschloss, nun sein eigener Herr zu sein. Er ging in das Land der Schwarzen. Und weil er vielen Herren diente, konnte er sich einreden, keinen zu haben. Er wurde ein Söldner im endlosen Krieg der Burenfarmer gegen die Xosa und Griquas, gegen die schwarzen Teufel. Leicht zu jagende Beute, träge in Hirn und Herz, langsam in allen Bewegungen, allenfalls ausdauernd.

Er wurde ein gedungener Mörder. Da er nicht mehr mit dem Schwert töten durfte wie ein Singh, ein Löwe, und da er Feuerwaffen verabscheute, deren Gebrauch ihm ehrlos, unmännlich erschien, wurde seine Lieblingswaffe der Kris, jener schlangenförmige Dolch aus den sumpfigen Inseln im Süden, der ihn seiner mystischen Form wegen schon als Kind fasziniert hatte. Der Kris symbolisierte den Weg eines Mannes im Leben, und er hatte zwei Schneiden.

Gowers hatte die Angelegenheiten des Arztes, so gut es ging, geordnet. Da Van Helmont in Südafrika keine Angehörigen hinterließ, keine Freunde, ja nicht einmal Bekannte, setzte Gowers sich selbst kurzerhand als Universalerben ein. Den Inhalt der großen Bücherkiste verkaufte er bis auf ein Buch und finanzierte mit dem Erlös die Beerdigung samt Sarg, Trägern und Pfarrer. Dass er eine erhebliche Summe übrig behielt, hätte der Arzt ihm nicht übel genommen. Beim Durchschauen des Gepäcks fand er außerdem eine Pfeife und eine enorme Menge Tabak.

Verdammter Sezessionist, dachte Gowers, schwimmt in echtem Virginia und raucht mir meine Zigarren weg!

Er ging durch, was er an Papieren fand, und legte dem Toten ein kleines Bündel Briefe mit ins Grab. Er hatte sie nicht gelesen, nur kurz gesehen, dass es die Handschrift einer Frau war. Aber diese Geschichte sollte Van Helmonts Geschichte bleiben. Denn hatte nicht der Arzt alle Brücken hinter sich abgebrochen? Er wollte ins Unbekannte aufbrechen. Dass er dabei derart erfolgreich sein würde, hatte er sicher nicht eingeplant, aber ebenso sicher auch nicht gefürchtet. Wer dem Tod so oft begegnet war wie Van Helmont, wusste, dass alles Leben und Lieben, Kämpfen und Töten auf Erden nur ein ohnmächtiges Streben nach Dauer ist.

Das künstliche Bein legte er dem Toten nicht an, sondern brachte es als ärztliches Vermächtnis mit all den anderen medizinischen Geräten und Medikamenten ins Krankenhaus, damit es möglichst bald wieder seinen Zweck erfüllte. Zwar war es eine Maßanfertigung, aber die würden sich bei einer der nächsten Amputationen schon den passenden Krüppel zurechtsägen. Als dann aber der Pfarrer leiernd von der Auferstehung des Fleisches redete, hätte Gowers beinahe gelacht.

Ein Bein in Shilo, der Rest in Kapstadt, dachte er. Sie werden denen beim Jüngsten Gericht ganz schön Ärger machen, Doc!

116.

Auch der zweite Weiße verhielt sich sorglos wie ein Kind. Ein Kinderspiel, ihn zu töten, fast keine Aufgabe für einen Singh, einen Löwen, aber sehr gut bezahlt. Nachdem der Weiße das Krankenhaus verlassen hatte, schlenderte er herum wie ein Weib, das nicht weiß, wo es hinwill. Dann ging er in das Haus, wo die weißen Teufel das Papier aufbewahrten.

Er wusste um die Macht des Papiers in der Welt der Weißen, seine Zauberkraft. Ein Papier, im fernen England geschrieben, konnte hunderttausend Männer in Bewegung setzen, Dörfer zerstören, Völker entwurzeln. Er hatte es selbst erlebt, im Punjab und später hier, als die Buren auf ihre großen Trecks zogen, gejagt vom Papier der Engländer. Dennoch verachtete er das Papier. Es war ehrlos, unmännlich. Und es roch nach der kleinen weißen Frau, vor der alle Engländer im Staub lagen.

Geduldig auf den Fersen hockend, wartete er, bis sein Opfer wieder aus dem Haus der Papiere herauskäme; ein sicherer, ruhiger Mann, ein Könner in seinem Fach. Er tötete gleich gut bei Tag und bei Nacht, es lief auf das Gleiche hinaus. Und sein Kris hatte eine geschwärzte Klinge, damit kein Funkeln, kein Glanz den Mörder verriet.

Gowers war noch einmal an Bord gewesen, hatte sich aber gehütet, vom Tod des Doktors zu erzählen, so schwer ihm das auch gefallen war. Unter dem Vorwand, die letzten Kleinigkeiten Van Helmonts zu holen, hatte er sein eigenes Bündel aus der Kabine geschafft und trug nun die ausgebleichte Offiziersmütze, die er seit dem Krieg in allen Kämpfen getragen hatte. Im Marinearchiv fand er ziemlich schnell, was er suchte, fand alles bestätigt, was er bis dahin nur vermutet hatte, und konnte jetzt seine ganze Aufmerksamkeit dem gedungenen Mörder zuwenden, der draußen auf ihn wartete, um ihn zu töten.

Er hatte die Stadt studiert auf seinem Weg vom Krankenhaus zum Archiv, ihre Straßen, Häuser, kleinen Gassen. Noch einmal schaute er jetzt aus allen Fenstern, plante und wartete, bis es dunkel genug war.

Der Weiße streckte sich und gähnte, als hätte er recht lange über den Papieren gesessen und sei nun satt von ihrem Zauber. Noch immer schlenderte er hin und her wie ein Betrunkener, blieb auch manchmal stehen, schaute verwirrt in verschiedene Gassen. Der Idiot wird sich völlig verlaufen!, dachte der Sikh, als der Weiße plötzlich kurzentschlossen um ein halbes Dutzend verschiedene Ecken bog. Und dann war er verschwunden.

Irritiert wie nur je ein Mörder ohne Opfer huschte der Singh, der Löwe, hin und her, als wollte er Witterung aufnehmen. Die Schatten waren schon hoch über die Dächer gekrochen, der Himmel war dunkel.

»Guten Abend, Punjabi«, sagte Gowers, der nur zwei Schritte hinter ihm stand.

117.

Wie jeder siegreiche Feldzug des Britischen Empire hatten auch der Krieg auf der Krim und der Fall von Sewastopol mehr Helden übrig gelassen, als man bezahlen konnte. Länger als ein Jahr – zwischen dem Frieden von Paris und dem Ausbruch der indischen Rebellion – gingen wieder Tausende abgedankter Soldaten und Offiziere auf Halbsold in den großen Städten ihrer ziellosen Wege. Sicher war ihre Zahl kleiner und ihre Not zumindest weniger groß als vierzig Jahre zuvor, nach dem Sieg über Napoleon. Industrie, Handel, Verwaltung, die Kolonien, die ganze prosperierende Mitte des 19. Jahrhunderts bot den weniger wählerischen unter ihnen durchaus Lohn und Brot. Aber insbesondere Frontoffiziere, die Blut vergossen, Männer ins Feuer geschickt, fremdes Leben in ihren Händen gehalten hatten, empfanden ein gewisses Recht darauf, wählerisch zu sein, und konnten sich nicht dareinfinden, in Handelskontoren, Amtsstuben und dergleichen mit der Bitte um Anstellung vorzusprechen.

Wer es sich irgend leisten konnte, trat einem der Herrenclubs bei, die wie Pilze aus dem Boden schossen. Dort war man unter seinesgleichen und konnte die Schlachten von Balaclava und Inkerman in bequemen Polstersesseln nach- und neu und besser schlagen. Andere versuchten, wenigstens einen Posten als Instrukteur in der schrumpfenden Friedensarmee und -flotte zu erhalten, und saßen verbittert in kleinen, ungeheizten Zimmern, wenn ihre Bemühungen fehlschlugen. Für sie alle galt: Je geringer die Wertschätzung war, die sie öffentlich erfuhren, desto unverrückbarer wuchs in ihnen die granitene Vorstellung von ihrer eigenen Ehre und Britanniens Größe. Versteinerte kleine Denkmäler ihrer selbst, putzten sie zuletzt nur noch täglich stundenlang ihre Uniformen, Waffen, wichsten Stiefel, Koppel und Lederzeug und gingen dann die sinnlosen Wachen auf öffentlichen Straßen und Plätzen oder durchstöberten die Gazetten nach den winzigsten Anzeichen eines neuen Krieges, der ihr Elend beenden würde. Wohl dem, der ein Steckenpferd ritt!

Als Mad Hatter begann, in Bibliotheken und Archiven zu überprüfen, ob die abenteuerliche Geschichte des französischen Melders von Bonapartes Schatz überhaupt stimmen konnte, hatte er zuerst über sich selbst gelacht. Schatzsuche – das war etwas für Jungen und Tagediebe, für Leute, die sonst keine Aufgabe hatten. Aber seit Monaten dienstunfähig durch eine Verwundung beim Sturm auf die Bastion Korniloff und auf Halbsold gesetzt, war er ja eben das: ein Mann ohne Aufgabe. Und die Temperaturen des Winters 1855/56 fielen ins Bodenlose, die Lesesäle waren geheizt und die Sache selbst fesselnder, als er anfangs geglaubt hatte.

Schnell fand er heraus, dass Geschichte immer nur eine Konstruktion ist; labil, mühsam zusammengeleimt aus Daten und Fakten, die sich gegenseitig stützen, erklären und eine innere Folgerichtigkeit, eine Kausalität der Ereignisse vorspiegeln sollen, anhand deren sich Menschenverstand durch das

Chaos von Zeit und Welt tastet. Ihm fielen dabei stets die jämmerlichen Reihen der Kriegsblinden ein, die, einander die Hand auf die Schulter gelegt, sich auf sicheren Bahnen zu bewegen glauben, oder das Maultier, das einer Mohrrübe nachläuft, die der Narr auf seinem Rücken ihm an kurzer Stange vor die Schnauze hält. Auch der Hund, der seinen eigenen Schatten jagt. Aber er beschäftigte sich nicht mit der Philosophie, die darin steckte. Ihn faszinierten die Lücken.

Er war überrascht, wie viele Lücken es in der Geschichte gab – Tage, Wochen, in denen nach Ansicht der Historiker nichts geschehen war – und wie gut Louis Vivés' Geschichte vom Schatz Bonapartes in eine dieser Lücken passte. Für hundert Tage, so stand es in den Büchern, hatte Napoleon I. nach seiner Flucht aus Elba Frankreich noch einmal zum Kaiserreich gemacht, aber natürlich war das nur eine hübsche, runde Zahl, die die Schulkinder auswendig lernen konnten. Außerdem klang es besser als achtundsiebzig, neunundachtzig oder dreiundneunzig Tage. Tatsächlich gab es da eine Lücke von drei Wochen, drei ganze Wochen in jenem verregneten Sommer 1815, in denen nicht klar war, wer Frankreich eigentlich regierte.

Napoleon hatte die Schlacht bei Waterloo am 18. Juni verloren und war in der Stille, die die geschlagenen Feldherren aller Zeiten umgibt, nach Paris zurückgekehrt. Aber erst am 8. Juli zog der fette Bourbone, der Bruder des Geköpften, Onkel des verschollenen Dauphins, wieder in die Tuilerien und nahm seine Amtsgeschäfte auf. In den Büchern stand über diese Zeit immer nur, Napoleon habe mit seinen engsten Vertrauten beraten, ob er nach Amerika flüchten oder sich stellen sollte. Und wem er sich stellen sollte, Preußen, Österreichern, Engländern oder einem französischen Tribunal. Nur Historiker konnten so denken. Ein Mann, der in weniger als einem Jahrzehnt Europa erobert hatte, brauchte für diese Überlegung keine drei Wochen. Aber was hatte Napoleon dann getan und geplant in diesen zwanzig Tagen? Wofür war der Marschall Ney wirklich erschossen worden? Und welches Geheimnis hatte er mit sich genommen?

Nach Louis' Erzählung hatte man in dieser Zeit Bonapartes Privatvermögen und noch etliches andere in eine Gruft geschafft, und alles, was man heute, ein halbes Jahrhundert später, für ein sorgenfreies Leben benötigte, war der richtige Name auf dem richtigen Grabstein auf dem richtigen Friedhof. Dazu eine dunkle Nacht und ein wenig Glück – und all das schien plötzlich kein Traum mehr! Die mysteriösen drei Wochen nach Waterloo, über die nichts in den Büchern stand, machten einen derartigen Ablauf möglich, und bald unterlag er dem uralten Trugschluss aller forschenden, fragenden Nichtwissenschaftler: Je weniger die Fakten Louis' Geschichte ausschlossen, desto wahrscheinlicher kam sie ihm vor.

Zu dieser Erkenntnis gelangt, bemerkte der kriegsversehrte englische Marineoffizier auf Halbsold zum ersten Mal, dass er nicht allein war in den Lesesälen und Archiven. Dass auch andere Männer forschten und spekulierten, ja womöglich zu denselben Ergebnissen kamen. Er merkte es daran, dass jemand die gleichen Bücher auslieh, dieselben Dokumente einsah wie er. Zuerst betrachtete er das sportlich und ein wenig amüsiert. Aber er legte sich doch schon jetzt auf die Lauer, um seine Konkurrenten zu sehen, ehe er selbst gesehen werden konnte.

118.

Dass der Doktor von Bord gegangen war, ohne sich zu verabschieden, fand Emmeline Carver schäbig genug. Dass auch John Gowers verschwunden war, betrachtete sie als persönliche Beleidigung, obwohl es ihr erst auffiel, als die *Northumberland* Kapstadt bereits seit zwei Tagen verlassen hatte.

Seitdem aber fragten immer wieder Leute nach ihrem Bruder Daniel, Charles' Kameraden, Hauptmann Bledsoe, sogar der Kapitän. Und dummerweise hatte sie sich anfangs darauf festgelegt, nichts über seinen Verbleib zu wissen, sodass sie jetzt zwar nicht wie eine sitzengelassene Braut, aber zumindest wie eine im Stich gelassene Schwester aussah. Hätte sie nur gleich gesagt, dass Daniel sich in den Kapkolonien ein neues Leben aufbauen wollte, wäre alles nur halb so peinlich gewesen.

Die Sympathien waren allerdings ganz auf ihrer Seite. Was konnte schließlich das Mädchen für ihre Familie? Für einen Vater, der sich erhängt, für einen Bruder, der sich offensichtlich aus dem Staub gemacht hatte, womöglich mit einem Teil des Erbes. Immerhin, armer Carver, was würden seine Leute zu einer solchen Verbindung sagen? Und hatte er seinen Schwager nicht schon auf St. Helena töten wollen?

Alle, die ihn kennengelernt hatten, waren sich jedenfalls einig, dass Daniel Thompson ein Windhund war. Zuerst seinem Vater das Herz gebrochen, jetzt seiner Schwester davongelaufen. Nach einer Weile legte sich jedoch das mitleidige Kopfschütteln, und zuletzt war auch Emmeline froh, einen so dubiosen Menschen glücklich losgeworden zu sein.

Wie eine Schlange, deren Nest man aufgedeckt hat, fuhr der Inder herum und griff sofort an. Fand den schwarzen Dolch in seinem Gürtel so sicher und selbstverständlich, als wäre er ein Teil seines Körpers. Aber der Schlagring des Weißen hatte seine Nase schon gebrochen, ehe er zustechen konnte.

Noch gab der Mörder nicht auf. Der seltsame Feind umklammerte sein linkes Handgelenk mit beiden Händen. Das war seltsam, denn selbst diejenigen seiner Opfer, die überhaupt Zeit und Kraft zur Gegenwehr fanden, rechneten nicht mit einem Linkshänder. Aber immerhin war dadurch seine rechte Hand völlig frei. Mit aller Kraft schlug er nach der großen Ader am Hals. Er wusste, dass man auch dadurch einen Mann töten kann. Aber in diesem Moment geschahen viele Dinge.

Der Weiße parierte den Schlag mit der Schulter, zog sie zur Deckung hoch, und der tödliche Schlag traf nur die alberne blaue Kappe mit den gekreuzten Schwertern, schlug sie herunter. Zugleich drehten die beiden Fäuste die dunkle Hand mit der zweischneidigen Waffe schmerzhaft herum, ohne dass der Sikh sie deswegen losließ, und ein kräftiger Tritt riss dem Mörder die Beine weg.

Beide fielen zu Boden, stürzten in den Schatten. Noch im Fallen wunderte sich der Singh, der Löwe, über die Schnelligkeit, mit der all das geschah. Er versuchte, sich zu drehen, dachte schon über den nächsten Schlag nach, den Kampf am Boden, in dem er unschlagbar war, als die schwarze Klinge ihm Lunge und Herz durchbohrte. Sein Körper zuckte und zitterte noch lange, wie rasend scharrten die Füße im Staub der Straße, während sein unheimlicher Feind ihn bis zuletzt fest an den Boden presste. Das Einzige, was er darüber hinaus noch wahrnahm, war der Geschmack des Blutes in seinem Mund.

In Gowers' Rucksack befand sich das Fläschchen mit der Medizin, die der Doktor zuletzt hergestellt hatte. Für sich selbst nahm er nur die Pfeife und den Tabakvorrat des Toten, seine kleine Mundharmonika und das Buch, das Van Helmont angefangen hatte und nun nie mehr zu Ende lesen würde: Fieldings *A Journey from this World to the Next.* Dort fand er einen Satz, den der Arzt angestrichen hatte und der dem Haus des Todes galt, in das Fieldings bunte Gruppe jüngst Verstorbener eintrat.

So schauderhaft und fürchterlich dieser Palast von außen ist, so lieblich und heiter ist er von innen, sodass gleich alle trüben und düsteren Vorstellungen verschwanden, die wir uns beim Herannahen gemacht hatten.

Ich hoffe, dass da etwas dran ist, Doc!, dachte Gowers, der nur die finstere Außenseite so gut kannte.

119.

Ben fühlte, dass der Sommer zu Ende ging. Vor allem, weil er keine Schuhe trug. Sie waren ihm schon im letzten Winter zu eng gewesen, und er verkaufte sie, als seine Mutter starb. Mit nackten Füßen auf der Straße stehend, kam er sich zuerst albern, dann schäbig vor. Sie waren zwar immer arm gewesen, bettelarm, räuberarm, aber Jane hatte stets Wert darauf gelegt, dass seine Kleider in Ordnung waren und dass er Schuhc trug.

Sie starb, ohne dass man ihn noch einmal zu ihr gelassen hätte.

»Hat einfach nichts mehr gegessen«, war die einzige Auskunft, die man ihm gab, und dass ihr Körper zur Sektion an die Universität gegangen sei, zur Begleichung der Kosten.

Nein, es gäbe in solchen Fällen kein Grab. Ihre falsche Brille gab man ihm zurück und das Kleid, das sie zuletzt getragen hatte. Ben verkaufte beides.

Er trauerte nicht, er wurde nur stumpf, nahm keinen Anteil mehr an der Welt. Volle zwei Monate redete er nicht, zu niemandem. Er verkam. Stahl, ohne nachzudenken, lächerliche Dinge, die das Risiko nicht wert waren und ihn für keine zwei Stunden satt machten. Er schlief in den One-Penny-Herbergen, wo die wilden Kinder, Jungen und Mädchen, zu acht in einem Bett lagen, dessen Wäsche nie gewechselt wurde.

Er prügelte sich in sinnlosen Kämpfen, für nichts. Bekam Ungeziefer und eine schmerzhafte Augeninfektion, die ihn für kurze Zeit erblinden ließ. Genesen durch eine starke Natur und Umschläge mit Katzenblut, auf die eine mitleidige, ständig betrunkene Herbergsmutter schwor, war ein kleiner, dürrer Schakal aus ihm geworden, ein zehnjähriger Aasfresser, der für eine warme Mahlzeit getötet hätte.

Als er gar nichts mehr besaß außer seinem Schatz, den *Canterbury Tales*, aus denen er lesen gelernt und für die er sein Leben gegeben hätte, überfiel er Menschen, die so tief herabgestiegen waren, dass selbst die wandernden Stämme Londons sie kaum noch zur menschlichen Rasse zählten.

In den Docks und die ganze Themse entlang hausten die Flussratten. Kleine Kinder, sich selbst und Gott überlassen, Krüppel, alte Frauen, die von dem lebten, was die Seeleute über Bord warfen, was beim Verladen von den Schiffen fiel oder aus den unterirdischen Kanälen in den Fluss gespült wurde. Im Morgengrauen, wenn die Flut zurückging, krochen sie zwischen den Anlegestellen und Lastkähnen im fauligen Flussschlamm herum. Im Winter gefroren ihre von namenlosem Dreck starrenden Kleider zu einem Panzer aus Elend, im Sommer stanken sie, dass die Fliegen sich ekelten. Keiner von ihnen überstand dieses Leben länger als drei Jahre. Und all das für eine Handvoll Kohle- oder Holzstückchen, geborstene Bretter, Tauenden, Knochen, einzelne Nägel, kleine Eisenbeschläge, die sie bei ihren Herren, den Lumpensammlern, verkaufen konnten.

Ben brachte es fertig, diesen Menschen mit Gewalt die kleinen Münzen zu entreißen, die sie auf diese erbärmliche Weise verdienten. Bis er das Mädchen traf.

Sie sah aus, als sei ein Haufen Lumpen, den selbst die Rattentöter nicht mehr anzurühren wagten, plötzlich lebendig geworden. Ihre Haut, ihre Haare waren mit einer Schmutzkruste bedeckt, auf der man Kresse hätte ziehen können. Von Gott-weiß-wem vor sechs oder sieben Jahren erzeugt, hatten sie doch in Wirklichkeit die Abzugskanäle der großen Stadt geboren.

In jedem Wald hätte man sie ein Wolfskind genannt, und die Wissenschaft des 19. Jahrhunderts, Sprachforscher, Nervenärzte hätten sich um sie gerissen. Hier war sie nur Auswurf in seinem natürlichen Element, ausgespien von diesem Jahrhundert, Abschaum, der am Flussufer klebte.

Sie hatte einen guten Tag gehabt, als die Flut sie an Land warf. In ihrem armseligen, schmutzigen Beutel befanden sich ein rostiges Sägeblatt, verschiedene Taue und Schnüre, schwer vom öligen Wasser. Einige Holzscheite, zum Teil angebrannt, ein eiserner Kistenbeschlag und ein Pfeifenstiel, den sie hin und wieder mit Behagen in den Mund steckte. Außerdem hatte sie eine verendete Möwe gefunden und trug Knochen und Federn noch bei sich.

Ben wollte nicht warten, bis sie all das zu Geld gemacht hätte, zu verlockend war ihr prall gefüllter Beutel, aus dem das Sägeblatt ragte. Aber während er seine übrigen Opfer stets von hinten gepackt hatte, stellte er sich dem Mädchen mitten in den Weg, vielleicht weil sie so viel kleiner war als er. Ihre graubraune Haut war eisig kalt, wie die aller Flussratten, zu jeder Jahreszeit. Er packte sie an den Handgelenken, aber anstatt um den Beutel zu kämpfen, ließ sie ihn fallen. Und als er sich bückte, um damit wegzulaufen, sprang sie ihm ins Genick wie ein Katze, grub ihre kleinen schwarzen Zähne in sein Fleisch.

Er hatte nie gegen einen solchen Gegner gekämpft, einen Feind, der ihn nicht verletzen, ihn nicht vertreiben, ihm keine Angst machen, sondern ihn einfach nur töten wollte, mit aller Kraft. Der nicht losließ, an seinen Haaren riss, mit den schmutzigen, scharfen Nägeln nach seinen Augen zielte, auch als er ihn schon von seinem Rücken heruntergezerrt hatte.

Der Tod selbst hing an ihm und spuckte ihm kaltes Blut ins Gesicht. Entsetzen, Ekel schüttelten Ben, und er wollte nur noch davonlaufen. Aber sie packte ihn wie eine Furie, hielt ihn fest, fauchte, schlug, trat, kratzte blind um sich. Er schleuderte sie schließlich gegen eine niedrige Mauer und flüchtete ohne Beute. Auch ohne zu wissen, ob das Mädchen den Kampf überlebt hatte.

Von diesem Tag an wollte er sterben, ganz für sich. Und suchte nur noch die beiden Tode, die ihm verheißen waren; bis er das Schiff sah, irgendwo in den westindischen Docks.

Es war ein Handelsschiff, Viermaster, Gaffelschoner, und es schien ihm riesig. Obwohl es nicht unter Segeln stand, zerrte es an den Tauen, mit denen es ans Land gefesselt war, wie ein lebendiges Wesen. Die kleinen Wellen, die an seinen Leib schlugen, das Knarren der Planken, Singen der Taue und Leinen – das Schiff sprach zu ihm, in einer seltsamen, unbekannten Sprache.

Er verstand die Worte nicht, aber es war ein Versprechen.

120.

Das Mädchen war nicht mehr angebunden, die seidenen Tücher an den Bettpfosten hingen lose herab. Aber mit den schmalen weißen Verbänden an beiden Handgelenken, die auf der leichten Bettdecke lagen, sah sie immer noch wie gefesselt aus.

Gowers, der sich lautlos und zentimeterweise durch den Türspalt hereingearbeitet hatte, betrachtete die Schlafende, wie er ein Gemälde betrachtet hätte. Das Licht einer einzelnen Kerze verstärkte diesen ätherischen Eindruck noch, und nur an der ganz und gar unätherischen Luft merkte man deutlich, dass man sich an Bord eines seegehenden Schiffes befand.

Er hatte sich in der Verkleidung eines indischen Kulis erst am Abend des Auslaufens wieder an Bord geschlichen, schlief tagsüber zwischen einigen Tuch- und Baumwollballen und hatte einen ganzen Sack voll Verpflegung, weil man ihn ohne dieses »Frachtgut« auf dem Buckel als Lastenträger kaum ernst genommen oder an Bord gelassen hätte. Nachts legte er sich auf die Lauer, aber da sich der Mörder bisher nicht gezeigt hatte, stand er in der dritten Nacht vor dem Krankenlager der schönen Inderin.

Sie war höchstens achtzehn, und doch sah er jetzt aus der Nähe, dass sie in den vergangenen Monaten, eingesperrt in der engen Kabine, gefesselt an ein zu weiches Bett, voller Reue für ihre Vergangenheit und voller Angst vor ihrer Zukunft, gelitten hatte. Seltsam bleich für ein Kind ihres Landes, lagen doch dunkle Ringe unter den schönen Augen, traten auch ihre Wangenknochen schon ein wenig zu spitz hervor – ein Zeichen, dass sie zu wenig gegessen, geschlafen und zu viel nachgegrübelt hatte. Ihre Verzweiflung war weich, so weich wie das Bett, in dem sie lag.

Im klaren Bewusstsein, dass dies die einzige Berührung zwischen ihnen sein würde, und voller Bedauern darüber, legte er seine Hand auf die blassroten Lippen und sah eine Sekunde später in zwei erschreckt aufgeschlagene Augen, in denen er unter anderen Umständen vielleicht ertrunken wäre. Kaum hörbar flüsterte er: »Doktor Van Helmont schickt mich!«

Er spürte, wie sich ihr Mund bewegte, fühlte die Wärme ihres Atems in seiner Hand und genoss beides so sehr, dass er noch hinzufügte: »Ich habe eine Medizin für Sie.« Langsam zog er dann die Hand weg, legte nur noch einmal kurz den Finger auf ihre Lippen.

Sie verstand und fragte ebenfalls flüsternd: »Wer sind Sie? Wie sind Sie hier hereingekommen?« Ihre Stimme war ein wenig verschlafen, nachtrau, und während sie sich räusperte, zeigte er wortlos auf die seitliche Tür.

»Wenn Chalil Sie hier findet, wird er Sie umbringen!«, flüsterte sie, und ihre Augen waren nun groß vor Angst. Ihre Besorgnis schmeichelte ihm beinahe, und er lächelte ein wenig. Dann zog er das – wie er fand – ziemlich große braune Medizinfläschen hervor, Van Helmonts letzte Arznei.

»Ich soll Ihnen das hier geben.«

»Warum kommt der Doktor nicht selbst?«

Er hatte eine Weile überlegt, was er auf diese Frage antworten würde, und um ihre Lage nicht noch verzweifelter zu machen, sagte er: »Der Doktor musste in Kapstadt von Bord gehen. Er lässt Sie grüßen.«

Mit einem Kopfnicken nahm sie die Arznei an sich. »Was muss ich tun?«

»Trinken Sie davon, so viel Sie können. Trinken Sie nichts anderes und essen Sie nichts anderes, zwei Tage lang.«

»Und es wird helfen?«

»Ja. Aber es schmeckt scheußlich.« Mit Befriedigung sah er, dass er ihr ein Lächeln entlockt hatte, obwohl es über ihr Gesicht huschte wie gejagt.

»Danke«, flüsterte sie noch leiser als bisher, fast als hätte sie es nur gedacht. Sie umklammerte das Fläschchen mit ihrer schmalen Hand und ließ beides unter der Bettdecke verschwinden.

Gowers nickte. Dann holte er *Alice im Wunderland* aus seiner Jackentasche und legte es lächelnd auf ihr Bett. »Außerdem bringe ich Ihnen Ihr Buch zurück!«

Sie runzelte die Stirn, sah das Buch an und schüttelte dann den Kopf. »Das ist nicht mein Buch.«

»Hm ...« Er wunderte sich ein wenig. Dann musste es wohl der Gouvernante gehören, deren leise Atemzüge von nebenan zu hören waren. Gowers nahm das Buch wieder an sich und legte es beim Hinausgehen auf eine der Kisten. Und allein der ruhelose Ermittler in ihm stellte eine letzte Frage.

»Was bedeutet Mrs. M. W.?«

»M. V.«, erwiderte das Mädchen todmüde. Dann sank sie erschöpft in die Kissen zurück, starrte in weite Fernen und murmelte wie für sich selbst: »Maharani Vidyapati Thakur ...«

Da konnte ja nun wirklich niemand drauf kommen, dachte Gowers und schlich sich so lautlos und spurlos hinaus, wie er gekommen war, indem er die Gepäckstücke, die die Tür verbarrikadierten, immer wieder zentimeterweise von außen nachzog. Aber noch lautloser öffnete sich die erste Tür der Kabinenflucht, und ein schmales, dunkles Auge sah ihn vorüberschleichen, zurück in den finsteren Bauch des Schiffes.

121.

Es war wieder geschehen, zum zweiten Mal; kaum war der indische Aufstand niedergeschlagen, wurden die Truppen- und Materialtransporte auf den Subkontinent eingeschränkt, die Zahl der aktiven Offiziere stark reduziert, und Mad Hatter stand wieder mit leeren Händen da. Zu jung für den Ruhestand und zu alt für den aktiven Dienst in kommenden kriegerischen Auseinandersetzungen. Er war auch wieder verwundet worden, diesmal am Bein. Ein fanatischer, von welchem Rauschgift auch immer halb wahnsinniger Sepoy-Meuterer war mitten in ihre Reihen gesprungen und hatte ihm ein Bajonett durch den Oberschenkel gestoßen, ehe er mit acht Kugeln im Leib zusammenbrach.

Nur eine Fleischwunde, hatten die Ärzte schon im Feldlazarett gesagt, und das hatte höhere Ehren, das Viktoriakreuz vielleicht oder eine kleine Versehrtenrente, verhindert. Aber Muskeln und Sehnen waren schlecht verheilt und noch mehrmals gerissen. Seither musste er praktisch bei jedem Schritt das leichte Anheben des Knies willentlich herbeiführen, befehlen, es ging nicht mehr unwillkürlich. Er verbarg dieses Handicap mit großer Anstrengung vor seiner Umgebung. Aber wenn er auf andere Dinge konzentriert war, zog er leise schleifend das verletzte Bein nach, wie ein alter Mann.

Die Jahre 1860 und 61 waren die schwärzesten seiner Laufbahn, und die Suche nach Napoleons Schatz war in dieser Zeit kein harmloses Steckenpferd mehr, sondern wurde zur fixen Idee. Dieser Preis stand ihm zu! Er fuhr sogar nach Frankreich deswegen, sparte sich die Reise nach Paris vom Mund ab und betrachtete es als persönlichen Affront, als er in der Bibliothèque Nationale einen alten Bekannten traf.

Charles Turner war jetzt knapp über dreißig, aber noch immer herausfordernd blond, lockig, sommersprossig und jungenhaft. Er erkannte den Mann sofort, der da über zwei Bände Montholon gebeugt an einem seiner Körpergröße Hohn sprechenden Lesetischchen saß und ihn noch nicht bemerkt hatte. Kurz überlegte der Leutnant, ob er nicht still und leise wieder verschwinden sollte, aber auch ihn hatte diese Reise den gesamten Urlaub gekostet, den er als Ausbildungsoffizier in Friedenszeiten bekommen konnte. »Hipp, hipp«, sagte er deshalb und schob sich mit einem möglichst gewinnenden Grinsen ins Blickfeld seines erst erstaunten, dann verärgerten, schließlich aber doch amüsierten Konkurrenten.

»Sie also auch!«, stellte Turner fest.

»Höchstselbst!«, erwiderte sein Gegenüber.

»Silence!«, zischte es von einem der umliegenden Tischchen, wo ein unbekannter französischer Gelehrter in Leben und Werk Théodore Agrippa d'Aubignés einzudringen versuchte. Daraufhin schlug der lesende Offizier krachend sein Buch zu und fragte laut: »Darf ich Sie zu einem Glas Wein einladen, Herr Kamerad?«

»Wäre mir eine Ehre, Sir!«, erwiderte der Leutnant, wobei er die Hacken zusammenschlug, und als der erboste kleine Franzose sich umdrehte, sah er nur noch zwei englische Kriegskameraden, die sich und ihn so verschlagen angrinsten wie Schuljungen, die bei nächstbester Gelegenheit einen verheerenden Anschlag auf die Würde ihres Lehrmeisters verüben würden.

Hinterher wusste er alles, was auch der Leutnant wusste. Alle Namen, den Kenntnisstand jedes Einzelnen und wer wo überall schon gesucht hatte oder noch suchte. Fast eine kleine Geheimgesellschaft war da entstanden, während er im Krieg gewesen war; sehr lose und stets misstrauisch assoziiert, deren Mitglieder sich meist wie zufällig trafen und dann mit dem zähen, leicht selbstironischen Fanatismus passionierter Bücher- oder Schmetterlingssammler einander den Mund wässrig machten. Bei manchen lagen, mit zunehmender Erfolglosigkeit und abnehmenden finanziellen Mitteln, die Nerven blank. Die gaben es auf oder wurden wieder vernünftig. Und auch der Leutnant versprach nach einem ausführlichen Abendessen und mehreren Flaschen Wein, das Feld zu räumen. Ein Hasenfuß! Schon auf der Krim und nun auch, laut eigener Aussage, in Indien immer erfolgreich bemüht gewesen, sich weitab vom Schuss aufzuhalten. Und so etwas war nun Ausbilder mit vollen Bezügen.

Hartnäckig war ein Kolonialbeamter namens Thompson, der angeblich sogar eine Reise nach St. Helena ins Auge gefasst und nur wegen fehlender Mittel wieder aufgegeben hatte. Ein Einziger, Aufklärer, Kartenzeichner, hatte den Gerüchten zufolge die Archivrecherchen bereits abgeschlossen und konkretere Schritte auf dem Weg von Waterloo nach Paris unternommen. Für die meisten war es nach wie vor nur ein Hobby, eine Liebhaberei. Nur Mad Hatter beschloss in dieser Nacht, allein in seinem kleinen Pensionszimmer, dass Napoleons Schatz, ob vorhanden oder nicht, sein Eigentum war, das er nicht zu teilen gedachte und mit allen Mitteln verteidigen würde.

Nachdem er wenig später das Schiff entdeckt und seine Geschichte erforscht hatte, kostete es ihn noch fast zwei Jahre hartnäckiger Wühlarbeit, zahllose Eingaben, Petitionen, Fürsprachen, bis er an Bord und endlich auch wieder auf See war.

122.

Es war ein Spätsommertag, dessen schwere, kraftstrotzende Schönheit man atmen konnte. Die Leinen der Takelung schnurrten in einem schon frischen, aber noch nicht schneidenden Wind. Männer aller Hautfarben trugen Nahrung, Frachtgut, Ballast über mehrere breite Ladeplanken auf den Rücken des Schiffes, in seinen Bauch.

Auf einem Fass, ein Bein lässig aufgestellt und bequem an einen Stapel großer Holzkisten gelehnt, saß ein baumlanger Kerl von ungefähr vierzig Jahren, mit feuerroten Haaren, die sich auf der Stirn schon merklich gelichtet hatten. Er überwachte das Laden mit Blicken, die schläfrig schienen. Ben hielt ihn für den Kapitän, schlich eine Weile unschlüssig um ihn herum und blieb schließlich mitten in seinem Blickfeld stehen.

»Was willst du, Junge?«, fragte der Mann, und es klang eher so, als hätte er gesagt: »Verschwinde von hier!«

»Ein schönes Schiff, Sir«, sagte Ben, der glaubte, mit einem Kompliment weiterzukommen.

»Wirklich?«, antwortete der Mann ironisch. »Also jetzt, wo du's sagst ... Ja, sie ist eigentlich ganz hübsch.« Einige der Leute lachten leise über diese Bemerkung ihres Offiziers, woraus ein erfahrenerer Beobachter als Ben geschlossen hätte, dass er ein Mann war, den man respektierte, aber nicht fürchtete.

»Wohin fährt das Schiff?«, fragte der Junge schüchtern, und sein Blut begann laut in den Schläfen zu klopfen.

»Westindien«, knurrte jetzt wieder der rothaarige Seemann.

Ben schluckte seine Aufregung herunter, verschränkte die Arme vor der Brust, damit sein Herz nicht herausfiele, und sagte ruhig: »Ich würde gern anheuern, Sir.« Und nach einigen Sekunden, als er glaubte, der Mann hätte ihn nicht verstanden oder gehört, wiederholte er noch einmal: »Ich möchte anheuern!«

»Deine Mutter wird dir den Arsch versohlen«, war die bedächtige, aber bestimmte Antwort.

»Meine Mutter ist tot, Sir.«

Der Mann sah ihn jetzt zum ersten Mal wirklich an, musterte ihn von oben bis unten, und Ben richtete sich unwillkürlich auf, um dem Blick standzuhalten.

»Zu klein!«, entschied der Seemann knapp und stand auf, um den Jungen einzuschüchtern. Tatsächlich überragte er Ben um fast einen Meter und reckte sich ausführlich, um es ihn noch deutlicher fühlen zu lassen. Legte aber auch zwei Hände auf die Hüften, die, obwohl stark und fest, doch eher einem Gelehrten gehörten als einem Seefahrer. »Hörst du nicht? Du bist zu klein! Verschwinde endlich!«

Es traf ihn wie ein Schlag, und wie ein Schlag weckte es seinen Zorn. Auch Ben legte die Hände auf die Hüften und sagte herausfordernd: »Ich bin stark, Sir!«

Der Mann verlor allmählich die Geduld, ging ein paar Schritte weiter weg und murmelte dabei: »Noch ein Wort, und *ich* versohl dir den Arsch. Hau ab!«

»Ich kann gut arbeiten.«

»So siehst du aus!« Keine Schuhe, schmutzig und verlaust, die Augen entzündet, in Lumpen gehüllt, einen klaren Weg in den Abgrund vor sich. Immer wieder kamen solche Jungen, manche größer, manche kleiner, die Schwindsucht schon in den Knochen, und taten so, als könnten sie dem Teufel ins Maul spucken. Und dieser da müsste sich sogar dazu auf die Zehenspitzen stellen! Gut zu wissen, was da zu tun und zu sagen war.

Der rothaarige Offizier trat gegen einen Haufen Säcke, die noch nicht verladen waren, und sagte, wohl wissend, dass das unmöglich war: »Wenn du so einen Sack an Bord tragen kannst, bist du angeheuert.«

Ben sah sich die Säcke an, auf denen *Newcastle Trading* stand und von denen jeder einzelne größer war als er selbst. Er zog ein wenig an einem Zipfel, aber genauso gut hätte er versuchen können, die Erde selbst hochzuheben. Es waren beinahe zwei Zentner, selbst erwachsene Männer trugen sie zu zweit, wenn es irgendwie ging. Der Rothaarige drehte sich nicht mal um, um zu sehen, wie der geschlagene Junge davonschleichen würde. Ben legte eine Hand auf den groben Stoff und fühlte vertraute Formen, Ecken, Kanten, Spitzen. Es war Kohle.

Als er auf die Knie fiel, lachten einige der Männer laut. Danach achtete niemand mehr darauf, wie Ben, fast auf dem Bauch liegend und links und rechts Staub aufwerfend, unter einen der schweren Säcke kroch, der halb an den anderen lehnte. Aber schon als er auf Händen und Knien war, starrten alle wieder auf das ungewöhnliche Schauspiel, und es lachte jetzt niemand mehr.

Er verschwand beinahe unter seiner Last, als er endlich stand, das entsetzliche Gewicht drückte seinen Kopf, sein Gesicht bis auf seine Knie hinunter. Die großen Adern am Hals, auf den Händen schwollen an, und es wurde totenstill auf dem riesigen Pier.

»Lasst ihn durch! Macht ihm Platz!«

Ben hörte nur noch die Stimme, aber er sah den Offizier nicht mehr. Sah nur noch den Boden und seine nackten Füße durch die Blitze, die hinter seinen Augen zuckten. Langsam, unendlich langsam tastete er sich vor, hob kaum die Füße, scharrte nur, schob den Staub zusammen, der schnell seine nackten Zehen bedeckte, und kam doch allmählich vorwärts. Wäre er hingefallen, die ungeheure Last hätte sein Rückgrat zerbrochen unter den nachlassenden kleinen Muskeln.

Die Planke, die ihm eben so breit vorgekommen war, lag jetzt vor ihm, schmal wie ein Faden, nur eine Hühnerleiter. Darunter das ölig schillernde Wasser schmatzte, leckte zu ihm herauf. Es ähnelte den Geräuschen eines fetttriefenden Mundes.

Ein Schwanken, ein falscher Tritt, und es würde zu Ende sein. Er würde bis zum Mittelpunkt der Erde sinken, er fühlte den weichen Schlick schon in seinem Gesicht und blieb hoffnungslos stehen. Da senkte sich plötzlich das Schiff in den anschlagenden Wellen, als wollte es ihm helfen, ihn einladen, und er stand auf der Planke. Sonnenstrahlen spiegelten sich auf dem Wasser, trafen seine Augen, kitzelten ihn unter der Nase. Die Wellen wiegten ihn, fast wurde der Sack dabei leichter.

Aber oben wartete ein unüberwindliches Hindernis auf ihn, die Stufe hinunter auf Deck, die er unmöglich gehen konnte, denn für den Bruchteil einer Sekunde hätte er dazu auf einem Bein stehen müssen. Er war müde, er würde stürzen, der Sack würde sein Genick brechen, seinen Schädel knacken wie ein Vogelei.

Er fühlte, wie seine Beine wegrutschten, wie er fiel, auf dem Deck aufschlug. Aber seine Last fiel nicht mit ihm. Der Offizier, der ihm zuletzt mit schnellen Schritten gefolgt war, hielt den Sack fest, warf ihn neben dem Schanzkleid zu Boden.

An allen Gliedern zitternd vor Anstrengung, zog sich der Junge auf ein Knie hoch. Er wäre gleich wieder umgefallen, wenn ihn der Mann nicht am Kragen gepackt hätte.

»Vorsicht, Sir. Er hat bestimmt Läuse!«, rief eine belustigte Stimme.

»Ja, er hat Läuse«, murmelte der Offizier, der ihn festhielt.

»Und er hat Courage, verdammt noch mal! Wie heißt du, du Zwerg?«, fragte er laut.

Der Junge sah nur noch zuckende Blitze, Sonnenstrahlen in der Dunkelheit hinter seinen Augenlidern. Und das letzte Wort seiner Mutter klang gellend in seinen Ohren.

»John«, keuchte er, »John Gowers.« Und während er die Nase hochzog, fragte er keck zurück: »Und wie heißen Sie?«

Der Offizier lachte dröhnend auf ihn herab, aber es war kein ironisches Lachen mehr. »First Lieutenant Robert McClure«, sagte er. »Willkommen an Bord, Master Gowers. Geh jetzt nach achtern und sag dem Koch, er soll dir was zu essen geben. Und ein paar Ohrfeigen, damit du lernst, wie man mit einem Offizier spricht!«

Taumelnd ging er nach hinten, tastete sich an der Reling entlang. Es sah aus, als müsste er sich stützen. Und nur der Junge wusste, dass es ganz anders war. Dass er sich festhalten, festklammern musste, weil er so leicht war. Leicht wie eine Feder, die der Wind fortträgt.

123.

Auf der ersten Reise hatte er an Bord noch nicht systematisch gesucht, jedenfalls nicht bis St. Helena. Als er dort ankam, war Longwood House zu seiner großen Enttäuschung bereits in französischem Besitz; sehr schwer, da oben herumzustöbern. Aber Mad Hatter hatte viel darüber gelesen und noch mehr darüber nachgedacht und war inzwischen davon überzeugt, dass der Schatz nie auf St. Helena gewesen war. Wie hätten die Verbannten das auch anstellen sollen? Die Generalsfrauen, letzten Mätressen des Kaisers von Frankreich mochten bisweilen einzelne Diamanten aus ihren Miedern und Dessous hervorgeholt haben. Vielleicht, um eine mögliche Flucht Napoleons von St. Helena zu finanzieren, vielleicht auch nur als Symbol für vergangene, bessere Tage, er wusste es nicht. Nur dass der französische Staatsschatz schlecht zwischen ihren Brüsten, Schenkeln, Achselhöhlen Platz gefunden hätte, war Fakt.

Er war ein nüchterner Mann und hielt sich viel darauf zugute, dass er Menschen und Situationen meist zuverlässig im Voraus berechnen konnte. Natürlich war das ein Vergnügen, waren das Triumphe, die er mit niemandem teilen konnte. Er legte sogar Wert darauf, dass man ihn in dieser Hinsicht unterschätzte, denn das gab ihm Macht über seine Umgebung, ohne dass sie es wusste. Er beobachtete, wartete ab. Und wenn niemand mehr damit rechnete – aus Bequemlichkeit, einfach, weil die Menschen irgendwann aufhören wollen zu rechnen, zu planen –, machte er seine Züge, legte er die Bahnen fest, in denen sich die Dinge bewegen mussten.

Auf See, im dunklen Schiffsbauch, suchte er nicht nach einem Schatz. Er suchte einen Namen, ein Codewort, einen Kassiber vielleicht oder eine Karte. Das seltsame Frauenzimmer, die Witwe Abell mit ihrem Maßband und ihren Büchern, hatte ihn erst darauf gebracht: Gab es nicht zahllose Verstecke an Bord für die wenigen Buchstaben, für das eine Wort? In die Planken geritzt, beim Kalfatern versteckt, zwischen Teer und Werg verborgen? Jetzt, nachdem alle Hindernisse beseitigt waren, konnte er die Suche auch wieder mit der Systematik betreiben, von der er nie abwich. Sein Leben lang war er klaren Konzepten gefolgt, wenn er auch selten wusste, wohin. Aber wer weiß das schon?

Gowers hatte Lucias Zeichnungen in sein Gedächtnis geprägt und wusste genau, wo die improvisierten Kabinen der Bertrands, Montholons, der Las Cases' und vieler anderer vor einem halben Jahrhundert gewesen waren. Er wusste, wo der Mörder früher oder später auftauchen würde, und er wusste jetzt auch, dass er einen Verrückten jagte. Musste man nicht verrückt sein, um für ein Hirngespinst zu morden?

»Die Verrücktesten kommen auf diese Insel«, hatte Lucia gesagt, aber sie hatte unrecht. Die Verrücktesten suchten an Bord der *Northumberland* nach Hinweisen auf ein Vermögen, das seit mehr als fünfzig Jahren aufgezehrt war, buchstäblich verzehrt.

»Die Armee marschiert auf ihrem Bauch.« Dieser Satz wurde dem General Wellington zugeschrieben, aber keiner kannte ihn besser als der General Bonaparte, der erste Konsul von Frankreich, Napoleon I., der große Korse. Und was immer er erbeutet oder gestohlen haben mochte in zwanzig Jahren, in Italien, Ägypten, Spanien, Russland, er hatte es wieder in diesen unersättlichen Bauch gesteckt, um noch mehr zu stehlen.

Sicher, er hatte seine Mutter versorgt, seine Brüder und Schwestern, Josephine hatte viel ausgegeben, aber er, die korsische Halbwaise, auf einer Kanone groß geworden? Er war arm geblieben wie Cäsar, als er den Rubikon überschritt. Musste Kriege führen, weil man im Frieden seine Rechnungen geprüft hätte, hatte sich zum Kaiser gekrönt, um dem Schuldgefängnis zu entgehen.

*Aut nihil aut Caesar** – über diesen Satz lachten sie wahrscheinlich schallend im Pantheon der Piraten, schlugen sich Alexander, Wallenstein, Wilhelm der Eroberer, Napoleon und der große Julius selbst vermutlich auf die Schenkel oder stießen einander in die bleichen Gerippe, weil nur sie wirklich die profane Wahrheit kannten, die darin steckte.

* Entweder Cäsar oder ein Nichts.

124.

Inzwischen kannte Mad Hatter die Laderäume der *Northumberland* auswendig. Dennoch benutzte er jetzt, wo endlich wieder Ruhe eingekehrt war, eine kleine Laterne, um systematisch alle Ritzen und Wände abzuleuchten auf der Suche nach seinem Zauberwort. Obwohl oder gerade weil er auf seiner ersten Reise buchstäblich nichts gefunden hatte, waren sein Misstrauen und seine Eifersucht dabei so groß geworden, dass er anfing, seine möglichen Konkurrenten zu beseitigen. Jackson in Paris, Turner in Brighton, drei hier an Bord.

Waren es nicht auch überdeutliche Anzeichen einer Verschwörung, dass Thompson und Vivés beinahe gleichzeitig an Bord der *Northumberland* aufgetaucht waren? Konnte das Zufall sein? Viel wahrscheinlicher war doch, dass seine Anwesenheit auf dem Schiff sich herumgesprochen hatte und dass die Geier kamen, um sich zu holen, was ihm gehörte. Auch wenn es bisher lediglich eine Idee war, die vor ihm noch keiner gehabt hatte.

Samuel Thompson? Ein übler Verräter. Gleich am ersten Abend an Bord war er in seine Kabine gekommen und hatte gewagt, ihm zu drohen. Wollte ihn bloßstellen, aller Welt von diesem Wahnsinn erzählen, und war doch selber so nackt in seiner Habgier, dass er auf St. Helena den Gouverneur spielen wollte.

Der Franzose? Ein erbärmlicher Schwätzer. Ein Narr, der sein Leben nicht lebte, sondern immer nur davon redete, es irgendwann zu leben. Der Junge? Er wusste nicht, was der Junge wusste, herausgefunden oder erzählt hatte, hier musste er einfach auf Nummer sicher gehen. Und musste nicht die Art seiner Morde – nach Seerecht – alle möglichen Mitwisser abschrecken? Er wusste nicht, wer die Mitwisser waren. Daniel Thompson und den fetten Kaufmann hatte er im Verdacht, aber beide waren in Kapstadt von Bord gegangen, und auch den alten Schnüffler war er dort losgeworden. Nur er war übrig geblieben. Er wusste nicht, ob es einen Schatz gab, ein Ziel all dieser Taten. Aber wenn es eines gab, gehörte es ihm, allein ihm.

Das Irrlicht war jetzt nur noch etwa sieben Meter von Gowers entfernt und beleuchtete die Silhouette einer hochgewachsenen Gestalt, die er nur von hinten sah. Aber er wusste, wusste aus dem Archiv in Kapstadt, aus Lucias Bericht und nach vielen, vielen Überlegungen, Kombinationen, wer da weit nach Mitternacht im Bauch des uralten Schiffes rumorte. Er schlich lautlos ein paar Schritte näher heran. Das Messer zitterte in seiner Hand bei dem Gedanken, diese Kreatur von hinten zu töten, binnen einer Sekunde, ehe sie wusste, wie ihr geschah. Aber wem würde das Frieden bringen?

»Guten Abend, Kapitän!«, sagte John Gowers.

125.

Radcliffe fuhr mit einem kleinen Sprung herum, und es freute Gowers bereits, den schweren Mann so erschreckt hopsen zu sehen wie ein kleines Mädchen. Aber der Kapitän fing sich schnell wieder.

»Guten Abend, Mr. Thompson. Sie haben die unangenehme Eigenschaft, mehr Leben zu besitzen als normale Menschen. Ihre Mutter war eine Katze, nehme ich an?!«

»Meine Mutter war eine Pfarrerstochter aus Benwell am Tyne«, erwiderte Gowers, »und ich heiße nicht Thompson!«

»Die Sikhs sind auch nicht mehr, was sie mal waren«, schnaufte Radcliffe verächtlich, um das Thema zu wechseln. »Als wir sie 49 massakriert haben, hätten Sie sie sehen sollen! Heulende Teufel und gingen heran, als wären sie nicht aus Fleisch und Blut. Liefen die Hänge herunter wie Regentropfen an einer Glasscheibe. Sie haben ihn umgebracht, wie?«

»Ich bedaure, dass ich für diese Fehlinvestition ihrerseits verantwortlich bin, ja.«

»Alles muss man selber machen«, sagte der Kapitän und zog eine Pistole aus seinen weiten Manteltaschen, mit der Gowers nicht gerechnet hatte.

Unlogisch, dachte der Investigator enttäuscht. Eigentlich hätte der Mann sich jetzt sicher fühlen müssen. Aber insgeheim wusste er, dass ihn seine Jagd ganz zuletzt so leichtsinnig gemacht hatte, dass er vergaß, wie schnell man vom Jäger zur Beute werden kann.

»Das haben Sie schon einmal versucht, Sir«, sagte er so gelassen wie möglich.

»Nein, schon öfter. Aber geklappt hat es offenbar nur bei dem alten Quacksalber«, verbesserte Radcliffe.

Es blitzte in Gowers Augen, aber der eher ruhige als spöttische Blick des Mörders sagte ihm, dass der Hohn wohlüberlegt war. Radcliffe wartete nur darauf abzudrücken, und wenn es wie ein Kampf aussah, würde er weniger Schwierigkeiten haben, die Situation zu erklären. Von mir würde dann nichts weiter übrig bleiben als die Leiche eines blinden Passagiers, dachte Gowers und wusste gleichzeitig, dass er nur noch eine Chance hatte, wenn es ihm gelang, die Lampe zu löschen. Ein Tritt, ein Sprung – er würde mindestens eine Kugel abbekommen, aber mit etwas Glück wäre sie nicht tödlich und der Mörder in seiner Hand!

Der Kapitän schien seine Gedanken zu lesen und machte vorsichtig ein paar Schritte nach hinten und zur Seite, bis eine riesige Teekiste zwischen ihnen stand. Gowers konnte deutlich den Firmennamen lesen, der in die Seitenwand eingebrannt war, und fragte sich, wer eigentlich verrückt genug war, Tee nach Indien zu liefern.

»Sie wissen natürlich, dass alles ganz sinnlos ist«, sagte er, vielleicht von dieser Beobachtung inspiriert. »Es gibt keinen Schatz!«

»Vielleicht nicht, vielleicht doch«, erwiderte der Kapitän ungerührt. »Und *wenn* es ihn gäbe, wäre keine einzige meiner Handlungen sinnlos, sondern …«

»Völlig logisch«, ergänzte Gowers. »Ich verstehe auch beinahe alles. Ich nehme an, Louis hat Sie auf den Gedanken gebracht.«

»Uns beide, Thompson und mich. Und noch ein paar andere. Erzählen konnte er wirklich gut.« Radcliffe lächelte in der Erinnerung. »Darin war er groß. Aber er hatte auch ein gutes Thema, wissen Sie. Einen Friedhof, eine geheime Gruft, unterirdische Gänge, er hat sich da leider nie so genau festgelegt. Aber wer immer den Plan kennt, den Namen, der auf dem Grabstein steht, erbt den Reichtum zweier Kontinente.« Das Lächeln wurde ironisch.

»Sie glauben selbst nicht daran?«, fragte Gowers.

»Es kommt nicht darauf an, was man glaubt, sondern was man tut.«

»Nun, Sie waren der Erste, der auf dem Schiff gesucht hat, schon auf der letzten Reise. Und Sie dachten, Sie hätten Zeit. Bis plötzlich diese beiden Kerle an Bord auftauchten, nicht wahr. Alte Bekannte, von Sewastopol her.«

»Woher wissen Sie von Sewastopol?« Radcliffe wirkte jetzt ernsthaft überrascht.

»Sie haben mir selbst davon erzählt, Sir, wissen Sie nicht mehr?«

»Natürlich. Die Hochzeit, das Knallbonbon.« Der Mörder lächelte, wie man eine eigene kleine Dummheit belächelt. »Man muss doch immer noch mehr darauf achten, was man erzählt. Und wem.«

»Ich nehme an, Thompson hatte von Vivés erfahren, dass Sie Kapitän der *Northumberland* geworden waren. Wollte er Sie erpressen?«

»Schlimmer!« Der Mörder machte eine kleine Pause, beinahe als wolle er um Verständnis bitten: »Er wollte mich verraten!«

»Deshalb haben Sie ihn an die Rah gehängt, nach Seerecht. Völlig logisch, wie gesagt. Merkwürdig, dass ich erst so spät darauf gekommen bin. Und den Jungen über einer Kanone geprügelt, zumindest sollte es so aussehen, nicht wahr? Seerecht. Eine Disziplinarmaßnahme, falls Louis noch anderen Leuten an Bord von der Sache erzählt hätte. Aber wie war das mit der Peitsche?«

»Er hatte sie bei sich, als er von dieser widerlichen Kreatur kam. Es sollte gewissermaßen so sein.« Der Kapitän seufzte, als würde ihn das Gespräch allmählich erschöpfen. »Sie sind ein interessanter Mann, Mr. …«

»Gowers.«

»Interessanter als die meisten, wirklich.« Radcliffe hob mit der linken Hand die Lampe, hielt sie seitlich am ausgestreckten Arm, damit ihn das Licht nicht blenden konnte. »Haben Sie sonst noch etwas zu sagen?«

Gowers überlegte fieberhaft, wie er noch einmal näher an das Licht und den Mann herankommen könnte. Zumindest wird dieser Bastard mehr als eine Kugel brauchen, schwor er sich.

»Nur noch eine Frage, Sir.« Er trat näher heran. Radcliffe hob schon die Waffe, aber Gowers nahm beschwichtigend die Hände hoch.

»Warum der Arzt?«, fragte er.

»Nun«, Kapitän Radcliffe lächelte, als sollte es eine Entschuldigung sein. »Ich war mir nicht sicher, wer von Ihnen beiden der Detektiv ist.«

»Investigator«, sagte Gowers. »In Amerika sagen wir: Investigator!«

Niemand sprach mehr, nicht der Mörder und nicht das Opfer.

Und als Gowers in seinen Augen sah, dass er abdrücken würde, als er schon begonnen hatte, sich zur Seite zu werfen, schoss plötzlich ein nackter, sehniger Arm aus dem Dunkel, die gekrümmte Klinge eines Kookree durchschnitt Muskeln, Adern, Sehnen, den Hals des Kapitäns, und Radcliffe sackte, eine schwarze, schwerfällige Masse, in sich zusammen.

Das Licht erlosch, und eine Stimme sagte: *»And this must ever be/a secret between you and me!«**

126.

So kam es, dass die *Northumberland* die letzte ihrer vielen Fahrten unter dem Kommando des Ersten Offiziers Edward Bell zu Ende brachte.

Kapitän Radcliffe wurde nie gefunden.

Ein Passagier, Daniel Thompson, sagte aus, dass er den Kapitän gegen zwei Uhr nachts am Bug gesehen hatte. An jener

* »Dies muss für immer ein Geheimnis zwischen uns beiden sein.« – Die letzten Verse des letzten Gedichts aus *Alice im Wunderland.*

Stelle, an der laut Logbuch schon zwei andere Männer über Bord gegangen waren, unter ihnen kein Geringerer als der dritte Lord Eden. Dort musste das Schanzkleid des uralten Schiffes marode sein, jedenfalls deuteten die Akten der späteren Untersuchung diese Erklärung an. Aber jeder weiß, dass es unmöglich ist, irgendetwas zu beweisen, was auf hoher See geschieht.

Die große Zeit der hölzernen Segelschiffe neigte sich jetzt rasch ihrem Ende zu. Dampf und Stahl feierten ihre Triumphe, und die ehrwürdige Ostindische Kompanie meldete schließlich Konkurs an. Vier Jahre später verkürzte der Suez-Kanal die Reise nach Indien für viele Tausende britische Soldaten um fast drei Monate.

St. Helena versank im Meer, oder jedenfalls nahm man das an, denn die großen Schifffahrtslinien berührten diese Insel nicht mehr.

John Gowers stand am Heck und betrachtete den Horizont über der Straße von Mosambik. Er stellte sich eine andere Welt vor, eine andere Zeit, mithilfe seiner Gedächtnisscheiben, und er lächelte, wenn er darin ein bekanntes Gesicht entdeckte.

Ein hagerer Inder tauchte wortlos neben ihm auf und schüttete etwas über Bord.

Die Männer nickten ernst und sahen es langsam in der Hecksee des großen Schiffes versinken.

Zum ersten Mal seit dem Auslaufen und nach all der Arbeit des Stauens, den Flüchen der Matrosen, den Ohrfeigen des Kochs kam der Junge dazu, sich an Deck umzuschauen. Verwundert ging er von backbord nach steuerbord, schließlich ganz nach vorn und verstand nicht, was seine Augen sahen.

Er spürte die uralte Welle, die Dünung unter seinen Füßen, eine riesige, träge Bewegung.

Das Land versank in seinem Rücken, weit hinten am Horizont. Die letzten Möwen flogen zurück. Vor ihm die offene See und über ihm ein Himmel, der größer war als alles, was er sich je vorstellen konnte.

Jan Costin Wagner bei Goldmann

„Jan Costin Wagner, hessischer Abgrunddichter, Todesdichter, Krimischriftsteller – eine der erstaunlichsten, jungen deutschen Literaturentdeckungen der letzten Zeit."

FAS